PERDU DANS LES BOIS

LESLIE SCHWARTZ

PERDU DANS LES BOIS

Traduit de l'américain
par Anne Damour

belfond
12, avenue d'Italie
75013 Paris

Titre original :
ANGELS CREST
publié par Doubleday, a division of Random House, Inc., New York

Ce livre est une œuvre de fiction. Les noms, les personnages, les établissements d'affaires, les organisations, les lieux et les événements sont le fruit de l'imagination de l'auteur ou utilisés fictivement, et toute ressemblance avec des personnes réelles, vivantes ou mortes, des établissements d'affaires, des événements ou des lieux, serait pure coïncidence.

Si vous souhaitez recevoir notre catalogue
et être tenu au courant de nos publications,
vous pouvez consulter notre site internet :
www.belfond.fr
ou envoyer vos nom et adresse, en citant ce livre,
aux Éditions Belfond,
12, avenue d'Italie, 75013 Paris.
Et, pour le Canada,
à Interforum Canada Inc.
1050, bd René-Lévesque-Est,
Bureau 100,
Montréal, Québec, H2L 2L6.

ISBN 2-7144-4069-X

À Greg, à jamais

« Nous nous reposerons ! Nous entendrons la voix des anges, nous verrons le ciel rempli de diamants. »

Anton TCHEKHOV, *Oncle Vania* [1]

1. Traduction de Génia Cannac et Georges Perros.

Ethan

ETHAN SE RÉVEILLA LENTEMENT. L'odeur métallique de l'orage flottait dans l'air. Son cœur battit plus fort à la pensée du miracle de sa vie. *Moi,* pensa-t-il ; et le mot passa comme la lueur d'un éclair.

Il sortit du lit et enfila son jean. Sur une paillasse à même le plancher, Nate dormait. Ethan resta immobile un moment à le contempler. Depuis le jour de la naissance de son fils, il l'avait toujours considéré comme son étoile Polaire. Il se pencha sur lui et repoussa ses cheveux sur son front.

« Allons, fiston. C'est l'heure. »

Nate s'étira. Sans même lui ôter son pyjama, Ethan l'enveloppa d'une parka et le prit dans ses bras. Il savait qu'il y avait au besoin une paire de chaussures dans le pick-up.

« Ballon, papa », dit Nate, encore à moitié endormi.

Ethan se pencha et ramassa le ballon tout dégonflé que Nate avait reçu la veille pour ses trois ans. Nate le saisit et s'y cramponna pendant qu'Ethan lui mettait tant bien que mal sa veste, le maintenant d'abord d'un bras, puis de l'autre. Il grandissait si vite, il était presque trop lourd pour qu'on le porte.

Le jour ne pointerait pas avant une heure. Il faisait froid mais Ethan sentait sourdre la chaleur annonciatrice de la tempête. La neige n'allait pas tarder, c'était perceptible dans l'odeur particulière de l'air. Il était encore tôt dans la saison – le 1er décembre – mais elle promettait d'être effroyable. Il imagina les nuages franchissant presque quatre cents miles depuis la côte, poussés par le jet-stream, de plus en plus puissants à mesure qu'ils avançaient, jusqu'à cet endroit, en ce jour précis de sa vie.

Il installa son fils bien emmitouflé sur le siège de la voiture, mit le contact, alluma le chauffage. Alors qu'il s'engageait dans le chemin de terre qui menait à la grand-route, Nate dit : « Frère Powell dit que je dois aller à l'église. »

Il prononçait « fère ». Et le « l » manquait à « église ». Ethan était subjugué par la façon dont parlait Nate, par ses trouvailles. Un jour, il avait appelé une chauve-souris une souris chauve, et Ethan n'avait pu s'empêcher de le prendre dans ses bras et de l'embrasser.

Toutefois, tout charmé qu'il fût, Ethan dut faire un effort pour que sa voix ne trahisse pas ce qu'il pensait de ce connard. Il n'avait jamais aimé le frère Powell Il tenta de garder un ton neutre, pour ne pas laisser transparaître ses sentiments.

« Nous allons à l'église à présent, fiston.

— Nous allons dans les bois, papa.

— Tu sais, une église n'a pas besoin d'avoir quatre murs et une porte pour être une église. »

Ethan sentit l'irritation percer dans sa voix. Il aurait voulu continuer, mais Nate s'était déjà désintéressé de la question et, lorsqu'ils eurent parcouru un mile hors de la ville, en direction des montagnes, il s'était rendormi. Ethan gravit les routes étroites et sinueuses, de plus en plus haut. L'obscurité cédait la place à un faible crépuscule. Il imagina Nate à l'école maternelle chrétienne. Il n'avait d'autre choix que de l'y envoyer. Pas question de perdre le droit de garde qu'on venait de lui octroyer pour la seule raison qu'il n'aimait pas l'école religieuse imposée par le jugement. Il n'aimait ni les écoles religieuses ni tout ce qui était organisé – comme la politique et la religion. Mais Ethan savait choisir ses combats. La forêt pouvait l'emporter sur Jésus, si on y allait assez souvent. C'était donc ce qu'Ethan se préparait à faire. Inculquer à son fils le pouvoir divin de la forêt.

Ethan eût préféré que la tempête attendît un jour de plus. Ou que la saison de la chasse ouvrît pour de bon ce matin-là. Des années de chasse lui avaient appris que les daims s'empiffraient méthodiquement à l'approche du mauvais temps. Vifs et intelligents, ils étaient également feignants et n'aimaient pas dépenser trop d'énergie à chercher de quoi se nourrir. En bref, par un jour tel que celui-ci, il y en aurait partout, occupés à brouter le long des passages de gibier, se pressant peureusement au creux des vallons, à l'abri du surplomb des falaises. Des cibles faciles.

Il atteignit enfin la route forestière qui aboutissait au départ de l'ancienne piste d'Angels Crest. Il aimait ce coin. Il sentait l'impatience l'habiter comme un fil tendu qui lui permettait de tenir. Il aurait voulu pouvoir chasser le jour même, mais il ne s'abaisserait pas à braconner.

Il laissa le moteur tourner au ralenti et contempla la forêt. Très peu de gens connaissaient ces lieux. Très peu s'y seraient aventurés. C'était la voie d'accès la plus difficile pour rejoindre Angels Crest, et Ethan n'était pas sans savoir que la plupart des chasseurs avaient la flemme de l'emprunter – ils aimaient trop boire pour avoir le pied ferme sur ce genre de terrain. L'endroit était magnifique, tapissé de saules arctiques qui s'étalaient au pied des hautes futaies de pins et de sapins. Dans le lointain, la cime d'Angels Crest resplendissait au-dessus des nuages. Ethan n'était jamais allé là-haut quand soufflait la tempête. Mais il se représentait sans mal les éléments déchaînés.

Presque aussitôt, il aperçut un grand daim sur la

crête. Il reporta son regard sur son fils. C'était pour cette raison qu'il était venu ici, comme il le faisait presque chaque jour, pour montrer à Nate la beauté majestueuse de la forêt, la nature sauvage, l'impression de sacré qui s'en dégageait. Mais Nate s'était endormi. Ethan eut un pincement de regret, pourtant il ne voulut pas réveiller son petit garçon. Il se tourna à nouveau vers les bois et deux autres daims apparurent sur la crête. Il se dit qu'il pourrait aller voir de plus près, les pister pendant une minute. Il se promit de rester en vue du pick-up, de ne pas s'aventurer trop loin.

Il coupa le moteur, mit la clef dans sa poche et jeta un coup d'œil à son fils. Profondément endormi. Il regarda autour de lui. L'attrait de la forêt était une drogue pour Ethan. Il sentait son emprise comme si elle le touchait, le tirait par la manche.

Il referma doucement la portière et s'enfonça dans la forêt. Il avait laissé le fusil dans le camion. Un vieux Savage 30-30 à double mire qu'il avait acheté des années auparavant dans un surplus de l'armée à Los Angeles, et qu'il avait remis à neuf et entretenu. Il existait de meilleures armes, mais au fil des années Ethan s'était habitué au vieux Savage. Il connaissait son rythme et l'appréciait. C'était un fusil qui ne lui avait jamais fait défaut.

Les daims s'étaient avancés contre le vent dans un étroit passage rocheux. Ethan fit quelques pas puis s'arrêta pour regarder le pick-up. Il le voyait encore, distinguait la forme du siège et Nate, la tête inclinée en avant dans son sommeil. Il décida de s'aventurer un peu plus loin, pendant à peine une minute supplémentaire. Il n'était pas homme à prendre des risques, surtout s'agissant de Nate. Mais ces animaux étaient des beautés. Des daims à trophées qui représentaient de quoi manger pour le reste de l'hiver et un ratelier digne d'envie sur le mur du garage.

Il fit encore quelques pas, et puis, hésitant,

s'arrêtant, courant le risque, il suivit les traces des animaux dans un ravin abrupt où les glaciers aujourd'hui disparus avaient laissé des plaques rocheuses d'un blanc argenté, si polies et lisses qu'un jour, au printemps précédent, Ethan avait vu Nate en lécher une. Il se souvint qu'il n'avait pas interrompu son fils, mais simplement regretté de ne pas avoir eu l'idée d'en faire autant.

Les daims étaient maintenant hors de vue, mais Ethan, qui les avait souvent observés, savait qu'ils continueraient à progresser dans la même direction, face au vent. Ils ne s'aventureraient pas en terrain découvert et resteraient à l'abri des arbres sans s'éloigner des parois rocheuses, dissimulés parmi les kalmies et les cassiopes.

Il regarda derrière lui à nouveau. Le pick-up n'était plus visible, mais il n'était pas loin. Il allait continuer à marcher, juste pour cette fois. La chance était avec lui. Ne venait-il pas d'obtenir la garde, la garde *exclusive* de son fils ? La plupart des choses n'avaient-elles pas tourné à son avantage dans la vie ? Pour cette fois, il pouvait se laisser aller. Il allait parcourir encore quelques mètres le long de cet ancien sentier abandonné, savourer la solitude, oublier pendant un bref moment toutes ses responsabilités et feindre l'indifférence. *Je suis libre*. Puis il regagnerait le pick-up – Nate serait sans doute toujours endormi – et reprendrait le chemin de la ville pour ouvrir la quincaillerie. Peut-être son fils se réveillerait-il en route ; Ethan lui raconterait alors combien les bois étaient beaux, les daims robustes et gracieux. Il lui promettrait de l'emmener un autre jour, car il savait que Nate serait déçu d'avoir raté cet intermède matinal.

Il y avait une tension dans l'air. Il neigerait sans doute d'ici à une heure. Ethan poursuivit sa marche, attiré par la paix de sa solitude comme par une femme. Ses pensées erraient sans but, s'attardant sur son mariage raté, sur la bataille pour la garde de l'enfant – qu'il avait gagnée, certes, mais à quel prix. Sur le plaisir sexuel qu'il ne trouvait plus, pitoyablement, que dans le labeur de ses mains, enfouies dans son lit. Un matelas était un maigre substitut de femme. Il pensa à la quincaillerie. L'immeuble était hypothéqué, Ethan était à court d'argent. Pourquoi avoir acheté la boutique ? Il savait à l'époque qu'il n'en avait pas les moyens.

Il progressa encore de quelques pas et là, face à lui, il vit se dresser les daims, en partie cachés par une haie de verges d'or et les hautes herbes desséchées de l'été indien. Les animaux étaient si beaux, si majestueux ! Il se sentit étrangement joyeux et soulagé.

Alors, comme s'il reprenait conscience après l'engourdissement d'un long rêve au ralenti, il regarda sa montre et eut un choc. Quinze minutes s'étaient écoulées. Incroyable ! Comment avait-il pu s'éloigner pendant si longtemps ? À quoi avait-il pensé ? Quelque chose l'étreignit, battit plus vite en lui. Un quart d'heure à cette allure signifiait qu'il s'était enfoncé à plus d'un mile à l'intérieur de la forêt. Lui vint soudain à l'esprit tout ce qu'il avait négligé. Il n'avait pas fermé le pick-up à clef. Nate savait s'extraire de son siège. Il ne l'avait pas habillé assez chaudement, il ne s'était même pas préoccupé de lui enfiler ses chaussures. Ethan sut, avec cette certitude irréelle qui vous envahit parfois, qu'il avait commis une terrible imprudence en laissant le pick-up disparaître de sa vue. Par la suite, il serait incapable d'expliquer l'évidence de son intuition, comment il avait compris, sans aucun doute possible, qu'il avait pris un risque et perdu.

Il s'élança à travers bois, refusant de courir par peur de céder à la panique. Il ne sentait plus les odeurs de la forêt, l'odeur de la terre, l'odeur métallique de la tempête. Le monde autour de lui défilait dans un brouillard. Il ne distinguait plus les arbres où s'étaient frottés les daims et qu'avaient griffés les ours. Tout n'était qu'un tourbillon d'arbres. Des arbres de carton dans une forêt de carton. Il pensa à Nate. Sa merveille de fils, son étoile Polaire. Nate, qu'il avait fini par obtenir pour lui seul.

Lorsqu'il atteignit enfin la clairière où il s'était garé, la neige s'était mise à tomber, et Ethan vit, comme il s'y attendait, que la portière du pick-up était ouverte. Sa gorge se serra. Une douleur brûlante, aveuglante, explosa dans sa tête. Il se sentit déchiré, tout en lui n'était que blessure béante.

« Nate ! hurla-t-il, Nate ! »

Il n'y eut pas de réponse. Ethan se rua vers le pick-up. Son fils était parti ; il avait emporté le ballon dégonflé et disparu dans les bois.

Glick

GLICK S'AGITA. IL FAISAIT NOIR. Il avait envie de dormir un peu plus mais Cindy était couchée à côté de lui dans le lit. Il se rappela la nuit précédente, leurs tristes tâtonnements amoureux dans le noir, comment ils avaient fini par renoncer, avec soulagement en ce qui le concernait. Il se souvint qu'elle était ivre, que leur rencontre avait été vaine et stupide.

Glick se redressa et, repoussant le rideau, jeta un coup d'œil par la fenêtre. De la neige fraîche, aussi blanche et duveteuse que des plumes d'oie. Partout des traces de daims. Il tourna instinctivement la tête vers le placard. Le fusil de chasse était là, appuyé contre le mur. La pensée lui vint qu'il ne chasserait peut-être plus jamais le daim. Il n'aurait su dire pourquoi.

Les chats étaient pelotonnés sur la commode. En l'entendant bouger, ils levèrent la tête. L'un d'eux poussa un miaulement, l'autre commença à se lécher.

« Allez, Cindy », fit-il. L'ex-femme d'Ethan était encore endormie près de lui. Ivre morte. Elle aurait probablement du mal à rassembler ses souvenirs. Il se remémora ce fameux jour, voilà deux ans, où il l'avait baisée. Ethan était entré et les avait surpris au lit. À cet instant, comme alors, une nausée lui monta à la gorge. Il aurait tout le temps plus tard pour déplorer la nuit passée. Pour remonter dans le temps et regretter l'autre nuit aussi.

« Faut que tu partes, Cindy. »

Elle émit un bruit. Repoussa sa main. Elle n'avait que vingt-cinq ans mais en paraissait dix de plus. L'alcool avait durci ses traits. Un profond chagrin marquait son visage. Glick savait que le chagrin de Cindy était dû autant à la boisson qu'à la rudesse de son existence. Il buvait peu mais connaissait bien ce sentiment, quand on s'enfonce dans un trou sans fond et qu'on est dans l'impossibilité d'en sortir.

« Cindy, ma fille. Lève-toi. »

Elle ouvrit les yeux. Elle avait une mine de déterrée. Il savait qu'elle venait de perdre la garde de Nate. La bataille avait eu lieu en plein Main Street. Chacun prenant parti. Affreux ! L'enfant si petit et si doux avec ses yeux verts et ses cheveux blonds. Comment deux êtres pouvaient-ils tout gâcher ainsi ? Son rôle à lui n'avait pas été négligeable. Peut-être que s'il ne l'avait pas baisée alors qu'ils étaient encore mariés…

« Cindy. Bon sang ! Faut que tu te lèves.

— J'arrive même pas à bouger la tête, dit-elle. Et il fait tellement froid. » Ses mots étaient pâteux.

Il se pencha par-dessus Cindy, recroquevillée sous les couvertures, et trouva la bouteille de whisky sur le plancher, à côté du lit. Il la connaissait. Il savait qu'elle était alcoolique depuis des années, qu'elle le resterait encore longtemps. Son estomac se serra.

« Tiens. Tu te sentiras mieux avec ça. »

Il versa un peu de whisky dans une tasse vide et l'aida à s'asseoir. La vue de ses cheveux le laissa stupéfait. Outre les pointes décolorées et des mèches qu'elle avait teintes en rose sur un côté, il n'avait jamais vu crinière aussi hirsute. L'esprit vague, il se mit à réfléchir et se demanda si elle parviendrait à y passer une brosse.

Le chien bougea. Glick perçut un gémissement dans

son bâillement. Le chien n'avait pas de nom. Juste Chien. Glick se leva et enfila son pyjama. Cindy demanda : « Où tu vas ?

— Sortir le chien. »

Le chien, un labrador noir de quarante kilos, tout en muscles et doux comme un agneau, se leva. Glick l'avait trouvé, jeune chiot au bord de la route, en train de fourrager dans une poubelle renversée. Tout petit qu'il fût, le chien l'avait mordu au moment où il l'avait saisi, mais Glick avait éprouvé une sorte de sympathie pour lui ; d'une certaine manière, c'était cet acte de méfiance, cette morsure, qui l'avait décidé. Il avait dressé le chien avec persévérance et en avait fait un bon chien d'arrêt, un fidèle compagnon de chasse. Il ne l'avait plus jamais mordu. Et il ne semblait pas désirer davantage que ce que Glick pouvait lui donner.

Le chien s'élança dehors et Glick resta dans l'embrasure de la porte, à regarder l'orage menacer au loin, près de se déchaîner. L'hiver était arrivé trop tôt et durerait trop longtemps. Glick sentait ces choses-là au plus profond de lui. Depuis dix ans, depuis qu'il s'était installé dans cette ville, il ne s'était jamais trompé sur le temps.

Le matin était encore gris-bleu. Glick baissa les yeux et vit des pièces de monnaie à moitié enfouies dans la terre. Il se pencha pour les ramasser et les mit dans la poche de son jean. Soixante-quinze cents. Elle avait dû les laisser tomber la veille en trébuchant sur le seuil. Ça lui servirait plus tard pour se payer un café.

Glick siffla le chien et, ne le voyant pas réapparaître, rentra et referma la porte. Cindy était dans la salle de bains à présent. Il entendait l'eau couler et les tuyaux gronder. Elle faisait des petits bruits. Il l'entendit dire « merde ». Elle se moucha et dit « merde » à nouveau. Lorsqu'elle sortit, elle était nue, à l'exception de ses chaussettes. Ses cheveux étaient brossés, et Glick en fut davantage frappé que par sa nudité et l'impudence des formes fatiguées de son corps indolent.

C'était une jolie femme malgré tout. Mais si lasse, si usée. Il savait qu'elle avait vécu toute son enfance avec une grand-mère alcoolique, qu'elle avait à peine connu ses parents, qu'elle avait enterré la vieille femme et s'était mise en ménage avec Ethan à peine le lycée terminé. Et aussi que son mariage avec Ethan avait été houleux et passionné dès le début, que le divorce les avait presque détruits tous les deux. Il n'aurait pas dû accepter qu'elle le suive chez lui la veille. Qu'est-ce qui lui avait pris ?

« Tu devrais te mettre quelque chose sur le dos », dit-il. Il y avait de l'impatience dans sa voix. Parfois, il ne se supportait pas.

Elle hocha la tête et regagna la salle de bains. Elle fumait une cigarette. Glick n'aimait pas trop les cigarettes.

« C'est sûr que tu vis pas dans le luxe. »

Il ne répondit pas.

« Comment ça se fait que tu n'aies même pas de pomme de douche ? Et pas de rideau.

— Pas besoin, dit-il.

— Là, c'est juste un tuyau qui crache de l'eau chaude.

— Et alors ? Ça fait l'affaire. »

Toute cette histoire semblait tellement absurde. Glick avait quinze ans de plus qu'elle. En couchant avec elle, il avait brisé son amitié la plus chère, et malgré tout il avait recommencé la nuit précédente, ou du moins tenté.

« Cette serviette, elle est propre ?

— Il faut que tu partes, Cindy. Maintenant, grouille-toi de t'habiller. »

Elle sortit de la salle de bains vêtue du jean et du chandail marron qu'elle portait la veille. Une fois habillée, elle avait meilleure apparence. Sa nudité paraissait d'autant plus choquante après coup. Il était irrité qu'elle se soit promenée si hardiment sans rien sur le dos. Comme si elle voulait le narguer avec son corps usé à force d'avoir trop servi. Et lui dire : C'est vous, les hommes, qui m'avez fait ça.

Elle était coiffée d'une casquette de base-ball rouge, ses cheveux ramassés à l'intérieur. Elle avala le reste de whisky qu'il avait versé dans la tasse, tenant la bouteille de l'autre main.

« Ça t'ennuie pas que je la prenne ? » demanda-t-elle. Elle éleva la bouteille. Il restait de quoi boire deux ou trois rasades.

Il acquiesça d'un signe de tête. « Vas-y, maintenant.

— On n'a rien fait cette nuit, hein ? »

Glick fit non de la tête. Il n'arrivait pas à la regarder en face. Il avait envie d'aller chez Angie, de prendre son petit déjeuner au restaurant. Il avait envie d'être n'importe où sauf ici, dans cette cabane au bout de Cage Road. Cindy se dirigea vers la porte. Elle lui tendit ses lèvres. Il ne l'aurait pas fait de lui-même, néanmoins il se pencha et l'embrassa, sentant toute la pitié et toute l'humiliation contenues dans ce geste.

« On ne s'aime pas beaucoup, hein ? dit-elle.

— Écoute, Cindy…

— C'est sans importance. Continue à être comme tu es et à rien donner aux autres. » Puis elle sortit et regarda par terre, comme si elle cherchait quelque chose. Glick referma la porte derrière elle et tâta les pièces dans sa poche.

Glick fit démarrer le pick-up. Le moteur gronda sans conviction. Il avait de l'argent. Pourquoi n'en achetait-il pas un neuf ?

Chien était quelque part dans la forêt. Glick lui avait laissé sa pâtée dans la vieille grange près de son coin. Il reviendrait plus tard et l'emmènerait dans la montagne pour repérer des traces de daim avant l'ouverture de la chasse, le lendemain.

Il alla au village. Les soixante-quinze cents de Cindy roulèrent hors de sa poche mais il les laissa là où ils étaient tombés, sur le siège en plastique. Les premières lueurs du jour trouaient les nuages d'un éclat bleu laiteux. Il neigerait dans moins d'une heure. La ville était encore endormie. Il dépassa le bar et vit le pick-up de Cindy garé devant. Il continua jusqu'au restaurant d'Angie, saisit le thermos sur le siège arrière et entra.

Angie parlait à Rocksan, sa sœur, et à la petite amie de celle-ci, Jane. Elles semblaient agitées. Trop énervées pour cette heure matinale. Glick alla s'asseoir à sa place habituelle et Angie s'approcha avec la carte. Quand il la vit, quelque chose se relâcha en lui. C'était réconfortant de se trouver auprès d'une femme de son âge, quelqu'un comme Angie, toujours patiente, toujours sereine. Comme chaque fois qu'il la regardait, il la trouva belle. Il était attiré par son long corps mince et musclé, ses pommettes hautes, ses cheveux blonds noués en une queue-de-cheval à peine serrée dont quelques mèches échappées encadraient son visage. Mais il aimait par-dessus tout la couleur de ses yeux, d'un vert si profond, au regard si calme, si tendre.

« Tu connais la nouvelle ? »

Glick leva les yeux. Il ne se passait jamais rien à Angels Crest, mais, quand il se produisait quelque chose, les gens disaient toujours la même chose : *« Tu connais la nouvelle ? »*

Il fit non de la tête. Angie lui versa une tasse de café. Au comptoir, Rocksan et Jane avaient l'air de se disputer. Glick ne parvenait pas à imaginer ces deux femmes au lit ensemble, Rocksan tellement grande et masculine, Jane si mince et distinguée.

« Quelle nouvelle ? demanda-t-il.

— Nate a disparu dans la forêt.

— Quoi ?

— Il y a une heure environ. Les rangers sont déjà

sur place. Ils ont demandé qu'on envoie un hélicoptère.

— Je ne comprends pas... », dit Glick. Son cœur battit plus fort dans sa poitrine. Il était présent à la naissance de Nate. Il avait baisé la femme d'Ethan, alors qu'ils étaient mariés. Il avait à nouveau essayé de la baiser la nuit précédente.

« Le ranger a dit qu'il avait été averti par des braconniers là-haut, près de l'ancienne piste d'Angels Crest. Quand il est arrivé, il a trouvé Ethan complètement hystérique. Selon lui, il était parti sur la trace d'un daim. En laissant le petit dans le pick-up. Il a dit qu'il était parti quinze minutes. Et à son retour, Nate avait disparu.

— Bon, il n'a pas pu aller bien loin », fit Glick. Ces mots à peine prononcés, il songea qu'il n'était pas nécessaire d'aller loin pour qu'un malheur arrive dans des bois pareils, surtout à un enfant de trois ans. Il pensait déjà à ce qu'il lui faudrait emporter. La fusée éclairante. Une lampe torche. Un réchaud pour faire fondre de la neige, au cas où il aurait besoin d'eau, une fois le gamin retrouvé. Il était déjà dans la forêt en train de chercher le fils de son ex-meilleur ami. Il s'imaginait retrouvant l'enfant en vie et en bonne santé, regagnant du même coup l'amitié d'Ethan au cours des réjouissances qui suivraient.

« Merde ! Ang, il va neiger. »

Angie hocha la tête. Jeta un coup d'œil au-dehors. Glick en fit autant. Les premiers flocons commençaient à tomber. Il vit le prédicateur aveugle de Calvary Church passer devant la fenêtre et se diriger vers le bureau d'état civil, dans le bâtiment voisin.

« Tu vas y aller ? demanda-t-elle.

— Ouais, fit Glick en se levant. Remplis mon thermos, s'il te plaît.

— Sûr. Je vais prévenir tout le monde. Je suis certaine qu'on va le retrouver. »

De retour chez lui, Glick appela le chien, qui sortit de la grange en courant. Il ouvrit la porte du pick-up.

« Monte, bonhomme. »

Il laissa le moteur tourner pendant qu'il entrait chez lui et rassemblait différents objets : son couteau de chasse, une corde, des petits pains rassis, un saucisson, de vieux biscuits qu'Angie lui avait donnés avec le thermos de café, et de la nourriture pour le chien qu'il enferma dans un sac de congélation. Il prit aussi une torche et des collants. Un bonnet et des gants doublés. Il neigeait. Il aurait besoin de vêtements de rechange pour lui ou pour Nate, qui serait gelé, apeuré et probablement trempé. Il trouva la fusée et une boîte d'allumettes suédoises, et les mit dans son sac. Il remplit d'eau la vieille gourde militaire de son père, emporta également un petit réchaud de camping et une vieille casserole.

Rapidement, il vérifia le niveau de l'antigel, le liquide du lave-glace puis referma le capot. Le ralenti du moteur était irrégulier, et Glick espéra, comme chaque fois qu'il se mettait au volant, que le pick-up ne le lâcherait pas en chemin.

En gravissant les lacets de la route de montagne, il se remémora toutes ces années où il montait ici, avec Ethan, dès l'ouverture de la chasse. Ils buvaient toujours trop la veille, et l'air piquant et froid des premiers jours de décembre chassait leur gueule de bois.

Il imagina Nate. Sa petite silhouette courant aveuglément à travers les bois. La neige tombait plus dru à présent. S'ils tardaient trop à retrouver l'enfant, les choses pourraient mal tourner. Et Glick en savait long sur les choses qui échappent à votre contrôle. La prison le lui avait appris.

ROCKSAN AVAIT AVALÉ LA DERNIÈRE BOUCHÉE de son petit déjeuner et repoussé son assiette. Nate avait disparu. Elle était bouleversée, partagée. Elle aurait voulu se joindre aux recherches, mais elle était en retard pour remplacer les reines. La neige commençait à tomber et elle s'inquiétait pour les ruches. Sans nouvelles reines, elle risquait de tout perdre. Et il lui restait à vérifier les rayons, à nettoyer les nourrisseurs, à disposer la nourriture pour l'hiver. Comment maintenir les abeilles en vie et partir à la recherche de Nate en même temps ?

« Que faire ? » demanda-t-elle.

Jane déposa de la monnaie sur le comptoir et enfila son manteau. « Rentre à la maison, occupe-toi de remplacer les reines. Moi, je vais aller dans la montagne, dit-elle.

— Je te rejoindrai dans quelques heures. »

Jane hocha la tête. « D'ici là, on aura retrouvé Nate. »

Au moment où elles s'apprêtaient à quitter le restaurant, un groupe de personnes arriva dont certaines n'étaient pas du coin. Puis une rumeur se répandit – on avait découvert l'enfant sain et sauf.

Mais elle se révéla vite fausse. Des journalistes commencèrent à affluer de la ville voisine.

Angie s'approcha pour leur dire au revoir. Rocksan aimait sa sœur avec naturel et simplicité. C'était l'amour le moins compliqué qu'elle eût jamais éprouvé.

« Vous allez vous joindre aux recherches, les filles ? » demanda Angie. Elle cala un crayon derrière son oreille.

« Je vais d'abord m'occuper des abeilles. Jane a dit qu'elle y allait.

— Regarde un peu ces journalistes. Comment ont-ils appris la nouvelle aussi vite ? »

Rocksan parcourut la salle du regard. Il y avait des gens qu'elle ne reconnut pas. Des gens de la ville. Une étrange appréhension s'empara d'elle. La peur du dérangement. « C'est une histoire juteuse, Ang. L'approche d'une énorme tempête de neige, une petite communauté habitée par les ploucs stupides que nous sommes à leurs yeux, un enfant perdu dans la forêt. Ils en finiront probablement très vite avec ça, et après, ils cloueront Ethan au pilori. »

Angie serra les lèvres. Elle semblait inquiète. « J'aimerais y aller », dit-elle. Elle examina la salle. Rocksan perçut une trace de chagrin dans le regard de sa sœur. Le regret qui l'habitait depuis que sa fille avait quitté le village avec un homme marié, abandonnant le bébé. « Mais il y a Rosie. Et le restaurant sera bientôt comble.

— Il vaut mieux que tu restes », dit Rocksan. Elle jeta un coup d'œil à la petite-fille de sa sœur endormie sur une banquette. « Rosie ne va pas tarder à se réveiller. Et on aura besoin de toi ici. »

Angie hocha la tête. « Tu as raison, dit-elle, puis, se tournant vers Jane, elle ajouta : Bonne chance. Il ne peut pas survivre très longtemps par ce temps. »

Rocksan et Jane se dirigèrent vers leur voiture. Bien que six ans se soient écoulés depuis son installation à

Angels Crest, Rocksan trouvait encore totalement incongru de se voir au volant d'un pick-up. De rouler en pick-up sous une neige pareille. Elle avait toujours été une fille de la ville, avec une réputation secrètement enviée de lesbienne fouteuse de merde, responsable de l'éviction de bon nombre de politiciens conservateurs de San Francisco. Elle s'était enrichie en spéculant sur le marché immobilier. Spéculatrice. Le nouveau visage du Far West. Elle avait tenu salon dans ses piaules de Hayes Valley. Puis elle s'était réveillée un jour en s'apercevant que des années entières de féminisme anti-mecs et d'existence citadine, avec toutes ses tracasseries administratives, l'avaient vidée. Maintenant elle était là, près de sa sœur, dans ce village où elle vivait avec son amie de vingt ans, et elle rentrait chez elle pour soigner ses abeilles. Si quelqu'un lui avait dit qu'elle se retrouverait dans ce bled à quarante ans passés, elle lui aurait sans doute mis son pied au cul.

« Il pensait à quoi, Ethan, en laissant son gosse dans la voiture ?

— À mon avis, il ne pensait à rien du tout », dit Jane.

Rocksan vit l'expression d'inquiétude sur le visage de Jane. Cette inquiétude était apparue deux semaines plus tôt. Elle connaissait Jane. Jane avec ses crises de larmes et sa fragilité. Rocksan craignait de poser des questions, de heurter sa sensibilité. Elle lui prit la main ; elle était fraîche, crispée, craintive, pleine d'attente et d'amour. Il y avait si longtemps que Rocksan tenait cette main ! C'était si long de connaître une main. D'en éprouver toutes les petites rides, les plis et les défauts. De voir les abeilles se rassembler au creux de sa paume. De la sentir vous toucher dans l'obscurité ou vous soigner quand vous en aviez besoin. Cette main, Rocksan le savait, pouvait se retirer dans un accès de tristesse, et récemment plus souvent qu'elle ne l'eût souhaité. Elle avait l'impression que, depuis quelques semaines, la tendance de Jane à sombrer dans un chagrin inexplicable augmentait, comme la rougeur de ses joues.

Rocksan abaissa la vitre. Elle avait chaud. Rougissait. Le maudit retour d'âge. Jane fit mine d'avoir froid.

« Tu sais, il fait très froid dehors », dit-elle. Elle avait pris un ton hautain.

« Qu'est-ce qui te prend aujourd'hui, Jane ? Tu te comportes comme si c'était la pleine lune.

— N'est-ce pas le cas ?

— Non. Mais t'as un truc qui tourne pas rond. »

Jane croisa les bras sur sa poitrine. Elle semblait au bord des larmes. Rocksan sentit son cœur battre, la pulsation régulière de son sang frapper ses tempes. Qu'est-ce qui clochait chez Jane ?

« Quelque chose que tu voudrais me dire ? » demanda-t-elle. Elle détestait son intonation traînante quand elle s'évertuait à parler avec douceur. Mais la compagnie de tous ces montagnards avait déformé son accent. Jane lui répétait de cesser de parler comme un foutu cow-boy et de prononcer toutes les syllabes.

« Je suppose que je ferais mieux de t'en parler », dit Jane.

Le pouls de Rocksan s'accéléra. Jane était allée à la ville consulter un médecin, un mois plus tôt. Était-ce l'annonce tardive de mauvaises nouvelles ?

« Tu as des ennuis de santé ? demanda-t-elle doucement.

— Non, dit Jane, ce n'est pas ça.

— Alors quoi, bon sang ? »

Jane se mit à pleurer. Elle secouait la tête avec véhémence. Ses cheveux lui retombaient sur les yeux. Des marbrures roses lui couvraient le cou, les joues, tout le visage.

« Allez, grande perche, c'est que tu commences à m'inquiéter. »

Jane sanglotait bruyamment. Elle était larmoyante de nature, se rappela Rocksan. *Jane est celle qui pleure.*

« George m'a téléphoné. »

Rocksan crut qu'elle allait avoir une syncope. George. Le fils. Le gros mensonge suppurant qui avait empoisonné leur relation depuis quinze ans, depuis le jour où Jane avait avoué avoir mis au monde un bébé puis l'avoir abandonné. George, le secret dévoilé qui continuait de hanter leur existence comme un vieux fantôme familier bien décidé à ne pas s'en aller.

« George ? Ton fils ? »

Jane hocha la tête. Des larmes ruisselaient le long de ses joues.

« C'est bizarre, non ? déclara Rocksan. Combien de fois a-t-il appelé ? Trois, quatre fois ?

— Treize.

— Bon, mettons. Qu'est-ce qu'il veut ? » Rocksan se demanda si George savait qu'elle était riche. Elle s'en voulut d'avoir une pensée aussi mesquine, mais elle n'avait pu s'en empêcher. Le jour où elle était devenue riche, les gens étaient sortis de partout, la main tendue.

« Il a des ennuis, dit Jane, ravalant ses larmes et s'efforçant de contenir ses sanglots. Il n'a pas précisé lesquels. Seulement qu'il avait besoin d'un endroit où loger.

— Tu dis ça comme s'il se trouvait dans la ville voisine, Jane.

— Ça se pourrait. Il a quitté l'Ohio il y a quelques jours. Il vient ici. »

Rocksan agrippa le volant. Les articulations de ses doigts étaient blanches. Elle détestait les complications. Elle détestait qu'en partageant la vie de quelqu'un on se coltine ses problèmes pour l'éternité. Elle détestait que le fils – George – soit à l'origine de tous les chagrins et de toutes les angoisses de Jane.

« Bon Dieu, Jane, tu sais combien j'ai horreur des ados !

— Il a vingt ans.

— C'est pire.

— Je ne peux pas l'abandonner une seconde fois.

— Et pourquoi pas ? Ça devrait être plus facile maintenant. Au moins il sait manger tout seul. »

Rocksan entendit avec stupéfaction ces mots jaillir de sa bouche. Comme ça. Comme de minuscules serpents.

« Tu peux être une vraie garce quand tu t'y mets. »

Rocksan ne trouva rien à répondre. Jane avait raison. Elle s'en voulut. Elle se souvint de sa réaction lorsque Jane lui avait parlé de George la première fois, quinze ans auparavant. Elle avait failli la quitter parce que trop de choses lui étaient alors revenues en mémoire. Elle se souvint qu'elles s'étaient réconciliées, par la suite, chacune prenant l'engagement de ne plus jamais aborder le sujet. Mais, comme tout ressentiment, leur grief s'était révélé impossible à oublier, et Rocksan avait dû se résoudre à aimer Jane bien que celle-ci ait agi avec son fils exactement comme son propre père s'était comporté avec elle, Rocksan.

Elle regarda Jane. Elle l'aimait profondément. Avec une passion qui l'effrayait quelquefois. Elle l'aimait parce qu'elle était douce et bonne. Rocksan pensa même qu'avec l'arrivée de George Jane parviendrait peut-être à se libérer de sa culpabilité. C'était son vœu le plus cher.

L'autre souffrance que cette nouvelle avait réveillée chez Rocksan était toujours présente, cependant, tel un furoncle sur le point de percer. Jane semblait anéantie, et Rocksan sentait frémir la tendresse enfouie au plus profond d'elle-même, comme un regret qui cherchait à s'extérioriser. Mais elle avait tout gâché désormais, et l'orgueil, la gêne et la peur ligotaient ses sentiments, ainsi que tous les autres fantômes qui l'habitaient.

Jane

L'ULTIMATUM DE SON MARI AVAIT ÉTÉ CLAIR : « Tu cherches à retrouver les voies du Seigneur et tu te repens, ou tu fiches le camp, espèce de salope de gouine ! » Il avait juré de clamer au monde entier ce qu'il l'avait vue faire à l'intérieur de ce bar de Cincinnati si elle ne renonçait pas à son comportement. Son corps nu, répugnant, dans les bras d'une autre femme. « Tu aurais au moins pu baiser un homme, avait-il dit. Putain ! » Il était comme ça. Il respirait Jésus par tous les pores et le reste n'était que testostérone.

Quel était le meilleur choix ? Demeurer dans ce bourg minable qui sentait la vache et laisser son fils découvrir la vérité ? Ou partir – partir et être libre ? Plus besoin de dissimuler son amour des femmes sous ses chemises et ses tabliers d'été, ses parties de bingo avec les filles et les ventes de charité du dimanche.

En fin de compte, elle décida que partir la libérerait, car elle avait beau prier de toutes ses forces, le Seigneur ne l'entendait pas. La prière avait pour seul résultat de lui ouvrir les yeux sur ce qu'elle était réellement : une lesbienne inavouée de dix-neuf ans dans une petite ville qui accueillait les visiteurs par un énorme panneau représentant le Christ en croix avec cette inscription : QUI QUE VOUS SOYEZ, JÉSUS VOUS SAUVERA. Tout ce qu'elle connaissait de la liberté et de la servitude était en quelque sorte résumé dans l'affrontement entre ce panneau et les élans de sa chair.

Jane comprit qu'il valait mieux s'enfuir que subir les menaces de son mari, car elle ne changerait jamais, elle le savait. Elle ne serait jamais autre chose que ce qu'elle était. Elle n'avait que dix-neuf ans, voire moins par bien des aspects, mais son intuition lui disait que c'était la meilleure solution pour son fils. Elle lui épargnerait de découvrir quel monstre il avait pour mère.

Malgré tout, il lui fallut plus d'une bouteille d'eau-de-vie pour quitter en pleine nuit le petit garçon qu'elle avait aimé depuis sa conception – et même avant. Depuis qu'il était une idée dans sa tête. Sa peau claire, son cœur minuscule, battant aussi vite que celui d'un oiseau, son visage de petit homme et ses poings serrés. Elle l'aimait de tout son être, et il lui fallut cette bouteille et sans doute la moitié d'une autre pour se convaincre que l'abandonner était préférable pour tout le monde. Et parce qu'elle haïssait son mari, elle vola aussi l'argent qu'il avait mis de côté dans un bocal à biscuits pour acheter une putain de tondeuse à gazon, emporta la seule photo correcte de son bébé, prise alors qu'il n'avait pas encore cinq mois, et partit.

Elle partit, quitta tout et alla jusqu'à San Francisco, où elle s'arrêta parce que c'était là qu'elle se trouvait quand elle avait découvert que son salaud de mari avait raconté à tout le monde ce qu'elle était, et parce qu'elle avait rencontré Rocksan dans un bar, couché avec elle, et s'était installée chez elle peu après.

Aujourd'hui, en voyant la neige tomber dru, blanche, épaisse et somptueuse, Jane eut l'impression que tout convergeait. Nate, qu'elle prenait parfois pour son petit garçon abandonné lorsqu'il lui arrivait de le garder, était perdu dans les bois. Et George, dont elle n'avait jamais cessé de rêver, non comme l'homme qu'il était devenu mais comme le bébé de cinq mois qu'elle avait laissé derrière elle, s'apprêtait à venir la retrouver. *Comme on fait son lit on se couche,* se dit-elle. C'était l'idée la plus originale qu'elle ait pu formuler.

« Je vais faire un tour », dit Rocksan. Elle se gara au bout de l'allée. Elle avait besoin de prendre l'air. N'arrivait pas à respirer. Les furies qui l'habitaient la poussaient hors de la voiture, tels de petits elfes maléfiques. « Va te joindre aux recherches, dit-elle à Jane. Je veux être seule. »

Jane la regarda sortir du pick-up, sans retirer la clef de contact, et remonter l'allée en direction de leur maison, nichée quatre cents mètres plus loin, derrière un rideau d'arbres et un fouillis de mancenilliers. Réfugiés sur les versants du coteau, les mûriers et les cornouillers, dénudés et bruns, succombaient au début de l'hiver. Jane sortit elle aussi car elle allait avoir besoin de bonnes chaussures, d'eau, de son bonnet et de ses gants. Il faisait froid et il neigeait de plus en plus. Elle songea à Nate. Si petit, éveillé et plein d'entrain. Elle voulait aller là-haut, apporter son aide. Et en même temps demeurer ici, mettre un terme à cette dispute ou la poursuivre.

Elle marcha d'un pas rapide à la suite de Rocksan. Le terrain était demeuré si longtemps dans un tel état d'abandon qu'il avait fallu des machettes pour s'y frayer un chemin. La maison était restée en vente durant des années. Personne n'en voulait sous prétexte qu'elle était hantée ; en outre, il n'y avait ni eau courante ni fosse septique. Rocksan et elle avaient peu à peu redonné à la propriété sa splendeur d'autrefois, restauré le bâtiment à moitié en ruine jusqu'à ce qu'il retrouve l'éclat de sa beauté passée, réparé la vieille grange et remis en état les meubles qu'elles avaient trouvés sur place. Cette maison était leur réalisation suprême, le cadeau que s'étaient offert deux femmes amoureuses en compensation de tous leurs sacrifices.

Elle regardait Rocksan marcher, percevait la colère qui bouillonnait en elle. Rocksan aurait pu fournir de l'énergie à tout un village avec cette colère, pensa Jane. Elle avait de larges hanches et le pas lourd. Jane lui trouvait parfois une ressemblance avec une vieille Chevrolet. Ample, racée et agressive. Belle mais massive.

« Rocksan, attends-moi. » Jane détestait devoir courir derrière elle. Elle détestait se sentir toujours dépendante d'elle. C'était sa faute. Elle était venue à Rocksan comme un oiseau blessé. Rocksan lui avait paru mythique. Masculine et sûre d'elle, mais splendide avec sa peau sombre et douce et son corps à la chair souple, si pure, si rare. Quelqu'un capable de la sauver. Et qui l'avait sauvée.

« Jane, je n'ai pas envie de parler, compris ?

— Pourquoi es-tu aussi furieuse ? » C'était une question stupide, Jane le savait. Mais elle ne savait pas quoi dire d'autre.

« Bon, disons pour commencer que tu aurais pu me consulter. Tu aurais pu dire : "Au fait, Rocksan, que penserais-tu si mon fils venait nous rendre visite ?"

— J'avais peur.

— Nom de Dieu, Jane ! Tu crois que c'est mieux maintenant ? »

Jane haussa les épaules. « Non.

— Écoute, je ne veux pas d'une vie compliquée. C'est pour cette raison que nous avons quitté San Francisco. Je veux que les choses soient simples. Je ne connais rien aux ados.

— Il a vingt ans

— Vingt. Dix. Cinq. Peu importe. C'est quelqu'un qui fait partie de ton autre vie.

— Pourquoi est-ce si difficile pour toi ? »

Rocksan se figea un instant. Tout en elle sembla diminuer, se calmer. Jane crut même entendre battre son cœur. La neige tombait, mais le reste était immobile.

« Je n'en sais rien. Sauf que tu as vécu avec un homme. Tu as choisi un homme. Tu as fait un enfant avec lui. Pourquoi t'a-t-il fallu cinq ans pour me l'avouer ? »

Jane sentit le sol se dérober sous ses pieds. Le monde était un grand cercle qui rétrécissait à vue d'œil. Elle-même n'était qu'un point sur une tête d'épingle.

« Mais je te l'ai dit, Rocks, je te l'ai dit ! »

Rocksan hocha la tête et regarda au loin. « Oui, tu l'as dit. Mais tu as aussi abandonné le bébé. » Ses mots n'étaient guère plus qu'un murmure. Ils semblaient tomber délicatement sur le sol comme les flocons de neige. Jane y perçut une note de regret. Elle entendait dans cette intonation assourdie l'écho de ses tourments. Même si c'était elle, Jane, qui commençait par se sentir en tort et attaquée, elle constatait que c'était toujours Rocksan qui avait peur.

« Je t'en prie, ne me juge pas, Rocksan. Je t'en prie, ne recommence pas !

— Je ne le fais pas exprès. J'essaye de me dominer. Je sais que je peux t'aimer malgré tout. Que je t'aime malgré tout. Mais, chaque fois qu'il s'agit de George, je ne peux pas m'empêcher de penser qu'il représente une part de toi qui m'a toujours effrayée. Tu sais que mon père a fait la même chose. C'est une de ces ironies du destin ! Je suis désolée. »

Jane était décidée à ne pas pleurer. Elle avait l'habitude de lire dans le journal toutes ces histoires de jeunes filles qui accouchent dans les toilettes au bal de l'école. Qui jettent leur bébé dans la cuvette et reviennent danser. Elle en était malade. En même temps, elle était sans doute la seule personne à comprendre comment on pouvait accomplir un acte pareil, et elle en éprouvait un sentiment de tristesse et d'exclusion. Elle était une femme que ses choix avaient forcé à vivre en secret à la lisière du monde. Ce n'était plus parce qu'elle était lesbienne qu'elle se sentait anormale.

« Je t'ai expliqué pourquoi je l'ai fait. »

Rocksan hocha la tête. « Et je comprends. Je peux parfois comprendre. Mais je suis incapable de te mentir, Jane. Mentionne le nom du garçon, et je me tire en courant. Tu sais pourquoi. Ça m'entraîne là où je ne veux pas aller. »

Jane hocha la tête à son tour. Elle ne pouvait tourner le dos à George une fois de plus. Elle considérait son arrivée comme une seconde chance. Mais à quel prix ? Rocksan pouvait la quitter. Elle pouvait sauter de la barrière sur laquelle elle était assise depuis vingt ans, et décider qu'en dépit de toutes ses qualités Jane était une femme trop imparfaite pour qu'elle continue à l'aimer. Jane se dirigea vers la maison. Elle allait prendre ses chaussures, son bonnet et ses gants, et rejoindre les autres à la recherche de Nate. Que pouvait-elle faire d'autre ?

Angie

GLICK ÉTAIT À PEINE PARTI QU'ANGIE EUT ENVIE de le voir revenir. Elle était incapable d'expliquer ce sentiment. Il l'avait envahie dès le jour où Glick était arrivé au village dix ans plus tôt. Il quittait le restaurant, et elle se sentait triste et esseulée. Elle pensait : *Reviens et parle-moi.*

Dire qu'il avait passé tant de temps en prison pour un crime qu'il n'avait pas commis ! Certes, c'était ridiculement romantique de sa part, mais elle se figurait qu'il existait sûrement une femme – elle, peut-être – qui saurait le ramener à sa vie antérieure, avant que la prison ne l'ait rendu si lointain. Aussi pathétiques que puissent paraître ses désirs, elle était incapable d'y mettre un terme.

Et, à présent, Angie aurait voulu être avec Glick et les autres, à la recherche de Nate. Tout ce qui lui manquait se trouvait désormais derrière la porte, loin de cette salle et de son traintrain quotidien, qui lui paraissait si limité, sans intérêt. Mais sa sœur avait raison : elle serait plus utile en gardant le restaurant ouvert, en attendant le moment où se répandrait la nouvelle du retour de Nate. Il n'y avait que deux endroits où aller, le restaurant et le bar. Il lui faudrait être là pour ceux qui ne feraient pas la fête en se soûlant.

Cependant, les heures passaient. Il semblait que plus on restait sans nouvelles, plus le temps s'enfuyait. Il ne ferait pas jour éternellement. Et une véritable tempête de neige était en train de s'abattre sur le village. Angie n'osait imaginer avec quelle furie il neigeait en altitude.

Rosie était réveillée depuis un moment et, bien qu'elle fût tranquillement occupée à jouer avec son pingouin en peluche aux ailes usées à force d'avoir été empoignées avec passion, Angie savait que sa petite-fille perdrait bientôt patience. Elle décida de l'emmener chez elle pendant une heure, et d'en profiter pour cesser momentanément d'écouter les nouvelles que claironnait la petite télévision posée sur le comptoir. À présent, la plupart des télévisions locales consacraient leurs émissions à la disparition de Nate, et les gens portaient déjà un jugement moral sur son père.

Angie alla dans le fond de la cuisine où Rosie avait ses jouets et son petit lit. Elle s'agenouilla et embrassa sa petite-fille sur le front.

« Tu veux qu'on s'en aille ? » demanda-t-elle.

Rosie hocha la tête. Elle s'affairait à trouver le meilleur moyen de faire entrer le corps rebondi de son pingouin dans la petite ouverture d'une bouteille de lait. Elle avait les joues roses, presque enfiévrées, mais c'était fréquent chez elle, comme si elle savait, au fond, que les choses n'étaient pas comme elles auraient dû l'être, qu'elle ne possédait pas ce qu'avaient les autres enfants.

Angie regagna la salle du restaurant. Elle était pratiquement bondée, et un étranger, quelqu'un qu'elle n'avait jamais vu, entra et alla s'asseoir dans un des box près de la fenêtre. C'était un homme de grande taille aux cheveux gris, d'un certain âge, peut-être soixante-cinq ans. Serrant entre ses mains un livre corné relié de toile, il avait l'air perdu ou, plutôt, bouleversé de quelqu'un qui vient d'échapper de peu à la mort.

Voir des inconnus au restaurant était rare. Des campeurs s'arrêtaient parfois en été, et de temps en temps le parent de tel ou tel venait saluer Angie. Mais la nouvelle de la disparition de Nate s'était répandue comme une traînée de poudre. Il n'avait fallu que quelques heures pour que les gens affluent, venant de la ville, trop légèrement vêtus et trop empressés, mille fois trop. Angie, qui avait vécu dans cette région depuis son premier mariage vingt-cinq ans plus tôt, n'avait aucune confiance dans les citadins. Ils avaient toujours quelque chose de stupide à dire, sur cette exquise petite bourgade, sur le goût délicieux des muffins qui étaient servis au restaurant, sur le charme démodé des choses, et vraiment, vous avez une bibliothèque et une école ? Angie avait l'impression d'être un animal de foire, un singe dans un zoo. C'était la condescendance qui la mettait hors d'elle. Comme si elle et ceux qui vivaient là étaient des personnages imaginaires, de pittoresques attractions pour les gens réels qui avaient des vies réelles dans le monde réel.

En s'avançant vers l'étranger, elle s'était convaincue qu'il s'agissait encore d'un journaliste. Son accueil fut peu chaleureux.

« Café ?

— S'il vous plaît », répondit-il.

Il lui sourit avec aménité. Angie fut stupéfaite. Il paraissait sincèrement aimable. L'observant avec plus d'attention, elle se rendit compte que si sa démarche et son style le vieillissait, il y avait quelque chose de juvénile dans son expression. Seule sa bouche, derrière la barbe grise, révélait un brin de tension, une nuance de tristesse.

« Vous voulez commander ? »

Il consulta la carte. Puis sourit à nouveau, cette fois

timidement. « J'ai toujours beaucoup de mal à me décider.

— Je vous abandonne une minute et je reviens avec votre café.

— C'est gentil de votre part », dit-il, reportant son regard hésitant sur le menu.

Un groupe d'écoliers pénétra alors bruyamment dans la salle. Angie savait que Hilda, la serveuse qu'elle employait à mi-temps, serait là d'un instant à l'autre, mais elle plaça elle-même les garçons. Ils commandèrent tous des sodas, à l'exception d'un seul qui réclama un chocolat chaud. Angie leur distribuait les menus quand Hilda arriva enfin, nouant un tablier autour de son ample taille. Au moment où elle s'éloignait de la table, Angie entendit les garçons parler d'Ethan, de la battue, de l'enfant qu'il fallait retrouver. Ils semblaient pressés. Ils manquaient l'école et voulaient se rendre au départ de la piste pour apporter leur aide.

Angie plaça son carnet de commandes dans la poche arrière de son jean, prit la cafetière et retourna près de l'étranger. Elle remplit la tasse et sortit son carnet.

« Vous avez choisi ?

— Un sandwich. Au thon. Pas de frites.

— Bien. Je peux vous apporter une salade de fruits à la place. »

Il acquiesça. Il paraissait nerveux et préoccupé.

« Une autre boisson, à part le café ?

— Non, merci. »

— Parfait. » Elle remit le carnet dans sa poche et s'apprêta à s'en aller.

« S'il vous plaît », fit-il.

Suivit un long silence. « Oui ?

— En fait, je me demandais si vous pourriez m'aider. J'ai entendu à la radio qu'un enfant s'était perdu. Je me suis dit que, puisque je suis ici, je pourrais donner un coup de main à ceux qui le cherchent. »

Angie le dévisagea un moment. Ce qui était grossier de sa part, elle le savait.

« Vous êtes journaliste ?

— Seigneur, non ! Comme je l'ai dit, j'ai simplement envie d'apporter mon aide. »

Angie l'examina avec attention. Il semblait sincère.

« La route est difficile là-haut. Difficile à trouver. Vous avez une bonne voiture ? »

Il fit timidement un geste en direction de la fenêtre. Une Mercedes noire.

« Vous allez la salir », dit Angie.

Elle se rendit compte qu'elle l'embarrassait et s'en voulut. Quelle importance s'il avait été journaliste ? C'était une manière de gagner sa vie. Il faut bien gagner sa vie. Et s'il n'était pas journaliste, s'il disait la vérité, elle n'avait plus qu'à remballer son mépris.

« Vous voyez ces garçons à la table, là-bas ? »

Il chaussa ses lunettes, suivit le regard d'Angie, puis hocha la tête.

« Ils y vont, eux aussi. Je peux les avertir que vous allez les suivre. Ils s'assureront que vous arriverez jusque-là. »

Il ôta ses lunettes. « C'est très gentil de votre part.

— Pas de problème, répondit-elle.

— C'est affreux, n'est-ce pas ? J'ai trois fils. Ils sont tous adultes. Mais vous n'oubliez jamais qu'ils ont été petits et vulnérables. Je n'ose pas imaginer ce que traverse ce pauvre père. Ou le petit garçon. Ça me fait mal de penser à cet enfant perdu dans les bois. »

L'homme posa brièvement la main sur son cœur, et son geste attrista Angie. Pendant un court instant, elle se figura sa petite-fille perdue dans la forêt. Une vision au milieu d'un paysage désolé, silencieux, profondément enfoui en elle, que les mots ne pouvaient décrire.

À ce moment, d'autres clients arrivèrent. Deux

rangers et ce qui ressemblait fort à des journalistes. Angie n'avait jamais eu autant de monde. Elle regarda le livre usé et déchiré de son client. Des caractères hébreux sur la couverture, une étoile de David.

« Je vais prévenir les garçons que vous allez les suivre jusque là-haut. Soyez prudent. Vos chaussures ne vont pas vous protéger longtemps du froid et de l'humidité et, croyez-moi, ces bois peuvent vous avaler tout cru. »

Il lui jeta un bref regard. Puis il se retrancha derrière quelque chose qui passait dans ses yeux, un souvenir peut-être.

Angie mit dans le sac les jouets de Rosie, ses albums de coloriage et ses crayons, et fourra le tout dans le pick-up ; ensuite, elle attacha l'enfant sur son siège et se mit en route. Elle habitait à cinq minutes du restaurant, dans une petite maison proprette avec une barrière blanche qui entourait la pelouse et la balançoire de Rosie. Quatre ans auparavant, lorsque sa fille Rachel avait déposé Rosie avec vingt dollars et un paquet de couches, Glick était venu et avait accroché un pneu à l'un des arbres. Rosie n'était pas encore capable de l'utiliser. Mais Angie se souvenait qu'il n'avait pas posé une seule question. L'empathie était tout entière dans son geste. Maintenant que la neige tombait sur les arbres dépouillés, la balançoire paraissait nue et abandonnée.

Les fleurs de l'été s'étaient fanées et les grandes feuilles des sycomores jonchaient la pelouse. Il faudrait qu'elle les ratisse – encore une tâche à accomplir. Il lui semblait que sa vie était une longue liste de choses à faire, qu'elle cochait et remplissait à nouveau. Il y avait eu une époque, à la fin de son second mariage, où elle avait rêvé de prendre des vacances. Dans son esprit, elle voyait toujours la même plage, les mêmes palmiers, le même hamac, une image que sa mémoire avait piquée dans un magazine quelconque.

Mais cette image s'était effacée quand sa fille s'était introduite dans la maison par une sombre nuit d'automne et avait abandonné le bébé. *Chère maman, peut-être te débrouilleras-tu mieux avec elle qu'avec moi.* Le billet ne disait rien de plus. Ensuite, il n'y avait plus eu de place dans la tête d'Angie pour des rêves de vacances.

Angie gara la voiture et aida Rosie à sortir. La petite fille serra contre elle son pingouin en peluche et courut jusqu'à la maison. Lorsque Angie la rattrapa, elle était déjà en train de nourrir le poisson rouge, prenant juste une pincée de nourriture, comme Angie le lui avait montré, avant d'en saupoudrer l'eau.

« Mamie, comment ça se fait que Nate soit parti dans la forêt ? »

Angie secoua la tête. « Il est parti chercher son papa.

— Quand est-ce qu'ils vont le retrouver ?

— Bientôt, mon bébé. »

Angie était toujours étonnée de voir les enfants aussi sensibles et vulnérables. Elle ne se souvenait pas d'avoir eu cette impression avec sa propre fille. Elle observait Rosie qui regardait l'aquarium. Fascinée, captivée par le mouvement, les bulles, l'étrangeté de l'eau. Angie s'était juré qu'elle réussirait mieux avec elle. Pas une journée ne s'écoulait sans qu'elle éprouve du regret pour la manière dont elle avait élevé sa fille. Elle s'accusait d'être la cause de son départ : enceinte, elle avait filé en douce avec un homme marié dont la femme s'était retrouvée coincée avec trois enfants, un emprunt immobilier et la quincaillerie. Heureusement, Ethan avait acheté la boutique, et la femme et ses trois gosses avaient fini par quitter le village. Angie contempla longuement Rosie, le fruit de cette union. Elle souhaitait que Rosie n'apprenne jamais la vérité.

« Il faudra que je retourne au restaurant, ce soir », dit Angie.

Rosie se retourna et la regarda, puis s'approcha et s'assit à côté d'elle sur le petit lit. Elle posa sa main sur la cuisse d'Angie puis la frotta contre son jean. Elle semblait étonnamment sérieuse et rêveuse pour une enfant de cinq ans. Une odeur de restaurant se dégageait d'elle et autre chose aussi, un parfum sucré, celui du pain ou du pudding.

Rosie dit : « Je n'ai pas envie d'y aller.

— Tu resteras chez tante Rocksan et Jane. Je viendrai te chercher demain matin. »

Rosie avait les yeux plongés dans les siens et Angie savait qu'elle réfléchissait à cet élément nouveau. Elle n'ignorait pas combien Rosie aimait Rocksan et Jane. Elles vivaient dans cette ancienne propriété, en bordure du village - une grande bâtisse en bois entourée d'une vaste étendue de terrain et d'une quantité d'endroits à explorer. Et, plus fascinant encore, on la disait hantée par le fantôme du vieil homme qui y avait vu mourir toute sa famille et qui avait laissé la maison à l'abandon jusqu'à ce qu'elle tombe en ruine. Rocksan avait un cœur gros comme ça, malgré son mauvais caractère, et un corps ample et rebondi contre lequel Rosie aimait se blottir. Un jour, Rosie avait demandé à Angie si Rocksan était un homme.

Elle regarda sa grand-mère. « Rocksan m'a raconté qu'à la fin de l'été les dames abeilles tuent tous les hommes abeilles.

— Ce n'est pas très gentil.

— Rocksan dit que c'est parce qu'ils sont paresseux et qu'on n'a plus besoin d'eux, alors toutes les dames abeilles les tuent.

— Elle doit le savoir.

— Les vraies dames ne font pas ça.

— Tu as tout à fait raison.

— Ma maman était une dame ? »

Angie se leva brusquement. Elle s'y attendait depuis longtemps. Et voilà. Elle se rappela sa fille qui à treize ans sortait en douce la nuit pour rejoindre les garçons, fumer des joints et s'envoyer en l'air. Elle pensa à la mort de son premier mari. À l'ineptie de son second mariage avec ce gros crétin de camionneur bon à rien. À elle-même, le jour où elle avait vu sa fille disparaître par la porte d'entrée. Ils étaient tous partis à présent. Il ne restait qu'elle, cette maison et cette enfant. C'était toute son histoire désormais.

Elle tendit la main vers la fillette, qui se leva du lit. Angie espérait qu'en changeant de sujet elle pourrait éviter cette conversation, cette occasion, ce moment. Mentalement, elle nota de parler à Rocksan de ces maudites abeilles. Elle en avait par-dessus la tête des faux bourdons, des reines et des abeilles vierges, et, bien qu'il ne s'agisse que d'un ramassis d'insectes volants armés de dard, les ruches ne renfermaient pas moins de mystère pour sa petite-fille que l'absence de sa mère et de son père.

« Chérie, dit Angie, si on allait regarder le catalogue de Sears et choisir de quoi te tenir chaud aux mains et aux pieds cet hiver ? »

L'idée parut plaire à Rosie. Pourtant, d'habitude, il n'était pas facile de détourner son attention. Mais Angie savait combien sa petite-fille était intelligente. Elle possédait ce radar propre aux enfants. Ce bon sens qui consiste à ne pas retirer l'unique pierre qui retient l'avalanche. Pas encore.

Cindy

CINDY AVAIT QUITTÉ GLICK AVEC L'INTENTION de rentrer chez elle. Mais elle n'en avait pas eu le courage. Tout dans son triste appartement était marron. Tapis marron, papier peint marron, meubles marron. Couleur de merde. Son estomac se soulevait à la seule pensée de pénétrer dans le lotissement et de lire le panneau – SKYVIEW MANORS – affiché sur le côté de l'immeuble. Elle n'y trouvait aucun répit, rien qui pût atténuer sa solitude et la rage qui couvait en elle.

Elle savait que Trevor serait au bar dès la première heure, à nettoyer le foutoir de la veille afin d'ouvrir à dix heures pour les pochards du matin. Aussi décida-t-elle de s'octroyer un petit fortifiant en prévision des épreuves de la journée.

Trevor la fit entrer et lui versa un verre. Elle ôta sa casquette de base-ball rouge et la posa sur le bar avec les cinq dollars qu'elle avait trouvés dans son porte-monnaie. Trevor ne toucha pas à l'argent, comme d'habitude, et alluma une cigarette.

« Cindy, j'ai une très mauvaise nouvelle à t'annoncer », dit-il.

Elle sentit son cœur cesser de battre. La première pensée qui lui vint à l'esprit concerna Nate. Rien de précis, juste Nate, l'univers de Nate, et tout ce qu'il renfermait d'espoir et de tragédie. Puis elle pensa que Trevor était peut-être seulement furieux qu'elle soit partie avec Glick la veille. Il était de tempérament jaloux et, bien qu'elle lui eût dit et répété qu'ils n'avaient pas d'avenir ensemble, il ne voulait rien entendre.

« Quoi, Trev ?

— Le petit. Ton petit garçon s'est perdu. »

Cindy saisit son verre d'un geste instinctif. Elle le reposa.

« Comment ça, perdu ?

— Ethan a emmené Nate là-haut sur l'ancienne piste d'Angels Crest pour repérer des traces de daims. Il l'a laissé dans la voiture et à son retour Nate avait disparu.

— Disparu ? C'est quoi cette blague ? » Elle s'était mise debout. Ses veines semblaient près d'exploser, comme si elle était parcourue d'éclairs d'électricité, comme si elle allait prendre feu. « On ne l'a pas retrouvé. Ils sont tous partis à sa recherche en ce moment.

— J'y vais.

— Attends une minute, dit Trevor. Je t'accompagne. »

Elle n'attendit pas. Elle s'élança vers sa vieille Toyota déglinguée, sentant encore la brûlure du whisky dans sa gorge, et mit le contact. Trevor sauta sur le siège du passager au moment où elle démarrait en trombe.

« Il va neiger, dit-il. Il te faut quelque chose de plus chaud que ça. »

Elle sentit son regard posé sur elle, crut entendre le mot « traînée » dans ses paroles. Il la voyait vêtue comme elle l'était la veille quand elle était partie avec Glick.

« Tu as raison. Un manteau. Et de bonnes chaussures. Mais vite. »

Elle avait si froid tout à coup, si peur ! Elle voyait

la trajectoire de sa vie dévier lentement, incontrôlée, pour l'amener à cet instant, à cet aujourd'hui. Ses parents l'abandonnant alors qu'elle n'avait pas trois ans à la garde de sa grand-mère alcoolique, son quasi-mariage avec Trevor avant la venue d'Ethan. Les premières belles années avec Ethan, le bonheur qu'elle avait dissipé par avidité et absence d'espoir. La naissance de Nate, déboulant dans sa vie comme dans un rêve. Et elle en était là, aujourd'hui, divorcée, perdante dans une bataille pour la garde de l'enfant qui avait été si brutale qu'elle l'avait vieillie de vingt ans, déjà ivre à huit heures du matin, en route pour retrouver son petit garçon inexplicablement perdu dans la forêt.

« Il a disparu depuis combien de temps ? » demanda-t-elle. Elle ne voulut pas entendre la réponse. Elle ne cherchait jamais d'excuses à son penchant pour l'alcool, mais elle savait que, si la réponse était celle qu'elle redoutait, elle n'avait plus qu'à encaisser ce coup-là en se soûlant à mort. En vérité, elle avait toujours éprouvé une peur prémonitoire qu'il arrive malheur à Nate. Elle ignorait pourquoi cette pensée se glissait dans son cerveau. Dans ses moments de lucidité, quand elle l'analysait, elle en déduisait qu'elle avait sans doute un rapport avec son propre destin, la façon dont elle menait sa vie au désastre. Pourtant, la seule prière qu'elle ait jamais formulée était destinée à son fils et c'était toujours la même, avec les mêmes mots qui se bousculaient comme s'ils entraient en collision. *Mon Dieu, je sais que je suis une alcoolique, je ne vous demande pas de me pardonner ni de m'accueillir au ciel mais, je vous en supplie, faites que Nate soit toute sa vie à l'abri du danger.*

« Il a disparu depuis deux heures », dit Trevor. Il alluma deux cigarettes et lui en tendit une. Elle roulait pleins gaz dans Main Street, vers son appartement couleur de merde, son fils avait disparu.

MonDieujesaisquejesuisunealcooliquejenevousdemandepas-deme pardonner...

« Merde ! » s'exclama-t-elle. Elle tendit la main et ouvrit la boîte à gants. À l'intérieur se trouvait la bouteille de whisky qu'elle avait prise chez Glick. Elle l'ouvrit et but une longue gorgée. Elle pensa à Glick, se rappela qu'il n'avait pas voulu l'embrasser lorsqu'elle était partie le matin même, et qu'elle en avait été blessée et humiliée. Elle se rappela aussi cette nuit où Ethan l'avait trouvée au lit avec Glick, exactement comme elle l'avait prévu, jouant sa carte maîtresse, et que tout s'était retourné contre elle. Puis elle imagina son petit garçon, perdu dans les bois, et d'une certaine manière tout semblait s'enchaîner, comme une plongée irrésistible vers le moment présent. Elle s'étonna de l'ordre qui régnait dans le chaos. Si elle avait agi une seule fois différemment, même des années auparavant, peut-être que rien ne serait arrivé aujourd'hui, se dit-elle. Mais sur quoi s'arrêter ? Comment savoir, au départ, à quel moment vous vous êtes engagé dans une mauvaise voie ?

« Tu es sûr qu'il a laissé Nate dans le pick-up ? Ethan fait toujours tellement attention. C'est pas son genre. »

Trevor hocha la tête. « Je t'ai dit qu'il était égoïste. Je t'ai dit que tu n'aurais pas dû te marier avec lui. C'était stupide de sa part, complètement dingue, de laisser un enfant de trois ans seul dans son putain de pick-up ! Il n'a rien dans la tête, c'est sûr. Si tu veux savoir, même moi je n'aurais pas laissé un môme de trois ans dans une voiture. »

Elle regarda Trevor. Il parlait et parlait, sans arrêt. Elle aurait voulu qu'il la boucle. Elle se gara sur son emplacement de parking, le numéro 12, et monta l'escalier en courant, laissant Trevor dans la voiture. Elle s'empara d'un sac à dos et y fourra diverses affaires. D'abord, la bouteille de whisky qui était sous l'évier de la cuisine. Puis des gants et un bonnet. Elle enfila des chaussettes de montagne et ses plus robustes chaussures. Elle s'interrompit une minute, le temps d'ouvrir une bière. Elle en avait avalé deux ou trois bonnes gorgées quand elle la vit, posée sur le comptoir : l'assiette en carton avec des macaronis collés tout autour du bord. Nate l'avait faite pour elle.

L'assiette lui rappela l'école maternelle de Calvary Church, dans laquelle il venait d'entrer. L'endroit semblait convenir, à l'exception du prêtre, frère Powell, qui ne pouvait s'empêcher d'arrêter chaque fois Cindy au passage et de lui prendre la main, de lui dire que Dieu n'aimait pas les pécheresses. Elle se rappela avec un frisson qu'un jour il lui avait tenu la main en l'invitant à venir le voir, ajoutant qu'il l'assisterait spirituellement. Elle n'avait pu chasser l'idée qu'il avait autre chose en tête qu'un petit examen de conscience en compagnie du Seigneur.

C'était la veille seulement que Nate avait collé cet amas de macaronis sur l'assiette en carton. Une œuvre d'art, avec de grosses gouttes de colle. Il en était tout fier. Elle avait promis de l'accrocher au mur. Il faisait des choses qu'il n'avait jamais faites auparavant ; comme si une lumière s'allumait tous les jours au-dessus de sa tête. Elle ramassa l'assiette et évoqua tout ce qui lui venait à l'esprit à son sujet, sa peau, ses cheveux, son odeur, refusant d'imaginer le reste, la forêt, la peur – avait-il un manteau ? Elle pensa de nouveau à Ethan, le seul homme qu'elle eût jamais aimé et qui lui avait refusé l'unique chose qu'elle attendait de lui : qu'il l'aime pour toujours. Elle se demanda encore une fois ce qu'elle aurait pu faire pour que ce matin, ce jour, n'arrive jamais. Elle se considérait comme l'unique responsable, car si elle avait agi d'une autre façon, si elle n'avait pas couché avec Glick deux ans plus tôt, peut-être Nate ne serait-il pas perdu dans les bois aujourd'hui.

Trevor pénétra dans l'appartement. Il la vit qui

tenait l'assiette dans une main, la bouteille de bière dans l'autre. « On va le retrouver. »

Elle secoua la tête.

Il l'embrassa. Elle secoua à nouveau la tête. Elle aurait préféré qu'il la laisse tranquille. Son geste lui rappelait Glick et son baiser plein de compassion du matin. En temps normal, elle aurait pesté pendant des heures – fulminé contre l'humiliation et la commisération contenues dans ce baiser. Mais à cet instant elle n'y prit pas garde, se dirigea vers la voiture et donna les clefs à Trevor. Pendant qu'il démarrait lentement, avec son agaçante prudence, elle se tassa dans son siège, formant des vœux : qu'Ethan l'aime encore, que Nate soit hors de danger, qu'elle cesse d'être une ivrogne. Comme une litanie. Elle but une gorgée de whisky et contempla en silence la neige qui commençait à tomber.

Glick

LE PICK-UP SE DIRIGEA VERS LE SOMMET en grondant et dérapa sur la glace. L'éclat argenté de la neige était atténué, assourdi par la forêt. Plus la voiture montait, plus les arbres se rapprochaient, comme une foule qui attend que se produise un événement. Ou des prisonniers rassemblés autour d'une table de jeu ou d'un combat sanglant.

Glick quitta la route pour s'engager dans la piste coupe-feu. La terre était dure et glissante sous les roues. De temps en temps, il jetait un coup d'œil dans le rétroviseur, regardait le chien qui haletait et jappait joyeusement, inconscient.

La tempête avait assombri la montagne. Les phares éclairaient la route étroite, et le large surplomb des arbres et des ronciers formait une ample voûte au-dessus du pick-up. En altitude, l'air était plus dense, plus humide, la neige tombait plus dru et la condensation s'élevait en volutes parmi les arbres.

Glick atteignit enfin la clairière et éteignit les phares en s'apercevant qu'ils étaient braqués sur Ethan, debout près de son pick-up, une cigarette à la main. Ça lui rappelait les projecteurs, dans la cour de la prison. La façon dont on utilisait la lumière pour débusquer les criminels qui se planquaient. Croyant pouvoir s'échapper.

Il coupa le moteur. Il faisait un froid mordant dehors et il neigeait fort. Il se frotta les mains. Le chien gémit à l'arrière ; Glick le fit descendre, avant de s'approcher d'Ethan. Il l'entendit disparaître dans les bois. Pas besoin de siffler. Le chien reviendrait.

« Salut, Glick, fit Ethan, qui détourna les yeux avant même d'avoir croisé les siens.

— Du nouveau ? »

Ethan fit non de la tête et Glick l'étudia avec attention. Il avait passé trop de temps derrière les barreaux pour ne pas savoir, d'un simple coup d'œil, évaluer le degré de culpabilité d'un homme. Il accrocha le regard d'Ethan pendant une seconde et mesura l'étendue de sa faute. Témérité. Imprudence. Peut-être de l'égoïsme. Mais pas plus.

Appuyé de biais contre le pick-up, Ethan se redressa d'un coup de reins. Il secoua la cendre de sa cigarette. Glick nota que les mains d'Ethan tremblaient, sans pouvoir dire si c'était à cause du froid ou de sa nervosité. Il sentit en lui quelque chose de dur et d'acéré auquel il ne put donner un nom.

« J'en reviens, fit Ethan. J'y suis resté pendant des heures. Les rangers sont sur place. Le shérif. Il y a des gens de la ville qui commencent à arriver. Il fallait que je quitte ces maudits bois pendant une minute. Maintenant que je suis ici, je sens que je dois y retourner. »

Glick avait du mal à regarder Ethan. Il jeta un coup d'œil à l'intérieur du pick-up de son ami. Vit la glacière à l'arrière. Le fusil appuyé à la fenêtre.

« J'ai emporté un paquet d'affaires, dit-il. De quoi tenir pendant des heures. »

Ethan hocha la tête, et Glick s'apprêtait à lui dire au revoir et à s'enfoncer dans la forêt quand Ethan laissa échapper un sanglot. Il se jeta en avant et prit maladroitement Glick dans ses bras. C'était un grand gaillard, plus grand que lui, et il sentit dans cette brève étreinte toute la lourdeur de ses muscles, la lassitude de ses os tandis que lui-même s'appuyait au pick-up pour ne pas tomber. Ethan se recula avec la même soudaineté, lâcha Glick et s'essuya le nez sur la manche de sa chemise. Son geste trahissait la honte et le regret, un sentiment de perte. Il effaçait leur histoire, et Glick se souvint du jour où Ethan l'avait surpris avec sa femme. Il se rappela les mots qu'il avait prononcés alors : « Je devrais te tuer. » Il comprit la signification de cette étreinte : c'était un trait tiré sur le passé, la confirmation que tout ce qui avait mal tourné entre eux avait aujourd'hui disparu, remplacé par quelque chose de beaucoup plus important et aux conséquences ô combien plus graves.

« Je le trouverai, dit Glick.

— Sincèrement, vieux, j'espère que ce sera toi. »

Glick hocha la tête. Il sentit une sorte de paix naître de la tristesse. En son for intérieur, il savait que l'enfant courait un très grand danger, qu'il était peut-être mort. Tout pouvait lui être arrivé : être tombé du haut d'une falaise, avoir fini dans l'un des torrents, s'être tordu la cheville.

« Tu sais que Chien est un bon pisteur », dit-il en voyant l'animal revenir en courant, agitant la queue, la langue pendante, son haleine embuant l'air.

Ethan se pencha et caressa la tête du chien.

« Je me souviens du jour où ce salaud t'a mordu. » Il eut un rire douloureux. « C'est ce qu'on appelle mordre la main qui vous nourrit. »

Glick eut soudain envie de s'éloigner de la souffrance d'Ethan. Elle était intense, presque physique, au point qu'il en sentait le poids jusque dans son corps. Mais il ne voulait pas se mettre en route trop tôt. Ce moment, la minute où il était apparu et avait lancé le chien sur la piste, représentait l'expression de son remords et l'assurance de voir disparaître leurs griefs dans le sillage de la tragédie d'Ethan.

« Je crois que je vais y aller. Je pourrai repérer des empreintes fraîches avant que quelqu'un les brouille, et le chien flairera peut-être une trace encore vierge. » Il avait utilisé ces mêmes mots quand il chassait le daim avec Ethan. Il se sentit honteux. Il espéra qu'Ethan ne l'avait pas remarqué.

« J'ai fouillé ces bois toute la matinée. Les rangers aussi. Ils ont fait venir un hélicoptère. Deux chasseurs sont arrivés à cheval. On dirait qu'il s'est volatilisé.

— Personne ne se volatilise comme ça », déclara Glick. Mais il connaissait la forêt. On pouvait s'y perdre en quelques minutes : il n'était pas nécessaire d'aller bien loin pour se retrouver complètement caché par les arbres. Ou la lumière se réfractait subitement sur le granite et vous transformait en ombre. Le bruit des torrents ou du vent étouffait les appels des sauveteurs et le froid vous forçait à vous abriter dans d'invisibles anfractuosités, hors de vue.

Ethan sourit tristement. Glick comprit qu'il en était aussi conscient que lui. Les mains tremblantes, Ethan tira une bouffée de sa cigarette. Il dit : « Nate portait un pyjama blanc, avec des lunes bleues. »

Glick fit un signe de tête, tourna les talons et s'enfonça parmi les arbres.

La lisière de la forêt était sombre et indistincte dans la lumière pâle du petit matin. Si Glick n'avait pas parcouru ces montagnes pendant dix ans, s'il n'avait pas gardé le souvenir de son incarcération, il se serait senti en danger et vulnérable. Mais, au cœur de ces bois, il éprouvait un certain réconfort. Ethan et lui en avaient fait ensemble l'apprentissage. Peu à peu, ils s'étaient initiés au langage des saisons, avaient appris à pister les daims, à repérer les excréments d'ours quand ils chassaient seuls, à flairer l'odeur particulière de l'orage qui menaçait. Et Glick se rappelait avec quelle rapidité il s'était laissé envoûter. Dans la forêt, la prison n'existait plus, n'avait jamais existé. La solitude, les effluves qui montaient de la terre, l'intimité ; dans la forêt, il était libre, triomphant.

Glick leva les yeux. Les arbres formaient autour de lui une masse amicale et silencieuse, qui le rassérénait. L'orage avait une odeur plus forte dans l'enchevêtrement des pins et de leurs branches. Glick sentait un crépitement dans l'air malgré le manteau blanc qui tapissait le sol. Le chien partit en avant. Il l'entendit se frayer un passage à travers les buissons.

Pénétrer dans l'obscurité grandissante des bois le ramena soudain à ces six années passées derrière les barreaux. Il s'abandonnait à ces pensées uniquement quand il était seul. Il y avait une tension réconfortante dans sa rage. Lorsqu'on l'avait libéré, il s'était attendu à des excuses. L'argent de l'indemnité durerait sans doute jusqu'à la fin de sa vie, mais ce n'était pas suffisant. Il voulait des mots. Il voulait qu'un autre exprime du remords. Peu lui importait qui. Les procureurs trop zélés qui avaient manipulé les pièces à conviction avec malhonnêteté. La femme qui l'avait désigné lors de la séance d'identification, et qui s'était trompée, le prenant pour un autre. Le gang des pointeurs qui l'avaient tabassé à l'intérieur de la prison parce qu'il était blanc, n'appartenait à aucune bande, refusait de se joindre à un groupe et restait seul dans la cour à lire des vieux journaux en lambeaux. Il lui semblait que le monde entier lui devait des excuses, et il s'était abruti dans l'alcool en attendant qu'elles viennent. Puis, un jour, il avait compris que personne ne reconnaîtrait jamais qu'on lui avait volé ces années de son existence. Il avait saisi sa bien-aimée bouteille, l'avait vidée dans l'évier et avait quitté Los Angeles.

Aujourd'hui, il n'avait qu'un vague souvenir des agressions humiliantes qu'il avait subies. Comme si un lourd rideau s'était abaissé sur cette partie de sa vie. Il n'en restait pas grand-chose, sinon le paisible réconfort de sa rage et des images obscures, incandescentes, semblables à des rêves.

Il entendit un bruissement derrière lui, un écureuil ou une souris qui détalait. Au-dessus, le frappement lugubre d'un pic qui s'acharnait en vain à déloger quelques derniers insectes avant l'arrivée de l'hiver se répercutait d'un arbre à l'autre. La neige avait enseveli toute trace. Mais c'était très beau, et les bruits de la forêt s'étaient tus comme pour faire place à ses pensées.

Il continua à avancer. Il se représenta Angie, ses cheveux blonds retenus en chignon. Il se souvint d'un jour où il était entré dans le restaurant désert et l'avait vue dénouer ses cheveux, qui lui tombaient en bas du dos, pour les démêler. Elle les brossait d'un geste nonchalant, comme inconsciente de son geste, et la façon dont elle se tenait, les pieds écartés, le dos un peu cambré et la tête rejetée de côté, l'avait ému. Il était resté figé sur place à l'observer et elle avait soudain deviné sa présence, s'était retournée vers lui vivement, avait croisé son regard et rougi. Il s'en souvenait encore aujourd'hui comme si la scène avait éveillé son désir, alors qu'il avait ressenti quelque chose de plus profond et de moins explicite.

Il laissa ses pensées vagabonder un moment, évoqua l'image de leurs deux corps enlacés, peut-être chez elle, dehors, à l'endroit où il avait installé la balançoire de sa petite-fille. Mais il ne laissa pas son imagination s'aventurer plus loin. C'eût été un manque de respect ; en outre, c'était quelque chose qu'il n'osait pas espérer, ou désirer.

La lumière commença bientôt à changer et les ombres s'épaissirent. Glick consulta sa montre. Il marchait depuis presque trois heures. Sans avoir vu la moindre trace du fils d'Ethan. Le chien était de plus en plus impatient et fatigué. Et la neige, qui était tombée par intermittence depuis le matin, s'était mise à tourbillonner autour de lui, masquant ses empreintes, rétrécissant son champ de vision.

Il songea alors à Cindy et, pour la chasser de son esprit, il ouvrit son sac à dos, mangea un morceau de saucisse et un des gâteaux d'Angie. Il enfila son bonnet et ses gants puis, soudain gagné par l'inquiétude, vérifia sa lampe torche. Il s'assura aussi que les allumettes étaient intactes, que la fusée et le réchaud étaient à portée de main. Mais il eut beau s'affairer, il ne parvenait pas à ôter de son esprit la brutalité avec laquelle il avait embrassé Cindy près des toilettes du bar et essayé de la baiser plus tard, sur son lit, alors qu'elle était à moitié hébétée par l'alcool. Il revoyait les chats s'étirer de tout leur long sur la commode, les yeux grands ouverts, pendant que le sommier grinçait, le reflet du clair de lune dans leurs prunelles qui brillaient dans la pièce obscure d'un éclat presque translucide.

Il n'oublierait pas de sitôt cette nuit avec Cindy, pas plus que les six années de sa vie passées en taule pour un crime qu'il n'avait pas commis. D'une certaine manière, c'était une seule et même chose : la même route sombre, les mêmes choix erronés, la même gueule de bois après le même mauvais rêve. C'était ce que Glick avait tenté de fuir, sans espoir d'y échapper jamais. Ce voyage à travers les ténèbres. Cette honte. Depuis sa libération, il était irrésistiblement poussé vers ce qui pouvait lui arriver de pire. Et quand il cédait à ses désirs, il le faisait presque avec soulagement.

Il se rappela comment Cindy avait roulé sur le côté après leurs malheureux efforts pour faire l'amour. Elle était à peine consciente et il savait qu'elle n'en aurait presque aucun souvenir. Et, bien qu'ils n'aient abouti à rien, il avait l'impression d'avoir commis le crime dont il avait été accusé à tort. Il lui semblait que cela suffisait à satisfaire ses besoins sexuels. Les aventures d'un soir après sa sortie de prison, les visages des femmes qu'il avait baisées sans même les connaître, se dressaient aujourd'hui devant lui, comme des fantômes, et le laissaient avec sa tristesse et ses regrets. Il n'était pas l'homme qu'il avait espéré devenir un jour.

Dégoûté de lui-même, conscient de ses échecs et du fait que depuis un long moment il avait oublié la raison qui l'avait amené dans cette forêt, il résolut de rebrousser chemin. Or, à l'instant où il prenait cette décision, le chien leva la tête dans le vent et se dressa, flairant une odeur. Tout aussi vite, il s'élança dans les bois et Glick le suivit, le cœur battant. Mais ils coururent longtemps en vain. Et lorsque Glick se retourna, il constata qu'il s'était égaré. Il passa mentalement en revue ce qu'il avait emporté dans le sac et se rendit compte qu'il avait oublié sa boussole.

« Putain de clebs », marmonna-t-il.

Le chien, qui avait toujours été sensible aux intonations de louange ou de réprobation de son maître, courba la tête.

« On s'est paumés, maudit bâtard. »

Le chien regarda ailleurs, l'air ahuri.

La nuit tombait vite. Glick avait pratiquement perdu le sens de l'orientation et le chien aussi, apparemment. Il chercha à distinguer le sommet d'Angels Crest pour se repérer, sans résultat. Les nuages étaient bas. Le monde avait disparu. Glick ne parvenait pas à déterminer dans quelle direction il se trouvait. En gravissant une pente, il glissa et tomba de plusieurs mètres dans un ravin gelé. Le chien dégringola à sa suite, et tous deux – ce qui lui parut du dernier comique – se retrouvèrent emmêlés.

« Merde ! » s'exclama-t-il. Il repoussa le chien et dut admettre avec désespoir que, submergé par la honte et l'amertume, il s'était perdu. Ça ne lui était jamais arrivé. Le souvenir de sa première journée en prison lui revint brutalement à l'esprit ; il se revit à quatre pattes, subissant l'atroce humiliation du viol collectif, sous les quolibets et les vociférations des autres détenus, de ceux qui participaient et de ceux qui regardaient. Le sang. Et, enfin, les larmes dégradantes.

Les larmes, entre autres, avaient été le coup final. Inondant son visage, ses pleurs silencieux l'avaient en quelque sorte détruit. L'avaient changé – mais il n'aurait su dire clairement en quoi. Les larmes l'avaient *changé*, c'est tout, et bien qu'il n'eût plus jamais eu à subir le même sort – il ne sut jamais pourquoi – il avait quitté la prison six ans plus tard habité d'une rage féroce.

Soudain, tandis que l'obscurité s'épaississait et que la neige tombait en rafale, Glick poussa un petit cri, presque un sanglot, conscient que la panique s'était emparée de lui à son insu. Il regarda le chien. Il avait l'air penaud et coupable.

Accablé, Glick s'assit en tailleur au fond du ravin, assailli par les souvenirs, ses regrets stupides et inutiles, la succession de ses échecs récents, d'abord avec Cindy puis maintenant avec Ethan. Pour finir, non seulement il n'avait pas trouvé Nate, mais il s'aperçut qu'il avait cessé de le chercher depuis des heures.

Il ouvrit son sac et, avec un sentiment de défaite, prit du pain et le reste du saucisson. Il sortit aussi la pâtée du chien et la lui donna. Celui-ci hésita un instant, puis se rua dessus. À la tombée de la nuit, Glick alluma le réchaud, fit fondre un peu de neige et but, partageant son eau avec le chien.

Ethan

EN VOYANT GLICK S'ENFONCER DANS LA FORÊT, Ethan eut l'impression que quelque chose venait de lui être ôté. Comme s'il avait été coupé, libéré de ses chaînes ou d'un long enfermement.

Ils avaient l'habitude de chasser ensemble, avant qu'il ne surprenne Glick en train de baiser sa femme dans sa propre maison. Il n'avait oublié aucun détail. Mais c'était seulement aujourd'hui, avec la disparition de son fils et la peur qu'on ne le retrouve pas vivant, voire qu'on ne le retrouve pas du tout, qu'il comprenait vraiment ce qu'il avait ressenti en voyant le corps de Cindy emmêlé avec celui de son meilleur ami.

Il aurait voulu révéler cette vérité à Glick avant qu'il ne disparaisse dans les bois. Il aurait voulu tout avouer. Que ça n'avait rien à voir avec Cindy ou leur mariage. Ni avec son ego. Ou si peu. Il aurait voulu expliquer qu'en les voyant, lui et Cindy, il avait tout bonnement éprouvé du soulagement. Purement et simplement du soulagement. Il avait vu dans l'infidélité de sa femme la clef de sa libération. Mais il était furieux qu'elle ait jeté son dévolu sur son meilleur ami, et que cette libération, c'est du moins ce qu'il avait pensé alors, exige que Glick lui soit enlevé lui aussi. Si seulement il s'était agi de quelqu'un d'autre, de quelqu'un qui ne comptait pas, à qui il aurait pu continuer d'en vouloir sans éprouver le moindre sentiment de perte !

Et, en fin de compte, toutes ces années passées sans adresser la parole à Glick avaient constitué une autre forme de contrainte. Ethan avait voulu lui dire qu'il pardonnait, laisser entendre que l'eau avait coulé sous les ponts. Tout ce drame autour de Cindy paraissait soudain si vain, si peu important. Voilà ce qu'il aurait aimé dire à Glick, mais il n'avait pas trouvé les mots. Rongé par la frustration, il s'était mis à sangloter. Humilié, il s'était repris et, comme un idiot, avait marmonné n'importe quoi à propos du chien. L'occasion était passée, comme tout le reste. Évanouie.

Quand Glick eut disparu sous le couvert des arbres, Ethan alluma une cigarette et ouvrit la portière du pick-up de son ami. Il faisait encore chaud à l'intérieur et il s'assit au volant, referma et resta à fumer. Il sentit quelque chose sous ses fesses et trouva trois pièces d'un quarter. D'un geste machinal, il les fourra dans sa poche. Puis il tendit le bras et ramassa le thermos que Glick avait laissé sur le plancher près du siège du passager. L'odeur du café était forte, il but une gorgée dont il apprécia l'amertume et la chaleur. Il se brûla le palais, en ressentit un certain plaisir, savourant le goût métallique du sang dans sa gorge.

Les gens arrivaient en voiture, de plus en plus nombreux. Les journalistes affluèrent, par petits groupes animés. L'un d'eux s'avança vers le pick-up et frappa à la fenêtre, mais Ethan lui fit signe de partir. Il savait qu'il lui faudrait bientôt retourner là-bas, loin du tohu-bohu qui s'annonçait, à la recherche de son fils. Il contempla ces gens qu'il connaissait depuis toujours et qui affluaient aujourd'hui pour l'aider. Il en ressentit un regain d'espoir. Ils allaient retrouver Nate. C'était obligé. Puis, demain, il irait à la chasse et quand il aurait tué son quota de gibier il irait chercher Nate à l'école, le ramènerait à la quincaillerie, fermerait la boutique et passerait le reste de la soirée à se remémorer sa terreur, heureux de l'avoir échappé belle.

C'est alors qu'il jeta un coup d'œil à sa montre, et s'aperçut que des heures s'étaient écoulées depuis que Nate avait disparu. Et au même instant, il sut que si son fils était mort il n'irait plus jamais à la chasse, ni avec Glick ni tout seul. Le pardon qu'il accordait sincèrement à Glick ne justifierait en rien qu'il reprenne les vieilles habitudes. S'il comprenait désormais ce qui l'avait retenu de parler à son meilleur ami durant toutes ces années, il savait aussi que Glick et lui ne sauraient renouer le fil là où il s'était rompu si longtemps auparavant. Que Glick soit venu l'aider emplissait Ethan d'un remords inexprimable.

Il sortit du pick-up au moment où plusieurs voitures à la queue leu leu débouchaient du dernier virage. Dans la première se trouvaient Cindy et Trevor. Arrivèrent ensuite, dans une vieille Camaro, des jeunes qu'il avait vus en ville. Suivait une luxueuse petite Mercedes qu'il ne reconnut pas, conduite par un inconnu, un homme d'un certain âge qui n'était pas du coin. Puis le pick-up de Rocksan, dont Jane sortit seule. D'autres voitures vinrent après, et à la fin les rangers, le shérif, un couple d'auxiliaires médicaux, des journalistes.

Deux ou trois des garçons de la Camaro, chahuteurs et fougueux comme des chevaux sauvages, s'approchèrent, frappèrent Ethan dans le dos et lui serrèrent la main.

« T'inquiète pas, vieux, dit l'un d'eux. On va le trouver, ton fils. »

Le ton hardi et confiant contenu dans cet enthousiasme emplit Ethan d'un instant d'optimisme. Bien sûr que tout se terminerait bien. Que tout irait bien. Puis il vit Jane qui se tenait à l'écart, raide et nerveuse. Ethan devina qu'elle avait pleuré. Elle serrait ses bras contre son corps, et l'inquiétude qu'il lisait sur son visage le ramena à l'angoisse de sa propre attente, au sentiment qui l'habitait au plus profond de lui, à savoir que rien désormais n'irait plus jamais bien.

Cindy s'avança vers lui. L'alcool lui donnait une démarche désinvolte. Sa colère et sa haine à l'égard d'Ethan étaient palpables. Mais il discernait aussi le regret. L'amour inachevé.

« S'il est mort, Ethan... » Elle ne termina pas sa phrase ; visiblement, elle ne savait pas ce qu'elle ferait, incapable d'imaginer un châtiment approprié à un acte aussi monstrueux.

Ethan ne dit rien. Il ne put que hocher la tête. Trevor arriva derrière elle et l'écarta. Les deux hommes échangèrent un regard. Après leur départ, Ethan sentit les fortes vapeurs d'alcool qu'ils laissaient derrière eux.

Jane s'approcha à son tour et l'embrassa.

« Tu tiens le coup ?

— Ça va. » Ethan n'était qu'un bouillonnement d'émotions. Il s'étonnait de ressentir tant de choses à la fois. « Je ne sais plus où j'en suis », dit-il.

Jane hocha la tête. « On dirait que Glick est arrivé.

— Ouais. Il est déjà parti avec Chien et un sac de vêtements et de nourriture. J'espère qu'il va trouver Nate et que tout ça sera bientôt fini. Ces gens, cette entraide. Ça ressemble à de la charité. Ou à de la pitié.

— Tout le monde t'aime, Ethan. Nous aimons Nate. »

Quelque chose de chaud lui brûla les yeux. « Je n'arrive pas à comprendre. Je devrais me haïr. Je me hais. »

Jane sourit. C'était un pauvre sourire, mais si vous la connaissiez vous pouviez en sentir toute la chaleur. « Nous ne t'en aimons que davantage. Et nous voudrions qu'il en soit de même pour nous si nous étions dans ton cas. »

Ethan n'écoutait plus. Les mots de Jane tombaient

dans le vide. Il sentit la terre s'ouvrir en grand. Et qu'il s'éloignait de Jane. Elle s'était toujours montrée si gentille avec Nate. Elle l'avait gardé à plus d'une occasion, malgré les objections de Cindy qui lui reprochait ses inclinations sexuelles. Mais Ethan aimait Jane. Il avait renoncé à en discuter avec Cindy car il ne voyait pas comment le fait d'être lesbienne pouvait déteindre sur un garçon. La réalité était que Jane et Nate s'adoraient. C'était flagrant.

Ethan voulait regagner les bois et recommencer à chercher. Il voulait retrouver son fils avant la tombée de la nuit. Il reporta son regard vers son pick-up, un peu plus loin. À travers la vitre arrière, il vit son fusil appuyé sur le siège. Il regarda Cindy et Trevor disparaître sous les arbres.

« Je dois y aller, dit-il. Quelqu'un a apporté du café, des petits pains et d'autres trucs. Sers-toi. »

Jane avait l'air accablée. Elle était livide. Elle ouvrit les bras, et Ethan crut un instant qu'elle allait le serrer contre elle. Mais elle les laissa retomber et il mesura son désarroi. Il s'éloigna et jeta un coup d'œil vers le vieil homme qui sortait avec peine de sa Mercedes. Ethan s'arrêta, décréta qu'il s'agissait d'un policier ou d'un journaliste, puis se dirigea sans plus s'interrompre vers la forêt.

Il voulait retrouver son fils. Il voulait sentir le corps de son fils plein de vie contre le sien. Il voulait tenir son fils dans ses bras. Son étoile Polaire scintillante dans le ciel hivernal. Il voulait tant de choses qu'il ne pouvait avoir, et ces espoirs toujours contrariés menaçaient de le briser en mille morceaux. Une fois de plus il se demanda ce qui l'avait poussé à poursuivre ces daims, à laisser son fils, qui avait un sommeil léger et irrégulier, seul dans le pick-up.

Rocksan

ROCKSAN NE POUVAIT CHASSER L'ENFANT DE SON ESPRIT, le fait qu'il soit perdu dans les bois et que le temps empirait. Ni s'empêcher de penser que Jane était partie elle aussi, qu'elle marchait dans cette même forêt qui l'avait toujours terrifiée. Le jour s'assombrissait rapidement et, avec lui, le moral de Rocksan.

Elle songea au fils de Jane, qu'elle n'avait jamais vu, qui frapperait bientôt à leur porte. Elle se rappela le jour où un professeur de la ville voisine avait entendu parler de ses abeilles. Il l'avait priée de venir en parler à ses élèves de terminale et elle avait accepté. Elle s'était sentie honorée. Elle avait pris l'invitation comme un compliment. En outre, personne ne lui posait jamais de questions sur ses abeilles, à l'exception de Jane. Elle avait hâte d'en parler devant une assistance attentive.

Mais elle s'était rendu compte instantanément que les élèves l'avaient considérée avec dédain dès le premier regard. Perverse. Lesbienne. Anormale. Pendant la plus grande partie de l'heure, ils s'étaient montrés grossiers. Ils n'écoutaient pas. Deux ou trois faisaient mine de dormir sur leurs pupitres et les autres bavardaient entre eux, couvrant sa voix. Elle s'était sentie furieuse. À la fin du cours, elle avait prononcé le mot « sexe » et ils s'étaient réveillés – les garçons prêts à entendre des révélations affriolantes ; les filles minaudant, échangeant des regards avec leurs camarades ou, plus audacieusement, avec les garçons.

Voyant leur intérêt enfin stimulé, elle leur avait raconté que le faux bourdon qui, entre mille, parvenait à s'accoupler avec la reine le payait de sa vie. Le sexe, leur avait-elle dit, avait toujours des conséquences tragiques. Lorsque le mâle pénétrait la femelle, ses organes sexuels étaient aussitôt arrachés, emportés par le vent, pris dans la vulve de la reine. Les expressions de dégoût sur le visage des adolescents l'avaient incitée à continuer.

C'était l'appétit sexuel de l'abeille, leur dit-elle, qui provoquait cette fin misérable. Après avoir abandonné ses organes dans l'objet de son désir, le faux bourdon retombait sur le sol, pas tout à fait mort, mais ouvert de la tête à l'aiguillon. Il lui restait alors assez de vie pour se voir dévoré par les fourmis et les oiseaux.

Les garçons de la classe avaient paru terrifiés. Cette grande gouine allait-elle leur faire subir le même sort ? Les filles avaient gloussé nerveusement, ou lui avaient lancé des regards mauvais parce qu'elle était lesbienne et haïssait les hommes. N'était-ce pas évident, à entendre les histoires qu'elle racontait ? Mais Rocksan s'était contentée de sourire en les remerciant tous pour leur attention. À partir de ce jour-là, elle avait décidé de bannir les adolescents de son existence.

À présent, si elle avait bien compris, un de ces ados s'apprêtait à venir chez elles. Un garçon. Un homme, plutôt. Le fils abandonné de Jane. Toute cette histoire troublait Rocksan, car elle mettait en doute la confiance qu'on pouvait accorder à l'homosexualité de Jane. Rocksan était lesbienne au plus profond de son être. Dans chacune de ses veines, chacun de ses gènes, chacun de ses organes. Elle avait été marquée dès la naissance. Et ce n'était pas le cas de Jane, semblait-il. Qu'elle ait aimé un homme au point de faire un enfant avec lui était la preuve convaincante, inquiétante, de ses tendances hétéro. Et provoquait chez Rocksan un sentiment de crainte et de jalousie devant quelque chose qu'elle ne comprenait pas.

C'était les propos qu'elle tenait volontiers, du moins, car il est toujours plus facile de proférer une insulte que de confesser la vérité. En toute honnêteté, ce qu'elle refusait d'avouer, ce qui lui était trop douloureux à affronter, avait peu de rapport avec Jane. Dès que le nom de George était mentionné, Rocksan vomissait ce qu'elle détestait le plus dans sa vie : non que Jane ait abandonné son fils, ou qu'elle ait couché avec un homme, mais que son fumier de père, alors que Rocksan avait six ans, les ait abandonnées, elle, sa mère et sa sœur, dans un quartier pourri d'Oakland, en Californie, en proie au crime et à la pauvreté, les obligeant à se débrouiller par leurs propres moyens. Cet abandon soudain avait été le point de départ d'une dégringolade sans fin. Un jour, son père était là et, le lendemain, il était parti, laissant sa mère les élever, elle et Angie, avec un simple salaire d'employée d'épicerie et les restes des autres.

Accuser Jane, lui faire porter le poids de son problème était égoïste et méprisable. Mais Rocksan se savait faible, bien qu'elle dissimulât cette faille jalousement, de peur qu'on ne découvre qui elle était en vérité. Au fond, il lui était tellement plus facile de prétendre que quelqu'un d'autre avait gâché sa vie plutôt que de braver le chagrin le plus noir et le plus profond.

Rocksan secoua la tête. Peut-être valait-il mieux ne pas s'attarder sur ces pensées. Pourquoi Jane ne la quittait-elle pas ? Elle ne le saurait jamais. La température avait chuté dehors, et elle ôta les nourrisseurs de l'année précédente pour les nettoyer. Puis elle remplit les bocaux de sirop d'abeille – un mélange d'eau et de sucre que Jane et elle préparaient dans des bassines qu'elles laissaient ensuite sur le poêle pendant deux nuits – et les suspendit à l'envers sur les bondes, au-dessus des rayons.

Elle pensa à l'enfant, Nate, perdu dans les bois. À la neige qui tombait plus fort, au froid de plus en plus mordant, au monde extérieur d'heure en heure plus menaçant, où tout échappait à leur contrôle. Elle se figura Nate saisi d'effroi et eut le cœur transi. Quelque chose se rompit, se contracta au fond d'elle-même. Elle ressentit une peine immense envers tous les enfants, leur vulnérabilité, la façon dont les adultes bousillaient leurs vies.

Tout devenait plus sombre, plus mélancolique. Son moral flanchait. Après avoir disposé les nourrisseurs, elle alla dans le hangar et, malgré ses idées noires – à cause de l'enfant, de Jane, de son passé –, elle prit sur les étagères de la peinture bleue, jaune, verte et violette. Elle savait que peindre en couleur les ruches était au mieux une lubie de hippie, au pire une idiotie. Mais Rocksan avait vu la différence cette année : les abeilles qui retournaient à la ruche les repéraient plus rapidement. Les couleurs leur rappelaient le langage des fleurs.

Elle passa le reste de l'après-midi à peindre les ruches sous l'auvent du hangar, tâchant d'oublier ce qui s'était passé entre Jane et elle. La neige tombait doucement sur le sol, la terre semblait se retirer sous son manteau, se cacher, souffrir avec patience. Elle tenta d'oublier sa cruauté envers Jane, mais le souvenir la rongeait. Quand elle pensait à Jane, elle pensait à sa gentillesse, à sa fragilité. Elle s'en voulait de les avoir malmenées aussi vivement, aussi facilement.

Quand vint le crépuscule, pâle, gris et silencieux, elle rangea ses pinceaux, et profita du restant de jour pour colmater quelques fissures dans les ruches et fixer des protections contre les souris. Elle se demanda où était Jane mais décida qu'il était trop tôt pour s'inquiéter. Peut-être avaient-ils trouvé Nate ? Peut-être fêtaient-ils l'événement ? Avant que sa sœur n'arrive avec Rosie, elle pesa rapidement les ruches, inscrivit quelques informations sur les fiches de chaque colonie et rassembla ensuite toutes les cartes. Elle examina le ciel et souhaita de toute son âme qu'ils aient retrouvé l'enfant.

Elle rentra et posa les documents sur le comptoir, près du bocal à biscuits, plongea la main dans le récipient et en retira un peu d'argent pour la pizza qu'elle pensait commander plus tard à l'intention de sa petite-nièce. Elle prit un couteau en plastique dans le tiroir et le plaça au bord du comptoir. Comme le jour tombait, un silence palpable emplit la maison, et elle repensa à Jane. En dépit de sa colère, elle se sentait nerveuse. Inquiète. Bientôt, elle entendit le pick-up de sa sœur s'engager dans l'allée.

Angie et Rosie entrèrent en trombe dans la maison et firent voler en éclats le calme qui y régnait, dissipant d'un coup l'humeur maussade de Rocksan. Rosie s'élança vers elle et sauta dans ses bras. Rocksan l'attrapa, la souleva en l'air et la petite fille s'écria joyeusement :

« Tante Rocksan !

— Si tu prends une livre de plus, Rosie, je ne pourrai plus faire ça. »

Elle la reposa sur le sol, et Rosie courut sans attendre vers le buffet où elle prit des crackers.

« Rosie, on ne se sert pas comme ça dans le buffet des gens, dit Angie.

— Rocksan n'est pas les gens », répliqua Rosie.

Rocksan éclata de rire. « Parfois, cette petite m'ôte les mots de la bouche. »

Angie regarda Rocksan et sourit. Rocksan l'attira contre elle, appréciant sa chaleur tranquille.

« Des nouvelles du petit ? »

Angie secoua la tête, l'air sombre. « Rien. C'est si long. Je suis terriblement inquiète.

— C'est insensé. Avec toute cette neige, ça ne pourrait pas être pire.

— Je ne veux pas jouer les oiseaux de mauvais augure, mais j'ai peur pour lui. Pour Ethan. »

Rocksan hocha la tête. La nuit qui tombait, sa querelle avec Jane si vive et proche dans son esprit, le petit garçon perdu dans la forêt, tout concourait à la déprimer encore davantage.

« Jane et moi, on a eu une dispute terrible », dit-elle. Elle se tourna vers Rosie qui ouvrait la porte du réfrigérateur. « Prends la margarine dans la barquette, chérie. Je t'ai mis un couteau en plastique sur le comptoir.

— À quel sujet ? » demanda Angie. Elle était assise devant le bar, sur un des hauts tabourets, et plongea la main dans une coupe remplie de chocolats.

« Son fils débarque, Ang. Merde, son fils !

— Tante Rocksan a dit un gros mot, fit Rosie.

— Il arrive que les grandes personnes ne sachent pas tenir leur langue », dit Angie. Elle revint à Rocksan. « Je ne comprends pas.

— Eh bien, tu sais qu'elle a eu un fils et qu'elle l'a abandonné. Tu connais l'histoire... »

Angie hocha la tête.

« Aujourd'hui, il semblerait qu'il a des ennuis, et qu'il va débarquer ici.

— Oh ! bon sang.

— Elle n'a pas jugé utile d'en discuter avec moi. Il sera là ce soir ou demain. »

Angie se pencha en avant, les coudes sur le comptoir. Rocksan s'étonnait toujours du calme de sa sœur, de son flegme. Angie ne se mettait jamais en colère, ne réagissait jamais avec exagération, analysait toujours la situation avec méthode, posément, chaque fois à bon escient. Même lorsque Rachel avait abandonné son bébé, Angie était restée sereine. Comme si la douleur l'avait seulement adoucie alors que d'autres en auraient ressenti de l'amertume. Rocksan était à la fois envieuse et irritée par l'apparente tranquillité de sa sœur. Et aujourd'hui, comme Angie ne disait pas un mot pour la soutenir dans son indignation, Rocksan s'exclama : « Tu ne comprends pas pourquoi je suis furieuse ? Elle ne m'a même pas demandé mon avis. Bon Dieu, c'est déjà terrible qu'elle l'ait abandonné !

— Hmmm. Est-ce que c'est aussi un gros mot ? » demanda Rosie.

Angie ne prêta pas attention à sa petite-fille. « Je vois bien que tu es bouleversée », dit-elle. Calmement, posément, sans condescendance.

« Je suis folle de rage », dit Rocksan, haussant la voix. Elle regarda du coin de l'œil Rosie, qui tartinait méthodiquement ses crackers, feignant de ne pas écouter, comme le font les enfants.

« Rocksan, ce n'est pas la peine de t'énerver. Jane n'est pas papa. Et elle avait ses raisons, tu es bien placée pour le savoir. Papa n'était qu'un raté. Et tu devrais encourager Jane à se réconcilier avec son fils aujourd'hui. En plus, tu lui fais peur, Rocks. Tu as un sacré caractère…

— Oh, merde pour mon caractère !

— Mamie », gémit Rosie. Apparemment, elle supportait « sacré » et « bon Dieu » mais plus difficilement « merde ».

« Rocksan, s'il te plaît, surveille ton langage, dit Angie.

— Désolée. » Rocksan vit que Rosie redoutait la violence accrue de ses jurons. Les enfants étaient si étranges. Rocksan les aimait bien tant qu'elle pouvait les rendre à leurs parents.

« Tu sais que c'est pire pour Jane », dit Angie, en enfournant un autre chocolat. Que sa sœur puisse avaler toutes ces saletés et ne jamais prendre un kilo dépassait Rocksan. Comment pouvaient-elles être sœurs ? Elles n'avaient rien de commun. Leurs caractères étaient opposés. Angie était le portrait de sa mère ; Rocksan, de son salaud de père.

« Bon Dieu ! Je te déteste quand tu es comme ça, Angie. Tu es trop indulgente.

— Écoute-moi un peu, Rocksan. Ça pourrait t'être utile. Et souviens-toi que, quand un crétin quelconque faisait quelque chose de stupide qui te rendait dingue, maman disait qu'il fallait d'abord faire la part de ce que tu ignorais.

— Le truc du cancer du sein. »

Elles se mirent à rire. Angie dit : « C'était toujours "Peut-être qu'elle a un cancer du sein ?" ou "Peut-être qu'il vient d'apprendre qu'il a un cancer des testicules ?" »

Rocksan pouffa. « C'était toujours le cancer d'un organe génital.

— Normal, elle était catholique.

— C'est quoi, "génital" ? demanda Rosie.

— Je dois m'en aller, Rocks », dit Angie. Elle consulta sa montre.

« Très bien. Faut-il que je réponde à la petite ? »

Angie sourit. « Non. Trouve juste quelque chose jusqu'à ce que je puisse lui expliquer. Et écoute-moi, ne sois pas trop dure avec Jane. Tu l'aimes. Tu dois tout aimer en elle, non ? »

Rocksan ne répondit pas. Comme Angie s'en allait, Rosie demanda : « Tante Rocksan, ça veut dire quoi, "génital" ?

— Viens ici », dit Rocksan.

Rosie s'approcha. Rocksan la regarda. « Tu te souviens, quand Jane et moi on a mis des nouvelles reines dans les ruches, l'année dernière ? »

Rosie hocha la tête avec sérieux.

« Nous l'avons fait pour avoir plus d'abeilles. La reine est celle qui permet à la ruche de grossir. Elle pond des œufs et il y a d'autres abeilles qui éclosent. C'est ce qu'on appelle la reproduction. Ça fait de nouvelles abeilles. Les gens font la même chose. »

Rosie absorba l'information d'un air grave. Elle dit : « Est-ce que je suis sortie d'un œuf ? »

La curiosité des enfants. Pourquoi était-il si difficile de répondre à leurs questions ? Certaines cultures avaient inventé les mythes de la Création et Rocksan comprit soudain pourquoi.

« Chérie, dit-elle, va manger tes crackers. »

Rocksan ne dévoila pas à sa nièce le reste de l'histoire. Que la reine ne quitte la ruche qu'une seule fois, pour s'accoupler. Qu'elle ne connaît ni les fleurs ni le soleil. Qu'elle ne profite pas de la compagnie des abeilles mâles. Pire, qu'elle crée les circonstances parfaites pour sa propre mort et sa succession, puisque l'un des œufs fécondés peut devenir la reine qui la détrônera. Elle ne dit pas à Rosie que, en dépit de sa souveraineté et de ses privilèges, l'existence de la reine était brève, dépourvue de lumière et d'amour.

Un vent froid martelait les carreaux des fenêtres. Des rafales de neige fouettaient les vitres, comme une pluie de gravier. Lorsque Rocksan alluma la lumière de la galerie, la neige prit un aspect fantomatique, telle une apparition mouvante de lumière blanche.

Angie l'avait prévenue par téléphone que Jane s'était arrêtée au restaurant, et qu'elle bavardait avec quelques autres qui étaient venus manger une part de tarte et boire une tasse de café. Elle ajouta qu'ils avaient emporté une flasque de whisky avec eux, parce qu'ils ne voulaient pas aller au bar. Mais personne n'était ivre. Angie voulait seulement que Rocksan ne s'inquiète pas. Depuis le départ de leur père, Angie avait toujours fait son possible pour empêcher que n'éclatent les fameuses colères de Rocksan.

Plus tard, après avoir mis Rosie au lit, Rocksan but un peu de thé et feuilleta l'*American Bee Journal*. Elle aimait lire les annonces de la dernière page, celles consacrées aux étranges accoutrements destinés aux apiculteurs. Mais ses préférées étaient celles qui provenaient d'apiculteurs en manque d'amour, en particulier de femmes à la recherche d'une « compagnie féminine en vue de partager un intérêt commun pour l'apiculture ».

À neuf heures trente, elle décida d'aller se coucher et s'endormit aussitôt. Quelques minutes plus tard, elle fut réveillée en sursaut par la porte d'entrée qui se refermait. Elle entendit le froissement du manteau que Jane accrochait à la patère puis son pas léger dans l'escalier. Elle l'entendit entrer dans la chambre de Rosie. Les pas cessèrent. Silence. Rocksan l'imagina, silhouette menue, immobile, en train de contempler Rosie dans le petit lit, plongée dans les souvenirs de son propre fils, des années qu'elle avait laissé passer. *Existe-t-il chagrin plus profond,* se demanda Rocksan, *que d'affronter la perte de ce que vous auriez pu garder si votre courage n'avait pas flanché ?*

Sa poitrine se contracta, et elle se demanda pourquoi il était si douloureux d'aimer. Après un moment, Jane se remit à marcher sur la pointe des pieds et Rocksan l'entendit se diriger vers leur chambre. La porte s'ouvrit et Rocksan, dont les yeux étaient habitués à l'obscurité, distingua la silhouette de Jane qui se déshabillait, enfilait une chemise de nuit en flanelle et se mettait au lit. Elle sentit l'odeur du whisky et autre chose aussi. La neige. Le froid.

« B'soir, dit-elle.

— B'soir », répondit Jane.

Elles restèrent silencieuses. Le tic-tac du réveil résonnait dans la pièce. Rocksan pouvait presque mesurer le poids du regret et de la nervosité de Jane. Elle eut le cœur serré pendant un moment, puis imagina Jane, penchée sur Rosie, cherchant à retrouver un souvenir qu'elle n'avait pas connu.

« Ils l'ont retrouvé ?

— Non. Et Glick a disparu aussi.

— Quoi ?

— Il est parti avant les autres. Seul. On ne l'a plus vu ni entendu depuis. Il neige très fort. Ils ont décidé d'attendre demain matin avant de partir à sa recherche.

— Oh non ! C'est affreux.

— Ethan est resté là-haut, il dort dans son pick-up. Il ne veut pas s'éloigner, au cas où Nate réapparaîtrait. »

Rocksan sentit la nuit s'appesantir sur elle. Elle ne supportait pas ce fossé entre elles deux, ni qu'il soit comblé par de si terribles nouvelles.

« Jane », fit Rocksan. Elle trouva la main de son amie sous les draps. « Je suis désolée. »

Jane se mit à pleurer. C'était toujours elle qui pleurait.

« N'en parlons plus. Oublions tout ça », dit Rocksan. Elle entendit le désespoir percer dans sa voix. Il lui rappelait la profondeur de son amour pour Jane, combien elle désirait l'aimer toute sa vie.

À côté d'elle, Jane hocha la tête. « C'est moi qui suis désolée. »

Rocksan fut alors soulagée, libérée des idées noires qui l'avaient accompagnée tout au long de la journée. Elle ne trouva aucun mot à ajouter, bien qu'elle éprouvât le vague désir que les choses reprennent leur cours de la veille. À présent, il y avait ce nouveau terrain. Comme s'il lui fallait tracer une carte sans repères ni coordonnées.

Elles se tournèrent l'une vers l'autre. À l'extérieur, l'obscurité était totale. « Il faudra lui préparer la chambre de derrière, dit Rocksan. Faire des provisions. Tu as un appétit d'oiseau, je ne l'imagine pas en train de se nourrir de noix et de fruits, comme toi. Il est sans doute plutôt du genre steak-frites. Comme moi. »

Jane éclata de rire. Elle serra plus fort la main de Rocksan dans le noir, et Rocksan eut le sentiment d'être ancrée, protégée à nouveau des remous de ses faiblesses et de ses défauts.

Jane

ÉTENDUE DANS LE LIT À CÔTÉ DE ROCKSAN, Jane se remémora ses impressions, ce qu'elle avait ressenti pendant les recherches.

Lorsque Ethan s'était dirigé vers les bois, elle s'était sentie abandonnée, si petite sous les hauts pins. La forêt était impénétrable, avec ses arbres penchés dans tous les sens, la neige, les plantes qui avaient poussé au hasard. Comme s'ils étaient tous ivres. Une forêt ivre.

Jane avait fait demi-tour ; elle n'avait plus qu'à s'en aller. Elle n'avait personne avec qui chercher, et les gens faisaient équipe par deux. Elle se souvint d'avoir gardé Nate le week-end précédent pendant que son père travaillait tard à la quincaillerie. Elle se souvint qu'ils avaient fait un puzzle et qu'ensuite elle lui avait donné une gorgée de son jus de raisin. Il s'était léché les babines. Puis il avait roté et éclaté de rire.

Jane avait rebroussé chemin, bouleversée et accablée. Tous ces gens étaient rassemblés pour Nate, et Nate avait disparu, comme volatilisé. C'était étrange. Effrayant.

Alors qu'elle s'approchait de son pick-up, elle aperçut un homme âgé qui sortait d'un pas mal assuré d'une Mercedes noire. Elle ne le reconnut pas. Elle vit

Ethan lui jeter un regard de côté, s'arrêter un instant puis continuer son chemin. L'homme n'avait pas l'air à sa place. Sa parka était trop neuve, trop chic, comme s'il l'avait achetée pour se pavaner à skis dans une station comme Aspen. Ses chaussures – des chaussures de marche légères – ne feraient pas long feu dans la neige épaisse.

Il ne s'agissait pas d'un journaliste, selon Jane. Il n'avait ni stylo ni calepin. Pas de téléphone portable fixé à sa ceinture, pas de mini-enregistreur. Et il ne possédait pas le ridicule ni l'arrogance des journalistes omniprésents, déboulant dans cette petite agglomération discrète et jalouse de son intimité tels des éléphants dans un magasin de porcelaine. Il ôta ses lunettes et les essuya avec un mouchoir qu'il tira de sa poche de chemise. Ce qui lui donna l'air craintif et vulnérable.

Jane s'approcha de lui. « Êtes-vous un ami d'Ethan ou de Cindy ? »

L'homme parut gêné sur le moment, incapable de prononcer un mot. Jane comprit qu'il ne connaissait personne dans le coin.

« Non. J'ai entendu parler de cet enfant qui s'était perdu. J'ai appris qu'on le recherchait.

— D'où êtes-vous ? »

Il fit un signe de tête. « De la vallée. »

C'est-à-dire qu'il venait de la ville.

« C'est gentil d'être venu. »

L'homme fit de nouveau un signe de tête. Il paraissait à la fois bienveillant et nerveux. Hanté par quelque chose et s'efforçant de le dissimuler.

« Je n'ai personne pour m'accompagner, dit Jane. Voulez-vous chercher avec moi ? »

L'homme parut surpris. Jane s'étonna elle-même d'avoir fait cette demande. Mais elle était soudain lasse de ce village de montagne, de ses habitants, de ses potins et de l'atmosphère pesante provoquée par la disparition de Nate. Elle avait envie qu'il se passe quelque chose de différent, aujourd'hui ou plus tard. Elle regrettait San Francisco, ses chaussées sans embûches, ses minibus, son métro aérien. Les grands immeubles et les SDF. Parfois, tous ces arbres, les bruits de fuites précipitées dans les sous-bois, lui pesaient.

« Pourquoi pas ? C'est une bonne idée », dit l'homme. Il tendit la main. « Jack Rosenthal.

— Jane Childs. »

Sa main était froide. Jane se demanda s'il avait des gants ; on aurait dit qu'il n'avait pas prévu cette expédition, qu'il était arrivé là par hasard. Jane remonta la fermeture de sa parka, abaissa le capuchon. Le ciel était menaçant.

« Allons-y. Commençons à chercher avant que la neige nous en empêche », dit-elle.

Ils passèrent devant le pick-up d'Ethan. Ils ne le virent nulle part. Jane distingua le fusil, appuyé sur le siège, un thermos sur le tableau de bord. La forêt était magnifique et dense avec ses vieilles futaies et ses arbustes, la délicatesse des cornouillers dénudés à l'approche de l'hiver. Jane savait qu'en parcourant encore cinq miles à partir de ce point on aboutissait à un ancien bosquet de séquoias. Plus haut se trouvait le sommet d'Angels Crest.

Seuls les habitants du pays connaissaient encore cette ancienne piste depuis que l'Office des forêts avait tracé le nouveau sentier, plus praticable. Rocksan et elle avaient fait la randonnée un jour, dormant à la belle étoile au bord d'un torrent. Elle se souvenait d'avoir eu peur. La forêt avait retenti pendant toute la nuit des sifflements du vent, du gargouillement du torrent, des bruits des animaux qui fouillaient le sol. Jane était convaincue qu'elles allaient être dévorées par les ours, qu'elles resteraient là pendant des semaines sans que personne les trouve et que, le jour où on les découvrirait, les détails macabres de leur trépas seraient rapportés dans un de ces livres consacrés aux morts violentes. Rocksan s'était montrée beaucoup plus brave. Elle n'avait cessé de tirer Jane de ses rêves confus, de lui murmurer : « Allons, tout va bien, ma grande perche. »

Penser à Rocksan l'emplit de regret et d'inquiétude. Elle se rappela quelque chose qui était arrivé lorsqu'elles s'étaient connues. Elle passait ses nuits dans la maison de Rocksan – une superbe demeure victorienne dans Hayes Valley qu'elle avait aménagée. Le quartier n'était pas très recommandable. Elles devaient partager la rue avec des dealers, et les crimes étaient fréquents quelques pâtés de maisons plus loin. Mais la demeure était superbe, ornée de tourelles peintes de couleurs vives et de nombreuses et belles fenêtres. L'intérieur, avec ses parquets de chêne et ses vieilles portes de placard grinçantes, dégageait une atmosphère ancienne et rassurante, une odeur de bibliothèque. Rocksan avait modernisé la cuisine, et si vous aviez l'impression de vivre au XIXe siècle vous pouviez malgré tout vous préparer un espresso.

Elles étaient assises dans le salon par un jour particulièrement voilé. Les cornes de brume lançaient leur plainte lugubre, la maison était chaude, et sentait le café et les croissants frais que Rocksan avait rapportés de la boulangerie voisine. Jane portait une chemise de Rocksan qui flottait sur sa maigre silhouette comme un *muumuu* hawaiien.

Le téléphone avait sonné et Jane avait entendu Rocksan répondre. Un moment plus tard, Rocksan était revenue, le visage blême, défaite. Jane lui avait demandé ce qui n'allait pas, et Rocksan lui avait dit que sa sœur venait de lui annoncer la mort de son père. Jane se souvenait encore de sa montée d'adrénaline. Elle connaissait à peine Rocksan. Apprendre une nouvelle aussi cruelle était affreux. Comment devait-elle réagir ? Elle s'était levée et avait passé ses bras autour de Rocksan, mais celle-ci l'avait repoussée, plutôt durement, et son visage avait repris ses couleurs.

« Autant que tu le saches, avait-elle dit. De son vivant, c'était un salaud. Il est mort comme un salaud, et, en ce qui me concerne, je trouve inutile de pleurer un salaud mort. »

Jane avait été stupéfaite. Rocksan avait saisi la bouteille de vodka, en avait noyé son jus d'orange et l'avait bu d'un trait. C'était comme si elle avait actionné un interrupteur. En quelques secondes, le coup de téléphone et la nouvelle qu'il avait apportée avaient été effacés.

Elle pensa à George. À sa naissance, longue et pénible. Après, elle ne s'était souvenue de rien, sinon qu'elle avait hurlé tellement fort à un certain moment que l'infirmière était entrée et avait dit : « Que se passe-t-il ? » Jane se rappelait avoir répondu en hurlant : « Je suis en train d'accoucher, idiote ! »

George allait bientôt arriver, probablement le lendemain. Elle ne l'avait pas revu depuis dix-neuf ans et demi. Elle songea au soir où elle l'avait abandonné, à tout l'alcool qu'il lui avait fallu, aux jours et aux jours de chagrin.

« Habitez-vous ici ? » demanda Jack, interrompant ses souvenirs. Elle sursauta.

« Oui. Nous sommes arrivées de San Francisco il y a environ dix ans. Ma petite amie voulait venir ici pour être plus près de sa sœur. »

S'il était choqué de marcher dans les bois en compagnie d'une lesbienne, à la recherche d'un enfant disparu, il n'en montra rien. Elle admira son éducation, sa démarche assurée et sa réserve qui contrastaient avec son évidente inexpérience de la forêt.

« Que faites-vous en ville ? demanda-t-elle.

— Je suis juge itinérant. Pas loin de la retraite. »

Jane fut surprise. Il lui semblait bizarre de parler si naturellement à un juge. Elle avait toujours eu un problème avec les représentants de l'autorité. S'était toujours sentie intimidée devant les policiers et les hommes de loi. Elle observa le juge, son visage bienveillant, et essaya de penser aux questions qu'elle devrait lui poser. Par exemple, existait-il un moyen de poursuivre l'ordure qui l'avait forcée à s'éloigner de son fils ? Mais elle les garda pour elle-même. C'était en dire trop ; ils étaient dans une forêt en train de rechercher un enfant disparu.

« Rocksan et moi sommes toutes les deux à la retraite.

— Si jeune ? s'étonna-t-il. Vous êtes retraitée de quoi ?

— Oh, de rien de précis. J'ai eu divers jobs ; Rocksan, elle, travaillait dans l'immobilier. »

Jane avait toujours du mal à faire ce genre de réponse. Ce qu'avait fait Rocksan en réalité, c'était gagner des tonnes de fric lors du boom de l'immobilier commercial en achetant et en vendant. C'était une joueuse. Une spéculatrice. Elle avait eu de la chance. Elles étaient riches.

« Aujourd'hui, nous élevons des abeilles. C'est la passion de Rocksan. Je fais semblant de la partager, mais, entre nous, je ne m'y intéresse pas autant qu'elle.

— Vous voulez dire que vous avez des ruches ?

— Ouais. Nous faisons du miel. Mais avant tout, Rocksan a une passion pour les abeilles. Elle passe son temps à dire que Dieu a créé les abeilles avant l'homme, et que cela devrait nous inciter à réfléchir. Elle pense que les abeilles sont supérieures à la race humaine.

— Elle n'a peut-être pas totalement tort », dit le juge, souriant pour la première fois.

Jane sourit à son tour. Elle se remémora ce jour de randonnée dans les bois où Rocksan et elle avaient atteint le sommet d'Angels Crest par un glorieux matin d'été. Tout autour le monde chatoyait, royaume d'arbres et de granite, une splendeur qu'elle n'avait jamais imaginée, comme si son imagination était trop limitée pour l'avoir pressentie. Toutes ses peurs s'étaient évanouies. Il en était parfois ainsi avec Rocksan : il arrivait à Jane de la voir avec suffisamment de distance pour comprendre qu'elle habitait un monde différent de ce qu'elle-même imaginait.

« Avez-vous des enfants ? demanda-t-elle au juge.

— Trois garçons. Tous adultes. L'un d'eux travaille dans une banque, l'autre dirige un asile de sans-abri. Mais le plus jeune - il a la trentaine à présent - a quelques problèmes. Il ne travaille pas. En tout cas, il ne travaillait pas la dernière fois que nous nous sommes parlé.

— J'ai un fils », dit Jane. Elle chercha ses mots. Elle voulait savoir ce qu'elle ressentirait en les prononçant, en parlant à voix haute. « Il a vingt ans. Il va venir nous voir.

— C'est formidable. A-t-il grandi avec vous ?

— Non. Il a vécu avec son père.

— C'est étrange, dit le juge. Très étrange que je sois ici aujourd'hui. La nuit dernière, je me suis couché et tout paraissait normal. Mais quand je me suis réveillé ce matin... »

La voix du juge retomba. Jane ne se sentit pas le droit d'insister. Elle avait appris, en vivant par ici, à ne pas s'immiscer dans les affaires des autres. Vous attendiez qu'ils viennent se confier à vous et personne ne s'étendait alors beaucoup sur le sujet.

La forêt avait un air insolent, méfiant, comme si elle leur avait arraché l'enfant et le gardait pour elle. Jane n'avait jamais aimé ces arbres, l'impression de claustrophobie qu'ils lui procuraient. Elle les avait toujours trouvés menaçants, et se demandait parfois pourquoi elle avait accepté de venir s'installer à la montagne alors qu'elle préférait les vastes espaces arides du désert. Elle avait dit à Rocksan que, chaque fois qu'elle partait en randonnée, elle avait l'impression que quelque chose était tapi dans l'ombre.

Rocksan lui avait répondu que c'était son sentiment de culpabilité.

Le juge et elle suivirent une piste d'animaux, probablement des daims, et s'enfoncèrent sous les arbres beaucoup plus loin qu'elle ne l'eût souhaité. Elle s'efforça de se rappeler pourquoi elle était là, pour aider Ethan, pour retrouver son fils. Mais, dans le silence, ses craintes revenaient l'assaillir.

« Comment avez-vous appris la disparition de Nate ? » demanda-t-elle. Elle avait besoin d'entendre le son de sa propre voix. Le silence de la forêt était trop pesant.

Le juge resta silencieux un long moment. Il poussa un profond soupir. Puis il dit : « J'étais en voiture et je l'ai entendu à la radio. Ça m'a fait quelque chose, vous comprenez ?

— J'imagine ce que vous avez ressenti, dit Jane.

— Nous sommes tous tellement... » Jane le vit chercher ses mots. « ... sans défense.

— Je sais. Nous avons tendance à l'oublier. »

Le juge hocha la tête. Il remonta la fermeture de sa parka. L'atmosphère devenait plus froide, l'air plus immobile. Jane savait que la neige allait bientôt redoubler.

« Ethan adore cet enfant. Ils ne se quittent jamais. On ne les voit jamais l'un sans l'autre.

— C'était la même chose entre mon plus jeune fils et moi. On dit qu'un parent est censé ne pas avoir de préférence, mais Marty était la lumière de ma vie. »

Jane trébucha sur une souche et le juge la retint d'une main ferme. Il la soutint par le coude, l'aida à reprendre son équilibre. Jane fut frappée par la précision du geste, sa rapidité. C'était un vrai gentleman, protecteur.

« Qu'est-ce qu'il est devenu ? demanda-t-elle quand elle eut retrouvé son aplomb.

— Franchement ? Je n'en sais rien. Il n'a jamais trouvé son chemin dans l'existence. Il se sentait toujours différent des autres. Il marchait à un autre rythme. »

Jane se demanda si le fils était homo mais eut peur de poser la question.

« Il a été impliqué dans des histoires de drogue, dit le juge, comme s'il lisait dans ses pensées et voulait mettre les choses au point. Nous l'avons perdu de vue ensuite.

— Je suis désolée. »

Ils poursuivirent leur marche. Jane se mit à chercher l'enfant avec plus de concentration. Elle espérait découvrir des traces de pas, un lambeau de vêtement, un indice. Le juge parut soudain se rendre compte qu'il était lui aussi à la recherche d'un petit garçon disparu. Mais il se déplaçait maladroitement dans les bois. Il avançait d'un pas hésitant. Il y avait une sorte de gêne cachée en lui, comme s'il répugnait à prendre trop de place dans le monde.

La neige tombait plus dru à présent. Jane s'émerveilla devant sa beauté. Une beauté qui atténuait l'aspect angoissant de la forêt, bien qu'elle sût qu'en réalité toute cette blancheur la rendait plus dangereuse et inhospitalière. À un moment, tandis qu'ils cherchaient ensemble, marchant d'un même pas dans un silence amical, le juge retira ses lunettes et les essuya sur sa chemise.

Lorsqu'il les remit, il regarda au loin et dit : « C'est comme si mon fils s'était enfoncé dans les bois et n'était jamais revenu. »

Quelques heures plus tard, Jane et le juge sortirent de la forêt et débouchèrent dans la clairière. Il y avait davantage de voitures maintenant. Deux rangers en uniformes marron parlaient avec Ethan. Une table était dressée, sur laquelle étaient posés un grand thermos de café, des beignets, des pommes, des cartes. Des gens se pressaient tout autour. Un contingent d'élèves de Calvary Church se dirigeait vers la forêt. Un groupe de jeunes garçons s'était rassemblé près de la Camaro et fumait pendant que d'autres discutaient avec des journalistes sous les arbres. À la vue du juge, l'un des garçons demanda : « Vous voulez qu'on vous guide pour sortir d'ici ? On part tout de suite. »

Le juge Rosenthal parut hésiter un instant. Jane eut un élan de sympathie envers lui, émue par son air décontenancé. En le voyant si maladroit durant leurs recherches, quand il parlait avec elle, Jane l'avait trouvé à la fois proche et chaleureux. Sa parka neuve la chagrinait. Elle aurait voulu lui donner son numéro de téléphone. Il accepta d'un signe de tête la proposition des garçons et monta dans sa voiture, oubliant de lui dire au revoir.

Lorsqu'elle le vit démarrer, suivre la route de terre dans le sillage de la Camaro, Jane pensa qu'il avait l'air solennel et étonné d'un homme qui ne s'est jamais trouvé aussi seul.

Minuit. Rosie dormait dans la chambre voisine. Rocksan respirait régulièrement à côté d'elle. Jane lui enviait ce sommeil si facile.

Elle se leva sans faire de bruit et alla dans la salle de bains. Elle alluma une bougie, ouvrit la fenêtre, laissant l'air froid s'engouffrer dans la pièce chaude et carrelée. Elle savoura l'apaisement du pardon. Rocksan pardonnait toujours. Elle l'aimait toujours.

Dehors, on distinguait à peine les tourbillons et les amoncellements de neige. Elle pensa à son fils qui serait bientôt là. À Nate, perdu dans les bois. Elle avait entendu dire qu'Ethan dormait là-haut dans son pick-up, qu'il attendait. Elle l'imagina, assis près d'un feu, fumant dans l'obscurité. Elle se souvint du jour où elle était partie camper avec Rocksan, des pleurs et des murmures de la forêt, la nuit. Elle songea à la terreur de Nate. N'évoqua pas l'autre possibilité.

Elle vit des phares dans le lointain, sur la route en contrebas. Ils passèrent devant l'allée qui conduisait à la maison, brillant par intermittence entre les arbres et les buissons. Comme la voiture descendait vers la ville, Jane vit les feux arrière rouges scintiller dans le noir puis disparaître. Elle resta à surveiller la nuit. Le monde était un endroit enveloppé d'immobilité et de mystère.

Cindy

DE TEMPS EN TEMPS, CINDY ET TREVOR tombaient sur d'autres personnes qui participaient à la recherche. Ils auraient aimé s'arrêter et comparer les itinéraires, les sentiers qui avaient été explorés et ceux qui ne l'avaient pas été. Mais Cindy et Trevor ne possédaient aucune carte. Elle avait l'impression d'aller à l'aveuglette, sans autre raison, sans autre but que de retrouver son fils.

Trevor parlait sans arrêt. C'était exaspérant. Cindy pensa à Ethan et un accès de rage l'envahit tout entière. Elle avait si longtemps souhaité le haïr. Aujourd'hui elle avait enfin un motif, le meilleur de tous. Il avait obtenu la garde pleine et entière de son fils et n'avait rien trouvé de mieux que de le perdre dans cette maudite forêt. Une raison qui aurait dû être définitive, ruiner à jamais son amour pour Ethan.

Pourtant, elle éprouvait de la pitié à son égard. Et elle avait peur pour lui. Elle se sentait si proche de tout ça qu'elle avait l'impression que c'était elle, Cindy, qui avait abandonné Nate dans la voiture. C'était son genre, pas celui d'Ethan avec son sérieux, sa persévérance. C'était son genre à elle de tout bousiller. Mais c'était lui le responsable. Elle savait qu'il serait incapable de tenir le coup. Si on ne retrouvait pas Nate, Ethan s'écroulerait. Il était ainsi. Elle le savait mieux que n'importe qui.

Elle se souvenait du jour où Ethan était arrivé au village. Ils s'étaient connus au lycée. Elle était tombée tout de suite amoureuse de lui. Elle se rappelait les commérages et le scandale lorsqu'ils avaient commencé à coucher ensemble. Elle avait dû rendre sa bague à Trevor, lui dire qu'elle en aimait un autre.

Les voix les plus folles se bousculaient déjà dans sa tête à cette époque. Elle n'était pas assez bonne. Pas assez jolie. Pas assez intelligente. Mais elle avait rencontré Ethan, il lui avait dit qu'elle était jolie et pas seulement jolie mais sexy et qu'ils pourraient peut-être faire un enfant ensemble, et elle s'était métamorphosée. Elle était devenue une personne différente, une femme. Tout le monde, même son ivrogne de grand-mère, l'avait remarqué. Des gens qu'elle connaissait depuis toujours l'arrêtaient dans la rue et lui disaient qu'elle était différente. Ravissante.

Ethan était un être magique. Si calme, si bon. Il voulait toujours bien faire. Il lui disait qu'elle était belle et naturelle, qu'il aurait voulu lui ressembler. Elle aurait dû savoir alors que ça ne pourrait pas marcher entre eux. Mais pendant quelque temps, elle avait partagé ses silences avec une tranquille affection. Elle avait même cessé de boire. De fumer des joints. Elle s'était occupée de lui comme elle n'avait jamais été capable de le faire, ni pour Trevor ni pour quelqu'un d'autre.

Pour une fois, elle s'intéressait à quelqu'un plus qu'à elle-même. Ethan était un homme que vous écoutiez volontiers et, bien qu'il parût le plus fort des deux, il était clair que son silence masquait sa fragilité. Il lui avait raconté la longue maladie de sa mère, le chagrin muet de son père. Qu'après la mort de sa mère, son père et lui restaient plantés devant la télévision des heures durant sans échanger un mot. Il s'était persuadé qu'il mourrait dans ce fauteuil à Los

Angeles, jusqu'au jour où son père avait quitté son travail et vendu la maison. Et où ils étaient venus vivre dans cette région boisée.

Il raconta qu'en s'installant ici et en découvrant la fôret il lui avait semblé que les arbres avaient absorbé tout son malheur, l'avaient libéré de ses chagrins et de ses souffrances. Il avait fini par trouver le bonheur. Et elle était là désormais, disait-il. Un rêve. Un rêve devenu réalité.

Elle l'avait cru. Pour la première fois, elle n'avait pas détesté ses parents de l'avoir abandonnée dans ce trou perdu avec sa grand-mère alcoolique. Être aimée d'Ethan, c'était regarder par une fenêtre. Mais en aimant Ethan elle devenait cette fenêtre, elle devenait la vitre et toute la lumière qui la traversait.

Aujourd'hui, alors qu'elle marchait avec Trevor dans la forêt piétinée, cherchant Nate, l'appelant, elle se remémorait ce jour où le père d'Ethan, un homme taciturne, les avaient trouvés derrière la remise. Elle se souvenait de son dépit à la vue de son fils le pantalon aux chevilles, la queue à l'air, en train de la baiser. Ethan avait été gêné, mais Cindy s'était sentie fière. Fière d'avoir une identité, d'appartenir à quelqu'un. Et d'avoir du pouvoir. Elle avait arraché Ethan à son existence déprimante, au souvenir de sa mère décédée et à la mélancolie de son père.

Ensuite, elle était tombée enceinte. Trois ans après le lycée. Un mois plus tard, le père d'Ethan était mort d'une crise cardiaque. À la naissance du bébé, toute la tristesse accumulée en Ethan était remontée à la surface. Cindy y pensait toujours avec mélancolie. Car elle s'était remise à boire, avec une soif plus intense, plus irrépressible que jamais. Incapable de s'arrêter, même quand elle allaitait Nate, consciente qu'il tardait à marcher et à parler à cause de l'alcool contenu dans son lait. Elle l'entendait pleurer la nuit, avec de longs sanglots déchirants, pas comme pleurent les bébés en général. Ivre, elle levait la main sur l'enfant, lui disait de la fermer, de la fermer ! Sobre, elle était pleine de remords et l'aimait de toutes ses forces, avec désespoir. Mais elle voyait combien Nate aimait Ethan. Tellement plus.

À mesure qu'elle s'avançait dans la forêt, son chagrin avait pris une forme presque matérielle, s'était ancré en elle, pénétrant même la muraille de l'alcool. Ce n'était pas seulement la perte de l'enfant, mais les erreurs commises auparavant, et la conscience que tout aurait pu être évité, si seulement...

« Il faut que tu sois forte, dit Trevor.

— Tu ne sais pas comme ça fait mal. Tu ne peux pas savoir. Tu n'as jamais eu d'enfants.

— On se connaît pratiquement depuis la naissance, depuis vingt-cinq ans, ma petite, et je ne t'ai jamais vue t'effondrer. Tu dois tenir le coup. Tu m'entends ? »

Il y avait un ton particulier dans sa voix. Quelque chose de sûr et de familier. Ils se connaissaient depuis l'enfance. Il la connaissait mieux que quiconque. Sa tension se relâcha. Elle chercha la bouteille qu'elle avait fourrée dans la poche de sa parka. Elle en but une rasade et l'effet fut immédiat. Elle trouva un point d'ancrage, loin, au plus profond d'elle-même, et hocha la tête.

« Je ne suis pas sourde, Trevor. Mais tu parles trop, et cesse de m'appeler "ma petite". »

Quelqu'un cria. Il regarda droit devant lui. Il dit : « Je n'ai peut-être pas d'enfants, mais je t'aime. Je peux comprendre ce que tu éprouves même quand on n'est pas dans la même pièce. Tu piges ? »

Elle hocha la tête. Il en avait toujours été ainsi entre eux. Elle ne l'aimerait jamais de cette façon. Elle entendit à nouveau les appels.

« Écoute ! » dit-elle. Elle se mit à courir en direction des voix et tomba sur un petit groupe rassemblé en cercle. Deux journalistes étaient présents, les éclairs des flashes déchiraient la nuit.

« Que se passe-t-il ? Oh ! mon Dieu, C'est Nate ?

Vous l'avez trouvé ? » s'écria Cindy. Elle s'élança, se fraya un chemin à travers les gens. À leurs pieds gisait le ballon dégonflé que Nate avait emporté avec lui. Et la ficelle. Rien d'autre. Pas de Nate. Aucune trace de pas. Rien.

Exténuée, elle quitta la forêt avec Trevor. Elle savait en son for intérieur que son fils devait être mort. Même si elle était incapable de l'exprimer à voix haute, elle le sentait, comme elle avait senti qu'elle était enceinte. Une pesanteur. Une mêlée au fond de ses entrailles.

Elle sortit des bois, vit Ethan et tout, *tout* ce qu'elle avait éprouvé pour lui revint l'assaillir. Elle se souvint de la façon dont il l'avait aimée, dont il avait cessé de l'aimer. Elle se souvint que la fin entre eux s'était annoncée par la solitude dans laquelle il s'enfermait, par sa réserve à son égard. C'était à cause de cette solitude que Nate était devenu tout ce qui comptait dans sa vie.

« Je ne peux pas croire que tu aies fait une chose pareille, Ethan », dit-elle. Elle vit la souffrance dans ses yeux. Elle aurait voulu le haïr. Et elle aurait voulu en même temps l'empoigner, se cramponner à lui, lui promettre que tout allait s'arranger. Trevor les rejoignit et la tira en arrière. Elle céda sans résister. Ils regagnèrent ensemble le pick-up et retournèrent au village sans parler. Quand elle le déposa devant le bar, il se pencha et l'embrassa tendrement sur la joue.

« Tu vas surmonter tout ça, hein, Cindy ?

— Ouais, bien sûr.

— Je reviendrai après la fermeture du bar.

— Pas ce soir, Trevor. »

Cindy démarra. Elle était soulagée de rentrer chez elle, dans son appartement couleur de merde. Elle voulait seulement dormir, éliminer ce qu'elle avait bu, et essayer de décider quoi faire ensuite.

Cindy se redressa dans son lit. Il était presque dix heures du soir. Elle s'empara de la bouteille et but une gorgée avant que la douleur ne revienne l'assaillir. Elle se leva et regarda par la fenêtre. Des bourrasques de neige s'abattaient en silence dans le halo des réverbères autour de l'immeuble. Nate était dehors quelque part.

Elle se dirigea vers la penderie du couloir, en sortit ses plus grosses chaussures et les enfila. Puis elle prit sa parka et des gants chauds, un bonnet et une écharpe. Les clefs de sa voiture étaient dans la cuisine, là où elle les avait laissées. Elle ouvrit la porte, retint sa respiration dans le froid, puis se souvint d'aller chercher dans sa chambre la bouteille de whisky, et la torche qu'elle gardait sous son lit.

Elle traversa le village. Le restaurant d'Angie était encore ouvert, inhabituellement bondé. Elle ralentit, vit des gens qu'elle ne connaissait pas, et d'autres qu'elle connaissait – Jane, Angie, le vieux pasteur aveugle.

Elle se souvint de l'époque où Jane et Rocksan étaient venues s'installer dans le village, après que la fille d'Angie fut tombée enceinte et se fut enfuie avec un homme marié. Elle se souvint que les gens leur jetaient des regards furtifs parce que personne n'avait jamais vu de lesbiennes dans le coin. Elle-même les avait observées, un peu embarrassée, mais sans rien leur trouver de particulier au bout du compte. Ce qui lui paraissait encore plus étrange que la pensée qu'elles partageaient le même lit, c'était leur passion pour les abeilles. Elle les avait aperçues un jour, aux abords de leur propriété, vêtues de blanc et la tête couverte de capuchons grillagés. Il y avait des abeilles partout, elle en avait eu la chair de poule. Comment pouvait-on supporter ce grouillement d'insectes autour de soi – ne serait-ce que le bruit ?

Elle pensa à la dispute qu'elle avait eue avec Ethan quand il avait confié leur enfant à Jane. Une querelle stupide. Pour rien. On eût dit qu'elle avait constamment besoin d'un motif pour se chamailler avec lui, d'un sujet sur lequel l'attaquer. C'était sans espoir, elle le savait. Mais elle ne voulait pas se sentir exclue, et son seul moyen était de se bagarrer.

Elle traversa Cage Road où habitait Glick et sortit du village, empruntant la longue route sinueuse qui montait jusqu'à l'endroit où son fils avait été vu pour la dernière fois. La neige tombait. Elle gara sa voiture et, emportant la bouteille et la torche avec elle, s'engagea dans la clairière. Elle distingua le pick-up d'Ethan et un petit feu à côté. Mais il n'y avait personne alentour.

Cindy pénétra dans les bois. La torche projetait des ombres menaçantes parmi les arbres. La forêt était silencieuse, endormie. La neige légère et sèche crissait sous ses pas. Elle marchait lentement, prenant garde de ne pas trop s'éloigner, car elle avait peur. Elle se souvenait du jour où son fils était né, des vingt miles éprouvants qu'il leur avait fallu parcourir jusqu'à la ville où se trouvait l'hôpital le plus proche. Les contractions avaient été atroces, pires à chaque cahot. Elles s'étaient déclenchées avec rapidité, s'amplifiant jusqu'à ce qu'elle crie et supplie Ethan d'aller plus vite – Plus vite, bordel ! Nate était né dans la précipitation et la douleur, et quand elle l'avait tenu dans ses bras elle avait été déçue de ne pas ressentir le flot d'amour auquel elle s'attendait.

Il avait pleuré toute la journée et elle avait eu du mal à le tenir dans ses bras, à le nourrir. Elle refusait d'admettre qu'elle ne l'aimait pas. Mais le soir, enfin, il avait pris son sein et s'était endormi contre sa poitrine, ses petites jambes accrochées à son côté, reposant en travers de son corps. Elle l'avait regardé dormir dans cette position, écoutant sa respiration si intense, si vivante. Elle avait eu l'impression qu'il faisait davantage partie d'elle maintenant que durant sa grossesse. Et, à cet instant seulement, elle avait pris conscience du fait miraculeux, extraordinaire, de son existence. Elle s'était sentie achevée, complète, pardonnée dans le sens le plus large du terme. Pardonnée pour toutes ses faiblesses et ses déficiences morales. Pour sa petitesse et ses peurs. À cet instant, elle avait éprouvé l'amour le plus profond, l'amour le plus immense.

« Nate, cria-t-elle. Ethan ! Où êtes-vous ? » Elle trébucha et se rattrapa à une branche pour ne pas tomber, mais perdit l'équilibre et se retrouva par terre. Comme le froid et l'humidité transperçaient son jean, elle appela de nouveau : « Nate, nom de Dieu, viens, viens vite voir maman ! S'il te plaît, Nate ! Maman est là. Maman t'aime. Nom de Dieu, Nate, s'il te plaît ! »

Seul le silence répondit à ses cris, puis le vent se leva et souffla à travers les arbres. Elle se remit péniblement debout, le visage ruisselant de larmes. Il faisait si noir, si froid. Mon Dieu, où était-il ? Où était Ethan ? Elle aurait voulu prier, se mettre à genoux, là, dans la neige. Mais il y avait si peu de Dieu en elle, et le peu qui avait un jour existé en avait été chassé par des années de boisson et d'amertume.

Elle regagna sa voiture, essuyant les larmes de ses joues. À quoi bon pleurer ? Elle monta dans sa voiture, exténuée, démarra et rebroussa chemin. Aux abords du village, elle passa devant la maison des lesbiennes et vit une faible lumière, comme la lueur d'une bougie, briller dans une chambre à l'étage. Elle crut voir la silhouette indistincte d'une femme à la fenêtre. Elle mit la radio, maudissant la forêt qui avait englouti sa famille entière.

Le juge Jack Rosenthal

IL RACONTAIT VOLONTIERS À SES FILS cette histoire : du temps de Jésus vivait le rabin Hillel. Un jour, il fut mis au défi d'expliquer l'intégralité de la Torah en se tenant sur un pied. Hillel dit : « Ne faites pas aux autres ce que vous ne voudriez pas qu'on vous fasse. C'est tout ce que contient la Torah. Le reste n'est que digression. Allez l'étudier à présent. »

Il pensait souvent à Hillel lorsqu'il devait prononcer une sentence au tribunal. C'était à cause de la Torah qu'il avait voulu exercer la justice, à cause des dix commandements, de l'enseignement de Moïse. Sans l'avouer, il trouvait une signification aux complexités de la loi séculière grâce à sa connaissance de la loi judaïque.

En secret, avant de prononcer un jugement, il fondait ses décisions sur l'enseignement de la Torah. Il s'intéressait aux gens et à leurs problèmes. Il cherchait des solutions qui prennent en compte la loi divine, bien qu'il fût tenu de paraître impartial dans la salle d'audience. C'étaient là ses secrets. Sa femme les connaissait, ainsi que ses fils, bien qu'il ne les leur ait jamais révélés. Ils savaient qu'il était avant tout un homme de loi et devait s'interdire tout parti pris en public, même si chacun de ses actes était, en privé, inspiré par son amour de Dieu.

Le fait était là : il était juif dans une ville de province qui possédait une église baptiste, une église catholique, une église pentecôtiste et une église protestante. Sa synagogue rassemblait un nombre tristement réduit de fidèles, qui représentaient la quasi-totalité de la communauté juive de la ville. S'il n'avait pas été affecté au tribunal local, il aurait exercé dans une plus grande ville comme Los Angeles ou New York. Cet isolement l'avait toujours affecté, mais il n'en montrait rien car il savait que sa femme en avait été blessée autant que lui, et il ne voulait pas lui compliquer la vie.

Mais parce que sa foi était une seconde nature chez lui, il avait toujours été capable de supporter une blague raciste occasionnelle, ou les appels téléphoniques des fanatiques antisémites. Jusqu'au jour où quelqu'un avait déversé du sel sur sa pelouse pour y dessiner une croix gammée, brune sur une herbe restée verte. Il l'avait laissée. Il ne voulait pas leur donner satisfaction. Il refusait de s'incliner devant les manifestations de haine. Les gens passeraient devant et, espérait-il, se sentiraient honteux.

La croix gammée était apparue juste avant qu'Adele n'apprenne qu'elle avait un cancer. Jack savait que la vue de cet emblème au milieu de leur pelouse l'avait bouleversée. Elle l'avait supplié de l'enlever, mais il avait tenu bon. « Un homme devrait avoir honte de commettre un acte contraire à la volonté de Dieu », disait-il.

Elle s'était mise en colère. « Et qui es-tu pour savoir quelle est Sa volonté ? »

Le voyant persister dans son refus, elle était partie d'un pas rageur en criant : « Est-ce la volonté de Dieu, Jack, ou la tienne ? Je me le demande. »

Le cancer l'avait envahie si rapidement qu'ils n'avaient même pas eu le temps de se préparer à l'issue inéluctable. Alors qu'elle était mourante, Marty, leur plus jeune fils, le plus brillant de leurs enfants, celui dont on disait qu'il était trop sensible et que le monde lui briserait le cœur s'il n'y prenait pas garde, s'était volatilisé. Lui, sa toxicomanie et sa petite amie strip-teaseuse étaient partis pour Hollywood, à des années-lumière de l'existence dont Jack avait rêvé pour lui.

Si bien que le jour où Adele était morte, il lui avait semblé qu'elle et Marty l'avaient quitté en même temps. Il les avait pleurés tous les deux. Il avait contemplé la pelouse, la croix gammée, et s'était senti bourrelé de remords. Il avait compris qu'il avait fait preuve de cruauté, que son désir irréductible de donner une leçon à tous les bigots de cette stupide ville de province était contraire à la simplicité de la volonté divine. Hillel n'avait pas dit autre chose. Jack ne pouvait pas faire endosser à Dieu la responsabilité de ses propres fautes.

Cependant, même après la mort d'Adele, il n'avait pu se résoudre à arracher l'herbe souillée et à planter un nouveau gazon. Il avait besoin de cette leçon quotidienne pour lui rappeler sa propre obstination. Puis le jour de l'enterrement, à son retour du cimetière, la croix gammée avait disparu. Il ne sut jamais qui en avait débarrassé la pelouse, et le carré de graines qui l'avait remplacée resta visible pendant des semaines.

Son existence s'était peu à peu rétrécie. Il passait ses journées au tribunal – bien qu'il fût près de la retraite, et avec une charge de travail réduite. Le soir, de retour chez lui, il buvait un scotch et arrosait les plantes d'Adele, ou, s'il en avait le courage, il s'attelait à vider ses placards et ses tiroirs.

Et la veille, presque exactement six mois après la mort d'Adele, tout avait basculé. Il dormait dans la chambre d'amis, incapable d'utiliser celle qu'ils avaient occupée. D'affronter les souvenirs. Comme si elle était toujours là, à l'observer.

Il somnolait, songeant qu'il aimerait vendre la maison et aller vivre ailleurs, dans le désert peut-être, ou en Floride où il faisait toujours chaud et où il pourrait tout recommencer, coucher dans un nouveau lit, qui n'aurait pas gardé l'odeur d'Adele, son parfum. Il s'était vaguement endormi et s'était réveillé en sursaut une heure plus tard. Il avait entendu la porte de l'entrée se refermer doucement. Son cœur s'était mis à battre. Des pas montaient l'escalier lentement, en silence. Un voleur. Peut-être quelqu'un qu'il avait condamné récemment, quelqu'un qui était en liberté conditionnelle. Ce n'était pas si absurde. Son ami Steven, un procureur général qui venait de prendre sa retraite, avait été menacé par la femme d'un assassin qu'il avait condamné à la prison à vie. Ce n'était pas absurde du tout.

Il s'était redressé dans son lit. Le téléphone. Il avait laissé l'appareil au rez-de-chaussée. L'autre était dans son ancienne chambre à coucher, en bas de l'escalier. L'effroi l'avait saisi. Il avait entendu deux personnes murmurer. Il les avait entendues pénétrer dans la chambre à coucher. C'était quelqu'un qui connaissait la maison, avait-il pensé, il savait ce qu'il cherchait. Marty, par exemple.

Jack avait bondi hors du lit, ouvert la porte sans faire de bruit et jeté un coup d'œil dans le couloir. La porte de la chambre principale était ouverte. Il y avait deux voix, celle d'un homme et celle d'une femme. Il aurait juré que c'était Marty, mais ce n'était peut-être pas lui. Comment aurait-il su que Jack ne dormait plus dans son ancienne chambre ? Dans un cas comme dans l'autre, une peur panique s'était emparée de lui. Seigneur, il pouvait entendre les battements de son cœur tambouriner jusque dans son crâne, le martèlement de son sang dans ses veines ! Son sang.

Il s'imaginait étendu sur le sol, un flot rouge s'écoulant de sa tête, tandis que les intrus s'enfuyaient.

Il devait atteindre le téléphone. Il devait réfléchir. Avoir les idées claires. Malgré le bouillonnement de son sang. Il ignorait ce qu'il redoutait le plus. La pensée de son fils s'introduisant dans sa maison pour… pour quoi ? Pour le dévaliser ? Ou l'intrusion d'un étranger.

C'est alors qu'il les avait vus sortir de la chambre à coucher. Il avait cligné des yeux à deux reprises, tant cette vision lui semblait impossible. Mais c'était bien Marty tenant la boîte à bijoux d'Adele dans sa main, et une fille, la strip-teaseuse, serrant contre elle une taie d'oreiller visiblement bourrée de livres. Jack n'en croyait pas ses yeux. Cette trahison, c'était pire que la mort de sa femme.

« Marty », avait-il dit. Sa voix était à peine un murmure.

Son fils s'était retourné pour le regarder. Il s'était figé sur place.

« Que fais-tu ? Marty ?

— Papa… Je…

— Tu es en train de me voler, c'est ça ? Ta mère est à peine dans sa tombe et tu voles ses bijoux ? »

Il était stupéfait. Brisé. Il avait l'impression de devenir de plus en plus petit. Bientôt il n'existerait plus.

« Papa, je…

— Merde, Marty, dit la fille. Foutons le camp. » Elle avait serré la taie d'oreiller plus étroitement contre elle. Jack avait pensé à tout ce qu'elle pouvait contenir. Il s'était souvenu de sa collection de pièces de monnaie. Toutes ces pièces rares, chacune à sa place dans une fente des minces albums recouverts de cuir. Elles valaient une fortune. Il avait compris que les albums se trouvaient dans la taie d'oreiller et qu'ils allaient les brader pour une bouchée de pain. Sans compter qu'ils pouvaient l'agresser. Paralysé par l'émotion, il imaginait la fille le frappant à la tête avec la taie d'oreiller, se voyait assommé par les lourdes pièces à l'intérieur.

« Ce sont mes pièces ? » avait-il demandé. En partie dissimulé derrière la porte, en pyjama, les pieds nus et gelés, tremblant.

« Je suis désolé », avait dit Marty.

La fille et lui avaient tourné les talons et s'étaient éloignés rapidement, en direction de l'escalier. Jack les avait vus disparaître. Il les avait entendus dégringoler les marches, sans se donner la peine d'étouffer leurs bruits, puis sortir par la porte principale, la refermer et démarrer. Il était resté sans bouger pendant de longues, longues minutes. Il faisait si chaud et si froid. Il avait l'impression d'être un petit enfant en pyjama. Après un moment, il s'était laissé tomber à terre, sentant une faille s'ouvrir en lui. Et il s'était mis à prier, espérant la combler... *Dieu, ayez pitié de moi...* mais elle semblait s'ouvrir toujours plus grande, plus large.

Il s'éveilla dès la première lueur de l'aube. Il s'était endormi sur place, appuyé au chambranle de la porte, la prière encore sur les lèvres. Il était vidé. Déserté de toute substance. Il aurait voulu en avoir fini avec la vie, être mort durant la nuit.

Il sortit de la maison et monta dans sa voiture – une Mercedes noire, sa seule concession à la vanité – avec la vague intention de s'enfoncer dans les montagnes et de disparaître à jamais, d'abandonner derrière lui toute sa souffrance terrestre. Le sens de ses fantasmes lui échappait, il n'osait les transcrire en paroles, mais son esprit était empli de cette image étrange, réconfortante, d'un monde d'où il aurait disparu.

Il roula sans s'arrêter sur des autoroutes désertes puis, comme il approchait des premiers reliefs, il bifurqua et s'engagea sur des départementales, un réseau de petites routes bien entretenues mais de plus en plus étroites qui s'élevaient en serpentant dans la montagne. Le chasse-neige était passé pendant la nuit, mais la chute de la température avait laissé de longues plaques de neige gelée par endroits. La voiture faisait parfois une embardée, dérapait, et Jack sentait son pouls s'accélérer et une décharge d'adrénaline l'envahir.

Lorsqu'il atteignit l'altitude de huit mille pieds, il apprit par la radio qu'un enfant s'était perdu dans la forêt près d'un village appelé Angels Crest. Des recherches étaient en cours. Le petit garçon avait disparu depuis plusieurs heures.

Jack se souvint qu'il venait de croiser la route qui menait à ce village et, frappé par cette coïncidence, il fit demi-tour. Alors qu'il pénétrait dans la rue principale quelques minutes plus tard, tout s'apaisa en lui. Il fut surpris par la modestie et la beauté des lieux. Ce n'était pas la beauté pittoresque d'un village touristique de montagne, avec chalets décorés de guirlandes lumineuses et boutiques qui sentent l'encens et le savon parfumé. Non, ici les petites maisons en bordure de la route étaient bien entretenues, les voitures garées devant la porte, les jouets éparpillés sur les pelouses. La rue principale était égayée de magasins et de commerces, la plupart installés dans des constructions du XIXe siècle. Il passa devant une boutique, « Chez Ethan, quincaillerie et articles de sport », une laverie automatique, un cabinet dentaire au rez-de-chaussée d'une superbe maison victorienne, un taxidermiste, un mont-de-piété et un bar à l'enseigne de L'Écho de Trevor qui ressemblait à un saloon tout droit sorti d'un western.

Quelque chose dans ce village – son authenticité et sa simplicité, la nouvelle de cet enfant perdu dans les bois – lui fit changer d'avis. Un changement imperceptible certes, mais son intention confuse de disparaître déserta ses pensées comme par enchantement, effacée par cette petite bourgade tranquille, sa tragédie naissante et le sentiment que le destin l'avait conduit là. Il poursuivit sa route jusqu'à ce qu'il trouve un restaurant appelé Chez Angie.

Avant d'entrer, il s'arrêta au bureau de l'état civil voisin, dans l'espoir d'obtenir des informations concernant l'enfant et des indications sur le lieu des recherches. À l'intérieur se tenait un vieil homme assis face à un mur de photos. Jack ne mit pas longtemps à s'apercevoir que l'homme était aveugle car il semblait en contemplation devant les clichés mais ses yeux étaient laiteux, son regard mort.

« Bonjour », dit Jack.

Le vieillard hocha la tête. Il tenait une bible mince dans une main et sa canne dans l'autre.

Jack examina les photos prises à la fin du XIXe siècle, à l'époque de la fondation du village. L'une d'entre elles attira son attention. Elle représentait cinq bébés, avec une date en dessous : 1889. À sa droite, il y avait un autre cliché des mêmes cinq enfants devenus adultes, pris vingt ans plus tard. Quatre hommes, une femme. Jack lut la légende : *Un miracle dans la neige – La fondation d'Angels Crest ou comment cinq bébés survécurent au pire des hivers de l'Histoire !*

> *Les cinq bébés que vous voyez ici sont nés pendant le terrible hiver de 1889 ; la neige atteignit six mètres de haut au mois de janvier ! En quelques semaines, tout le bétail périt. Les colons, dont les chariots étaient dans l'impossibilité d'avancer, furent pris au piège. L'un après l'autre, ils moururent tous de froid, de faim et de maladie. Par miracle, ces cinq enfants survécurent. La légende veut que les anges, en montant au ciel, se soient arrêtés au sommet de la plus haute montagne de la région et aient pris soin d'eux jusqu'à la fin de l'hiver. Le sommet fut baptisé Angels Crest et, le printemps suivant, la petite communauté adopta officiellement le*

même nom. On peut encore voir les tombes de nos premiers colons dans le cimetière de Main Street !

Le vieil aveugle se redressa. « C'était mon arrière-arrière-arrière-grand-père, dit-il. Le troisième bébé en partant de la gauche. »

Jack se dirigea ensuite vers le restaurant voisin. La vue de la foule l'étonna, puis il comprit que la plupart des gens étaient des journalistes ou des étrangers comme lui, venus proposer leur aide. L'endroit semblait chaleureux et accueillant. Il se gara à proximité et resta assis au volant pendant un moment. Le monde était si étrange. Semblable à ce qu'il avait toujours été, et cependant Jack avait l'impression d'être passé de l'autre côté du miroir. Une nouvelle logique semblait éclairer les vingt-quatre heures écoulées, sans que l'essence et la raison d'être de sa vie fussent changées, mais quelque chose lui paraissait différent, qui le mettait mal à l'aise. Craintivement, en proie à un étrange sentiment de gratitude, il ouvrit la boîte à gants et prit la Torah format de poche qu'il y conservait.

À l'intérieur du restaurant, l'odeur du pain frais sorti du four le rassura, comme si quelqu'un prenait soin de lui après une longue période de souffrance et de solitude. Il pensa à Adele, au cancer, à la progression foudroyante de la maladie. Il revit Marty en train de le voler, la fille qui tenait contre elle la taie d'oreiller contenant sa collection de pièces.

Une serveuse blonde s'approcha de lui. Son badge indiquait ANGIE. Elle lui jeta un regard méfiant et il se sentit soudain confus dans sa parka coûteuse, avec son bonnet de ski à la mode et la Torah, posée près de son coude. Il eût été incapable d'expliquer ce qui l'avait poussé à l'emporter. Il aurait aimé la dissimuler, mais il n'osa pas attirer l'attention, montrer son embarras. La femme attendit patiemment. Il n'arrivait pas à décider quoi manger, il n'avait même pas faim. Il était noué. Comme si ses entrailles étaient devenues de bois.

Il finit par commander et trouva le courage de demander son chemin. Angie, la serveuse, semblait s'être fait une opinion à son sujet, car elle le regardait d'un œil plus favorable. La tension avait disparu de ses yeux et de sa bouche, et son visage s'adoucit. Elle lui parut charmante, simple et dévouée. Ce qui ne l'empêcha pas de se moquer de ses chaussures et de sa voiture, trop neuve et trop luxueuse au milieu des pick-up et des vieilles berlines délabrées avec leurs enjoliveurs boueux et leurs ailes cabossées.

« Vous voyez ces garçons à la table, là-bas ? » dit-elle.

Il chercha ses lunettes. Il avait l'impression d'être si vieux, si faible, avec ses mains qui tremblaient légèrement.

« Ils y vont, eux aussi, expliqua-t-elle. Je peux les avertir que vous allez les suivre. Ils s'assureront que vous arriverez jusque-là. »

C'est ce qu'ils avaient fait. Ils avaient conduit lentement, peut-être à cause de lui. À un certain moment ils avaient quitté la nationale pour s'engager dans la forêt, sur un chemin de terre devenu bientôt impraticable, plein d'ornières et de neige. Ils s'étaient arrêtés, avaient hésité quelques minutes. Puis ils lui avaient fait signe de reculer et ils s'étaient retrouvés sur la route principale, avaient bifurqué sur une autre route de montagne, dégagée celle-là. Et ils étaient arrivés à destination, au milieu d'un assemblage hétéroclite de voitures garées au hasard sous les arbres, qui formaient une voûte neigeuse au-dessus d'eux.

Il se remémora ce que la serveuse lui avait dit à propos de la forêt. Qu'elle pouvait vous engloutir tout entier. Il s'avouait maintenant, atterré, honteux, qu'il avait voulu venir dans ces montagnes pour en finir et que la disparition, le malheur de cet enfant, l'avait ramené à la raison. Il comprit que Dieu l'avait une fois encore retenu au bord du précipice, l'obligeant à voir que sa vie avait une raison d'être, même si tout le reste semblait perdu.

Il pensa à son propre fils. Il n'était pas sans ignorer que la vie de Marty, sa déchéance étaient foncièrement la conséquence de ses insuffisances de père, bien qu'il ne vît pas en quoi il s'était trompé. Il pensa au petit garçon perdu dans la forêt, à son effroi d'autant plus grand qu'il dépassait sa compréhension. Il ferma les yeux, et la souffrance s'apaisa sans pourtant s'effacer.

Un peu plus tard, il s'était retrouvé en train d'arpenter la forêt à côté d'une femme intelligente et cultivée. Elle s'était montrée amicale, mais son corps mince et nerveux était tendu comme un arc, et elle avait une curieuse façon d'exprimer sans ménagement ce qu'elle avait en tête. Il réfléchit à l'étrangeté de cette marche dans la forêt avec une lesbienne apicultrice, à la recherche du fils égaré d'un homme qu'il ne connaissait même pas. Mais le plus curieux était qu'en parlant avec Jane il avait oublié le pourquoi de sa présence à cet endroit. Il était là à ressasser le souvenir de Marty tenant à la main la boîte à bijoux d'Adele, à penser à Adele, à la croix gammée sur la pelouse, à la plaque de gazon mystérieusement remplacée après la mort de sa femme. Et soudain, il se rendait compte qu'ils cherchaient un enfant qui avait disparu depuis plus de six heures, et qui ne passerait probablement pas la nuit si on ne le retrouvait pas avant.

Il avait été ridicule de lui parler de Marty et de ses problèmes de drogue. Mais la forêt, avec ses ombres et ses arbres aux branches alourdies par la neige, avait créé une intimité entre lui et Jane qu'il n'aurait pas ressentie autrement. C'était un lieu clos, silencieux. Un sanctuaire où resteraient enfermés tous ses secrets une fois qu'il l'aurait quitté.

Lorsque la neige se mit à tomber avec une intensité redoublée, Jack sentit ses vieilles blessures se rouvrir tandis que l'envahissait une peur panique de la solitude. Sa femme n'était plus là, ses deux fils aînés étaient partis au loin, et Marty, sous l'emprise de la drogue, avait volé sa collection de pièces et les bijoux de sa mère – un véritable crime aux yeux de Jack. Il avait l'impression que sa vie avait été anéantie, laissant dans son sillage un long et terne futur, un avenir sans espoir.

Le cœur lui manqua et, pour reprendre ses esprits, il retira ses lunettes et les essuya sur sa chemise, sentant le froid frapper son visage et l'humidité pénétrer ses chaussures. Il contempla la masse tranquille des arbres, les nappes de brume à travers les branches. Il pensa à Marty, si beau quand il était petit et dont la vie semblait alors pleine de promesses.

« C'est comme si mon fils s'était enfoncé dans les bois et n'était jamais revenu », dit-il.

Sur le chemin du retour, il se rendit compte qu'il n'avait pas dit au revoir à Jane. Il en ressentit un pincement de regret. Il l'avait trouvée charmante. Elle aurait pu devenir une relation agréable, quelqu'un avec qui prendre à l'occasion un café ou un bon repas. Il aurait aimé connaître son amie.

À mesure qu'il quittait la montagne, la neige se transforma en pluie et, lorsqu'il atteignit l'autoroute, ce n'était plus qu'une bruine tiède. Le jour finissait et l'obscurité tomba avec cette soudaineté irrémédiable de l'hiver.

Le lendemain, il reprendrait son travail. Il songea à l'enfant perdu dans les bois, au désespoir du père. Tout au long de la route, il écouta les commentaires à la radio. Culpabilité. Jugement. Poursuites si, à Dieu ne plaise, l'enfant était mort. Il y avait quelque chose d'incompréhensible dans cette histoire. Quelque chose qui l'effrayait.

La foi de Jack lui avait enseigné qu'aucun individu ne pouvait être responsable à lui seul du bonheur de l'humanité tout entière. Il fallait une loi séculière, croyait-il, car la loi morale serait toujours transgressée. Et, bien que la perfection absolue soit hors de portée de la loi des hommes, vous pouviez toujours vous en approcher par la piété et le respect de Dieu et de l'humanité. Il se rappela le vieil aveugle au bureau de l'état civil, qui serrait sa bible dans une main. Il pensa à nouveau au père de l'enfant, et se demanda comment la loi jouerait son rôle dans ce gâchis.

Ce soir-là, il s'attarda dans la cuisine sans allumer la lumière. Ensuite, quand tomba la nuit, il alla dans son bureau et s'assit dans le grand fauteuil de cuir inclinable. Il alluma la lampe la plus proche et ouvrit la Torah, au livre de Job. *Dieu est sage en Son cœur et puissant par Sa force. Quel est celui qui s'est dressé contre Lui et a prospéré ?*

Bien que la nuit ravivât son chagrin, il s'efforça de se compter parmi les favorisés. Ceux qui bénéficiaient de la bénédiction de Dieu. Un homme honnête et juste. Il chercha à réentendre le murmure de sa foi, à retrouver son réconfort, son soulagement. En vain. Il décida qu'à partir de ce jour il renierait son fils. Dans son esprit, Marty ne pouvait plus exister. Il le revoyait encore, debout dans l'entrée, si maigre, si sale, agrippé à la boîte de sa mère ; il se souvint de la fille serrant contre elle la taie d'oreiller et de la pensée qui lui était alors venue : elle allait l'assommer, voire le tuer avec sa précieuse collection de pièces. Il reposa la Torah et ferma les yeux. Une certaine justice lui était due. Ce n'était pas à lui de pardonner. C'était l'affaire de Dieu.

Glick

LA NEIGE AVAIT CESSÉ. Le chien et lui étaient toujours entremêlés. Ils n'avaient même pas froid. Curieusement, le chien lui avait tenu chaud. Comment s'était-il débrouillé pour rester sec ? Il n'avait ni faim ni soif. Mais en se relevant, il constata qu'il avait le nez et le visage presque gelés. Il frissonna, soudain inquiet. Sa montre indiquait deux heures du matin. Pas question de se rendormir. C'est ainsi que les gens mouraient dans la neige.

Il attendit. Le chien attendit aussi, réveillé et aux aguets. Quand apparut la première lueur du jour, une sombre rougeur grisâtre, Glick se leva et escalada le ravin, s'aidant de la pointe de ses chaussures pour prendre un appui dans la glace qui recouvrait la pente. Tout était poudré de blanc autour de lui, et le paysage cristallin lui apporta une sérénité momentanée. Alors, il sut où il était, sut comment retrouver son chemin. Pourquoi diable avait-il cru s'être égaré ?

Glick hissa le chien hors du ravin – il n'était pas si profond qu'il ne puisse y parvenir – et quelques secondes après le vit coller son nez au sol, la queue dressée. L'animal se dirigea vers le sommet d'une éminence et là, près d'un bouquet d'érables, se mit à creuser la neige. Derrière lui, au-dessus des pics et des escarpements, le sommet d'Angels Crest perça tout à coup les nuages.

Lorsque Glick arriva à sa hauteur, le chien avait dégagé assez de neige pour découvrir le petit visage du fils d'Ethan. Glick s'agenouilla et resta à le regarder fixement, stupéfié. L'enfant. Ici. Dans cette neige duveteuse comme les champs du ciel.

Il dégagea le reste du corps. Comme Ethan l'avait dit, Nate portait un pyjama grenouillère blanc orné de lunes, dont les extrémités étaient déchiquetées, sans doute à force d'avoir marché ou couru. L'enfant avait la plante des pieds presque à vif. Les yeux ouverts, il reposait paisiblement sur le côté, les genoux repliés sur la poitrine. Sa bouche était entrouverte, le pouce glissé à l'intérieur ; Glick se pencha, certain qu'il ne s'en échapperait aucun souffle. C'est alors qu'il vit les larmes de Nate qui avaient formé deux parfaites perles de rosée sur ses joues ; anéanti, il prit l'enfant dans ses bras et pleura.

Ethan

LA NEIGE AVAIT CESSÉ. Partout autour de lui régnait un enchantement blanc et argenté. Seul le bruissement du vent dans les arbres venait rompre le silence de la forêt. Il faisait froid dans le pick-up. Son feu s'était consumé durant la nuit. Il ouvrit son thermos mais le café avait refroidi. Les gens ne viendraient pas de sitôt. S'il recommençait à chercher maintenant, avant que les autres n'arrivent, peut-être pourrait-il découvrir un indice, une trace, un détail qu'il n'avait pas remarqué la veille avec tout ce cirque alentour, cette peur.

Il jeta un regard au-dehors et vit le pick-up de Glick stationné à proximité. Et maintenant, voilà qu'il faudrait chercher Glick aussi. Comment expliquer que lui, le meilleur pisteur de la région, et son chien doté d'un sixième sens restent introuvables ? Disparus, comme son fils. Pour la première fois, Ethan trouva à la forêt un air menaçant. Vivant et affamé.

Il sortit de sa voiture. La tempête était passée, il remonta d'un geste vif la fermeture de son blouson et enfila des gants. Il gardait toujours l'espoir qu'un miracle se produise, que son enfant soit retrouvé sain et sauf.

Il allumait une cigarette au moment où Glick apparut dans la clairière, se frayant un passage dans les sous-bois. Il était hors d'haleine et il s'arrêta net à la vue d'Ethan. Leurs regards se croisèrent brièvement, et Ethan vit se refléter dans celui de Glick chaque instant de leur amitié, et tout ce qui les avait conduits ici dans cette clairière, aujourd'hui, jusqu'à ce sombre épilogue. Bien que son fils ne fût pas avec Glick, Ethan lut dans ses yeux qu'il avait retrouvé Nate. Il comprit que son enfant était mort.

Son sang se figea dans ses veines, une angoisse, animale et primitive, le saisit. Il tomba d'abord à genoux, puis se courba en deux et resta prostré sur le sol, respirant son odeur de métal, sentant tout son être, tout ce qu'il aurait pu être, se détacher de lui et se dissiper à jamais dans la forêt. Comment, se demanda-t-il, comment avait-il pu faire ce pari insensé quand l'enjeu était si énorme ? Comment pourrait-il continuer à vivre, sachant que lui seul avait laissé son fils souffrir et mourir dans ces bois enneigés par unique désir de pister quelques daims dans le silence du matin ?

Rocksan

ROSIE DORMAIT ENCORE QUAND ROCKSAN mit ses chaussures, enfila sa veste et descendit inspecter les ruches. Jane s'était levée tôt et était repartie à la recherche de Nate. Rocksan conservait peu d'espoir qu'il ait survécu à la violente chute de neige de la veille.

La tempête s'était calmée, un ciel bleu pâle apparaissait derrière les derniers gros nuages. Rocksan passa devant la vieille remise et nota la température inscrite au thermomètre. Moins dix. Son haleine était épaisse dans l'air. Elle avait oublié ses gants et le froid lui piquait déjà le bout des doigts.

Lorsqu'elle atteignit les ruches, elle vit les faux bourdons sur la planchette d'envol. Tous morts. L'hécatombe des bourdons avait eu lieu sans même qu'elle s'en aperçoive. C'était la même chose tous les ans : les abeilles mâles étaient systématiquement tuées au cours de cruelles attaques qui les laissaient mortes ou mourantes, les pattes brisées ou arrachées, les ailes déchiquetées. Est-ce qu'elles souffraient ? Ressentaient-elles une douleur élémentaire, cellulaire ?

Rocksan avait assisté au massacre dès la première année de l'installation des ruches. Le spectacle l'avait rendue malade. Mais fascinée aussi. Elle avait regardé des abeilles ouvrières attirer leurs victimes dans les coins de la ruche et les garder prisonnières pendant que le reste d'entre elles les mettaient en pièces, membre après membre. Une vision qui évoquait les horreurs d'un génocide, les lynchages, les nazis, les massacres dans les jungles d'Amérique du Sud.

Après avoir dépecé les bourdons morts, les abeilles ouvrières les poussaient hors de la ruche. Ceux qui respiraient encore étaient abandonnés sur la tablette. Il restait toujours quelques malheureux qui refusaient de mourir en dépit de leurs mutilations. Ils cherchaient désespérément à rentrer à l'intérieur de la ruche. L'appel de l'essaim, sa perte peut-être, dépassait leur entendement, et même en sachant qu'ils risquaient une mort certaine ils voulaient y retourner.

C'était un spectacle sinistre. Rocksan ne parvenait pas à comprendre pourquoi les faux bourdons ne pressentaient pas qu'ils allaient être massacrés et ne prenaient pas la fuite pour sauver leur vie. Pourquoi, alors qu'ils voyaient le sort réservé à leurs frères, ces insectes restaient-ils sur place ? Elle avait vu opérer leur instinct de conservation en d'autres circonstances. Pourquoi pas à ce moment-là ? Le refus était-il instinctif chez eux ? L'espoir que tout allait s'arranger était-il un trait génétique, comme chez les humains ?

Cet optimisme prévisible, la certitude que tout se passerait bien lui semblaient la caractéristique fondamentale de l'humanité. Comme les êtres humains, pensait-elle, les abeilles semblaient croire que même leurs erreurs stupides ou leurs choix insensés ne les plongeraient pas dans les affres du désastre ou de la mort.

Elle regarda pendant quelques minutes les abeilles ouvrières repousser leurs congénères morts par-dessus le rebord de la tablette. Puis elle rebroussa chemin et regagna la chaleur de la maison.

Jane

JANE PRIT LE PICK-UP ET RETOURNA sur le lieu des recherches. Elle comprit dès l'instant où elle s'arrêta qu'il s'était passé quelque chose. Elle vit Glick un peu plus loin, entouré d'un cercle de rangers. Lorsqu'un cameraman et plusieurs journalistes se dirigèrent vers lui, il fut poussé à l'arrière de la voiture du shérif qui l'emmena aussitôt.

Il n'y avait aucune trace d'Ethan. Jane s'avança vers un groupe de jeunes gens qui se tenaient près d'une vieille Camaro déglinguée. Ils avaient tous une cigarette à la bouche.

« Que s'est-il passé ? » demanda-t-elle.

Un des garçons se tourna vers elle. Son visage avait une expression égarée. Le regard exorbité qu'ont les gens devant une vision horrible, qui dépasse leur entendement.

« Ils ont trouvé le gosse. Il est mort. »

Jane ressentit un choc, comme si on l'avait frappée. Elle s'appuya un instant contre la Camaro puis s'éloigna en direction de la forêt. L'air du matin était vif, froid et mordant. Le soleil illuminait la neige d'un éclat étincelant. Aveuglée, Jane pensa à son propre fils. À la façon dont elle l'avait abandonné derrière le rempart de l'alcool, croyant à tort qu'ils allaient tous deux trouver la liberté.

Elle entendit alors des voix étouffées et vit Ethan s'avancer vers elle à travers les bois, tenant son fils dans ses bras. Nate était enveloppé d'un drap blanc. Derrière lui, deux ambulanciers portaient une civière vide, et le shérif marchait à côté d'eux, l'air sombre, complétant la lugubre procession.

Lorsqu'il sortit de la forêt, Ethan regarda Jane. Leurs yeux se croisèrent mais elle se rendit compte qu'il ne la voyait pas. Il ne voyait rien. Elle aperçut les pieds de Nate qui dépassaient du drap, le bas de son pyjama déchiré, les plantes de ses pieds à vif et couvertes de sang séché. Elle l'avait toujours aimé, comme s'il était son propre fils. Au point qu'il lui arrivait de prétendre n'avoir jamais abandonné George, et que ce petit enfant, Nate, était à elle. Et l'amour que Nate avait pour elle semblait prouver, parfois, qu'elle avait agi pour le mieux dans sa vie.

« Ethan », dit-elle.

Il la dévisagea, concentrant son attention sur elle.

« Non, dit-il. Ne dis pas un mot. »

Elle baissa la tête pour éviter de voir l'expression glacée, morte, de son regard.

« C'est affreux, dit Jane.

— Ne dis rien », répéta-t-il.

Puis il disparut. Jane vit les journalistes avec leurs appareils photo et leurs magnétophones se précipiter à sa suite. À la vue de la foule, le shérif parut soudain soulagé d'avoir quelque chose à faire et demanda aux gens de s'écarter. Un des ambulanciers repoussa brutalement un photographe.

« Reculez, hurla-t-il. Foutez le camp ! »

Ethan accéléra le pas, courant presque, son fils mort dans les bras, jusqu'à l'ambulance. Dès qu'il fut à l'intérieur, la voiture fit marche arrière et, sans actionner la sirène, quitta la clairière pour disparaître le long de la route de terre.

Jane regagna son pick-up. Il faisait si froid que des fleurs de givre se formaient dans les angles du pare-brise. Elle mit le contact, alluma le chauffage, recula à travers la foule, et tout lui revint d'un coup. La découverte évidente et obsédante de son homosexualité alors qu'elle était adolescente. Sa décision de se marier pour cacher la vérité. Ses sorties furtives à la recherche d'expériences sexuelles, et la façon dont tout avait pris fin quand elle s'était trouvée enceinte et avait eu son fils. Elle se revit abandonnant George à l'âge de cinq mois. Elle fut prise d'une nausée car elle savait que, fondamentalement, elle avait jugé plus important de satisfaire ses besoins sexuels que son instinct maternel.

Elle dut arrêter la voiture pendant une minute, le temps de reprendre sa respiration. Elle avait un goût de bile au fond de la gorge. Elle pensa à Ethan, à la façon dont il était sorti des bois avec son petit garçon dans les bras, l'air égaré. Il avait l'air surpris par ce qui lui arrivait, par la direction qu'avait prise sa vie.

Elle avait eu de la chance, en comparaison. Mais la chance, elle le savait, est capricieuse. Comme tout le reste. Elle songea à la légende d'Angels Crest. À ces bébés qui avaient survécu à la tristement célèbre tempête de 1889, alors que presque tous les autres étaient morts. Elle dut ouvrir la portière pour vomir.

Angie

L'AFFLUENCE MATINALE S'ÉTAIT DISSIPÉE. On n'avait toujours pas retrouvé Nate. Angie ne parvenait pas à penser au mot « mort ». Mais il lui revenait sans cesse à l'esprit, comme si elle roulait sur une route sinueuse, et qu'il lui sautait au visage à chaque virage.

Elle n'avait jamais vu autant de journalistes. Ce drame, c'était comme un feu de broussailles. Il soulevait de plus en plus d'intérêt, captivait de plus en plus de gens, exerçait une fascination de plus en plus grande. Elle s'inquiétait pour Glick. Elle avait rêvé de lui la veille. Un rêve vague, flou. Érotique et angoissant. Seuls certains fragments lui restaient en mémoire. Son visage et son corps, une voiture qui filait sur une route puis ralentissait. Leurs bras entrelacés dans une étreinte gauche, effrénée, comme s'ils se cachaient.

Elle s'affaira à nettoyer les tables avec un chiffon savonneux, remplit la machine à café, essuya le comptoir et pria en silence que Glick soit sain et sauf, que Nate soit retrouvé en vie, bien qu'elle sût qu'il était probablement mort.

Soudain, les gens se pressèrent autour du petit écran de télévision posé sur le comptoir près de la caisse. Angie regarda elle aussi, et reconnut la clairière où Ethan avait quitté son fils pour la dernière fois. On voyait une journaliste, vêtue d'une élégante tenue de sports d'hiver et coiffée d'un chapeau blanc bordé de fourrure. Elle portait des gants en daim parfaitement inutiles mais superbes. Et son rouge à lèvres paraissait si vulgaire au milieu des arbres, de la tragédie que vivait Ethan !

Angie augmenta le volume. La journaliste racontait que Glick était réapparu au petit matin en annonçant qu'il avait trouvé le corps du petit garçon. Angie porta la main à sa bouche pour étouffer un cri. On voyait Glick emmené par le shérif, et la journaliste expliquait que la scène avait été enregistrée plus tôt dans la matinée.

Savoir Glick en vie emplit Angie d'un immense et cruel soulagement. Ses pensées auraient dû être tournées vers l'enfant. Elle se souvint de son rêve confus, de la voiture filant le long de la route, de leur étreinte.

Puis la journaliste s'anima. Le père sortait de la forêt portant le corps de son fils. Le cameraman s'élança vers eux, mais on ne voyait que les arbres et la neige qui fouettait l'écran tandis qu'il courait. Il s'arrêta enfin et l'image devint nette. Jane apparut brièvement, se tenant à l'écart, puis Ethan, avec son fils mort dans les bras.

Angie détourna la tête. C'était trop horrible. Indécent. Sa haine de la télévision, de cette intrusion dans la vie d'autrui, faillit la faire sortir de ses gonds. Comment osaient-ils ? Ce moment resterait à jamais marqué en lui. L'enfer d'Ethan venait juste de commencer.

La porte du restaurant s'ouvrit et Rocksan entra suivie de Rosie. En apercevant Angie, la fillette se mit à courir et, contournant le comptoir, se jeta dans ses bras grands ouverts. Angie enfouit son nez dans les cheveux de sa petite-fille et les huma longuement jusqu'à ce qu'elle retrouve son calme. Allons, tout irait bien. Elle le savait. Tout irait bien.

Cindy

LORSQUE CINDY SE RÉVEILLA, l'appartement était baigné d'une lumière jaune. Elle était tout habillée, portait une seule chaussure. Tout était confus. Le sommeil s'était emparé de sa vie. Il ne restait rien. Pas même un souvenir. Il n'y avait qu'elle, empêtrée dans ses vêtements, allongée dans cette pièce.

Le téléphone sonna. Le répondeur s'enclencha, mais elle n'entendit rien. Elle pensa qu'elle avait sans doute baissé le volume. Puis la mémoire lui revint. Nate. Ce fut le premier mot qui se forma dans sa tête.

Nate.

Elle voulut s'asseoir, mais fut prise d'une nausée. Le répit du sommeil ne durait jamais longtemps. Elle tendit la main vers le sol, trouva la bouteille et avala une gorgée. La chaleur de l'alcool calma ses nerfs. Elle put alors se lever, ramassa la bouteille et se dirigea vers le téléphone. Il faisait si froid dans l'appartement que son haleine embuait l'air.

Elle but une autre gorgée – qui l'enveloppa d'une chaleur agréable et familière. Elle contempla le répondeur. Onze messages. Il y eut un martèlement sourd dans sa poitrine et elle comprit qu'on l'avait retrouvé. Nate.

Il ne lui restait plus une once de courage. La

disparition de son fils l'avait vidée, et maintenant le téléphone ne cessait de sonner, les gens laissaient des messages, il y en avait onze en tout qu'elle était incapable d'écouter.

Elle s'assit sur le tabouret près du bar et attendit. Le téléphone sonna de nouveau. Elle était à bout de nerfs et but encore davantage. Trevor arriva sur ces entrefaites et vint s'asseoir près d'elle. Sans dire un mot. Il passa son bras autour de ses épaules et elle se laissa aller contre lui. Elle se mit à pleurer.

« Il est mort, dit Trevor. Glick l'a trouvé à un ou deux miles de la route. »

Cindy hocha machinalement la tête. Elle la remuait de haut en bas, sans pouvoir s'arrêter. Elle avait l'impression de perdre lentement la raison, comme si les vis et les élastiques qui l'avaient maintenue plus ou moins debout se détachaient peu à peu, et qu'elle allait se briser en mille morceaux.

« Ils l'ont emmené à la morgue de la ville. Ils voudraient que tu y ailles. Il y a des papiers à signer, des décisions à prendre.

— D'accord », dit-elle. Elle ne pouvait pas penser à son fils. Il ne pénétrait pas son esprit. Elle le repoussait. Il n'y avait pas de fils. Il n'existait pas. S'il n'existait pas, il n'y avait rien à ressentir. Elle pouvait demeurer à jamais dans cet espace blanc et froid. Elle y serait bien.

« Tu devrais mettre un peu d'ordre. »

Elle hocha de nouveau la tête. Trevor examina le tapis couleur de merde. Cindy aperçut aussi les traces de boue.

« Qu'est-ce qui s'est passé ici hier soir ?

— Je n'en sais rien. » Et elle n'en savait rien. Elle était incapable de se souvenir de ce qu'elle avait fait la veille, de l'endroit où elle était allée. Ses gants, son bonnet et sa veste gisaient éparpillés sur le sol, tels des cadavres.

« Cindy, fit-il. Cindy ! »

Il pleurait.

Elle se leva. Sur le bar trônait l'assiette de carton avec les macaronis collés autour du bord. Elle se souvint de ce moment à l'hôpital, après la naissance, où Nate s'était endormi blotti contre elle, ses jambes repliées en forme de L, la tête sur son sein ; elle se souvint de sa respiration régulière, de sa douceur contre sa peau. La preuve indéfectible, sûre, de son souffle, de sa précieuse respiration.

Elle parvint jusqu'à sa chambre et s'effondra sur le sol. Elle aurait aimé que ce soit elle qu'on ait trouvée morte dans la neige. Elle aurait voulu être morte à la place de son fils. Elle essaya de crier mais aucun son ne sortit de sa bouche. Elle murmura son nom. « Nate. Mon bébé. »

Le juge Jack Rosenthal

JACK OUVRIT LES YEUX. *Marty*. C'était la première pensée qui lui venait au réveil. Sa gorge se serra. Il laissa les souvenirs l'envahir. Il y avait si longtemps : Marty venait d'avoir treize ans. Jack l'avait découvert en train de fumer de la marijuana dans le garage. Il s'était écrié : « Comment oses-tu ? Comment peux-tu montrer aussi peu de considération pour ta mère et pour moi ? »

Marty était resté debout devant lui, battant des paupières, honteux mais l'air rebelle. Il avait éteint le joint sur ses chaussures de tennis neuves. Jack avait pensé : *C'est moi qui ai payé ces chaussures*. Il avait aperçu un croquis sur le sol, dessiné par Marty. Marty, son fils le plus cher. Son dernier-né, au tempérament d'artiste.

« Papa... je... »

Marty s'était mis à pleurer. « Qu'est-ce que ça signifie, bon Dieu ? » avait demandé Jack. Le dessin représentait un enfant qui s'enfuyait sous une pluie de pierres que jetaient d'autres gamins rieurs et cruels. Il y avait des taches rouges. Du sang ? Jack avait ramassé la feuille.

« C'est quoi, cette horreur ? Et cette saleté de drogue. Nous t'avons élevé pour que tu ne sois pas comme ça, que tu ne te laisses pas influencer. Pourquoi cette violence ? »

Les choses avaient mal tourné. Une dispute, des mots que Jack avait chassés de sa mémoire mais qui y étaient enfermés à jamais. Il s'était emparé du dessin, l'avait froissé, jeté devant son fils médusé. Et puis il y avait eu ce jour, le lendemain précisément, où il était passé en voiture et avait vu son fils détaler devant un groupe de garçons – les jumeaux Richardson et les enfants McCudahy, plus quelques autres qu'il n'avait pas reconnus. Il se souvenait de l'avoir regardé s'enfuir.

Il s'était arrêté et les avait maudits, brandissant son poing dans sa fureur, leur criant de laisser son fils tranquille. La musique haineuse résonnait dans l'air, *Gazez les youpins*, et lorsqu'il était monté dans sa voiture, Marty avait tapé du poing sur le tableau de bord, hurlant à travers ses larmes : « Bordel, papa ! Pourquoi t'as fait ça ? Pourquoi tu m'as pas laissé régler ça moi-même ? »

Ensuite, Jack s'était mis à avoir peur de son fils ; il l'avait laissé se défendre seul, le voyant s'éloigner chaque jour davantage de lui, refusant l'évidence, ignorant qu'il était manifestement en train de perdre pied. Détruire le dessin avait été une erreur. Mais il avait cru bien faire en venant au secours de son fils.

Ce souvenir le hantait à présent. Après tant d'années, il s'interrogeait toujours au sujet de ses choix, il était conscient que ces deux journées avaient représenté un tournant pour son fils et pour lui, qu'il avait réagi avec maladresse et choisi une voie, la mauvaise, pour leur avenir commun.

Aujourd'hui, il se reprochait d'être toujours intervenu à mauvais escient, au mauvais endroit, utilisant à tort un ton outragé et protecteur. Pourquoi les choses avaient-elles été tellement plus faciles avec ses autres fils ? Parce qu'ils étaient moins brillants, moins fragiles à ses yeux ? Ou simplement parce qu'en aimer un plus que les autres était un péché qui, comme tout péché, avait faussé son jugement ?

Dehors, un brouillard gris miroitait à travers le store à demi baissé. Comme chaque matin, Jack fit l'inventaire de ce qu'il avait perdu. Sa femme était morte. Disparue à jamais. Avec elle lui revint le souvenir de la croix gammée sur la pelouse, de son entêtement à l'y laisser. Ses deux fils aînés étaient adultes, avaient fondé une famille. Et il y avait Marty, debout dans l'entrée avec la boîte à bijoux d'Adele ; cette peur qui avait saisi Jack tout à coup, la peur d'être tué. Tout paraissait lié, partie d'un même ensemble.

Il sortit avec peine du lit et descendit d'un pas mal assuré au rez-de-chaussée, alla dans la salle de séjour. Il alluma le téléviseur, et apprit immédiatement que le petit Nate avait été trouvé mort dans la forêt. Une séquence montrait le père portant le corps de son fils enveloppé dans un drap, puis une image fugitive de Jane, la femme avec laquelle il avait cherché l'enfant. Il se sentit envahi par la colère et le regret, par toutes les idées noires qu'il s'efforçait de contenir à son habitude, et il se sentit perdu. Il avait l'impression que Dieu l'avait abandonné. Il ne trouvait aucun réconfort à prononcer Son nom.

Ses décisions s'étaient toujours retournées contre lui. Il avait accru la souffrance d'Adele parce qu'il voulait donner une leçon à quelques voyous, une leçon qu'ils n'auraient jamais apprise de toute façon. La veille, il n'avait pas obligé son fils à lui rendre ses affaires et à s'en aller, ou à affronter les conséquences de son acte. Il s'en voulait de ne pas avoir appelé la police, lui un juge qui avait toujours cru que Dieu inspirait la jurisprudence des hommes afin qu'ils agissent conformément à Ses commandements. Il était toujours intervenu au mauvais moment avec Marty et n'avait rien fait quand il aurait dû agir.

Il se retint de marteler à coups de poings la table

devant laquelle il était assis, seul dans cette maison jadis pleine de lumière et de joie. Puis il retourna sa colère contre le père qui s'était enfoncé dans les bois à la poursuite de quelques daims au lieu de prêter d'abord attention à son fils. Comment pouvait-on se montrer aussi imprudent ? Aussi entêté ? Aussi égoïste ? Comment un homme pouvait-il faire passer ses désirs et ses besoins avant ceux de son fils ?

Jack éteignit la télévision, dégoûté. Il aurait voulu jeter quelque chose, n'importe quoi, par la fenêtre. Il regarda au-dehors la morne apparition de l'hiver. Bien qu'il s'efforçât de l'ignorer, il perçut une distance inhabituelle entre Dieu et lui.

Glick

IL ESSAYA DE GARDER SON SANG-FROID. Certes, cela n'avait rien à voir avec le tribunal de police de Los Angeles ; pourtant le simple fait de se trouver dans la voiture du shérif, de rentrer chez lui pour y déposer le chien exténué avant de se rendre au commissariat pour ce long, lent et stupide interrogatoire, tout cela l'emplissait d'une peur irraisonnée. La dernière fois non plus, il n'avait rien fait de répréhensible.

Mais ils le relâchèrent quelques heures après. Il leur raconta ce qui était arrivé. Il s'était perdu sans savoir comment. Il avait dormi une partie de la nuit. À l'aube, son chien avait trouvé l'enfant. Il avait décidé de le laisser là où il était, pensant que les autorités voudraient peut-être enquêter sur place. Oui, il avait soulevé Nate dans ses bras. Mais c'était avant qu'il ne reprenne ses esprits.

Le shérif le reconduisit à la clairière où il retrouva son pick-up. Hormis celui d'Ethan, il n'y avait plus aucun véhicule. Le sol était jonché de gobelets et autres détritus. Glick les ramassa avant de partir et les jeta à l'arrière de sa voiture. Son thermos était posé par terre, du côté de la portière du conducteur. Il se demanda comment il avait atterri là. L'y avait-il laissé intentionnellement ?

Il prit le thermos et le jeta sur le siège du passager. Puis il regagna sa maison de Cage Road, se rappelant qu'il l'avait achetée en partie parce qu'il savourait l'ironie que renfermait pour lui le nom de la rue. Le chien était affamé. Les chats l'accueillirent en miaulant sur le perron. Il nourrit les animaux, prit une douche chaude. Il y avait des packs de bière dans le réfrigérateur et il en siffla une. Il mangea un sandwich à la saucisse et, tandis que le ciel s'assombrissait et que la longue obscurité de la nuit s'infiltrait peu à peu dans les creux de la terre, il s'endormit.

Une heure plus tard, il se redressa en sursaut. Un rêve peut-être, ou un bruit qui avait maintenant cessé. Quoi qu'il ait entendu, son cœur battait à tout rompre. Il revit l'enfant, le moment où il l'avait découvert et tenu dans ses bras, et il se mit à pleurer.

Complètement réveillé, il regarda les chats sur la commode qui fixaient sur lui leurs yeux mi-clos. Le chien ronflait au pied du lit. Et un souvenir lui revint.

Il y avait presque seize ans jour pour jour. Il s'était installé chez sa mère parce qu'elle avait besoin de son aide. Il fallait s'occuper du jardin, donner une couche de peinture à la maison, réparer la plomberie. Comme il avait gagné sa vie en entretenant les maisons de gens fortunés à Malibu et à Beverley Hills, il savait résoudre ce genre de problèmes. En outre, sa petite amie venait de le quitter et il était seul. C'était l'endroit idéal pour se remonter le moral.

Il était dehors, s'apprêtant à peindre, quand il avait vu arriver une voiture de police. Il avait d'abord pensé que quelque chose était arrivé à sa mère, puis à son amie.

Mais les flics s'étaient rués sur lui et l'avaient embarqué après lui avoir énoncé ses droits. Ils l'avaient menotté, conduit dans une pièce, fait asseoir avant de commencer à le questionner. Il n'arrivait pas à piger qu'ils l'accusaient d'avoir violé quelqu'un. Une vieille dame de Beverley Hills. Une des clientes de sa mère. L'idée seule le dégoûtait – quelle sorte d'animal ferait un truc pareil ? –, mais il s'était montré incapable de convaincre la police. Il leur donnait l'impression d'être coupable. Il n'avait pas d'alibi. Sa petite amie l'avait quitté, et il dormait seul dans sa chambre.

Ils lui avaient alors montré un short jaune trouvé sur place et il avait admis qu'il lui appartenait, mais il y avait une explication. S'ils voulaient bien l'écouter. Sceptiques, ils l'avaient écouté raconter qu'il l'avait ôté pour enfiler un jean quand il avait entrepris d'arracher des orties et des touffes de sumac vénéneux, et qu'il l'avait sans doute oublié.

Ils voulaient savoir comment il expliquait qu'un témoin – la victime elle-même – l'avait reconnu au cours de la séance d'identification. C'est alors qu'il avait décidé qu'il valait mieux se taire, et appelé quelqu'un qui connaissait un avocat à Malibu.

Mais vous ne pouvez pas avoir le dessus avec un témoin. Il avait dépensé tout ce qu'il possédait et même davantage pour sauver sa peau, en vain. Le témoin – elle était vieille, intelligente et solide comme un roc – s'était montré intraitable. Glick avait perdu. Il était devenu aux yeux de tous un délinquant sexuel, et avait payé le prix le plus fort parce que les déliquants sexuels étaient considérés comme de la vermine. Dieu merci, on ne l'avait pas accusé de pédophilie. En prison, il était resté à l'écart le plus souvent possible, à lire et à observer dans la cour les petits émois de la nature. Les hirondelles qui construisaient leur nid sous la tôle, la mue des serpents au printemps, les araignées tissant leur toile pour y déposer leurs œufs. Une année, il avait regardé une chenille se transformer en papillon et abandonner sa chrysalide. Il l'avait prise, et conservée dans un mouchoir en papier jusqu'au jour où un gardien l'avait trouvée et jetée dans les toilettes.

Glick sortit péniblement du lit. Le chien remua, leva la tête puis la reposa. Les chats se mirent sur leurs pattes, s'étirèrent et sautèrent au bas de la commode, se frottant à ses jambes, en quête de nourriture. L'air était si sec que leurs poils se hérissaient, électriques, quand ils se déplaçaient. Il alla dans la cuisine et regarda la pendule au-dessus de la cuisinière. Presque dix heures.

Glick revit le moment où il avait découvert Nate, il se souvint de ses larmes gelées, de son pouce enfoncé dans sa bouche, de l'immobilité glacée de son corps. Il avait si longtemps bridé ses sentiments qu'aujourd'hui, dans l'obscurité, seul avec le souvenir de la mort de l'enfant pour compagnie, il sentit quelque chose de sombre et de lourd remuer au fond de lui. Un mélange de colère et de tristesse qui l'habitait en général. Et il comprit qu'il ne pourrait rester indéfiniment dans cet état. Mais il comprit aussi, comme dix ans auparavant, quand il avait versé son whisky dans l'évier et était parti dans la montagne, qu'il pourrait mourir ainsi. La vieillesse s'approchait, avec la rage et la solitude pour seules compagnes. Cette perspective l'épouvanta.

Il siffla le chien, enfila son manteau et ouvrit la porte. La cinglante morsure du froid l'assaillit, lui coupant le souffle. Il enfonça les mains dans ses poches, monta dans le pick-up, attacha le chien et prit la direction du village.

La rue principale était déserte. Le restaurant d'Angie fermé. Il y avait des voitures garées devant L'Écho de Trevor. La quincaillerie d'Ethan était plongée dans l'obscurité. Il continua, arriva chez Angie, une simple construction de bardeaux peints en blanc, avec ses détails décoratifs anciens, le treillis soigneusement découpé de la galerie, les balustrades ouvragées et les larges fenêtres de la façade. C'était une belle maison, petite mais solide.

Une seule lumière brillait à l'intérieur. Il vit une ombre passer devant un mur puis une main s'élever et fermer les stores. Il détacha le chien et ils s'avancèrent vers la porte d'entrée.

Le chien s'assit docilement à ses pieds. Glick hésita avant de frapper. Il sentait ses attentes les plus obscures émerger du fond de son être. Qu'elles lui apparaissent aujourd'hui avec une telle clarté l'étonna moins que le fait qu'il les acceptât aussi facilement. Sa solitude avait fini par déborder. Il avait peur de mourir ainsi.

Il frappa doucement à la porte. À l'intérieur, la flamme d'une bougie vacilla, puis une lueur s'approcha avant que la lampe de l'entrée ne s'allume. Angie ouvrit la porte, vêtue d'une robe de chambre à fleurs rouges. Dans le halo jaune de la lampe, Glick y remarqua une tache et vit dans cette imperfection un signe d'humanité, de bienvenue. Il aurait voulu étendre la main et la toucher.

« Glick », dit-elle. Elle ne paraissait pas surprise de le voir. Elle tint la porte grande ouverte. « Entre.

— Et Chien ? demanda Glick. Je ne sais pas ce qui m'a pris de l'amener.

— Il peut rester dans la galerie à l'arrière, dit Angie. Elle est fermée. Il y fait assez chaud. »

Glick et le chien entrèrent.

« Viens, mon chien. Viens », appela Angie.

L'animal vint vers elle, la queue frétillante. Angie ouvrit la porte de la galerie et il s'y dirigea docilement à regret.

« Donne-moi ton manteau », dit-elle à Glick.

Il défit son vêtement et le tendit à Angie qui l'accrocha à une patère, près de la porte du fond. Il se demanda où était Rosie. Sans doute endormie. Glick suivit Angie dans la cuisine. Elle mit une bouilloire sur le feu.

« Je vais faire du thé », dit-elle.

Il hocha la tête. Il était au bord des larmes. Incapable de parler. Tout en elle respirait la gentillesse, l'indulgence, la sagesse et la générosité. Elle avait certainement appris que c'était lui qui avait découvert le corps. Il lui fut reconnaissant de ne pas lui poser de questions.

« Assieds-toi », dit-elle.

Mais il ne pouvait pas s'asseoir. Il ne pouvait chasser de son esprit l'image du chien dégageant de la neige le corps raidi de Nate, l'image des larmes gelées sur les joues de l'enfant. Et toutes les injustices qu'il avait subies dans sa vie lui remontèrent à la mémoire, les moindres détails, comme s'il approchait de la mort et que l'assaillaient ses dernières pensées. Incapable de se contenir davantage, il laissa échapper un sanglot, et Angie s'approcha et le prit dans ses bras.

« C'est fini, murmura-t-elle, c'est fini. »

Ses bras étaient étonnamment forts et sûrs. Elle sentait le savon et une odeur de poudre, légèrement amère, semblable à de l'eucalyptus. Il pleura, sans s'écarter de son étreinte, et lorsqu'il eut fini il se tourna vers elle, posa ses lèvres sur les siennes et ils s'embrassèrent. À nouveau il la sentit, près de lui, si forte, sûre d'elle et énergique. Il l'embrassa dans le cou, porta ses mains jusqu'à son visage, embrassa ses paumes, puis reprit ses lèvres. Elle le repoussa doucement et murmura : « Rosie dort. Si tu veux rester, ne fais pas de bruit. »

Glick accepta l'invitation de toutes les fibres de son être. Il l'attira à l'intérieur de la maison, sans cesser de l'embrasser. Elle lui prit la main et le guida dans l'obscurité jusqu'à sa chambre, jusqu'à son lit. Le clair de lune entra dans la pièce, dissipant en partie l'obscurité. Glick eut un mouvement de recul.

« Il avait pleuré, dit-il.

— Qui ?

— Nate. Il y avait des larmes gelées sur ses joues. Il suçait son pouce quand il est mort.

— Oh, Glick. Oh ! »

Elle se mit à pleurer à son tour et le serra plus fort contre elle, et Glick eut envie de la remercier. Il aurait voulu tout lui dire. Toutes les pensées, tous les souvenirs qui le hantaient, tout le mal qu'on lui avait fait. Mais il se tut et quand ils firent l'amour, il pensa qu'il aurait tout le temps de lui raconter.

Ethan

ETHAN REGARDA SON PETIT GARÇON couché dans la neige. Il avait l'air si paisible. Il ressemblait à une poupée. Pendant un instant, il pensa qu'il était peut-être juste endormi. Il le souhaita si fort qu'il s'en convainquit jusqu'à éprouver un immense soulagement. Mais Nate était mort, bien sûr.

Pendant que les ambulanciers et le shérif se tenaient à une distance respectueuse, Ethan s'agenouilla près de son fils.

« Nate, murmura-t-il. Nate, pardon. »

Il se remit à pleurer et prit son enfant dans ses bras. Il pesait si lourd dans la mort. Il l'approcha de son visage, embrassa ses joues gelées. Sa peau était bleue et ses membres déjà raidis. Ethan se souvint de la vie qui l'avait animé. Il avait suffi d'une décision prise en une fraction de seconde pour mettre fin à l'avenir de son fils.

Un ambulancier s'approcha et lui toucha doucement l'épaule.

« Voulez-vous que nous l'emmenions ? demanda-t-il, désignant son collègue qui avait dressé la civière contre un arbre et contemplait tristement le sol.

— Non, dit Ethan, je préfère le porter moi-même. »

Il fit demi-tour avec Nate dans ses bras et se dirigea

vers le sentier que Glick avait été le premier à tracer dans la neige. Les autres le suivirent, personne ne dit mot. On n'entendait que le vent et les murmures des hommes qui pestaient contre le froid et luttaient pour avancer dans la neige profonde.

Quand ils sortirent des bois une demi-heure plus tard, on eût dit que le chagrin avait tout balayé et qu'Ethan n'était plus lui-même. Un autre homme avait pris sa place, qui irait jusqu'au bout de cette épreuve. L'ancien Ethan n'était plus.

Jane fut la première personne qu'il aperçut. Il se rendit compte que son expression accablée était celle qu'il verrait chez les autres dorénavant. Il serait rejeté sur le versant de la pitié et de la compassion. Et il n'aurait jamais de mot pour y répondre. En passant devant Jane, il lui demanda de se taire. Mais il s'y prit mal. Ses mots ressemblaient à un reproche, alors qu'il voulait dire que l'ancien Ethan n'existait plus et que le nouveau n'était pas responsable des actes de l'ancien. Qu'il était confronté à quelque chose dont il ne pouvait pas parler.

Il fut rapidement conduit jusqu'à l'ambulance. Nate fut placé sur un brancard et, lorsque l'ambulancier rejoignit Ethan à l'arrière, il recouvrit l'enfant du drap. Ethan le retira, et caressa les joues de son petit garçon tandis que la voiture démarrait et disparaissait entre les arbres.

Le soleil s'était levé, illuminant la forêt ; le ciel était clair et bleu. Le monde resplendissait et, alors qu'ils longeaient la vallée en direction de la ville voisine, Ethan se dit qu'il ne serait probablement plus jamais capable de jouir d'une telle beauté.

Il s'évertuait à imaginer que les choses auraient pu tourner autrement. Se heurtait à leur aspect irrémédiable. Sa vie avait été si calme, si peu mouvementée. Qu'il ait décidé d'épouser une alcoolique n'était pas un tel drame. Quantité de gens se marient avec des alcooliques. Qu'il ait divorcé était également courant.

La bataille pour la garde de l'enfant avait été atroce. Mais il avait gagné, non ? Et il avait gagné à cause de son sens des responsabilités, de ses qualités de père.

L'erreur venait peut-être de là. Une fois que lui avait été attribuée la garde de Nate, il avait cru pouvoir se laisser aller. Pour la première fois de sa vie, il pensait avoir tout ce qu'il désirait. Qu'importait l'absence d'une femme à la maison ? Avec Nate, il avait trouvé un paisible mélange de solitude et de compagnie. Il avait relâché son attention, cessé d'être vigilant. Il avait commis une imprudence stupide – que n'importe qui aurait pu commettre – et il en payait le prix à présent. Comment croire qu'il n'avait pas été marqué par le destin ? Un tas de gens agissaient à la légère et s'en tiraient sans mal. Comment lui, Ethan Denton, pouvait-il être l'architecte de ce désastre ?

Il leur fallut presque une heure pour atteindre la ville où se trouvait la morgue, parce qu'une déviation les força à emprunter les petites routes secondaires qui desservaient les fermes avoisinantes. Ils dépassèrent des hectares d'orangeraies et de plantations d'avocats, de noyers et de majestueux sycomores, qui perdaient leurs feuilles à l'approche de l'hiver. Enfin ils rejoignirent l'autoroute et prirent presque aussitôt la sortie en direction de la ville, ralentissant sur la route nationale.

L'agglomération n'était guère plus grande que son village de montagne, mais possédait un McDonald's, un magasin d'habillement Target et un concessionnaire Ford. Dans le centre-ville, il y avait une large rue principale avec des boutiques de spiritueux et un cinéma. S'y trouvaient aussi les bâtiments administratifs du comté et de l'État – un bureau d'enregistrement des véhicules, l'hôpital où Nate était né, un tribunal des amendes. Ethan n'y était pas venu depuis des mois ; même s'il ne s'agissait pas d'une ville importante, elle était trop grande, trop commerciale, trop bruyante pour lui.

Quand ils arrivèrent à la morgue, les journalistes grouillaient, et Ethan demanda au chauffeur s'il existait une entrée à l'arrière.

« Non, mon vieux, c'est tout ce qu'il y a », répondit l'homme. C'était lui qui lui avait donné une tape sur l'épaule, dans la forêt.

« Je ne peux pas sortir ici. On dirait une meute d'affamés.

— D'accord, attendez une minute. »

Il ouvrit sa radio et parla à un dispatcher. Dit qu'il voulait conduire l'ambulance à l'hôpital et faire transporter le corps de Nate à la morgue plus tard, dans un autre véhicule, peut-être une voiture privée. L'autorisation lui fut accordée et, un instant après, ils faisaient marche arrière et quittaient les lieux, laissant les journalistes en plan. Leurrés.

Quand ils arrivèrent à l'hôpital, le chauffeur dit : « On va amener la bagnole devant l'entrée des urgences. Attendez une minute. »

À l'intérieur de l'ambulance, Nate était couché, le visage découvert, sur le brancard. L'infirmier morne et silencieux assis à côté de lui leva les yeux vers Ethan. Celui-ci hocha la tête et l'homme couvrit le visage de l'enfant. Son geste était empreint de tristesse et de piété. Ethan eut la sensation qu'un rideau venait d'être tiré sur son existence. Il savait qu'il ne pourrait plus jamais voir son fils, et il lui dit rapidement adieu tandis que le brancard quittait l'ambulance pour pénétrer à l'intérieur de l'hôpital. Ethan fut conduit dans une pièce où on le pria d'attendre d'autres instructions.

Tout, ensuite, lui parut lointain et sans importance. Dorénavant, c'était l'affaire de la mort. Son fils s'était effacé de la scène et l'administration avait pris le contrôle des opérations. Il y avait des papiers à signer, des questions. Où et quand aurait lieu l'enterrement ? Le médecin légiste arriva, et s'ensuivirent entre les policiers et les médecins des discussions à voix basse qu'Ethan n'entendit pas. Ils prirent des dispositions pour que le corps de Nate soit transféré à la morgue où il serait incinéré.

Ce fut une longue et confuse succession d'événements sans grande signification pour Ethan et qui culmina des heures plus tard avec l'arrivée de Cindy, toute petite et pâle, accompagnée de Trevor. Quand son regard croisa celui d'Ethan, il se prépara à des propos haineux d'alcoolique, mais elle secoua la tête, éclata en sanglots et se jeta dans ses bras.

Ils s'étreignirent, et Ethan se souvint du temps où il l'aimait et où sa vie était pleine d'espoir et de promesse. Il se rappela le jour où ils avaient appris qu'elle était enceinte – leur effroi, comme s'il leur fallait gravir une montagne. Il revit le moment où son fils était né, du miracle et du mystère de l'accouchement. Et il se souvint de la première fois où il avait tenu son fils dans ses bras. Il avait pensé alors que Nate le guiderait toujours dans l'obscurité, comme l'étoile Polaire.

« Mon Dieu, Ethan, dit-elle. Qu'est-ce qui t'a pris ? »

Il secoua la tête. « Je ne sais pas. Je pensais qu'il ne se réveillerait pas. Je pensais revenir plus vite. Et puis je n'ai plus pensé à rien. J'ai perdu la notion de tout.

— Comment as-tu pu perdre la notion de tout ? C'était ton fils qui était dans la voiture. Un enfant de trois ans !

— Ne t'en prends pas à moi, Cindy. C'est toujours moi qui réparais les dégâts.

— Va te faire foutre, siffla-t-elle. Je suis peut-être une alcoolique, mais, de ma vie, je n'ai jamais fait un truc aussi horrible.

— Peut-être que si tu n'avais pas baissé ta culotte…

— Peut-être que si tu m'avais aimée…

— Boucle-la, s'écria Ethan. Nom de Dieu ! »

Il secoua la tête pour se débarrasser de tout ce fiel. Pour que le naufrage s'arrête là.

« Reste à mes côtés, Cindy. Reste avec moi dans ce malheur. Je ne le supporterai pas seul. »

Les larmes coulaient sur son visage sans qu'il s'en aperçoive. Il vit le visage de Cindy s'adoucir. Il vit que, malgré sa haine, elle le comprenait. Elle comprenait l'immensité de sa douleur, de cette perte.

« Tu m'as enlevé tout ce que j'avais.

— J'ai tellement de peine.

— Et maintenant, tu veux que je sois avec toi. »

Il hocha la tête.

« Je ne sais pas si j'y arriverai, Ethan. »

Trevor s'avança vers lui, la main tendue. Ils n'avaient jamais été amis, pas depuis que Cindy avait quitté Trevor pour Ethan lorsqu'ils étaient au lycée. Mais qu'importait, désormais ? C'était stupide d'en vouloir à quelqu'un, de se montrer rancunier pour de telles inepties. Tout semblait tellement mesquin à la lumière de ce qui venait d'arriver !

Ils se serrèrent la main et Trevor le prit par l'épaule, puis sans qu'il sache pourquoi – Ethan ne pourrait jamais l'expliquer – murmura « merci ».

Il faisait noir dehors quand ils en eurent fini avec les formalités. Le service funèbre aurait lieu le surlendemain. Ethan avait demandé que le corps de Nate soit incinéré. Il y aurait une sorte de cérémonie à l'endroit où on l'avait trouvé. C'était sans grande importance, mais Ethan était convaincu qu'il devait être attentif à ces détails de peur de regretter plus tard, quand tout serait fini, de ne pas s'en être occupé.

À la nuit tombée, le conducteur de l'ambulance fit son apparition à la morgue. Il portait un jean et un T-shirt blanc à présent. Avec une grosse veste et une casquette de base-ball vissée sur la tête. Il fallut un moment à Ethan pour le reconnaître sans sa tenue d'infirmier.

« Écoutez, dit-il. Je sais que votre pick-up est resté là-haut, là où on a retrouvé votre gosse. Alors je me suis dis, je peux vous y conduire, si vous voulez. »

Ethan jeta un regard autour de lui. Il ne voulait pas rentrer avec Cindy et Trevor.

« C'est pas un problème pour moi, insista l'homme. Nous pourrons nous arrêter quelque part si vous avez envie de boire un verre. C'est pas obligé. J'ai un fils à peu près du même âge et...

— D'accord, fit Ethan. C'est gentil de votre part. »

L'homme tendit la main. « Derek.

— Ethan. »

Ils sortirent et Ethan monta dans la voiture de l'ambulancier, une vieille Pontiac avec un siège d'enfant à l'arrière et des jouets un peu partout. Au moment où Derek démarrait, une Mercedes noire s'arrêta sur le parking et Ethan la reconnut. Il se rappela la voiture, l'homme qui était venu participer aux recherches. À l'intérieur, un type d'un certain âge baissa la tête comme s'il voulait se cacher. Cela paraissait étrange que ce soit le même individu. Il avait l'air effrayé, comme traqué. Peut-être était-il suivi ?

« Vous vivez à Angels Crest ?

— Ouais.

— Joli bled.

— Il paraît trop joli tout à coup, dit Ethan.

— Vous voulez qu'on s'arrête pour boire un coup ? Y a un bar à la sortie de la ville.

— Non. Je préfère rentrer tout de suite. Mais ça m'irait d'acheter une bouteille et d'en avaler une bonne rasade en route.

— D'accord, dit Derek. Je crois qu'on peut faire une petite entorse à la loi. »

Ils s'arrêtèrent devant une boutique de spiritueux. Ethan sortit son portefeuille et tendit un billet de dix dollars à Derek qui le repoussa d'un geste. Mais Ethan insista et, à son grand soulagement, l'ambulancier prit l'argent.

Quand il regagna la voiture, Derek tendit une bouteille de Jack Daniels à Ethan, qui but une longue gorgée au goulot. L'alcool lui brûla la gorge mais atténua aussitôt sa tension nerveuse. Il comprit alors ce que Cindy avait cherché et trouvé dans l'alcool, et se sentit plus proche d'elle. Il tendit la bouteille à Derek, qui jeta un coup d'œil dans le rétroviseur et de chaque côté de la voiture avant de prendre une lampée à son tour.

« Je me suis déjà fait prendre à deux reprises, dit-il. Maintenant, avec ma femme et un gosse, vous comprenez, faut que je sois prudent. »

Ethan hocha la tête. Tout ce qu'on lui disait ressemblait à un sermon. « Ça doit être dur de conduire une ambulance.

— Oh, c'est pas comme dans une grande ville où il y a pas un jour où le sang coule pas. Vous savez, il se passe pas grand-chose dans le coin. Des vieux qui font une chute. »

Ethan se souvint de son père. Il avait vu le vieil homme porter la main à son côté et s'effondrer. Il l'avait vu se redresser, tenter de respirer, mourir. À cette époque, il avait pensé que c'était une bénédiction qu'il ait été emporté aussi rapidement. Au contraire de sa mère qui avait traîné sa maladie pendant des années. Il pensa à Nate vêtu de son pyjama dans la forêt. Il prit une autre gorgée.

« Je crois que je vais me soûler ce soir et attendre demain pour affronter la suite.

— Je suis désolé que vous ayez perdu votre gosse, mon vieux. Les enfants... Ils sont pas livrés avec une garantie.

— C'était ma faute, dit Ethan. Je ne peux pas accuser mon fils. Il a fait la seule chose qui comptait pour lui : retrouver son papa. Il est parti à ma recherche. Je vivrai avec ça tout le reste de ma vie. »

À cette perspective, il eut envie de mettre fin à ses jours. Il pensa à son vieux Savage 30-30 dans son pick-up. Une pensée fugitive. Elle resta ancrée en lui.

« Je vous ai sincèrement plaint quand j'étais là-haut.

Et je comprends pourquoi vous avez voulu porter seul votre garçon. »

Ethan porta la bouteille à ses lèvres. Il ne pouvait plus évoquer tout ça. Il remarqua que le ciel se couvrait.

« L'hiver vient tôt cette année », fit-il.

Derek regarda droit devant lui. « J'espère qu'il se terminera tôt, dit-il. Il fait déjà sacrément froid. »

Lorsque Derek le déposa dans la clairière, la lune brillait à travers les arbres. Une nappe de nuages céda la place aux étoiles. La lumière rappela à Ethan les cierges magiques du 4 Juillet. Une lumière si tendre, si délicate. Il serra la main de Derek, qui partit après lui avoir donné le reste du whisky.

« N'attrapez pas d'amende », recommanda-t-il.

C'était si prosaïque qu'ils parlent du temps, des saisons, des choses insignifiantes de la vie. Comme il était étrange que le monde puisse continuer ainsi !

Ethan s'assit au volant et actionna le démarreur. Le moteur ne répondit pas tout de suite, et il se réchauffa les mains avant de faire une nouvelle tentative. Cette fois, le pick-up gronda et Ethan resta sans bouger pendant quelques secondes à le faire tourner, attendant que la cabine se réchauffe. Il regarda les restes de son feu de camp de la veille, quand il espérait encore retrouver Nate en vie.

Il se demanda comment Glick était venu récupérer son pick-up. Il se demanda comment allait Cindy. Il pensa à Nate, mais une sorte d'hébétude s'était emparée de lui. Avant de prendre la route, il avala une bonne quantité de whisky.

En arrivant au village, il vit la foule qui se pressait chez Angie. Il y avait des voitures et des gens qu'il n'avait jamais vus, et il lui vint à l'esprit que les journalistes l'attendaient peut-être à sa porte. Il fit rapidement demi-tour au croisement et se dirigea vers la maison de Glick. Il était dix heures passées mais son ami ne serait pas encore couché. Il se souvint des jours où ils restaient debout une grande partie de la nuit, dormaient à peine quelques heures, puis se réveillaient avant l'aube pour aller chasser. Ils étaient capables de le faire du matin au soir, sans fatigue, bien que Glick aimât à lui rappeler qu'il avait quinze ans de plus que lui, et les articulations rouillées.

Ethan s'engagea dans l'allée et se gara. Le pick-up de Glick n'était pas là et la maison était plongée dans l'obscurité. Ethan prit la bouteille de whisky et remonta le sentier enneigé jusqu'à la porte d'entrée. Il frappa puis ouvrit.

« Glick ? Tu es là ? »

Les deux chats accoururent en miaulant. Le chien était invisible.

« Glick ? »

Le silence lui répondit, accompagné par les miaulements insistants des chats. Ils se frottèrent contre ses chevilles. Ethan entra et alluma la lampe près du divan. La maison, austère et ordonnée, sentait le renfermé ; elle semblait abandonnée, comme si Glick avait quitté les lieux des mois auparavant.

Il alla dans la cuisine. Les chats le suivirent.

« Glick ? » appela-t-il, même s'il savait que son ami n'était pas chez lui.

Il y avait des assiettes dans l'évier. La cuisinière était sale. Ethan ouvrit le réfrigérateur. Un reste de fromage, de la viande froide, de la nourriture pour les chats, deux bières et un bocal de cornichons. Il y avait de la moutarde, un pot de mayonnaise, des crackers, et de la viande dans un sac de congélation – probablement un quartier de chevreuil que Glick avait sorti du congélateur dans l'intention de le manger.

Ethan prit deux bols dans le buffet, sortit la nourriture des chats et leur donna à manger. Puis il alla dans le séjour et s'assit. Le téléviseur lui faisait face, mais Ethan savait que Glick n'avait jamais branché l'antenne et qu'on ne recevait qu'une station locale dont l'image était brouillée. Il trouva ses cigarettes dans sa poche et en alluma une. Sa main tomba sur la bouteille de whisky. Il n'en restait pas lourd.

Il s'allongea sur le canapé. Il se remémorait l'arrivée de Glick au village, peu après que lui-même et son père s'y furent installés. Ils s'étaient rencontrés à la quincaillerie bien avant que lui-même ne l'ait reprise. Glick était venu y acheter des charnières.

Ethan savait qu'il avait emménagé dans la vieille maison au bout de Cage Road. Elle était restée inhabitée pendant des années, la seule maison à des miles à la ronde, et Glick l'avait achetée pour une bouchée de pain parce qu'elle était isolée et tombait en ruine. Il avait dit à Ethan avoir lu un article sur Angels Crest dans une revue de camping. L'histoire du nom du village l'avait frappé. Ces anges qui l'avaient survolé et s'y étaient établis pour protéger des bébés, c'était une belle histoire. Elle évoquait une époque révolue. Le temps où les individus conservaient leur innocence, en dépit des aléas de leur existence.

Glick lui avait dit que l'article dépeignait Angels Crest comme un village à moitié mort, avec un passé tragique et pratiquement sans avenir. Mais une phrase l'avait décidé à s'y installer. Angels Crest, écrivait le journaliste, « possède une beauté qui incite à la clémence ». Il avait regardé Ethan droit dans les yeux et ajouté : « C'est ça qui m'a séduit. »

Étrangers à la montagne, étrangers à la chasse au daim, au pelletage, incapables de trouver leur chemin dans la neige, ils avaient tout appris ensemble. Lorsque Glick lui avait raconté la prison, la condamnation injustifiée, sa colère, Ethan avait promis de n'en parler à personne. Mais il n'avait pas tenu parole et avait tout raconté à Cindy, qui s'était empressée de répandre l'histoire dans le village. Glick avait haussé les épaules. « C'est pas grave, mon vieux. » Ethan avait pensé que son passé l'avait rendu insensible aux trahisons ordinaires.

Il éteignit sa cigarette et termina le reste du whisky. Il allait se reposer jusqu'au retour de Glick. Il faisait froid dans la maison et il trouva une couverture dans le placard de l'entrée. Étendu sur le canapé, il s'en s'enveloppa, s'imprégnant de son odeur de poussière et de laine, une odeur à laquelle l'avait accoutumé la vie à la montagne. Une odeur qui lui apportait un peu de courage et de réconfort. Les chats finirent de manger et se poursuivirent à travers le séjour, l'estomac plein et l'humeur joyeuse. Ils se dirigèrent vers la chambre de Glick, et Ethan n'en entendit plus parler.

Il ferma les yeux. Il imagina Nate courant dans les bois comme si c'était lui, Ethan, qui courait, en éprouvant la même souffrance, la même détresse. Pour la seconde fois de la journée, il pensa à son fusil, dans le pick-up. Il n'avait jamais songé au suicide. Il avait dit un jour à Cindy, après qu'elle eut perdu conscience pendant un jour entier à force de boire, qu'elle se suicidait lentement. Il lui avait dit que c'était le moyen d'en finir des lâches.

Les problèmes de boisson de Cindy s'étaient peu à peu transformés en alcoolisme chronique. Il avait toujours pensé qu'elle était la plus belle créature du monde, avec ses yeux verts et sa peau blanche et délicate. Elle était si fragile, si dépendante de lui. Et ça lui plaisait. Il était étrangement attiré par elle. Son corps, sa voix, sa façon de l'écouter, de le caresser, c'était pour lui l'appel d'une sirène. Il était incapable de lui résister.

Même quand elle s'était mise à boire sans plus se contrôler, il n'avait pu se détacher d'elle. Mais après la naissance de Nate, il avait commencé à chercher une porte de sortie. La boisson en était une des raisons. Pourtant, il y avait davantage. Quelque chose de difficile à définir, le désir d'être seul, de vivre, aussi bizarre que cela puisse paraître, comme il avait vécu avec son père. Il avait envie de calme. De moins de complications. Il avait désespérément besoin d'une existence monotone, banale, qu'il ne pouvait pas trouver auprès de Cindy, avec son comportement imprévisible d'alcoolique.

Il lui avait demandé de rester à côté de lui quand ils étaient à la morgue. Il avait ressenti un tel désespoir. Un souvenir lui était revenu en mémoire. Nate avait environ six mois. Ethan s'était réveillé un matin, avait trouvé le lit vide et éprouvé une impression étrange. Il avait enfilé son pantalon, était descendu dans la cuisine ; Cindy était là, assise, le regard tourné vers la fenêtre. Il pleuvait. C'était l'automne. Il se souvenait des feuilles dorées qui tombaient sur le sol. Elle tenait le bébé endormi dans ses bras, ce qui était inhabituel car Nate trouvait peu de réconfort à son contact. Elle était trop brutale, trop impatiente, et, bien qu'il recherchât la présence de sa mère, il paraissait rarement paisible ou satisfait avec elle.

« Il dort », avait-elle murmuré.

Ethan avait pensé sur le coup qu'elle était plus belle qu'elle ne l'avait jamais été. Ses seins étaient gonflés de lait, et il en devinait les contours dans l'ouverture de sa chemise de nuit. Il s'était remis à espérer. C'était alors qu'il avait aperçu la bouteille de vodka, cachée sous des vêtements, sur la chaise à côté d'elle. Elle avait dû boire en l'allaitant. Et c'était peut-être pour cette raison que Nate dormait profondément. Parce qu'il était ivre.

« Tu as bu ? »

Elle avait secoué la tête. Il avait vu son regard se diriger discrètement vers la bouteille et compris qu'elle savait qu'il n'ignorait rien. Le bébé avait remué, et ils avaient sursauté tous les deux. L'instant semblait fragile, dangereux.

« Est-ce que tu l'as nourri après avoir bu, Cindy ?

— Non. Je ne ferais jamais ça. »

La rage s'était emparée de lui. Il avait eu envie de la battre, de lui ôter l'enfant, de la jeter dehors sur-le-champ. Il était furieux qu'elle lui ait menti. Furieux de ne pouvoir lui faire confiance. Mais elle était si belle. Elle était sa fleur de serre, pourtant jamais, jamais il ne parviendrait à la sauver.

« Donne-moi le bébé, dit-il.

— Non.

— Donne-le-moi, Cindy.

— Tu as toujours été le bon parent, Ethan. Tu as toujours été celui qui agissait comme il fallait. Tu es tellement parfait, Ethan, qu'il ne me reste plus de place pour être bonne, moi aussi.

— Donne-moi le bébé, Cindy.

— Tu sais, tu es trop bon quand il s'agit de ton propre bien. Un jour, tu vas tomber de ton piédestal et tu regretteras de ne pas t'être un peu plus occupé de moi. »

Elle n'était pas en colère. Non, elle semblait surtout triste. Elle dit : « C'est toi qui es venu me chercher, Ethan. Et maintenant, tu n'aimes plus ce que tu as choisi et tu veux te débarrasser de moi. »

Elle lui avait tendu l'enfant. Elle s'était levée, avait pris la bouteille sous les vêtements, sans même la cacher. Il avait soulevé Nate dans ses bras, soulagé.

Il aurait voulu préserver ce qui restait de meilleur chez sa femme, l'aimer comme il l'avait aimée autrefois. Il aurait voulu qu'elle ne détruise pas tout autour d'elle, ne lui laissant d'autre choix que celui de la quitter.

Ethan regarda le plafond de la vieille maison de Glick, mais ses yeux se fermèrent rapidement. Il était à bout de forces. Au moment de s'assoupir, il se souvint d'une réflexion que Glick lui avait faite un soir après avoir bu quelques bières, juste avant l'ouverture de la chasse. Les coupables, avait-il dit, dorment toujours tranquillement une fois qu'on les a pris.

Rocksan

QUAND JANE RAPPORTA LA NOUVELLE de la mort de Nate en rentrant, Rocksan fut stupéfaite, indignée. Comment était-ce possible ? Elle se tenait habituellement à l'écart des gens du village, mais Nate n'était qu'un petit enfant. Sa mort n'avait aucun sens, aucune raison d'être. Quelle puissance au-dessus des hommes pouvait avoir intérêt à la mort d'un petit garçon ? Elle s'aperçut que c'était seulement devant l'inexplicable qu'elle se tournait vers l'image d'un dieu obscur. Elle se réjouissait de ne s'être jamais investie dans la foi. Elle n'avait pas à chercher des excuses pour haïr l'ineffable.

« Comment Ethan réagit-il ? Tu lui as parlé ? »

Jane secoua la tête. « Il m'a dit de ne pas prononcer un seul mot. Ou quelque chose de ce genre. Il avait l'air hagard. Il est sorti de la forêt avec son fils dans les bras.

— Oh ! mon Dieu. C'est horrible.

— J'ai vomi.

— Vraiment ? »

Jane hocha la tête. Craignant de s'embourber dans le terrain marécageux du passé, Roxan resta sur le sujet de Nate et d'Ethan, questionnant avec hésitation :

« Et Cindy ? Quelqu'un sait où elle est ? »

Jane secoua à nouveau la tête. « Probablement bourrée. Avec Trevor, je suppose. »

Rocksan se souvint d'avoir vu Cindy voler, l'année précédente, une bouteille de whisky dans un magasin de spiritueux. Il faisait une chaleur suffocante, ce jour-là. Leurs regards s'étaient croisés et elles avaient partagé un instant de complicité. Non, Rocksan ne dirait rien. Elle était sortie sans acheter la bouteille de soda qu'elle était venue chercher, elle avait eu honte pour Cindy qui était encore si jeune. Aujourd'hui Rocksan regrettait son élan de complicité, sa contribution à son alcoolisme, à son acte illégal. Elle se sentait salie.

« Pauvre fille.

— Je vais cuisiner quelque chose », dit Jane.

Jane et Rocksan se regardèrent longuement. La dispute de la veille flottait encore dans l'air, et les inquiétudes qui l'accompagnaient étaient toujours là.

« Et moi, je vais finir de m'occuper des ruches. Je reviendrai t'aider à tout préparer pour George.

— Si tu veux. » Rocksan vit Jane baisser les yeux.

« Si jamais ton gosse me traite de grosse lesbienne, je te préviens : je le tue et je l'enterre dans le jardin.

— Rocksan, je t'en prie !

— Je plaisante, ma grande perche. Détends-toi un peu. Ça va bientôt être l'horreur, alors autant rigoler maintenant.

— Tu es optimiste.

— N'imagine pas que ce garçon va s'élancer vers toi les bras grands ouverts en s'écriant maman. Primo, tu l'as laissé tomber et tu t'es barrée à San Francisco où tu t'es trouvé une petite. Secundo, tu vis avec moi et je ne suis pas toujours belle à regarder. Nous sommes des lesbiennes, Jane. Il vient de l'Ohio.

— Il y a des lesbiennes dans l'Ohio. Souviens-toi, j'ai couché avec pas mal d'entre elles.

— Peut-être, mais il a été élevé par ce mec. Je suis

sûre qu'il en a entendu de belles. Il a dû lui raconter qu'on baisait avec la Terre entière. »

Jane hocha la tête. « Je sais. Je ne m'attends pas à des miracles. Mais c'est quand même lui qui m'a appelée.

— Mesures d'urgence, Jane. Je pense qu'il n'a aucun autre endroit où crécher. Et d'ailleurs, est-ce que tu as une vague idée du genre de pétrin dans lequel il est ? »

Elle secoua la tête. Rocksan enrageait. Jane affrontait les problèmes en les ignorant. Elle faisait partie de ces gens qui espèrent les voir disparaître par enchantement.

« En tout cas, si c'est un problème de drogue, pas question qu'il habite ici. »

Jane acquiesça.

« Sur ce, je vais m'occuper des ruches », dit Rocksan. Et pour détendre l'atmosphère, elle déposa un baiser sur les lèvres de Jane. Elle sortit par la porte de derrière, après avoir mis son chapeau et ses gants. Il faisait un temps radieux. Sec et ensoleillé, mais d'un froid mordant. Rocksan aimait l'hiver avec ses journées courtes, rigoureuses, la paisible promesse du printemps à chaque nouvelle chute de neige. Elle aimait s'emmitoufler ; elle aimait l'odeur de la fumée dans l'air, le ciel des nuits hivernales avec sa lumière crue et le fragile éclat des étoiles.

Les ruches étaient silencieuses et encore plongées dans l'hibernation. Beaucoup d'abeilles allaient mourir. Tous les ans, Rocksan en ramassait quelques-unes et les envoyait au laboratoire de l'État pour les contrôles de nosemose et de maladies acariennes. Elle réparait les ruches endommagées par les tempêtes. Elle trouvait la paix à en construire de nouvelles, appréciait les fruits de son travail solitaire.

Elle passa les deux heures suivantes à couvrir les ruches de papier goudronné, la dernière de ses tâches pour la saison. À un moment, alors qu'elle se reposait et contemplait la vue des montagnes qui se dressaient au-dessus de la cime des arbres, elle aperçut un daim solitaire muni de superbes andouillers qui broutait paisiblement à la lisière de leur terrain. Il paraissait impossible qu'un petit garçon soit mort.

Jane était partie en ville apporter un plat à Cindy et un plat à Ethan. Pendant son absence, Rocksan alla à la grange. Elle dénicha l'édredon et une paire de draps fantaisie qu'une de ses copines lesbiennes lui avait donnés lorsqu'elles avaient quitté la ville. Elle trouva aussi le secrétaire et le rocking-chair, côte à côte sous deux vieilles couvertures. Elle les dégagea, et sur le dessus du secrétaire vit un coffret marqué ROCKSAN – PERSONNEL.

Elle ignorait ce que contenait le coffret. Elle ne l'avait pas ouvert depuis vingt ans. On pouvait trouver étrange qu'il l'ait accompagné dans tous ses déplacements, qu'elle l'ait emporté partout, mais que, pour une raison inconnue, elle ne l'ait jamais ouvert.

Elle s'assit dans le rocking-chair et écouta le bruit du vent dehors dans les pins. La terre sentait bon. Et il faisait si froid que respirer était presque douloureux. Le froufrou des petits animaux, des écureuils et des souris, accompagnait le silence de la grange.

Elle tendit la main et saisit le coffret. Il était à peine plus grand qu'une boîte à chaussures, fermé soigneusement avec du ruban adhésif qui lui résista lorsqu'elle voulut l'ôter. Elle prit la boîte à outils près de l'établi, trouva un vieux couteau suisse à l'intérieur. Elle coupa le ruban avec la lame mal aiguisée.

Un parfum d'encens se répandit aussitôt hors du coffret. Une odeur agréable, capiteuse, qui évoquait la senteur des pins. Elle provenait d'une petite boîte en plastique remplie de cônes résineux. Elle les sortit et les posa sur le secrétaire.

Elle trouva aussi un petit album de souvenirs qui

datait de son enfance. Des fleurs séchées s'en échappèrent lorsqu'elle l'ouvrit, et tombèrent lentement sur le sol. Sur l'une des pages étaient collées les dents minuscules de son chien, et à côté une touffe de poils et une photo de l'animal, Shambala. Sur la page suivante, un autre cliché, celui de sa tombe. Elle avait eu un tel chagrin lorsque Shambala était mort à un âge avancé qu'elle avait juré de renoncer aux animaux domestiques. Et aux amis également, et aux amants, pendant longtemps. Elle ne supportait pas les adieux. Il ne s'agissait pas seulement du chien. C'était pareil pour tout le reste.

Il y avait d'autres photos. D'elle et d'Angie lorsqu'elles étaient petites. Rocksan examina celles qui avaient été prises quand elle était bébé. Dans la grange silencieuse, elle dit à voix haute : « J'étais mignonne. »

Elle avait des taches de rousseur à cette époque, les cheveux roux. Comment était-elle devenue brune ? Elle regarda les photos de son père avant qu'il ne les quitte. Elle lui ressemblait. Elle se demanda si elle avait hérité de son caractère. Comment le savoir ? Elle n'avait que six ans et Angie quatre quand il était parti. Elle resta pendant un moment avec le coffret posé sur ses genoux et réfléchit à la fuite du temps. Trente-cinq années s'étaient écoulées sans qu'elle s'en aperçoive !

Elle vit aussi une photo de la première fille dont elle était tombée amoureuse. Pauline Rheaconty. Elles étaient au lycée et Rocksan savait déjà qu'elle était homosexuelle, elle avait toujours su qu'elle était différente. Elle savait qu'elle aurait dû être un garçon. Elle aurait été une personne plus intéressante alors. Car que pouvait-elle faire de ses seins, qui avaient atteint la taille 95 dès la troisième ? À quoi servait qu'elle ait des règles et même un vagin ? Elle avait fini par admirer le pouvoir, le plaisir qu'elle en tirait, mais elle savait qu'elle ne désirerait jamais d'enfants. Elle était convaincue que son grand corps – robuste et gauche comparé à celui de sa sœur – eût été mieux adapté au sexe masculin.

Pauline n'était pas gay et il y avait eu une scène embarrassante dans le sous-sol de sa maison. Un baiser de trop, des larmes de dégoût. Rocksan savait la fin de leur amitié imminente alors qu'elle ne l'avait pas encore embrassée. L'amour repoussé, la répulsion, elle les avait pressentis avant que le baiser ne prenne forme dans son esprit. Sa vie amoureuse et tous ses drames avaient horriblement mal débuté. Mais n'était-ce pas le cas de tout amour ?

Rocksan referma le coffret, mais pas avant d'en avoir retiré une photo d'Angie et d'elle. Elles étaient petites. Leur père se tenait à genoux derrière elles. Il était très beau avec ses cheveux bruns d'Italien et son mince corps musclé. Ses yeux étaient noirs et romantiques. Il avait un bras passé autour de chacune de ses filles mais paraissait de mauvaise humeur et mal à l'aise. Rocksan souriait, radieuse. Angie regardait droit devant elle, sans expression. Elle n'avait aucun souvenir de l'endroit où la photo avait été prise, mais elle entendait encore sa mère dire en portant l'appareil à ses yeux : « Rob, pourrais-tu faire semblant de nous aimer ? »

Rocksan se demanda ce qu'il était devenu pendant toutes ces années avant sa mort.

Le jour baissait rapidement. Le ciel s'assombrit, le monde devint immobile. Contrairement à ses habitudes, Rocksan se versa un verre de scotch. Jane prit du vin. Une paix fragile régnait dans la maison. Assises devant le feu, elles attendaient. Jane se leva pour allumer les lampes de la galerie. George aurait dû être là depuis longtemps.

« C'est peut-être sa nature d'être en retard, dit Jane. Son père était comme ça.

— Il va arriver.

— Tout à l'heure, quand je suis allée chez Ethan lui apporter ce que j'avais préparé, la maison était déserte. Quelques journalistes traînaient dans les environs. Je suis partie avant qu'ils m'aperçoivent.

— Tu as vu Cindy ? »

Jane fit oui de la tête. « Je lui ai donné les deux plats. Elle était dans un état second. Elle m'a remerciée. Elle a dit que c'était curieux de voir qui venait lui rendre visite ou pas. Elle a dit qu'elle n'aurait jamais imaginé que je passerais.

— Ce n'est pas surprenant. Nous sommes les anormales du coin.

— Tu es toujours convaincue que tout le monde nous déteste parce que nous sommes lesbiennes.

— Parce que tu crois que c'est à cause de notre caractère, par exemple ? »

Jane éclata de rire. Elle se versa un autre verre. Rocksan aimait son menton aigu, ses pommettes saillantes, le peu d'importance qu'elle attachait à son apparence, ce qui ne l'empêchait pas d'être ravissante. Elle semblait inquiète et sereine à la fois.

« Il va arriver », répéta Rocksan. Mais elle était nerveuse elle aussi. Elle avait quitté San Francisco pour s'éloigner de ce genre de situation, des drames permanents. Elle détestait les drames autant qu'elle s'y était complue à une époque.

Jane but une gorgée de vin. « Je pensais à Cindy, en fait. Il y avait un objet sur le comptoir de la cuisine. Une assiette en carton avec des macaronis collés sur le rebord. Elle l'a prise et me l'a montrée. Elle la tenait comme un trésor sans prix. C'est Nate qui l'avait décorée. Elle répétait : "Je lui avais promis de l'accrocher au mur." »

Soudain, elles entendirent le bruit d'une voiture. Il se rapprocha de la maison puis cessa. Jane saisit la main de Rocksan de l'autre côté de la table. Son contact était fiévreux. Elle paraissait plus belle que jamais. Avec sur le visage une expression de joie mêlée de peur. Rocksan sentit son pouls s'accélérer, celui de Jane frémir à travers les veines de son bras, jusque dans la main qu'elle serrait dans la sienne.

Elles se levèrent d'un même mouvement.

« Ne reste pas plantée comme une idiote », dit Rocksan.

Jane se dirigea lentement vers la porte. Rocksan la suivit, entendit des voix. Elles échangèrent un regard.

« À qui parle-t-il ? » demanda Jane.

Rocksan haussa les épaules. « Ouvre la porte. »

Jane lui obéit. Rocksan retint son souffle. Elle jeta un coup d'œil par-dessus l'épaule de son amie. Dans la galerie se trouvait un jeune homme élancé aux cheveux longs. Jane tout craché. Il tenait par la main une frêle jeune femme, très belle et enceinte jusqu'aux dents.

Jane

ELLES ATTENDAIENT GEORGE. La lune se levait dans le ciel, et pendant leurs silences Jane revoyait Ethan au moment où il avait surgi de la forêt, portant son enfant mort dans les bras. L'image réveilla toutes ses peurs.

Elle se souvint de sa terreur à la pensée que tout le monde, là-bas, dans l'Ohio, pouvait se rendre compte qu'elle était lesbienne. Elle avait été élue la plus jolie fille de sa classe. Elle avait été pom-pom girl. Elle avait tout fait pour le cacher.

Elle connaissait son mari depuis l'enfance. Il venait d'une bonne famille. Une vedette du football au lycée. Amoureux de la discipline, de Jésus et de la respectabilité. Un buveur de bière. Le parfait bonnet de nuit. Elle l'avait épousé. Mais la nuit, quand il dormait, elle se masturbait en silence, imaginant qu'une femme la caressait.

Il s'était montré si dur, si amer. Il l'avait surprise un jour en train de jouir seule et s'était écrié : « Tu ne sais donc pas que c'est un péché ? » Mais ça l'avait excité, et il l'avait baisée sur-le-champ. Elle s'étonnait, encore aujourd'hui, de l'avoir épousé. Elle avait toujours cherché à s'échapper. Des femmes plus équilibrées, dotées de plus de courage et de confiance en elles, n'auraient pas jeté leur dévolu sur un tel crétin pour s'en sortir. Mais Jane avait compris, dès le début, qu'elle avait choisi Pete parce qu'elle savait que leur mariage ne durerait pas, qu'avec son caractère de macho il finirait par réveiller la lesbienne en elle.

Elle s'éclipsait à la moindre occasion, sous un prétexte ou un autre, allait à Cincinnati s'encanailler dans les bars de filles. C'était devenu une habitude. Elle prenait un verre et elle trouvait toujours une autre femme mariée esseulée et déprimée. Elle couchait avec elle, avec un sentiment de culpabilité, un plaisir réprimé tels qu'elle défaillait presque en atteignant l'orgasme. Elle se souvenait qu'elle avait eu du mal la première fois, mais tout était devenu facile ensuite.

Pete s'en était aperçu. Il avait dû flairer l'odeur du sexe sur elle. Le deviner sur son visage, lire son impatience, sa honte. Il avait plus ou moins compris, tout stupide qu'il fût, qu'elle n'était pas ce qu'elle prétendait être.

Quand il l'avait surprise et menacée, il l'avait aussi mise enceinte. Il avait un plan. Il l'avait avertie que s'il la surprenait encore une fois il la dénoncerait. Il l'avait entraînée à l'église et forcée à prier. Il priait avec ferveur à côté d'elle, murmurait à son oreille : « Tu es la proie de la luxure. » Ou : « Demande à Dieu de t'en délivrer. » Et elle avait l'impression qu'il jouissait en prononçant ces mots. Que ça l'excitait.

Jane repoussa ces souvenirs. Ils lui retournaient l'estomac. Elle leva les yeux vers la pendule. Il était tard. Elle craignait que George se soit perdu ou, pire, qu'il ait changé d'avis et renoncé à venir.

Rocksan la regarda. « Il va arriver », dit-elle.

Plus tôt dans la matinée, Jane avait quitté leur maison sur le coteau pour descendre au village. L'assaut des médias la stupéfia. On aurait dit des clowns s'entassant dans une cabine téléphonique.

Avec ses chaussées non asphaltées, sa rue principale mal entretenue et ses citoyens peu diserts, le village n'était pas prêt à subir une telle offensive. Elle ne reconnut personne dehors. La plupart des magasins étaient fermés, y compris la quincaillerie d'Ethan. Mais Chez Angie était bourré à craquer. En passant devant le restaurant, Jane vit que les gens faisaient la queue pour avoir une table, du jamais vu.

Elle n'en continua pas moins son chemin. Elle savait comment soigner un chagrin. Après la mort de son père, et celle de sa mère quelques mois plus tard, elle avait été inondée de fleurs. Il y en avait partout. Somptueuses mais inutiles. C'était une présence qu'il lui aurait fallu pour prendre soin d'elle, pour la nourrir, pas des fleurs. Depuis, elle n'avait jamais rendu visite à quelqu'un en deuil sans apporter un plat de sa confection. De même qu'elle offrait toujours une de ses spécialités et une bouteille de vin à l'occasion d'une fête, comme la naissance d'un enfant.

Elle traversa le village et prit à gauche la route qui menait à la maison d'Ethan. La chaussée était bien revêtue au début, mais elle se transformait en un chemin de terre à mesure qu'elle s'enfonçait dans les bois. Le comté paraissait n'avoir eu ni les fonds ni le désir de l'entretenir. En plein hiver, vous ne pouviez y accéder sans un 4 × 4. Ethan chaussait souvent ses skis pour atteindre la grand route, puis il faisait du stop jusqu'au village, abandonnant ses skis contre un arbre. Personne ne les lui avait jamais volés. La semaine précédente, il lui avait fait part de son désir de faire asphalter la route maintenant qu'il avait Nate, en cas d'urgence.

La chaussée était détestable. Le chasse-neige n'avait pas été plus loin que la partie goudronnée. Jane roula avec prudence, hésitant à enclencher les quatre roues. Elle remarqua quelques voitures arrêtées sur le bord de la route, comme abandonnées. Des citadins qui n'avaient pas pu se tirer d'affaire. Elle engagea la traction intégrale.

Arrivée chez Ethan, elle aperçut la cohorte des reporters et faillit rebrousser chemin. Ils avaient tous les yeux fixés sur elle. Ils lui firent penser à une meute de chiens errants qu'elle avait vue un jour en ville, encerclant un malheureux chat.

Elle gara sa voiture et se dirigea vers la maison. Deux ou trois journalistes lui demandèrent qui elle était mais elle les ignora. Comme elle montait les marches de la galerie, le souvenir de Nate revint l'assaillir. Elle se rappela les jours où elle venait le garder quand son père travaillait tard ou à l'occasion d'une de ses rares sorties avec une femme.

Elle appela. « Ethan ? » Actionna la poignée. Quelqu'un derrière elle dit : « Elle est fermée, ma p'tite dame. » Elle se retourna, et se trouva nez à nez avec un homme corpulent vêtu d'un jean et d'une parka légère. Il fumait une cigarette.

« Vous avez essayé ?

— Ouais. »

Salaud, pensa-t-elle. Elle appela à nouveau Ethan, mais elle savait qu'il n'était pas là. Elle envisagea de laisser son plat sur le palier puis se dit que tous ces types en train de faire le guet à l'extérieur viendraient se servir. Jusqu'à ce qu'elle vienne s'installer à la montagne, Jane n'avait pas pris conscience de l'incroyable sans-gêne des gens de la ville. Elle était comme eux, avant, elle espérait seulement avoir changé.

Alors qu'elle regagnait sa voiture, une jeune et jolie femme avec un crayon coincé derrière l'oreille se dirigea vers elle.

« Vous êtes sa petite amie ? demanda-t-elle.

— Pas que je sache », répondit Jane. En d'autres circonstances, la question l'aurait amusée. Mais les médias l'effrayaient. Ils la ramenaient à ses propres secrets. Et ils mettaient encore plus en relief le droit à la vie privée qu'elle avait enfin trouvé à Angels Crest. Que l'isolement et la paix de ce village puissent ainsi être bouleversés lui prouvait qu'en vérité aucune limite ni frontière n'existait réellement. Elle se sentit vulnérable, exposée. Pour la première fois, elle eut peur pour Ethan.

Un quart d'heure plus tard, elle était chez Cindy. Seul un camion de télévision – Jane nota qu'il s'agissait d'une chaîne nationale – était stationné sur le parking du lotissement. Il y avait une voiture dont le moteur tournait au ralenti dans la rue déserte ; l'homme et la femme à l'intérieur buvaient dans des gobelets en plastique. Ils la regardèrent. Elle passa rapidement devant eux, évitant de croiser leurs yeux.

Arrivée devant l'immeuble, Jane gravit les deux étages qui conduisaient à l'appartement de Cindy. Elle avait toujours détesté cet endroit avec sa peinture moutarde, ses murs de stuc de mauvaise qualité, son nom impersonnel – *Skyview Manors*. Un nom pour une maison de retraite. Elle frappa un petit coup à la porte. Trevor vint ouvrir.

« Salut, Jane.

— Tu as l'air prête à frapper quelqu'un, dit-elle.

— C'est juste. J'ai cru que c'était encore un de ces maudits journalistes. »

Il s'écarta pour la laisser passer et elle pénétra dans l'appartement en désordre. Cindy était allongée sur le canapé, son bras gauche replié sur ses yeux, sa main droite serrant un verre vide posé sur son ventre. Il y avait une bouteille de whisky sur la table basse et un cendrier rempli de mégots. Le chauffage soufflait de l'air chaud dans la pièce déjà confinée. Cindy reconnut Jane et se redressa.

« Jane ?

— Je t'ai apporté deux petits plats. » Jane préféra ne pas préciser qu'elle avait repris celui qu'elle destinait à Ethan. Mieux valait ne pas citer son nom.

Cindy lui indiqua une chaise longue en piteux état. « Assieds-toi. »

La pièce, avec son mobilier hétéroclite et son désordre, était empreinte de tristesse.

« Ces journalistes sont odieux », dit Jane. Elle se sentait stupide avec ses deux plats dans leurs récipients en plastique. Comme s'il avait lu dans ses pensées, Trevor les lui prit des mains. Elle l'entendit les ranger dans le réfrigérateur. Il cria : « Est-ce que tu veux une bière ou autre chose ?

— Une bière, volontiers.

— Merci d'être venue », dit Cindy. Elle se pencha et prit une cigarette, remplit son verre. Elle avait sans doute été une très jolie femme à une époque, mais elle paraissait si vieille aujourd'hui, si usée pour ses vingt-cinq ans. La boisson, un mariage malheureux, et maintenant ce drame. Son visage en portait les traces. « Je ne m'attendais pas à te voir. Par contre, il y en a d'autres, j'aurais parié qu'ils me rendraient visite et ils ne l'ont pas fait, dit-elle.

— C'est bizarre, fit remarquer Trevor depuis la cuisine. Je dis toujours que la mort vous révèle vos vrais amis. »

Cindy eut un faible sourire. Jane se souvint du jour où Rocksan l'avait vue voler une bouteille de whisky et s'était sentie embarrassée. Ce n'était pas tant une question de moralité, avait-elle expliqué. Elle avait eu des remords parce que son silence ressemblait à une approbation. Jane regarda Cindy se verser à boire et fumer sa cigarette. Ses mains tremblaient. Elle les tendit devant elle et les examina.

« Regarde-moi ça. J'ai l'impression qu'elles ne vont jamais s'arrêter de trembler. »

Trevor revint dans la pièce. « Peut-être que tu devrais freiner un peu sur le whisky.

— C'est vrai. »

Trevor lui jeta un coup d'œil, puis sortit. Cindy s'allongea de nouveau et termina son verre. Quand elle se releva, Jane crut qu'elle ne tiendrait pas debout, mais elle parvint tant bien que mal à garder son équilibre et se dirigea vers la cuisine. Elle y prit quelque chose qu'elle lui apporta.

« Regarde. Nate l'avait fabriquée pour moi. Il l'avait faite pour moi et je lui avais promis de l'accrocher au mur. »

C'était une assiette en carton avec des macaronis collés tout autour et des dessins au crayon bleu sur le bord. Des gouttes de colle séchée débordaient de sous les morceaux de pâtes. Jane resta muette.

« Je lui avais promis de l'accrocher au mur mais je ne l'ai pas fait, dit Cindy. Je devrais le faire maintenant. »

Jane la regarda. Ses yeux étaient tellement gonflés qu'elle pouvait à peine les ouvrir. Son visage était rougi et marbré. Cindy se pencha en avant. « J'ai perdu la garde de mon petit garçon parce que je buvais trop. »

Jane hocha la tête.

« Je sais que tu t'es occupée de Nate. Et j'avais dit à Ethan qu'il ne devrait pas te le confier. Mais il y a une chose que ni toi ni lui n'avez su. »

Jane leva les yeux. Elle avala sa salive. « Quoi ? » Elle avait du mal à articuler.

« Je savais qu'il le faisait quand même. Et je l'ai pas empêché. Tes tendances sexuelles, je ne sais pas comment on appelle ça, je m'en fiche. Mais, tu vois, il y a eu ce jour où Nate est venu à la maison et m'a dit que tu l'avais gardé. Et il m'a dit que tu l'avais laissé jouer sur la balançoire plus longtemps que moi ou son papa on l'avait jamais fait. Son visage s'est éclairé pendant qu'il parlait de toi. Du coup, je m'en suis fichue, que tu crèches avec une femme ou une autre.

— Je... »

Cindy leva la main. « Je sais que vous pensez tous

que je suis une sale ivrogne. Je connais toutes les horreurs qu'Ethan a racontées sur moi.

— Ethan n'a jamais...

— Mais j'ai vu l'air rayonnant de mon petit garçon quand il revenait de chez toi. Je voulais qu'il soit heureux. Tu comprends. »

Jane se rendit compte que Cindy était complètement ivre. Il y avait toutes les chances qu'elle ne se souvienne de rien plus tard. Cindy ramassa l'assiette en carton. Elle tenait sa cigarette allumée à la main.

« Je lui ai dit que je l'accrocherais tout de suite. On dirait que je n'arrive jamais à faire ce qui est vraiment important. »

Un coup fut frappé à l'entrée. Trevor alla ouvrir. Il fit entrer trois femmes que Jane reconnut. Elles appartenaient à la paroisse de Calvary Church. Jane ne se mêlait guère aux membres de la paroisse mais les trois femmes faisaient tous les ans du porte-à-porte pour leur collecte annuelle de fonds. Elles ne venaient jamais chez Jane et Rocksan. Chaque année, Rocksan ne manquait pas d'envoyer un chèque de cent dollars, et chaque fois elles encaissaient le chèque. Et chaque année cela déclenchait l'hilarité de Rocksan.

Jane se tourna vers Cindy. « Je suis tellement triste », dit-elle. Son émotion resta bloquée dans sa gorge.

Cindy lui jeta un regard rapide. Ses yeux s'emplirent de larmes. Elle serra Jane dans ses bras. Elle dit : « Je n'oublierai jamais ta gentillesse. »

Quand elles entendirent enfin la voiture gravir la route, Jane jeta un rapide coup d'œil à Rocksan et vit, pour la première fois, qu'elle était aussi nerveuse qu'elle. Son cœur s'emballa. Elle aurait voulu rentrer sous terre. Elle craignait que George ne découvre qui elle était *réellement*. Pas qu'elle était lesbienne – ça, il le savait – mais sa personnalité secrète. La femme qui s'était éloignée de son fils à cause de ses peurs, de ses appétits sexuels, de son besoin de toutes ces choses dont elle croyait qu'elles lui apporteraient davantage.

Elle alla à la porte et l'ouvrit. Elle sentit la présence de Rocksan derrière son épaule. Elle retint son souffle.

« Jane ? » dit son fils. Il avait de longs cheveux bruns, des yeux noirs et un menton pointu. Jane crut voir son reflet. C'était incroyable. La fille ôta ses lunettes.

« Dis donc, George. C'est insensé ce que tu lui ressembles.

— Je te présente Melody, dit George.

— Bonjour », dit Melody. Elle se cramponnait d'une main à George, et tendait l'autre.

Ce fut Rocksan qui les sortit tous de leur stupeur.

« Entrez vous mettre à l'abri du froid. Vous devez être fatigués. Et affamés... Bon Dieu, on peut dire que vous êtes vraiment enceinte ! »

Jane lui donna une tape sur l'épaule.

« Aïe ! fit Rocksan. Qu'est-ce qui te prend ? »

Jane ne répondit pas. Elle s'appuya au mur pour ne pas tomber. Pourquoi n'avait-elle pas encore compris que rien ne se passait jamais comme on l'imaginait ?

Angie

LE SERVICE L'AVAIT ÉREINTÉE. Il y avait une telle foule, tellement d'étrangers – des journalistes pour la plupart – que même les habitués n'étaient pas venus. Quand elle avait enfin fermé, elle avait vu que le bar marchait à fond lui aussi. Elle avait entendu dire que les journalistes buvaient comme des trous. Elle se demanda où ils logeaient tous. Il n'y avait même pas un motel au village.

Elle était chez elle maintenant, assise dans le noir. Rosie dormait. Elle réfléchissait à la manière dont elle dépenserait le surplus d'argent qu'elle était en train de gagner en organisant une veillée funèbre, appelez ça comme vous voudrez, après les funérailles. Elle savait qu'Ethan et Cindy n'avaient pas un sou. C'était le moins qu'elle pouvait faire.

Elle était de mauvaise humeur et elle avait faim, mais elle était incapable d'avaler un morceau. Elle se versa un verre de vin et alla dans sa chambre. Elle ouvrit le tiroir du bas de sa commode et en sortit l'album de photos qu'elle gardait caché dans le fond. Elle le feuilleta, contemplant les photos de sa fille. Elle répéta son nom en silence à plusieurs reprises.

Elle n'avait plus revu Rachel depuis le jour où celle-ci lui avait amené Rosie. Elle était partie le temps de se marier, d'avoir son bébé, de divorcer. Une année environ. Un peu moins. Elle était revenue comme si de rien n'était, avait laissé un billet de vingt dollars et un paquet de couches sur le comptoir. Et ces quelques mots terribles : *Chère maman, peut-être te débrouilleras-tu mieux avec elle qu'avec moi.*

Au cours des années, Angie avait reçu trois lettres de Rachel ; deux postées à Portland, dans l'Oregon, une troisième à Laramie, dans le Wyoming. Elle s'était remariée, disait qu'elle avait un fils. Son mari était camionneur. Il transportait des poulets. *Des poulets morts ?* se demanda Angie. *Surgelés et emballés ? Des poulets vivants ? Des poules pondeuses ?*

Angie alluma la télévision. Le poste crachait les informations à plein volume et à nouveau, comme s'il ne se passait rien d'autre sur terre, le reportage était consacré à la mort de Nate. Il y avait des images prises dans le village plus tôt dans la journée. On voyait Glick monter dans la voiture du shérif. Il avait l'air sombre et inquiet. La gorge d'Angie se serra. Venaient ensuite des vues de la foule massée dans la clairière, d'Ethan sortant de la forêt portant son fils dans ses bras, de quelqu'un qui interviewait le shérif un peu plus tard. Angie baissa le son. Elle ne voulait pas réveiller Rosie.

Elle éteignit le téléviseur, alla à la cuisine et se versa un second verre de vin. Elle était trop fatiguée pour manger et le vin l'aidait parfois à calmer son appétit. Elle appela sa sœur.

« Nous attendons le fils de Jane », dit Rocksan.

Angie l'envia un instant. Elle aurait tant souhaité être en train d'attendre sa fille !

« Elle a de la chance, dit-elle.

— De la chance, mon cul ! C'est une tempête dans un verre d'eau, crois-moi, Ang.

— Peut-être pas.

— C'est plutôt déprimant par ici, hein ? Comment croire que ce petit enfant est mort ?

— Ma fille me manque d'autant plus, Rocks. Je

voudrais l'avoir à la maison. Des soirs comme celui-ci, je me sens tellement triste. Si coupable. Je n'ai pas fait tout ce que j'aurais dû faire. »

Rocksan resta un long moment sans rien dire. Son silence attrista Angie.

« Son père était mort, Angie. Tu n'y pouvais rien.

— Peut-être. » Elle se tut. Elle n'évoqua pas son second mariage, aussi bref que houleux. Rocksan ne le mentionna pas non plus. Et dans cette omission, Angie vit clairement l'écho de son échec. Les ravages causés par son égoïsme. Sa fille avait peut-être commencé à couler à la mort de son père. Mais Angie avait achevé de lui mettre la tête sous l'eau en cédant à son besoin désespéré de ne pas être seule, sans tenir compte de la souffrance de sa fille. Pourquoi n'avait-elle pas vu alors, comme elle le voyait aujourd'hui, qu'en se remariant elle laissait Rachel affronter seule l'existence après la mort de son père ? Il n'était pas étonnant que celle-ci se soit mise à boire, à se droguer. Pas étonnant qu'elle ait cherché refuge ailleurs.

Après avoir raccroché, Angie alla dans la salle de séjour et ôta ses chaussures. Elle s'étendit sur le canapé et but son vin dans le noir, chassant de son imagination les images des dernières heures de Nate. Lorsque la pensée la traversa que Rosie aurait pu vivre un tel cauchemar, Angie se leva. Elle refusait de se laisser aller à de telles pensées. À quoi bon ?

Elle était épuisée, et elle sentit que la dépression la guettait. Combien d'années avait-elle vécu seule dans cette maison avec ses souvenirs douloureux, sans la clémence de sa fille, sans l'amour d'un homme ? Elle ferma les yeux et s'assoupit, pour se réveiller un moment plus tard en entendant un coup frappé à la porte. Elle se leva, ferma les rideaux, puis alla jeter un coup d'œil à Rosie avant de se diriger vers la porte.

Lorsqu'elle aperçut Glick, tout s'apaisa en elle. Sa peine la quitta.

« Glick », dit-elle. Elle s'inquiéta de n'éprouver aucune surprise. Mais en fait, elle s'y attendait. Elle s'y attendait depuis longtemps. Et maintenant c'était arrivé. Sa venue ressemblait, en quelque sorte, à un retour à la maison. Elle ouvrit la porte en grand et le fit entrer.

Elle n'avait pas remarqué le chien avant que Glick n'en parle. C'est alors qu'elle le vit et se sentit piégée. Glick amènerait le chien, bien sûr. Il se promenait partout avec lui. C'était un ami pour lui. Il n'était pas question de le laisser dehors, dans la nuit, aussi proposa-t-elle de l'installer dans la galerie à l'arrière de la maison, et Glick parut trouver la solution raisonnable.

Quand elle lui prépara du thé, elle s'aperçut qu'il était au bord des larmes et elle sut que ce soir-là était différent, que désormais tout serait différent entre eux. C'était un sentiment qu'elle avait gardé caché au plus profond d'elle-même. Elle avait attendu seule, patiemment ; pourtant elle savait – sans se l'avouer – que ce soir viendrait, que Glick viendrait.

Elle l'invita à s'asseoir mais il resta figé. Quand il se mit à sangloter, elle l'entoura de ses bras, et ils se mirent à s'embrasser avec une telle tendresse que leurs baisers parurent à Angie aussi doux et légers que le souffle de la vie. Ils allèrent dans sa chambre sans réveiller Rosie, et c'est alors qu'il lui parla des larmes gelées sur les joues de Nate et qu'elle se mit à pleurer. On eût dit que tous ses chagrins, toutes ses peurs pouvaient se déverser dans l'espace qui les séparaient sans qu'ils en soient touchés ni blessés. Elle ouvrit sa robe de chambre, prit les mains de Glick et les posa sur ses seins. Elle sentit ses larmes sur son visage, le contact de son corps sur le sien. Elle aurait voulu dire je t'aime.

Juge Jack Rosenthal

IL N'AURAIT SU EXPLIQUER CE QUI l'avait poussé à se rendre à la morgue. Il savait qu'on avait découvert l'enfant et qu'on l'y amènerait. Il savait aussi qu'il fallait s'attendre au pire après cette mort. Il était juge depuis trop longtemps pour ignorer que la communauté judiciaire ne tarderait pas à se mettre en branle. Ethan Denton n'allait pas s'en tirer comme ça.

La nuit avait été glaciale. Les étoiles brillaient d'un éclat dur dans le ciel. Jack détestait l'hiver et il avait décidé qu'il prendrait sa retraite sous des climats plus cléments. Peut-être en Floride, où Adele et lui s'étaient souvent embarqués sur des bateaux de croisière. Ou quelque part dans le désert. Il se souvenait d'une maison qu'ils avaient louée à Palm Springs autrefois. Il aimait l'air chaud et sec du désert, le scintillement de la lumière sur les collines brunes. Il aimait l'odeur métallique de l'air, les fleurs rouge sang de l'ocotillo. Il résolut de faire appel à un agent immobilier, de chercher une maison modeste dans le désert avec un peu de terrain et quelques voisins à proximité.

Il arriva à la morgue à l'instant où le père en partait. Il essaya de l'éviter, se baissa pour passer inaperçu, et son geste lui parut ridicule et enfantin. Qu'y avait-il de répréhensible à venir rendre un dernier hommage ? Mais quand il se présenta a la porte, le directeur lui annonça que les visites n'étaient pas autorisées.

« Je vous en prie, dit Jack. Je voudrais simplement prononcer une courte prière.

— C'est la volonté de la famille. »

Jack ne s'était pas attendu à ce refus. Il hésita à préciser qu'il était juge. Il n'aimait pas user de ses fonctions dans un but personnel. Il se souvenait d'un jour où il avait été arrêté pour excès de vitesse. Il avait empoché la contravention et, au moment où ils partaient, Adele avait dit : « C'est ridicule, Jack. Pourquoi ne leur as-tu pas dit qui tu étais ? » Adele avait peut-être raison. Elle disait qu'il était trop têtu pour son propre intérêt. Mais c'était plus fort que lui, il était attaché aux lois, surtout aux règles les plus insignifiantes qui pouvaient le prendre au piège, même lui. Têtu ? Peut-être.

« Je vous en prie », insista-t-il.

Le directeur ne se laissa pas fléchir. Il secoua la tête, évitant de le regarder en face. « C'est contraire aux souhaits de la famille. »

Quand il rentra chez lui deux heures plus tard - il s'était arrêté en ville pour avaler un steak et une bière –, Jack trouva comme toujours la maison vide. Seuls l'accompagnèrent les craquements et les grincements du plancher tandis qu'il parcourait les pièces, ressassant le passé.

Il pensa à Marty, se demanda où il était, ce qu'il faisait. Avait-il vendu les bijoux et les pièces ? Et dans ce cas, combien en avait-il tiré ? Il s'imaginait son fils sillonnant les quartiers louches d'Hollywood, les ruelles et les terrains vagues envahis d'herbes folles qui sentaient l'urine et le sperme. Un frisson le parcourut à la pensée que Marty pouvait en ce moment même être à la recherche d'un endroit où passer la nuit. Se pouvait-il qu'un de ses fils soit devenu un drogué, un sans-abri ? Ne lui avait-il pas tout donné ? Ses autres garçons allaient bien. Ils avaient fondé une famille, semblaient heureux. Ils avaient réussi. Qu'était-il arrivé à Marty pour qu'il ait pris cette voie ? Puis il se souvint du dessin qu'il avait jeté, de son intervention qui avait mal tourné, des appels au secours qu'il n'avait pas entendus.

Il aurait voulu prier mais ne put trouver les mots, il n'en éprouvait pas l'envie. Il se rappela ce qu'avait dit le rabin à la synagogue un jour. Que celui qui s'adresse à Dieu en pleurant sur le passé prie en vain. Jack avait l'impression que toutes ses prières récentes avaient été prononcées en vain. Il chercha en lui un peu de consolation, un élan de foi. Mais il ne trouva que le néant.

En entendant le téléphone sonner, il pensa que c'était peut-être Marty. Une lueur d'espoir l'envahit. Mais il s'agissait d'un de ses vieux amis, l'ancien procureur à la retraite.

« Steven », dit Jack, affichant une jovialité forcée. Il y avait quelque chose de terriblement faux, de désespéré dans sa voix.

« Comment ça va, mon vieux ?

— Bien. Et toi ? Et Candy ?

— Elle va bien. Elle est partie pour San Francisco voir nos petits-enfants Elle y passe tout son temps à présent. Je me plaignais après la naissance de nos enfants, je lui reprochais de ne plus s'intéresser à moi. Avec les petits-enfants, c'est encore pire. »

Jack rit malgré lui. Le rire de Steven lui répondit à l'autre bout de la ligne.

« Quoi de neuf ? demanda Jack.

— J'ai cru bon de t'alerter. Tu es au courant de ce qui est arrivé à ce gamin d'Angels Crest. Celui qui s'est perdu ? »

Jack retint son souffle. Il savait ce qui allait suivre.

« Bien sûr », dit-il. Il préféra taire qu'il avait participé aux recherches, qu'il avait tenté de voir l'enfant à la morgue. Il ne voulait pas qu'on sache ce qu'il y avait derrière son attitude – la trahison de son fils et sa piètre tentative pour échapper à son existence, qui l'avait conduit par inadvertance à Angels Crest.

« Il paraît que c'est Tom Kraft qui est chargé d'engager les poursuites. »

Jack emporta le téléphone dans le séjour et s'installa sur le canapé. Il avait la sensation qu'on lui fourrait une couverture sur la tête. Il ne put respirer pendant un instant.

« Bon Dieu ! s'exclama-t-il. Quel motif d'inculpation peut-il invoquer ?

— Négligence criminelle.

— Quelle brute !

— On raconte qu'il va requérir une peine de prison. Le bruit court que c'est toi qui dois hériter de l'affaire. »

Jack se frotta le front. « C'est une affaire difficile, Steven. Vraiment difficile. »

Il y eut un silence à l'autre bout de la ligne. Puis : « Je savais que tu dirais ça.

— La négligence criminelle est un délit, poursuivit Jack. Peut-être plaidera-t-il coupable pour éviter un procès.

— On peut l'espérer.

— Franchement, c'est à vous dégoûter de la loi.

— Pour certains, peut-être. As-tu écouté la radio ? »

Jack rit. « Sûrement pas. Pourquoi veux-tu que je perde mon temps ?

— Tu pourrais l'allumer de temps en temps. Un type a appelé, il a déclaré que la peine de mort était trop légère pour le père. »

Jack fut stupéfait. « Ils ont dit que c'était un accident.

— Écoute, mon vieux, tu sais bien qu'à notre époque il n'est plus possible d'être humain. »

Jack se renfonça dans le canapé, le téléphone à la main. Il sentait sa poitrine cogner, son sang courir plus vite dans ses veines. Puis, subitement, un souvenir très ancien lui revint en mémoire. Il ferma les yeux. Il revoyait chaque détail, l'odeur qui régnait au-dehors, les bruits, la lumière. Marty qui se balançait sous le sycomore dans la douceur des premiers jours de printemps. Jack avait construit la balançoire pour son fils aîné. Il avait vu le deuxième l'utiliser. Maintenant c'était le tour de Marty. Il se souvenait des reflets du soleil dans les cheveux de son fils, de ses éclats de rire, de la sensation qu'à ce moment précis tout était parfait dans le monde.

« Il y a longtemps que je ne trouve de réconfort à rien, Steven, dit-il.

— Je comprends, Jack. Je sais ce que tu ressens.

— C'est une affaire difficile, crois-moi.

— Oui. Mais mon espoir est que tu la jugeras avec toute ta mansuétude. »

Jack sourit. Steven aimait l'emphase dans les mots, la musique du langage. « C'est gentil de ta part.

— Ta réputation est un réconfort. Tu décideras avec sagesse », dit Steven.

Après avoir raccroché, Jack alla à la fenêtre et contempla la rue. Les arbres étaient nus. De longs bras dépouillés, avec des articulations noueuses. L'hiver faisait apparaître les os sous la chair souple du printemps. Comment pouvait-il l'oublier tous les ans ?

Glick

GLICK OUVRIT LES YEUX, incapable sur le moment de savoir où il se trouvait. Il crut qu'il était encore perdu dans la forêt. Il revit Nate couché sous l'arbre, le chien qui dégageait le corps sous la neige. Puis il s'inquiéta pour son fidèle compagnon, car il s'aperçut de son absence avant même de retrouver complètement ses esprits. Mais une seconde lui suffit pour se souvenir que le chien était dans la galerie et que lui, Glick, se trouvait là, dans ce lit, à côté d'Angie, qu'il sentait sa peau contre la sienne. Il y avait longtemps qu'il ne s'était pas montré aussi tendre avec une femme. Il songea à la nuit passée, à leurs caresses. Il se demanda s'il s'était jamais comporté ainsi auparavant.

Il faisait encore sombre et la chambre, avec ses formes et ses ombres peu familières, le réconforta. Il y flottait un parfum sucré, une odeur de lotion ou de poudre, et il y avait un désordre rassurant de vêtements posés au hasard sur les chaises, des livres abandonnés ouverts, un verre d'eau à moitié plein sur la table de nuit.

Angie se retourna. Elle se redressa à demi, comme surprise de trouver Glick à côté d'elle, et se blottit à nouveau sous les couvertures. Elle se pencha sur lui dans le noir et l'embrassa doucement. Ils firent encore l'amour, silencieusement, puis Angie sortit du lit et alla à la salle de bains. Glick entendit le bruit traînant de ses pas, le robinet couler, la chasse d'eau. Ensuite, le silence régna de nouveau. Quand Angie ouvrit la porte de la salle de bains pour revenir dans la pièce, elle s'attarda un instant avant d'éteindre, et Glick la vit dans tout son éclat, avec ses longs cheveux tombant sur ses épaules, les imperfections de son corps révélées par la lumière. Il ne voulait rien d'autre que poser ses mains sur elle, se réchauffer contre elle, l'aimer. Il fut si profondément ému en la voyant ainsi, à peine éclairée dans le contre-jour, qu'il eut à nouveau envie d'elle. Mais quand elle se recoucha, il se contenta de la tenir entre ses bras et elle dit : « Il faut que tu partes bientôt. Rosie se réveille à sept heures. »

Il hocha la tête.

« Viens plus tard au restaurant. Pour le petit déjeuner.

— D'accord. »

Ils restèrent allongés dans le noir jusqu'aux premières lueurs du jour. Puis Glick s'habilla et embrassa légèrement Angie sur la joue.

« Le chien, dit-elle.

— Je ne l'aurais pas oublié.

— Bien sûr. Moi si.

— Désolé de l'avoir amené.

— Tu peux l'amener quand tu veux. »

Il sortit de la chambre et se dirigea vers la galerie où le chien s'était couché en rond dans un coin. En entendant son maître approcher, il se leva avec un jappement joyeux. Glick le fit taire et, comme s'il savourait la quiétude de cette matinée, l'animal se calma et marcha tranquillement près de lui pendant qu'ils quittaient la maison.

Glick vit le pick-up d'Ethan dans l'allée et se retrouva aussitôt plongé dans les eaux stagnantes de la dépression qui l'accompagnait depuis vingt ans. Il comprit que sa vie dorénavant serait partagée entre le bonheur et le chagrin, qu'il lui faudrait réapprendre que la joie existait aussi.

Ce fut un moment qu'il n'oublierait pas de sitôt. Il prit conscience qu'il ne servait à rien de lutter pour atteindre le bonheur, qu'il n'aurait jamais dû le rechercher. Ce dont il avait besoin, ce qu'il désirait, était bien plus complexe. Ce qu'un homme devait faire pour être réellement un homme dépassait la poursuite du plaisir et de la réussite. La justice semblait offrir un meilleur dessein, mais, à la réflexion, était-il sûr de ce qu'il entendait par là ?

Il entra chez lui. La maison était d'un froid glacial. Il remonta le thermostat. Les stores étaient baissés, et sur le sol étaient disposés deux bols de nourriture pour les chats qui s'était desséchée pendant la nuit. S'en dégageait une puanteur mêlée à l'odeur de renfermé et de moisi. Le chien grogna et Ethan, enveloppé dans une couverture sur le canapé, se redressa brusquement. Le chien le reconnut et se dirigea vers lui en remuant la queue.

« Oh, excuse-moi, mon vieux », dit Ethan. Il fit mine de se lever mais Glick l'arrêta : « Reste là, Ethan. Ne t'inquiète pas. »

Ethan se recoucha. Il portait encore les vêtements qu'il avait sur lui quand il cherchait Nate. Ses cheveux étaient hirsutes. Il y avait une bouteille de whisky vide sur la table basse près du canapé.

« Quelle heure est-il ?

— Sept heures passées. » Glick pensa à Angie et à Rosie, en train de se lever. Il se demanda ce qu'elles faisaient le matin, comment Angie se préparait pour aller travailler, ce qu'elle donnait à manger à Rosie. Si Angie buvait du café le matin. Ou du thé. Si elle écoutait les nouvelles ou regardait un programme matinal à la télé. Il aurait voulu être là-bas. Savoir ce qu'elle faisait dans la journée. L'entendre parler à Rosie, entendre Rosie lui répondre.

« Je n'ai pas pu rentrer chez moi, expliqua Ethan. Ça grouillait de journalistes. De vrais parasites, mon vieux. Ils campaient littéralement devant la maison.

— Tu peux rester ici aussi longtemps que tu veux. »

Ethan n'avait pas encore croisé son regard. Il avait pris vingt ans d'un coup. En un seul jour, tout avait basculé.

« La cérémonie a lieu demain », dit-il, comme s'il poursuivait une conversation avec lui-même.

Glick alla dans la cuisine et commença à préparer du café. Il alluma la radio, la brancha sur la seule station qu'il recevait. Deux hommes riaient, découpaient bruyamment la matinée en tranches. L'un d'eux annonça : « Nous allons reprendre vos appels. » Suivit une publicité pour des pots d'échappement.

« Tu veux du café ?

— Non, répondit Ethan. Je ne me sens pas dans mon assiette.

— Un peu d'eau alors ?

— Oui, s'il te plaît. »

Glick attendit que le café eût fini de passer. Il entendit Ethan se lever et aller à la salle de bains. Un des chats fila comme une fusée, traversa le séjour, la cuisine, et se précipita dans la cave comme terrorisé par un fantôme qu'il était seul à voir.

Glick regarda par la fenêtre la prairie recouverte de neige et, au-delà, la forêt qui bouchait l'horizon de ses arbres aux cimes blanchies. De fins flocons tourbillonnaient dans l'air. Tout était pur, assourdi. Il n'y avait aucun obstacle dans son esprit, aucune barrière l'empêchant de porter son regard aussi loin qu'il le désirait. Le chien apparut, s'arrêta, puis huma l'air et s'enfonça en courant dans les bois.

Ethan vint le rejoindre dans la cuisine. Il semblait plus petit que son mètre quatre-vingts, comme si le malheur l'avait tassé. Il s'assit à la table, la tête dans les mains. L'émission en direct venait de reprendre à la radio. Un auditeur s'adressait à l'un des animateurs. « Il n'y a pas de châtiment assez grand pour ce que cet homme a fait à son fils. Je dis qu'il mérite la chaise électrique. Je me fiche qu'il appelle ça un accident. Il a abandonné le gosse dans la voiture. Il l'a assassiné. »

Glick éteignit la radio d'un geste sec. Mais c'était trop tard. Le visage d'Ethan était devenu blême. Il s'effondra sur la table. Glick vint s'asseoir à côté de lui. Il tendit la main, mais fut incapable de le toucher. Rien, après la nuit précédente, n'aurait pu le convaincre de revenir en arrière.

« Je suis désolé, dit-il. Je ne pensais pas... qu'on en parlait à la radio. Je n'ai pas réfléchi. »

Ethan resta silencieux.

« Tu sais que les gens peuvent devenir des fanatiques, dit Glick. Tu le sais. Bon sang, autrefois, ça aurait pu être nous ! Dans notre ignorance. Mais ça ne nous arrivera plus maintenant.

— Laisse tomber, Glick. Il n'y a rien à dire. Je mérite la punition la plus sévère.

— C'était un accident, Ethan. Tu ne dois pas l'oublier.

— J'aimerais tellement être à la place de Nate si je le pouvais. Je préférerais être mort plutôt qu'assis dans cette cuisine. J'accepte d'être puni pour ce que j'ai fait. Je vais aller en prison. Je sais qu'ils vont me mettre en taule.

— Nom de Dieu, Ethan ! Arrête ces histoires, tu veux ? Nous ne savons rien du tout. »

Ethan leva les yeux et, pour la première fois de la matinée, leurs regards se croisèrent. Glick en fut bouleversé, désolé d'être impuissant à consoler son vieil ami. Et il pensa qu'Angie était la seule personne qui aurait su consoler Ethan.

En l'espace de quelques secondes, il revécut la soirée tout entière, l'arrivée chez Angie, son accueil dans la galerie, la tache sur sa robe de chambre, la façon dont elle l'avait embrassé en murmurant : « Si tu veux rester, ne fais pas de bruit. » Le rouge lui monta au visage à ce souvenir. C'était l'apologie si longtemps attendue. Comme il était étrange qu'elle soit survenue de cette manière, par l'intermédiaire de cette femme, ici, loin de tous ceux qui lui avaient fait du tort, de tous ceux qu'il espérait voir expier le mal qu'ils lui avaient fait.

« J'en ai appris plus aujourd'hui, dit Ethan, qu'au cours de toute ma vie. »

Glick hocha la tête. Il n'y avait rien à ajouter.

Il avait quarante ans. C'était ce qu'il se répétait en roulant vers le restaurant d'Angie. Tu as quarante ans, alors agis en conséquence. Mais il n'y arrivait pas. Il était ému comme un lycéen. Comme chaque fois qu'il avait été amoureux. Il avait les paumes moites, le cœur battant comme un tambour, l'estomac serré. Il doutait d'avoir jamais rougi de sa vie et il se dit que ça n'allait pas commencer maintenant. Angie lui paraissait aussi accessible, vaste et accueillante que la forêt, elle s'ouvrait devant lui avec les mêmes possibilités infinies, les mêmes promesses.

À son arrivée, une foule de journalistes se rua sur lui, micros tendus. Il les repoussa. « Pas de commentaire », dit-il. Il entra dans la salle, les journalistes sur les talons, et trouva le shérif en train de boire un café au bar.

« Dites donc, les gars, vous pourriez respecter la vie privée des gens », s'indigna le shérif.

Quelque chose chez lui – une autorité maladroite – les fit reculer. Glick le salua d'un signe de tête. Le shérif prit le journal posé à côté de lui et se mit à lire comme si de rien n'était.

« Te voilà, dit Angie. Je suis contente. »

Il étudia la carte. Il était incapable de la regarder en face.

« Rosie n'a rien entendu, dit Angie.

— Tant mieux.

— Du café ? »

Il hocha la tête. Elle retourna la tasse posée à l'envers devant lui et versa le café. Comme elle se penchait, il huma la légère odeur de poudre qui se dégageait de son corps. Il aurait voulu être seul avec elle.

« Quel cirque », fit-elle.

Il regarda autour de lui. Il y avait de nombreux étrangers parmi les habitués. Une jeune femme et un homme plus âgé s'étaient installés avec leurs ordinateurs dans le box qu'il occupait habituellement. Ils ne s'adressaient pas la parole. Ils tapaient leur texte. De temps en temps, un journaliste regardait dans sa direction. Glick se sentait nerveux et vulnérable.

« Ethan est chez moi. » Il se surprit à chuchoter.

« Oh, c'est parfait », dit Angie.

Pour la première fois, leurs regards se croisèrent. Le sourire d'Angie était chaleureux. Il sourit à son tour et reporta rapidement son attention sur la carte. Il ne distinguait même pas ce qui était écrit.

« Je ne t'ai jamais vu rougir, Glick le dur à cuire, dit-elle.

— L'occasion se présente rarement.

— Flatteur.

— Content que tu voies les choses comme ça. »

Elle s'éloigna et disparut dans la cuisine. Un moment plus tard, elle fit le tour du comptoir avec trois assiettes qu'elle alla porter dans la salle. Elle revint en s'essuyant les mains sur son tablier, et sortit son carnet de sa poche arrière. Combien de fois l'avait-il vue accomplir ce geste ? Pourtant, il semblait si différent aujourd'hui.

« Tu préfères les pommes de terre ou le maïs ?

— Tu as des pommes sautées ? »

Angie secoua la tête. « Non. Bouillies. »

Ils éclatèrent de rire.

« Ça fait combien de temps qu'on a cette même conversation ? demanda Glick.

— Depuis toujours, je pense.

— Alors tu connais la réponse.

— Des pommes de terre. Et un peu de bacon en plus.

— Ça fera l'affaire.

— Tu as faim aujourd'hui, on dirait ? »

Ils échangèrent un sourire – un instant d'intimité presque déplacé dans cette atmosphère de tristesse et de curiosité malsaine. Il s'inclina au moment où elle se penchait vers lui, et murmura à son oreille : « Tu sens si bon.

— Cette fois c'est moi qui vais rougir. » Elle se détourna sans lui laisser le temps de voir son visage et ils ne se parlèrent plus avant qu'il ne parte.

« Tu viendras ce soir ? demanda-t-elle au moment où il déposait son argent sur le comptoir.

— Si tu as envie de me voir. »

Elle inclina la tête. Son visage était si serein, si rayonnant. Pourquoi avaient-ils mis aussi longtemps ?

« Quand il fera nuit, dit-elle. Rosie se couche à huit heures. »

Il aurait aimé l'embrasser mais ce n'était ni le moment ni l'endroit. Il fit un signe d'assentiment, prit un cure-dents et sortit à l'instant où Rocksan et Jane arrivaient. Derrière elles, Glick aperçut un jeune homme et une jeune femme enceinte. Il salua les deux femmes et Jane l'arrêta : « Je te présente mon fils, George, et sa…

— Ma fiancée, Melody.

— Elle est enceinte », précisa Jane.

George avait la main froide et sèche. L'isolement de ce coin perdu, la tragédie qui s'y déroulait, la rudesse de l'hiver se reflétaient dans son regard stupéfié.

« Content de vous connaître, fit Glick. Bienvenue à Angels Crest. »

Il jeta un coup d'œil rapide aux deux femmes. Elles semblaient nerveuses. Tendues. Glick repoussa la pensée qui lui venait toujours à l'esprit en les voyant – pourquoi passait-il son temps à les imaginer ensemble au lit ? « Il y a foule à l'intérieur », dit-il.

Elles se tournèrent vers le restaurant, comme soulagées d'avoir un endroit où fixer leur attention. Glick fut gagné par leur embarras, dont la nature était évidente, comme si elles brandissaient une pancarte.

Jane demanda : « Des nouvelles d'Ethan ? »

Glick hésita. Il préférait ne pas révéler qu'Ethan s'était réfugié chez lui. « Aucune, dit-il. Mais la cérémonie est prévue pour demain.

— C'est tellement affreux », dit Rocksan.

Ils se quittèrent et Glick se dirigea vers son pick-up. Il repoussa les journalistes, répétant : « Je n'ai rien à vous dire. » Quand il eut démarré et fut à bonne distance, il s'arrêta près du cimetière et descendit. Les tombes étaient saupoudrées de neige, les arbres nus. Certaines pierres tombales étaient aussi vieilles que le village. Glick regarda le ciel et la neige redoubla, obscurcissant sa vue, l'enfermant dans un endroit qu'il était seul à connaître, au cœur de sa vie.

Ethan

EN ENTENDANT LE CHIEN GROGNER, Ethan fut parcouru d'un frisson. C'était une nouvelle forme de peur. Une frayeur inspirée par le remords et le deuil. Il vit le chien de Glick et se souvint du lieu où il se trouvait. Sa cuite avait achevé de lui faire oublier tout ce qui lui était jadis familier.

Il avait honte de se cacher. Il avait l'impression de rôder en douce, de se comporter comme un coupable. Mais Glick semblait comprendre. Avec son expérience de la prison et ce qu'il avait subi, c'était un homme qui se gardait de juger les autres. Ethan savait que ce qui était survenu entre eux – Cindy et tout ça aujourd'hui – les empêcherait de revenir en arrière, de redevenir ce qu'ils avaient été jadis. Il n'avait jamais eu d'ami tel que Glick.

Il s'efforça de paraître calme. Il savait que les deux derniers jours avaient marqué son visage, s'étaient gravés dans son corps si profondément que même son pas semblait refléter son désespoir et son impuissance. Et tout avait été renforcé, porté au paroxysme par cet auditeur à la radio qui avait traité Ethan d'assassin. Il avait eu un moment de stupéfaction, si douloureusement aigu qu'il n'avait pu qu'être d'accord avec cet homme.

Glick ne semblait pas pressé de s'en aller, et Ethan se rendit compte seulement après son départ qu'il ne lui avait pas demandé où il avait passé la nuit précédente. Le monde ordinaire, le quotidien ne l'intéressaient plus. Il s'en fichait.

Il se brossa les dents avec un doigt et de la pâte dentifrice qu'il trouva dans l'armoire à pharmacie. Il s'aspergea les aisselles d'un peu d'eau et emprunta une chemise propre dans la penderie de Glick. Elle sentait la laine et le moisi, comme toute la maison. Les chats le regardèrent depuis leur poste d'observation sur la commode.

Dehors, il avait recommencé à neiger. L'air était plus chaud que la veille, et Ethan n'eut pas besoin de remonter la fermeture de son blouson. Il repensa à l'homme qui avait dit à la radio que sa négligence méritait la mort. Un goût de bile monta dans sa gorge. Ce n'était pas que la mort lui fît peur. Lui-même avait pensé que ce ne serait pas une si mauvaise solution. C'était que d'autres la souhaitent pour lui. Ils ignoraient que vivre avec le souvenir de ce qu'il avait fait était un châtiment bien plus cruel. Il cracha dans la neige fraîche puis se dirigea vers son pick-up, monta à l'intérieur et mit le contact.

Lorsqu'il fut certain que le moteur ne calerait pas, il fit le tour de la maison de Glick, et trouva la hache et le tas de bois. Il saisit la hache fichée dans le tronc d'arbre que son ami utilisait comme billot, et fendit une longue buche en trois, puis encore en trois. Il remit la hache à sa place et alla dans la remise. Il entendit les souris détaler au moment où il allumait l'ampoule électrique au plafond. À la lumière de l'ampoule nue, il trouva un marteau et plusieurs grands clous. Il fourra les clous dans sa poche, prit le marteau, et regagna le pick-up avec le bois qu'il venait de couper.

Il sortit lentement de l'allée, s'assurant que personne n'avait pu le repérer. Mais la route était déserte quand il l'atteignit. Il prit l'embranchement sur la gauche, tournant le dos au village, et s'enfonça dans la montagne.

Les flocons tombaient plus serré maintenant, et la visibilité se réduisit vite à quelques mètres à mesure qu'il gravissait la route qui serpentait au milieu des bois. Il conduisait lentement, manqua de peu deux daims qui surgirent devant lui et s'enfuirent sous les arbres. Le monde était si beau. Il aurait tant voulu retrouver sa vie d'avant, quand une journée comme celle-ci lui apportait la paix et le bonheur. Il aurait fermé la quincaillerie un peu plus tôt et passé la journée avec son fils. Il lui aurait préparé à dîner ou l'aurait amené chez Jane pendant qu'il faisait l'inventaire ou la déclaration fiscale. Peut-être serait-il allé dîner dehors ou voir un film avec une femme dans la ville voisine. Mais le plus souvent ils restaient seuls tous les deux, marchaient dans la forêt, et le soir ils se mettaient au lit ensemble et Jack inventait des histoires jusqu'au moment où il voyait les yeux de Nate se fermer. Sa vie avait un rythme, une musique qui chantaient à ses oreilles. Chaque instant de la journée avait un sens. Peu lui importait qu'il soit prévisible. Il croyait que chaque chose, finalement, avait trouvé sa place.

Mais aujourd'hui la beauté, l'enchantement du monde alentour lui faisaient mal. Il savait qu'il lui était impossible d'en faire partie désormais. Qu'il ne saurait plus jamais y trouver les plaisirs les plus simples. Comment prendre un nouveau départ ? Il pensa à Glick qui avait eu sa vie détruite parce qu'il avait été inculpé à tort. Comme tout aurait été plus facile s'il avait pu avoir la même chance, savoir qu'il n'avait aucune faute à se reprocher !

Il passait et repassait dans son esprit le moment où il avait laissé son fils seul. Et chaque fois il se voyait revenant au pick-up et le retrouvant encore endormi, ou non loin de là, en train de se promener alentour au lieu de s'être éloigné dans la forêt. Parfois, il se figurait que lui-même n'avait pas quitté la voiture. Toutes ces divagations ne faisaient que souligner son imprudence, sa malchance aveugle.

Il lui arrivait aussi d'imaginer Nate dans les bois, en train de le chercher, mais il mettait vite un terme à cette vision. En se figurant les souffrances de son fils, il se mettait à pleurer. Comme tout aurait été plus facile si Dieu avait décidé de le prendre lui à la place de Nate ! Mourir ne lui paraissait plus aussi inconcevable qu'il le croyait autrefois.

Il gravit lentement les lacets de la route. Il n'y avait aucune voiture, et il savait qu'il devait au mauvais temps cette bienheureuse solitude. En retournant sur les lieux où Glick avait découvert son fils, il redoutait d'attirer davantage sur lui l'attention des médias. Heureusement, personne n'osait monter là-haut par un temps pareil, les gens de la ville encore moins que quiconque. Quand il parvint enfin à la clairière, il constata avec soulagement que l'endroit était désert. Bientôt il ne pourrait plus arriver jusque-là. L'hiver étendrait sa chape et laisserait la forêt au monde des animaux et des arbres majestueux. Il s'emparerait du souvenir de son enfant mort dans les bois.

Il descendit et enfonça ses mains dans les poches de son jean, tâtant les trois pièces d'un quarter qu'il avait prises dans le pick-up de Glick. Cela semblait si loin. Plusieurs centimètres de neige fraîche recouvraient le sol. Les traces et les pistes laissées par les chercheurs n'étaient plus visibles. Ethan remonta la fermeture à glissière de son blouson – il faisait nettement plus froid à cette altitude – et enfila ses gants. Son fusil était appuyé derrière le siège, et il le contempla longuement avant de prendre les morceaux de bois, le marteau et les clous.

Il dégagea la neige, prit une planche de contreplaqué dans la benne du pick-up, la posa sur le sol et y plaça les deux morceaux de bois en forme de croix.

Puis il les cloua ensemble. Les clous étaient trop longs ; il retourna la croix et aplatit les clous contre le bois.

Il jeta le contreplaqué dans le pick-up mais garda le marteau dans une main. Tenant la croix de l'autre, il pénétra dans la forêt. Il eut du mal à trouver son chemin dans les tourbillons de neige. Mais il connaissait les parages et faisait confiance à son instinct pour le mener à l'endroit où Glick avait trouvé Nate. Ils avaient si souvent parcouru ces bois en automne, quand ils chassaient le daim, passant de longues heures ensemble sans prononcer un mot !

Nate aussi avait commencé à comprendre l'importance du silence. Il semblait avoir pris modèle sur Ethan. Comme lui, il savait qu'il y avait une façon respectueuse de marcher dans la forêt. Mi-craintive, mi-admirative. Parler profanait la paix qui flottait entre les arbres. Parler ne servait qu'à gaspiller son souffle. Nate avait déjà appris tout ça. Le plus absurde était qu'à présent Ethan marquait d'une croix la dernière demeure de son fils.

Il fallut une demi-heure à Ethan pour retrouver les lieux. Une fois arrivé, il reconnut sans hésitation le pin au pied duquel Nate s'était couché pour mourir. Il s'avança vers l'arbre, s'agenouilla et inclina la tête. Mais aucune prière ne lui vint. Il était incapable de prier. Ethan était un homme qui n'avait jamais connu Dieu. Il n'avait approché la foi qu'à travers l'amour qu'il portait à son fils. C'était ce qu'il avait éprouvé de plus sacré. Il plaça la croix sur le sol et l'enfonça à coups de marteau, sous la neige blanche, dans le sol gelé.

Rocksan

EN VOYANT GLICK DEVANT LE RESTAURANT D'ANGIE, Rocksan lui trouva un air différent. Elle se demanda s'il s'était fait couper les cheveux. S'il portait des vêtements neufs. Il semblait guilleret, bien que ce mot parût incongru s'agissant de lui. En tout cas, il était moins impassible, moins sombre. Il y avait une vivacité nouvelle sur son visage.

Après son départ, Rocksan se tourna vers Jane. « Tu ne trouves pas qu'il a l'air guilleret ?

— Glick ? Guilleret ?

— Tu sais : plein de vie.

— Rocksan, tu as pris un café arrosé ce matin ou quoi ? »

Rocksan rit. « J'ai d'abord cru qu'il s'était fait couper les cheveux. »

Mais Jane n'écoutait plus. Il était visible que l'inquiétude et l'angoisse la rongeaient. Son expression était tendue, ses traits tirés, et elle sursautait au moindre bruit. La soirée de la veille l'avait éprouvée. Elle les avait tous éprouvés, en fait.

C'était Rocksan qui avait fait entrer George et la fille dans la maison. Ils étaient tous nerveux. George avaient un tic dans l'œil. Son regard passait successivement de Jane à Rocksan. Il avait les traits de sa mère, mais avec une expression dure et fermée. Un visage plein d'arrogance, qui disait : Prouvez-moi que j'ai tort. La seule à ne pas paraître perturbée était Melody.

Ils s'étaient assis et Jane leur avait proposé du vin. Melody avait refusé, mais pas George. Ils avaient répondu en même temps, et tout le monde avait ri. Un moment horrible, pourtant, car le rire n'avait pas brisé la glace. George s'était redressé sur son siège, raclé la gorge.

« Je prendrai du vin », avait-il dit.

Jane avait servi deux verres, un pour lui et un pour elle. Rocksan l'avait regardée avaler le sien en deux gorgées. C'était la première fois qu'elle la voyait boire ainsi. Elle s'en était étonnée, puis amusée en voyant George l'imiter.

Ils avaient parlé pendant une demi-heure, peut-être plus, du voyage, des scènes étranges auxquelles ils avaient assisté – trois cow-boys avec un troupeau de vaches sur l'autoroute dans le Wyoming, une fleur rouge comme une flamme qui jaillissait d'une congère dans l'Arizona. George avait repris du vin. Jane aussi. Rocksan les voyait s'engourdir, s'amollir, puis sans se détendre réellement. Ils semblaient plutôt s'endurcir en prévision d'une bonne querelle. Et elle leur était tombée dessus, comme descendue du ciel.

« Papa nous a foutus dehors, avait dit George. Il m'a accusé d'être une pute comme ma mère.

— Et vlan ! » fit Rocksan. Le garçon n'avait pas attendu longtemps pour lancer une insulte. Adressée à n'importe qui d'autre, elle eût été admirable. Rocksan avait senti une décharge de testostérone la parcourir.

Melody était intervenue. « Il regrette ce qu'il a dit. Hein, George ?

— Je voulais pas dire ça. » George avait regardé Jane. « Mais mon père n'a jamais cessé de me répéter que toi et moi, on était comme les deux doigts d'une même main. Bien sûr, je ne suis pas homo. »

Melody s'était éclairci la voix. « George ne vous raconte pas l'histoire comme il faudrait, dit-elle.

— Ça, c'est le moins qu'on puisse dire », avait commenté Rocksan. Elle commençait à bouillir et s'en réjouissait. C'était plus facile ainsi de se ranger du côté de Jane. Puis elle s'était rendu compte qu'elle avait le choix entre plusieurs autres côtés. Il y avait le sien, naturellement. Le côté de son père. Non, jamais le côté de son père. Le côté de son amie, du moins le bon côté de Jane, le côté qui n'avait pas abandonné un petit garçon. Il y avait le côté de George. C'était lui qu'on avait abandonné. Comme elle, en fait, ce qui lui permettait de se sentir concernée. Et, bien qu'elle l'ait peu entendue jusqu'à présent, elle présumait que Melody avait elle aussi un côté.

« Voici l'histoire », avait dit Melody. Elle parlait très doucement, très gentiment. Sa voix vous faisait penser à de l'eau qui roule sur les pierres d'un torrent. Il y avait quelque chose chez elle qui plut instinctivement à Rocksan. « George et moi sommes chrétiens.

— Bon sang !

— Je t'en prie, Rocks. Ne complique pas les choses », l'avait suppliée Jane dans un murmure. Son visage était rouge brique. Prononcer un mot semblait un effort insurmontable.

« Nous allions à la même église. Je ne dis pas que nous en faisions partie, comme d'autres. Et vous savez qu'on est supposé ne pas avoir de relations sexuelles avant le mariage…

— C'est une vraie connerie, avait dit George. Je n'ai fréquenté cette foutue église que parce que je voulais faire plaisir à ce fumier. »

Melody avait poussé un soupir. Elle s'était frotté le ventre. « George est désagréable parce qu'il oublie que c'est moi qui suis enceinte, pas lui, hein, George ? » Elle lui avait adressé un sourire mais il était clair qu'elle aurait aimé lui fracasser le crâne.

« Je ne voulais pas venir ici, avait repris George. C'était ton idée.

— Quoi ? dit Jane.

— Quand son père l'a mis dehors, j'ai suggéré à George de partir. J'ai proposé que nous allions en Californie, mais franchement je pensais surtout, je ne sais pas, au soleil sur la plage...

— Bon, si ça ne vous plaît pas... », avait dit Jane. Son visage était si rouge que Rocksan avait craint qu'elle n'ait une attaque.

« Non », dit Melody. Elle semblait soudain au bord des larmes. « Non. Ce n'est pas ça du tout. Écoutez. C'était mon idée. J'ai pensé que George devrait essayer de vous pardonner, Jane. C'est la seule chose qui me permettrait de l'épouser. »

George s'était mis la tête dans les mains.

« Je ne comprends pas », avait dit Jane. Elle serrait les lèvres. Elle était tendue comme un arc, sur son front saillait une veine que Rocksan n'avait jamais vue auparavant. On était en plein drame. C'était exactement pour éviter ce genre de situation que Rocksan était venue jusqu'ici.

« Écoutez, dit Melody. La vérité est que j'aime votre fils. » Elle s'adressait à Jane. Comme si elles avaient été seules dans la pièce. Rocksan et George avaient échangé un bref regard. George s'était détourné le premier.

« Mais il vous en veut, Jane, il vous en veut terriblement. Et je ne peux pas l'épouser tant qu'il n'a pas été jusqu'au fond des choses et essayé de les résoudre. Je ne veux pas vivre avec quelqu'un qui est habité d'une telle colère. En plus, mettons tout sur la table. Il a un problème avec le fait que vous deux êtes, vous savez...

— Merci, Melody ! s'était exclamé George. Voilà qui va nous faciliter la vie. »

Rocksan avait élevé ses deux mains, entrevoyant une lueur d'espoir pour la première fois de la soirée.

Il lui plaisait que les homophobes admettent qu'ils étaient homophobes. C'était une bonne chose, à son avis. Elle avait dit : « Non, c'est très bien. Très bien. J'avais pour mission jadis de convertir les homophobes. C'était mon truc. Les convertir ou s'en débarrasser.

— On croirait entendre la mafia », avait fait remarquer George.

Jane avait souri. Elle s'était tournée vers George. « Rocksan a foutu la frousse à tellement de gens à une époque, George ! Elle pourrait te faire peur à toi aussi, mais elle est d'une humeur de rêve aujourd'hui.

— Tout ça se présente plutôt mal, très mal, avait dit Melody. Et ce bébé, il me remonte dans la gorge. Je vous jure, il a les jambes enroulées autour de mon œsophage. »

Rocksan avait porté ses yeux vers George. Il avait à nouveau la tête dans les mains. Ça se présentait mal, mais mieux qu'elle ne l'avait craint.

Il y avait foule chez Angie. Rocksan ne reconnut presque personne. Elle espéra que la neige et le froid allaient dégoûter les gens, et les pousser à rentrer chez eux, en ville ou ailleurs. Elle ne voulait pas qu'on vienne la déranger dans son refuge secret. Elle avait choisi Angels Crest parce que c'était un village paumé, loin des vanités de la civilisation moderne – des gens qui vous servent directement votre café dans votre bagnole, des banderoles accrochées aux réverbères qui annoncent une exposition d'art, des salons de thé aux noms prétentieux comme le Cheshire Knoll.

Avec ses magasins vieillots et son arrière-plan de montagnes escarpées, Angels Crest était l'image du paradis pour Rocksan. Elle aimait ses hivers froids, et ses silences que seuls habitaient le sifflement obsédant du vent et les chants des oiseaux. Elle aimait la proximité de sa sœur. La présence de tous ces gens la rendait nerveuse. Elle savait que cet endroit risquait de se trouver un jour envahi.

« Vise-moi ça, dit-elle. Qui sont tous ces abrutis ? »

Jane secoua la tête. « C'est désolant. Nate est mort et personne ne montre le moindre respect. »

Un poste de télévision beuglait derrière le comptoir ; un des ivrognes du bar de Trevor était en train de parler d'Ethan à un journaliste. Il paraissait tellement plus important à la télévision, plus légitime d'une certaine manière, comme si les ondes drapaient même le type le plus médiocre d'une apparence de dignité. Il disait qu'Ethan avait toujours été un solitaire. Il racontait au reporter, un étranger que personne n'avait jamais vu, qu'Ethan et Cindy s'étaient bagarrés pour la garde de l'enfant. Il disait : « Ethan donnait l'impression de vouloir vivre seul dans les bois avec son fils. »

« Formidable, dit Jane. Maintenant, tout le monde va croire qu'Ethan est un adepte des expériences de survie. »

George regarda Melody. « C'est un mauvais présage. Tu vas avoir un bébé dans un endroit où un enfant vient de mourir.

— C'est toi qui le dis. Maintenant retire ça, lui ordonna Melody.

— O.K., je retire ce que j'ai dit. »

Ils étaient bizarres. Rocksan chercha à attirer le regard de Jane et à lui faire comprendre qu'elle les trouvait vraiment bizarres, mais Jane avait les yeux rivés sur le plancher.

Angie s'approcha. Elle avait l'air serein, impassible. Comment sa sœur pouvait-elle faire preuve d'un tel flegme ? songea Rocksan.

« Est-ce que tu peux nous trouver une table, Ang ? demanda Jane.

— Il y a beaucoup d'attente.

— Allez, insista Rocksan. Montre un peu d'autorité. Fais patienter la presse.

— D'accord, fit Angie. Je vous donne la prochaine table mais vous vous chargez de calmer l'émeute. »

Son regard s'arrêta sur George et Melody. Jane rougit. « C'est mon fils George et son… amie Melody.

— Ravie de vous connaître, dit Angie.

— Melody est enceinte, précisa Jane.

— Jane, la reprit Rocksan, tu n'as pas besoin de le claironner à tous ceux à qui tu la présentes. C'est assez visible. »

Jane semblait au bord des larmes. Melody, avec un geste qui parut à Rocksan révélateur de son vrai caractère, entoura doucement de son bras les épaules de Jane et lui murmura quelque chose à l'oreille. Jane sourit, et la regarda avec un mélange de gratitude et de soulagement.

C'était la première fois depuis l'arrivée de George et de Melody que Jane se détendait. Rocksan s'en réjouit. Elle s'était inquiétée pour elle. Dès que son fils et sa petite amie étaient entrés dans la maison, Jane était devenue plus silencieuse, comme abattue. Ils s'installèrent à une table, sous le regard furieux des journalistes qui faisaient la queue mais n'avaient sans doute pas envie d'affronter quelqu'un du coin. Angie leur apporta du café, sauf à Melody qui demanda du thé. Rocksan dévisagea sa sœur. Il y avait quelque chose de changé chez elle. Une sérénité, une assurance qu'elle ne lui avait pas vues depuis longtemps.

Ils commandèrent leur petit déjeuner et observèrent la foule dans la salle. Un homme était assis seul à une table, une grosse caméra posée devant lui, comme s'il n'avait pas d'autre ami. Un badge autour de son cou portait les initiales d'une chaîne de télévision nationale.

« Je me demande ce qu'est devenu Ethan, dit Jane. Personne ne l'a vu, personne n'a eu de ses nouvelles.

— Il se cache sans doute quelque part. Probablement chez Glick, dit Rocksan.

— Cet Ethan dont vous parlez, c'est le père de l'enfant ? demanda Melody.

— Oui », répondit Rocksan.

Angie arriva avec une carafe d'eau et davantage de café. Elle dit : « Ces journalistes ! Ils n'ont pas cessé de me questionner. Est-ce que je connaissais Ethan ? Est-ce que je connaissais Glick ? Quand Glick est passé au restaurant, le shérif a été obligé de les envoyer paître.

— C'est affreux, dit Melody. Je plains le père. Il doit se haïr. Pourtant, c'est quelque chose qui aurait pu arriver à tout le monde. »

Rocksan remarqua que Melody parlait presque toujours en chuchotant. Elle était évanescente, presque immatérielle. Si Rocksan avait vu cette fille déambuler la nuit dans la maison en chemise de nuit, elle l'aurait prise pour un fantôme.

« Oui, disait Jane. Ethan est un gentil garçon. Jeune. Pas beaucoup plus âgé que vous deux. »

Melody et George échangèrent un regard. Un long silence plana. Mille questions étaient en suspens dans l'air. Rocksan fut la première à parler. « Alors, que s'est-il passé dans l'Ohio ? Racontez, mais on peut peut-être renoncer aux insultes, cette fois. »

George soupira, regrettant probablement sa sortie de la veille.

« En résumé, papa m'a fichu dehors. J'ai été viré. Et comme vous pouvez le voir, Melody est enceinte. Papa ne l'a pas supporté.

— Il a fait pareil avec moi parce que j'étais lesbienne », dit Jane.

Rocksan jeta un coup d'œil à George et à Melody, curieuse de voir leur réaction à ce mot prononcé à voix haute. *Lesbienne.* Mais ils ne bronchèrent pas.

Melody sourit vaillamment. George détourna les yeux. « C'est un pauvre crétin, Jane. Toute ma vie je l'ai entendu dire : "cette pute de gouine" par-ci, "cette pute de gouine" par-là.

— C'est comme ça qu'il m'appelait, George. Et toi, de quels noms te qualifiait-il ? »

George haussa les épaules. Rocksan était navrée pour lui. Elle le vit se tasser sur lui-même. Elle connaissait l'effet des préjugés, le poison qu'ils représentaient. Elle savait qu'ils se transmettaient, comme certains maniérismes, certaines tournures de langage ou la façon de barrer les « t ». George y était allé un peu fort, la veille, mais aujourd'hui, à la façon dont son corps semblait se rapetisser sous le poids de la défaite, il était visible qu'il avait peur. Elle vit une lueur dans ses yeux. Un éclair de gentillesse. De remords. D'espoir.

Melody le regarda furtivement. « Disons simplement qu'il était brutal, dit-il. Je m'y étais habitué. J'avais trouvé un moyen de m'échapper, la plupart du temps. L'école, les études. Mais le jour où il s'en est pris à Melody, j'ai compris que je ne pourrais pas rester plus longtemps. »

Rocksan vit Melody étendre le bras et prendre la main de George. Il y avait dans ce geste le remède infini de l'amour. Elle comprit que Melody était profondément attachée à George et que le fait qu'il fût aimé ainsi par quelqu'un incitait en quelque sorte à pardonner ses éclats.

Elle tourna son attention vers Jane. Elle se tenait la tête penchée. Elle en prenait plein la figure, se chargeait du fardeau.

« Écoute, Jane », dit George. Il y avait un ton complice dans sa voix. « C'est pas parce que papa nous sort les mêmes insultes que je peux te pardonner comme ça. Pourtant, j'en ai vraiment envie. Est-ce que ça peut suffire pour le moment ?

— Ça peut suffire. » Jane croisa les bras sur sa poitrine.

Rocksan sourit. Jane tenait le coup après tout.

Plus tard, à la tombée du jour, après que Jane et les enfants furent rentrés pour préparer un rôti et une purée de pommes de terre, Rocksan alla s'occuper des ruches. La nuit était glaciale. Un couteau pointé vers le ciel aurait pu découper un morceau d'obscurité. La tempête était passée et les nuages se déchiraient, révélant l'éclat du ciel d'hiver. Les étoiles paraissaient très proches.

Le vent hurlait dans les arbres. Rocksan remonta le col de sa veste et enfonça ses mains au fond de ses poches. Elle se souvint de son échec le plus retentissant avec les abeilles. C'était peu après son arrivée au village avec Jane. Elle venait d'installer les ruches, et était à la recherche d'un essaim dans l'espoir de développer celui qu'elle avait déjà. Elle avait demandé au shérif de lui signaler les essaims qui pouvaient se trouver dans le village.

Les habitants les regardaient déjà d'un œil soupçonneux, voire craintif. Elles étaient lesbiennes. Elles étaient riches. Si Angie n'avait pas été la sœur de Rocksan, elles auraient été lapidées pour ces excentricités.

Une semaine plus tard, le shérif avait téléphoné. Il y avait un essaim dans l'école de Calvary Church, accroché à un orme près d'une salle de classe. Le prêtre s'apprêtait à appeler quelqu'un pour détruire les abeilles. Est-ce qu'elle en voulait ?

Elle avait dit « oui », bien sûr, et le shérif lui avait recommandé de se débrouiller pour que personne ne soit piqué. Il lui faudrait venir après la sortie des classes et s'il y avait un problème, le moindre problème, elle en serait tenue pour responsable, financièrement ou autrement.

Elle s'était précipitée à l'école et avait vite été déçue. C'était un petit essaim, qui ne suffirait pas à alimenter une nouvelle ruche. Mais à l'époque elle faisait partie de l'association des apiculteurs, et avait rencontré un vieux bonhomme originaire de Vancouver quelques mois plus tôt, à leur réunion annuelle dans l'Oregon.

Il lui avait parlé d'une technique qu'il avait utilisée à plusieurs reprises avec succès, et qui permettait d'acclimater sans risque un essaim dans une ruche existante. La méthode consistait à verser de l'eau sucrée sur les abeilles en place et sur les nouvelles. Il fallait placer entre elles une feuille de papier de soie. La théorie voulait qu'après avoir grignoté le papier les abeilles s'habitueraient les unes aux autres, et finiraient par s'accepter.

Rocksan avait décidé de faire l'expérience même si elle restait sceptique en son for intérieur. Avec dextérité, elle avait détaché l'essaim de l'arbre et déposé les abeilles dans la boîte à essaim. Au moment où elle quittait l'enceinte de l'église, un prêtre muni d'une canne l'avait croisée et lui avait dit : « Bonsoir, ma fille. » Elle s'était rendu compte qu'il était aveugle. Elle l'avait souvent vu dans le bureau de l'état civil du village, appuyé sur sa canne, le regard fixé sur le mur comme s'il contemplait les photos qui y étaient exposées.

Quand elle était rentrée chez elle, il s'était mis à pleuvoir et elle savait que ce n'était pas un bon moment pour prendre soin des abeilles. Mais l'homme de Vancouver affirmait que sa méthode était efficace par n'importe quel temps. Rocksan avait longtemps hésité. Elle était restée un long moment sous la pluie devant ses ruches. Elle était partagée entre le désir de s'en occuper et la crainte de malmener la nature.

Elle avait décidé de prendre le risque. Et rien ne s'était passé comme prévu. Quelques heures après la première tentative, elle était revenue voir ses ruches. Il y avait des abeilles mortes partout. Le nouvel essaim avait été attaqué par l'ancien. Les abeilles gisaient immobiles sur le sol, trempées par la pluie.

Elle avait recommencé, avec le même résultat en

pire. Il y avait davantage d'abeilles décimées ou blessées. Et les assaillantes étaient devenues enragées. Rocksan ne portait aucune protection. Elle avait été piquée à deux reprises, ce qui lui était très rarement arrivé. Navrée, elle avait contemplé le triste spectacle qu'offrait l'essaim qu'elle avait cueilli à l'église, les abeilles qui cherchaient à retrouver ce qui restait de leur colonie éparpillée sur l'herbe mouillée.

Sachant qu'elle finirait par les perdre toutes, elle avait sauvé la reine, tenté de la garder en vie avec de l'eau sucrée. Puis elle était rentrée chez elle et avait cherché qui parmi ses connaissances avait besoin d'une reine. Ses efforts pour la sauver avaient été vains. Personne ne voulait d'une reine. Personne ne connaissait quelqu'un à la recherche d'une reine. Rocksan s'était sentie impuissante, stupide et désespérée.

Elle ne pouvait s'empêcher de se sentir responsable de la mort des abeilles qu'elle avait cueillies sur l'arbre de Calvary Church. Elle s'était alors souvenue du prêtre aveugle et s'était apitoyée sur elle-même, contrairement à son habitude. Lui aurait-il adressé la parole s'il avait vu qui elle était ?

Si elle la délivrait de sa prison, la reine mourrait. Et si elle la gardait enfermée, elle mourrait aussi. Elle ne savait quoi faire. Quel était le choix le plus charitable ? Tuer la reine ou la laisser mourir ? Dans ce cas, sa mort serait-elle lente et misérable ? Dans quelle mesure les abeilles souffraient-elles ? Ce genre de décision lui faisait horreur car c'était la conséquence directe de son intrusion dans la nature. Elle ne pouvait pas garder la reine prisonnière. Elle ne pouvait pas la laisser périr à petit feu. Elle décida de la tuer.

Ce fut un des moments les plus pénibles de sa vie d'apicultrice. Consciente du sort désolant de la colonie évincée (quel destin plus tragique que d'être rejeté ?), elle avait compris qu'en élevant des abeilles ce serait toujours à elle, à tort ou à raison, de décider de leur vie et de leur mort.

Après avoir tué la reine, elle avait regagné la maison et était restée assise seule dans le noir. Lorsque Jane était rentrée, elle avait tenté de lui expliquer son désespoir mais n'avait pu trouver les mots appropriés.

Jane

APRÈS LE PETIT DÉJEUNER CHEZ ANGIE, ils quittèrent le restaurant dans un silence serein. Ils roulaient ainsi depuis quelques minutes quand George demanda : « Pourquoi le village s'appelle-t-il Angels Crest ?

— Tu ne la vois pas à cause des nuages, mais là-haut, à douze mille pieds, il y a une montagne avec un pic impressionnant », répondit Rocksan. Elle désignait un point au loin. Une nouvelle tempête soufflait en altitude, enveloppant les sommets de brume et de nuages.

« Lorsque ce village fut fondé dans les années 1880, continua-t-elle, presque personne ne survécut au premier hiver. Un hiver terrible. Le pire qu'on eût jamais connu. Il y a des photos au bureau de l'état civil. Et une vieille légende raconte comment les villageois se trouvèrent à court de nourriture et pris au piège. Les gens mouraient les uns après les autres. Tout le bétail avait péri et il était impossible de passer le col pour redescendre dans la vallée. Mais par miracle, rapporte l'histoire, quelques enfants nés à l'automne survécurent à cet hiver. On dit que des anges qui passaient par là se seraient reposés sur la cime de la montagne et auraient pris soin des enfants jusqu'à la fin de l'hiver.

— C'est une histoire à dormir debout, fit George.

— Peut-être. Mais si on ne s'attarde pas trop aux détails on peut trouver que c'est une jolie histoire. »

Jane entendait Melody fredonner à l'arrière. Puis elle se mit à chanter, massant son ventre protubérant d'un air absent. *Dors mon petit, dors en paix, les saints anges veillent sur ton berceau.*

Personne ne parlait. Elle chantait faux, d'une voix douce, sans aucune inhibition. Elle regardait par la fenêtre dans la direction d'Angels Crest, et ne semblait pas se rendre compte qu'il y avait d'autres passagers dans la voiture.

Jane tourna les yeux dans la même direction, contemplant l'univers immaculé et sa fragile beauté. Elle se souvint de sa première pensée en apercevant George sur le seuil de la porte la veille : quelle impression aurait-elle eue si elle lui avait touché le visage sans le voir ? Elle n'aurait jamais cru qu'il était si grand. Elle ne l'avait jamais imaginé mesurant plus de cinquante centimètres.

Puis, alors que tout lui semblait sans espoir – ça ne pouvait pas marcher, à quoi s'attendait-elle de toute façon ? –, Jane avait porté leurs deux petites valises à l'étage et montré la chambre à George. Elle n'était pas préparée à le voir avec cette fille enceinte ; elle avait eu un moment de recul – une plongée dans un monde qu'elle n'avait jamais connu – et pensé qu'ils devraient dormir dans des lits séparés. Elle s'était vite rendu compte que c'était stupide. Surtout en regard des normes plutôt élastiques de sa propre vie.

« George, regarde ces draps ! s'était exclamée Melody.

— Ils sont… très *gais.* »

Melody avait pouffé. George avait rougi. « Excuse-moi, avait-il dit. Je ne voulais pas…

— Ne t'inquiète pas, avait dit Jane. Ils sont gais en effet. Une de nos amies nous les a donnés voilà longtemps. Rocksan les a dénichés au grenier. »

Melody les avait caressés du bout des doigts. « Ils sont en satin.

— Vous pouvez défaire vos valises. Il y a une penderie au fond et la commode est vide, avait dit Jane. Nous apporterons le reste de vos affaires demain matin.

— Oh, il n'y a rien d'autre, avait dit Melody.

— Seulement deux valises ? »

George avait hoché la tête. « On avait l'intention d'acheter quelques trucs.

— George a volé de l'argent à son père.

— Quoi ?

— Oui, avait dit George. Il conservait une liasse de billets dans le bocal à biscuits. Je l'ai prise quand il nous a dit de partir.

— Quand il nous a forcés à partir, avait rectifié Melody.

— Seigneur ! s'était exclamée Jane. J'ai fait exactement la même chose. C'est un bocal en forme de ballon de football ? »

George avait gloussé. « Exactement. C'est incroyable ! »

Pour la première fois, George l'avait regardée vraiment, et Jane avait eu l'impression qu'il réalisait enfin qui elle était, lui accordait un intérêt nouveau. Pendant un instant, elle s'était sentie reconnue, pardonnée.

« C'était moche de sa part, dit Melody. Je n'ai rien à voir avec ça.

— Sans blague ?

— J'avais besoin d'un pull plus chaud. Tu t'attendais à quoi ? À ce que je le vole ? »

George avait regardé Jane. « Melody aime jouer les vertueuses. Mais elle a mis la main dans le pot elle aussi. Elle est assez perverse au fond, c'est ça qui est intéressant. »

Melody lui avait donné une tape sur l'épaule. « Ne parle pas comme si je n'étais pas dans la pièce. En plus, c'est *notre* problème, George. On fait ce qu'on doit faire. »

Jane avait soudain eut l'impression d'être indiscrète. Ils étaient si étranges, si proches. Ils semblaient n'avoir aucune peur de la vérité, ou plutôt, aucune peur de mettre leurs mensonges au grand jour. Comme des sous-vêtements sur une corde à linge. Peu importait qu'on les voie. Ils volaient. Ils l'admettaient. Un point c'est tout.

« Nous le rembourserons, avait dit Melody à Jane.

— Compte là-dessus, avait répliqué George. C'est un fumier.

— Bon », avait fait Jane. La pièce lui paraissait tout à coup trop petite, encombrée. « Je vous laisse débattre de la restitution de l'argent. Bonsoir. »

Elle était sortie rapidement de la chambre et avait trouvé Rocksan déjà couchée dans la leur.

« Je ne t'ai pas entendue rentrer.

— Je suis là, pourtant. » Rocksan avait l'air absent. Elle était plongée dans un livre. Jane avait aperçu le titre : *Nectar*.

« George a volé de l'argent à son père.

— Ça t'étonne ?

— Non. Mais c'est bizarre. »

Rocksan avait tourné la page de son livre. Elle ne semblait pas écouter.

« J'ai fait la même chose. J'ai pris une liasse de billets dans le même bocal à biscuits le soir où je suis partie, exactement comme George vient de le faire, dix-neuf ans après moi. »

Rocksan avait placé le livre sur sa poitrine et examiné Jane avec une expression sévère.

« Telle mère, tel fils.

— Le pauvre con. Il a dû vouer George à tous les diables. »

Rocksan avait posé le livre sur la table de nuit et éteint la lumière. Au bout de quelques minutes elle avait dit : « Ça devait le rendre furieux de constater à quel point ce gosse te ressemble. Tu es belle comme un homme, Janey.

— Ouais, mais je ne suis pas un homme, et ne joue pas à des trucs pas normaux avec moi. »

Elles étaient restées silencieuses. Puis, dans l'obscurité, Rocksan avait ramené doucement les cheveux de Jane en arrière. La tendresse de son geste l'avait émue aux larmes.

Après le court trajet jusqu'à la maison, Melody monta dans la chambre pour se reposer et Rocksan alla s'occuper des ruches. Jane savait que Rocksan s'inquiétait toujours au début de l'hiver, la période la plus délicate pour les abeilles. Elle les aimait comme les gens aiment leurs chiens et leurs chats, plus encore peut-être. George s'attarda dans la cuisine.

« J'aime bien cette maison, dit-il.

— Elle est hantée, dit Jane.

— Génial ! » C'était la première fois qu'elle le voyait sourire depuis son arrivée. Il était très beau. Viril. Un peu crâneur sans doute, mais elle ne lui en voulait pas. Les circonstances étaient particulières. Un enfant était en route, il retrouvait sa mère lesbienne. Elle eut pitié de lui.

« Quand le bébé doit-il naître ?

— Dans deux semaines. Melody passe son temps à lui dire de se dépêcher. Je la surprends souvent. Elle a des dons, Jane. Elle est un peu bizarre. Je parie que le bébé arrivera en avance.

— Il n'y a pas d'hôpital dans le village. Le plus proche est à trente-cinq kilomètres.

— On s'y attendait. Il faudra sans doute prendre des dispositions. Les prévenir à l'avance. »

Jane acquiesça. « Nous nous en occuperons dès qu'elle se réveillera.

— C'est une dure à cuire, tu sais. Quelquefois, j'aimerais qu'elle ne soit pas aussi dure. Franchement, elle est plus costaud qu'elle n'en a l'air et moi plus froussard.

— Qui l'eût cru ?

— Tu dis ça pour te moquer de moi ?

— Oui. »

George sourit à nouveau. « Écoute, je regrette la façon dont tout a commencé. Le vin. En général, je ne...

— Moi aussi. Moi non plus. » Elle sentit le rouge lui monter aux joues. Elle avait le cœur qui battait. Tout était si étrange. Presque impossible.

« Il faut que tu comprennes..., dit-il.

— Je comprends...

— Il te haïssait, tu m'as abandonné et...

— Je sais...

— Parfois, je ne sais pas si je pourrai jamais te pardonner. »

Jane tenait à la main une serviette qu'elle posa sur le comptoir avant de s'y appuyer. Elle avait l'impression que tout son corps était branché à la prise murale, se chargeait d'électricité, vibrant, vivant avec une intensité qu'elle n'avait jamais ressentie auparavant. Douloureuse, lourde de sens. « George, dit-elle, je n'arrive même pas à me pardonner moi-même.

— Je voudrais pouvoir te demander pourquoi et rester un peu en attendant la réponse. Mais j'ai peur de ne pas pouvoir. Demander, c'est déjà trop ; connaître les raisons, c'est peut-être pire.

— Possible, dit Jane. En tout cas, tu pourrais rester ici pendant quelque temps et garder le pourquoi pour plus tard. Le laisser se résoudre tout seul. Vingt ans se sont écoulés. Je sais que je demande beaucoup, mais peut-être pourrais-tu trouver, au fond de toi, l'envie de rester et d'attendre que la réponse vienne plus tard ? »

George haussa les épaules. « Nous n'avons nulle part où aller. Je n'ai pas de travail. Je voulais finir mes études à l'université. Mais Melody est tombée enceinte. Je ne sais pas quoi faire.

— George, dit Jane. Ayez le bébé ici, à Angels Crest. Et laissez-moi prendre soin de vous jusqu'à ce que vous soyez remis sur pied. » Elle savait que Rocksan lui en voudrait à mort. Pourquoi agissait-elle toujours ainsi, négligeant de lui demander son avis avant de prendre des décisions majeures ? C'était une habitude détestable. Il faudrait qu'elle s'en débarrasse.

« Une partie de moi aimerait accepter. L'autre partie, celle qui a été abandonnée par toi, a juste envie de te dire d'aller te faire voir.

— Je sais. » Les larmes lui montèrent aux yeux. Elle les refoula de toutes ses forces, s'évertuant à juguler son émotion, à tout enfouir au plus profond d'elle-même. « Examinons la situation. Où comptes-tu aller ?

— Melody veut rester.

— Bon, c'est elle qui commande. Tu le sais, non ? Une femme enceinte commande toujours. »

George lui adressa un pâle sourire, qui semblait renfermer les choses qui n'avaient jamais été dites concernant Jane, la période où elle avait été enceinte de lui, le moment où elle l'avait abandonné. Elle avait l'impression d'être face à un champ de mines, que ses mots pouvaient exploser à tout instant. Elle pensait aussi qu'avec le temps, si elle restait suffisamment proche de lui, il apprendrait à lui pardonner.

« D'accord, dit George. Seulement voilà, je sais que je vais passer pour un plouc du Midwest. Mais il faut que je le dise, je ne comprends pas bien cette affaire d'homo. Je n'ai pas envie que ma mère soit lesbienne.

— George, j'apprécie ta franchise. Pourtant, c'est à tort que la plupart des gens pensent que nous avons le choix en la matière.

— Je fais partie de ces gens.

— C'est honnête de ta part de l'avouer. Mais tu découvriras peut-être un jour ce que je suis. Au niveau le plus fondamental. C'est une donnée biologique. Je n'aurais jamais, jamais choisi une vie qui ne m'aurait apporté que des souffrances. Ç'aurait été de la démence, tu ne crois pas ? »

George la regarda d'un air sceptique. Il était rouge comme une tomate. Elle songea qu'il lui ressemblait vraiment, jusqu'à sa façon de rougir. Dans le moment qui passa entre eux, chargé de tous ces non-dits, elle ressentit pour lui l'amour le plus tendre, le plus ardent, un amour dont elle avait oublié le degré jusqu'à ce jour.

Angie

DÈS LEUR ARRIVÉE, ANGIE VIT QUE ROCKSAN et Jane étaient bouleversées. Le courage que montrait sa sœur l'étonnait toujours. Elle avait à ses yeux la stature d'une héroïne. Réfléchie, bien que capable d'étranges caprices ; solide, surtout quand il s'agissait de prendre la bonne décision en dépit des sentiments qui l'animaient.

Les gens voyaient rarement cet aspect chez elle. Ils voyaient une grande femme hommasse souvent susceptible et têtue. Mais Rocksan ne revenait jamais sur sa parole. Elle savait reconnaître ce qui était juste et s'y ranger, en dépit d'un orgueil excessif.

Quand Rocksan prit place dans le box avec Jane, son fils et la petite amie enceinte, Angie se rappela un épisode survenu la première année de l'installation de sa sœur à Angels Crest.

Elle venait de se lancer dans son stupide élevage d'abeilles. Angie entendait encore les chuchotements qui accompagnaient Jane et Rocksan. Elles étaient lesbiennes. Des lesbiennes bizarres, de surcroît. Elles élevaient des abeilles, elles étaient riches, elles n'allaient pas à l'église, et elles avaient acheté ce terrain à l'autre bout du village parce que personne n'en voulait – pour la raison qu'il n'y avait ni eau ni tout-à-l'égout, et qu'il était envahi par les ronces, le sumac vénéneux, ravagé par les daims et probablement hanté par le vieillard qui avait laissé la maison tomber en ruine.

Un jour, se souvenait Angie, Rocksan était entrée dans son restaurant. Elle portait ses ridicules bottes de caoutchouc et un pantalon trop large de peintre. Sa chemise de trappeur à carreaux était trouée. Elle ne s'était pas coiffée et elle paraissait avoir pleuré. Angie avait été embarrassée à sa vue. Embarrassée et inquiète. Les gens la dévisageaient. L'apicultrice lesbienne était sa sœur, et Angie craignait que les habitants du village aient une moins bonne opinion d'elle en conséquence. Elle savait que c'était affreux mais elle ne pouvait s'empêcher d'y penser.

Rocksan s'était assise au comptoir et, d'une voix hachée, avait raconté à Angie une histoire complètement décousue, disant qu'elle avait été obligée de tuer une de ses reines. Angie avait eu du mal à saisir tous les détails. Et au début elle n'avait pas compris pourquoi Rocksan était dans un tel état. Il ne s'agissait que d'abeilles, après tout. Pas même d'un chien ou d'un chat, mais d'un tas d'insectes ailés qui piquaient.

En l'écoutant, pourtant, elle avait deviné ce que cachait son histoire. La compassion que contenaient les tentatives désespérées de sa sœur. La bonté à laquelle elle s'efforçait. Elle avait senti que Rocksan était quelqu'un d'honnête et de remarquable. Que peu importait qu'il s'agisse seulement d'abeilles. La cause du chagrin de Rocksan était plus profonde et plus intense. Elle se reprochait l'échec de son humanité, l'irresponsabilité de ses décisions et de ses désirs. Elle avait décimé un essaim et, dans le même temps, se trouvait confrontée à sa nature, à sa folie et à son arrogance.

Angie regardait sa sœur aujourd'hui. Elle avait une beauté virile, une indépendance et une assurance rares. C'était une femme, après tout, qui pleurait sur ses abeilles. Elle avait sa maisonnée autour d'elle – une amie émotive et imprévisible, un jeune homme, sa fragile et angélique fiancée. Un enfant était en route. Telle était la vie de Rocksan. Une vie inhabituelle et admirable quelle que soit sa direction.

Angie regagna son comptoir, vérifia le contenu des pots de lait et des sucriers, remplit les tasses de café et les verres d'eau, et alla jeter un coup d'œil à la cuisine. Tout le monde travaillait aussi vite que possible. Avec une précipitation qui n'était pas coutumière. Elle en fut à la fois contente et irritée. Elle aurait un surplus d'argent ce mois-ci. Mais à quel prix ? Le fils d'Ethan était mort et les curieux étaient venus en foule. Quand le soufflé retomberait-il ?

Rosie était dans la pièce à l'arrière, endormie dans son petit lit. Elle serrait contre elle son pingouin en peluche et quelqu'un, peut-être un cuisinier, l'avait recouverte d'une couverture. Angie pensa à sa propre fille. Où était-elle ? Reviendrait-elle un jour ?

Elle travailla jusqu'à tomber de fatigue. Elle était épuisée mais surtout, songeant à Glick, à son contact, à la tendresse de son regard, elle avait soudain l'impression d'avoir un but dans la vie. Elle prit Rosie et rentra chez elle. Elles avalèrent leur déjeuner et Angie joua avec sa petite-fille pendant un moment, à construire une maison en Lego. Le résultat final ne ressemblait en rien à une maison, mais Rosie se montra très fière de son œuvre.

« Allons faire un tour en voiture, dit Angie.

— Est-ce que je peux emporter quelque chose ?

— Quoi ? »

Rosie regarda autour d'elle. Les poissons rouges nageaient dans leur bocal. Elle les montra du doigt.

« Non, on ne peut pas transporter les poissons, dit Angie.

— Mais j'en ai envie.

— Et pourquoi pas ton pingouin ? Ensuite, je t'emmènerai manger une glace. »

Rosie bouda un peu, mais la promesse de la glace même par ce temps froid la décida. Angie l'emmitoufla dans un manteau chaud, lui enfila ses moufles et prit son sac. Elle fit démarrer la voiture, mit le chauffage et laissa le moteur tourner au ralenti dans l'allée. Quelques voitures passèrent, des inconnus, des journalistes, des curieux. Il n'y avait plus un seul nuage dans le ciel d'un bleu étincelant mais l'air était piquant, constellé de cristaux de givre.

Elle se dirigea d'abord vers le marchand de glaces où Rosie et elle partagèrent une coupe, seules clientes assises au calme dans la pièce sous un chauffage primitif qui soufflait de l'air chaud dans la pièce. Puis Angie fit un saut à son restaurant où elle prit des petits pains, des muffins, deux bagels et du beurre, s'arrêta ensuite au supermarché pour acheter des œufs, du fromage, du café et du lait. Quand elle eut fini, elle remonta dans sa voiture et sortit du village, prenant la route de la maison de Glick. Elle savait qu'Ethan s'y trouvait et qu'il aurait faim.

Écoutant Rosie chantonner dans le siège d'enfant à l'arrière, elle traversa le village et repassa devant son restaurant, désert à cette heure, à l'exception de quelques clients assis au bar et des deux mêmes journalistes tapant sur leur ordinateur à une table près de la fenêtre. Au fur et à mesure qu'elles s'éloignaient du village, l'air se chargea de brume. La forêt s'épaississait et il faisait de plus en plus sombre. Angie ralentit. La voiture était enserrée par les branches des arbres comme par de longs bras.

Il y avait si longtemps qu'aucune joie n'était venue compenser la tristesse qui l'habitait ! Elle avait conscience d'être devenue méfiante, marquée par ce vide, par le sentiment que, depuis le départ de sa fille, le chagrin avait tellement rempli sa vie qu'il n'y avait eu de place pour rien d'autre. Mais tout était différent désormais. Grâce au mystérieux remède de l'amour.

Lorsqu'elle atteignit enfin l'extrémité de Cage Road,

elle vit le pick-up d'Ethan garé devant la maison. Celui de Glick n'y était pas. La maison – plutôt une cabane – était dissimulée dans l'ombre des arbres. Le ciel n'y pénétrait pas. Angie fut frappée par l'isolement et la tristesse des lieux. Une escale plutôt qu'une habitation permanente. Elle pensa à Glick qui vivait seul ici. Elle l'imagina dans son lit le soir, une unique lampe allumée à côté de lui, un catalogue d'articles de sport ouvert sur les genoux, avec sa solitude pour compagne dans la pièce obscure.

Elle coupa le moteur. Rosie s'était endormie dans son siège. Elle ouvrit la porte arrière et réveilla doucement sa petite-fille. Rosie se mit à pleurer parce qu'elle ne savait pas où elle était. Angie la prit dans ses bras et fredonna à son oreille. Rosie comprit qu'elle avait rêvé, qu'elle était en sécurité.

« Où on est, mamie ?

— Chez Glick.

— C'est le papa de Nate ? demanda l'enfant en désignant du doigt la silhouette d'Ethan derrière le rideau de la fenêtre en façade.

— Oui. »

Elle reposa Rosie sur le sol et elles se dirigèrent main dans la main vers la porte. Angie tenait les sacs de provisions dans sa main gauche. Ethan ouvrit la porte sans lui laisser le temps de frapper.

« Quelqu'un d'autre sait-il que je suis ici ? » demanda-t-il. Son visage était creusé par l'angoisse et l'épuisement. Il buvait une canette de bière, une cigarette se consumait dans un cendrier.

Angie n'était entrée qu'une seule fois dans la maison de Glick, elle ne fut pas surprise de la trouver propre et ordonnée. Les meubles étaient, comme dans son souvenir, d'aspect agréable. La maison sentait le moisi, à force d'être restée fermée. L'austérité des lieux lui donna envie d'être avec Glick.

« Non, répondit-elle. Je ne crois pas. Glick m'a mise au courant en secret.

— C'est un poids pour lui.
— Je doute qu'il le voie ainsi.
— Ce secret. Que je me sois réfugié chez lui. »

Angie apporta les provisions dans la cuisine. Ethan lui avait toujours plu ; elle aimait son caractère posé, son sens de l'équité. Mais le divorce et la bataille pour la garde avaient été éprouvants, et laissé des traces. Il avait changé, s'était renfermé, se montrait brusque et impatient plus souvent qu'auparavant. Pourtant, qu'il ait laissé son fils seul dans le pick-up pendant si longtemps ne lui correspondait pas. Tout ce qu'Angie savait d'Ethan prouvait que c'était un homme réfléchi et attentif. Lent à prendre une décision, il n'était pas enclin, comme Cindy, à agir spontanément ou sous l'empire de la violence. Les événements de l'année précédente auraient-ils érodé sa prudence ?

Un souvenir lui revint, quelque chose qui était survenu environ six mois après le divorce. L'année précédente. Ethan et elle étaient seuls au restaurant un soir, quelques jours après l'ouverture de la chasse. Il s'était attardé à faire l'inventaire de la quincaillerie. Elle était en train de fermer le restaurant mais elle lui avait servi un café malgré tout.

La bataille pour la garde de l'enfant se déroulait depuis plusieurs semaines, et les choses avaient pris vilaine tournure. Ethan semblait déprimé, ce qui était inhabituel chez lui. Il était du genre calme, n'affichait jamais ses états d'âme. Il avait raconté qu'il était parti chasser, qu'il avait suivi la piste d'un daim pendant deux jours d'affilée. Nuit et jour, dormant peu, mangeant encore moins. Enfin, il était tombé sur l'animal qui broutait à proximité. Il était très grand, si majestueux, avait-il dit, qu'il en avait eu les larmes aux yeux. Il avait visé et, très vite, sans prendre le temps de réfléchir, avait abattu le daim. Fourbu de fatigue, il l'avait regardé s'écrouler dans les broussailles.

« Il avait les pattes de devant repliées sous lui », avait décrit Ethan. Il manipulait sa tasse de café, gardait les yeux fixés sur le comptoir. « Il traînait son arrière-train ensanglanté et, quand je me suis approché de lui, il a remué les oreilles. Il m'entendait. Il savait que c'était la fin. Je revois encore la buée qui lui sortait des naseaux. Il faisait un froid à vous glacer. »

Angie nettoyait le comptoir. La salle était vide. Elle avait envie de rentrer chez elle. Elle était épuisée. Elle n'avait pas envie d'entendre l'histoire du daim. Mais il continuait à parler, comme s'il en éprouvait le besoin.

« Il n'a pas tourné la tête vers moi, heureusement. J'en avais bavé pendant ces deux jours. Je me suis avancé, j'ai visé les poumons et tiré. Il a essayé de se relever, grattant le sol avec ses sabots. Son souffle lui sortait des naseaux, deux jets de vapeur, de plus en plus laborieux. Avant de mourir, il a eu un dernier tressaillement. C'était fini. »

Angie n'avait pu regarder Ethan pendant un long moment. À la fin, elle avait quand même eu le courage de lever les yeux vers lui et s'était aperçue qu'il pleurait. Elle avait alors compris qu'un chasseur ne pouvait accomplir un tel geste que s'il aimait sa proie autant qu'il désirait la tuer. Elle avait pensé : *Il ne devrait plus jamais chasser de sa vie.*

« Je t'ai apporté des provisions », disait-elle à présent, debout sur le seuil de la maison de Glick, incapable de croiser son regard tant ses souvenirs étaient présents.

Ethan baissa la tête. « Merci. Je te rembourserai.

— Ce n'est pas la peine. J'ai pensé que tu aurais faim et qu'aller en ville serait une épreuve. Ça grouille de journalistes.

— Ils me présentent comme un malheureux débile, un père dénaturé, dit Ethan.

— Ne fais pas attention. Ce sont des étrangers. Nous te connaissons.

— Ouais. Essaye de dire ça à Cindy. »

Angie contempla ses mains. Elle savait qu'elle n'arriverait pas à réconforter Ethan. Il était tombé au fond du trou.

« Où est Glick ?

— Il est allé à Calvary Church avec Cindy pour chercher un prêtre. C'est moi qui le lui ai demandé. La cérémonie funèbre a lieu demain. Cindy les connaît tous là-bas. Elle aime bien l'aveugle. »

Angie l'aimait bien, elle aussi. Il venait tous les jours déjeuner au restaurant, il prenait un sandwich grillé au fromage et de la salade de chou blanc en accompagnement. Il vivait seul. Il souriait souvent et parlait peu. Si on le cherchait, on le trouvait presque toujours au bureau de l'état civil, le visage tourné vers les vieilles photos exposées au mur. Personne ne semblait jamais avoir besoin de lui. Mais tout le monde le connaissait, tout le monde était conscient de sa présence.

Elle jeta un coup d'œil à Rosie. Assise sur le canapé, l'enfant jouait tranquillement avec son pingouin. Elle avait sans doute perçu la gravité de la situation, et compris qu'il ne fallait pas interrompre la conversation ni faire de bruit. Angie savait aussi que Rosie s'était mise à écouter ce que disaient les grandes personnes, et qu'elle devenait alors particulièrement calme et attentive ; elle savait qu'Angie ne ferait jamais rien qui puisse la priver de mettre son nez dans le monde terrifiant des adultes.

« C'est une autre raison de ma présence ici, dit Angie. Après la cérémonie, je voudrais servir quelque chose à manger au restaurant. Trevor pourra apporter des boissons, du vin ou autre chose.

— C'est gentil de ta part, Angie, mais je ne peux pas accepter.

— Pouquoi ? » Angie éprouva un moment d'irritation. Mais Ethan était jeune. Ses parents étaient décédés. Il avait eu assez de morts dans sa vie. Il ne lui restait que son orgueil. Il ne dit rien et s'assit à côté de Rosie sur le canapé. Elle lui tendit son pingouin.

« Tu peux jouer avec si tu veux », dit-elle.

Ethan prit le pingouin et le tint sur ses genoux. Il regarda l'animal en peluche sans rien manifester.

« Écoute, dit Angie. Tu *peux* accepter. Oublie un peu ton amour-propre. Le plus important pour toi, c'est de garder tes forces. »

Il hocha la tête. Rosie dit : « Je peux te prêter mon pingouin. »

Il le lui rendit. « Non merci, ma chérie, dit-il, mais c'est une gentille proposition. »

Rosie reprit sa peluche, manifestement soulagée qu'Ethan ne l'ait pas gardée.

« Ils vont m'arrêter, dit-il.

— Tu n'en sais rien.

— Ils l'ont dit à la radio.

— Il n'en sortira rien, Ethan.

— Ils veulent faire de moi un exemple. Un pauvre péquenaud de montagnard tue son fils. »

Angie s'assit à côté d'Ethan. Elle l'entoura de ses bras. « Ne commence pas à penser au futur, à prévoir ce que tu ne connais pas.

— J'ai tué mon fils, Angie. Je n'ai pas peur de payer pour ça. »

Angie secoua la tête. « Concentrons-nous sur aujourd'hui et sur la cérémonie de demain. Chaque chose en son temps. »

Ethan hocha la tête.

« Sois gentil, essaye de manger », dit Angie. Elle fit un geste vers la cuisine où elle avait déposé les provisions. Ethan suivit ce geste du regard mais il semblait incapable de fixer son attention. Il tendit la main et prit une cigarette dans le paquet près du cendrier. Il y avait une bouteille de whisky à côté. Angie aurait juré qu'il attendait de la voir partir pour boire un coup à la bouteille et allumer sa cigarette.

Elle prit Rosie par la main et quitta la maison de Glick. Comme elles approchaient de la voiture, Rosie dit : « Mamie, tu me serres la main trop fort. »

Le soir, après que Rosie fut endormie, Glick frappa à la porte. Angie lui ouvrit et vit le chien, fidèlement assis à ses pieds sur le perron. Quand elle laissa entrer Glick, le chien traversa directement la cuisine et se dirigea vers la galerie du fond.

« Brave bête », dit Glick.

Angie sortit une bouteille de vin du réfrigérateur. Elle proposa un verre à Glick, qui dit préférer une bière si elle en avait. Elle n'en avait pas, répondit-elle, mais il y avait du cognac dans le buffet. Elle interpréta son silence comme une acceptation et nota mentalement d'acheter de la bière.

Ils emportèrent leurs verres dans la chambre, marchant sur la pointe des pieds dans le couloir. Glick était visiblement soucieux de ne pas réveiller Rosie dont la porte était entrebâillée. Il jeta un coup d'œil à l'intérieur en passant, puis continua jusqu'à la chambre d'Angie, le visage détendu, l'air confiant. Elle ne l'avait jamais vu ainsi.

Elle referma la porte et, quelques secondes après, ils s'embrassaient. Elle s'efforçait de ne pas lui montrer combien elle aimait le toucher, le sentir, entendre les mots qu'il disait, sa façon de les dire. Elle essayait de contrôler sa respiration. Embarrassée par sa passion, elle faisait des efforts apparents pour ne pas la manifester. Mais la réponse de son corps ne mentait pas. Quand Glick glissa ses doigts à l'intérieur de ses cuisses, il la regarda dans les yeux et sourit.

« Il n'y a pas que moi, alors ? »

Elle rougit – honteuse que son corps la trahisse – et se détourna.

Plus tard, ils restèrent longtemps silencieux dans le lit. Puis Glick se tourna vers elle et dit : « Cindy aimerait avoir ce pasteur aveugle pour la cérémonie funèbre.

— Oui ?

— Il a accepté. Il a dit qu'il irait dans la forêt si nous l'aidions.

— Il est gentil. Discret, semble-t-il.

— Mieux que l'autre. »

Angie hocha la tête. Elle savait à qui il faisait allusion, bien qu'elle ne fréquentât pas l'église. Elle connaissait le frère Powell – il prenait son café avec quatre sucres et deux doses de crème –, et elle avait horreur de son attitude joviale et de sa prétendue sincérité.

Dehors, le vent hurlait dans les arbres. Elle pensa qu'une nouvelle tempête s'annonçait. Pendant un court instant, l'image de ce terrible hiver de 1889 lui traversa l'esprit, le village enseveli sous la neige, la population décimée – à l'exception des nouveau-nés. Puis Glick lui toucha doucement le bras. Il se souleva et la regarda dans les yeux.

« Je voudrais tout te dire. »

Elle lui repoussa les cheveux en arrière. Ses yeux étaient si clairs, si bleus que lorsqu'elle y plongeait les siens elle avait l'impression de sonder l'infini. Elle regardait ses pupilles changer, se dilater puis se contracter imperceptiblement, plus petites, plus grandes, de nouveau plus petites.

« Je le sais déjà. Plus ou moins, dit-elle.

— Ce que je veux dire, en fait, c'est que j'aimerais avoir un endroit où amasser tous les détails. Un autre endroit que mon cerveau. »

Elle ne sut que répondre. Elle avait l'impression qu'elle aussi avait trop de mots, trop à dire. Elle s'inclina en arrière et but une gorgée de vin. « Je suis passée chez toi aujourd'hui. J'ai apporté à manger à Ethan, je lui ai dit qu'il pouvait utiliser le restaurant après la cérémonie pour recevoir les invités.

— Il m'a dit que tu étais montée là-bas.

— Il m'a semblé voir ta maison pour la première fois. Je t'y ai imaginé, je me suis représenté la façon dont tu y as vécu pendant toutes ces années. Et ça m'a émue. J'ai eu envie de t'emmener loin de tout ça.

— J'aime cette maison.

— Je ne dis pas le contraire. Elle est belle à sa manière. Mais trop isolée.

— Tu crois ?

— Il s'en dégage de la tristesse. »

Glick resta silencieux. Angie craignit d'avoir été trop loin. Peut-être s'était-elle trompée à son sujet et elle eut peur de l'avoir blessé. Mais Glick se retourna sur le côté et lui dit : « Je n'ai jamais rien connu d'autre que cette impression de vide. Rien d'autre depuis qu'on m'a arrêté et jeté en prison il y a des années. Je ne peux pas te dire si la maison est triste ou non. Je suis tellement habitué à vivre d'une certaine manière que même ici, où il fait chaud, je me prends à la regretter. »

Elle hocha la tête. « Aussi bizarre que cela puisse paraître, je comprends. Je comprends ce que tu veux dire.

— Je la vendrai peut-être un jour », dit-il.

Angie entendit une promesse d'avenir dans ces mots. Elle sentit déferler en elle le désir et l'impatience, tout ce qui était resté cadenassé, enfoui depuis le jour où sa fille l'avait quittée. Comme si un poing serré à l'intérieur d'elle-même s'ouvrait. Que tout se dégageait.

Cindy

L'APPARTEMENT DE CINDY ÉTAIT ÉTOUFFANT et sentait la cigarette. Ils regardaient la télévision. Quelques habitués du bar passaient à l'antenne et parlaient aux journalistes. Trevor se leva.

« Il faut que j'aille arrêter ça », dit-il à Cindy.

Elle hocha la tête. Elle s'en fichait, au fond. Tout allait de mal en pis de toute façon. Rien ne semblait la toucher. Peut-être l'alcool avait-il atteint son but. Les gens allaient parler d'elle, d'Ethan et de Nate, les suppositions iraient bon train, on la montrerait du doigt. C'était comme ça. C'était sa vie maintenant.

« Tu as l'intention d'aller à l'église pour trouver ce pasteur ? » demanda Trevor.

Elle hocha la tête. Elle continua à fumer. À boire. Elle se souvint du jour où Ethan avait dit qu'elle se suicidait lentement.

« Tu veux que je te conduise ? Je pourrais t'y déposer et venir te rechercher. Ou t'envoyer quelqu'un.

— Non, dit-elle. J'ai envie de prendre un bain. Et tu auras assez à faire avec tous ces abrutis qui sont en train de parler aux médias. »

Elle ne voulait pas lui dire qu'elle avait rendez-vous avec Glick. Elle savait qu'en dépit de la mort de Nate il serait jaloux et voudrait en discuter. Il était ainsi. Mais elle lui pardonnait malgré tout. Il l'aimait. Et il était le seul qui restât avec elle désormais. Il l'avait aimée toute sa vie. Il y avait une sorte de dignité chez lui, une dévotion sans faille. Elle lui en était reconnaissante.

« Regarde un peu, Cindy. Ces abrutis sont tes amis.

— Tu crois ? Alors pourquoi ils ne sont pas ici, à me consoler ? Pourquoi ils ouvrent leurs grandes gueules d'ivrognes devant cette meute de loups ?

— Tu es injuste.

— Ah oui ? »

Trevor enfila son manteau et l'embrassa sur la joue.

« Je reviens tout à l'heure. N'ouvre pas la porte. »

Elle acquiesça. Quand il fut parti elle se leva et, une fois l'étourdissement dissipé, se dirigea vers la salle de bains et ouvrit à fond le robinet d'eau chaude de la baignoire. Elle resta plongée dans la vapeur comme portée par un nuage qui l'emmenait au loin. Les yeux fermés, elle fredonna une chanson qu'elle avait l'habitude de chanter à Nate. Elle était tellement ivre qu'elle faillit glisser et tomber en sortant de la baignoire. Le bain brûlant l'avait hébétée, accélérant la course de l'alcool dans son sang.

Elle s'habilla chaudement, et sortit sa parka et son bonnet de la penderie de l'entrée. Quand elle mit le pied dehors, elle resta un instant figée, saisie par le froid. Elle se rendit compte que son appartement était surchauffé et espéra que l'air mordant dissiperait la torpeur, la sensation de stupeur qui inhibait son esprit. Elle descendit l'escalier jusqu'au parking couvert et vit deux journalistes sortir d'une voiture garée à proximité. Quand ils parvinrent à sa hauteur, l'un d'eux - un homme d'une trentaine d'années vêtu trop légèrement pour la circonstance - demanda : « Ça ne vous ennuierait pas que je vous pose quelques questions ?

— Si, ça m'ennuierait, répliqua-t-elle.

— Avez-vous vu votre fils quand ils l'ont ramené des bois ?

— Fichez le camp. Retournez tous d'où vous venez.

— Savez-vous qu'on parle d'arrêter votre mari ? » La question émanait de la journaliste en bottes noires à talons et parka fourrée.

« Ma petite dame, dit Cindy, mon fils vient de mourir. Vous pourriez peut-être me montrer un peu de respect, non ?

— Quand aura lieu la cérémonie funèbre ? » demanda l'homme.

Cindy avait atteint sa voiture. Elle y monta et démarra. Elle frôla intentionnellement le journaliste, qui dut reculer pour ne pas se faire renverser. Les mains tremblantes, le cœur battant à tout rompre, elle tendit le bras et prit un paquet de cigarettes dans la boîte à gants. Elle remarqua le bouchon brillant de sa flasque. Elle alluma une cigarette et, tenant le volant d'une main, vérifia le contenu de la bouteille. Elle était vide.

Quand Cindy arriva à Calvary Church, Glick était déjà sur place. Elle le vit qui attendait derrière les vitres embuées de son pick-up. Elle sortit de sa voiture, courut vers lui, frappant le carreau à coups répétés.

« Je vais devenir folle », dit-elle. Elle tremblait tellement qu'elle tenait à peine debout. Elle sentit ses genoux céder sous elle.

« Calme-toi », dit Glick.

Ils entrèrent ensemble dans l'église. À l'extérieur, sur le bitume, des gamins en uniforme bleu et blanc emmitouflés dans leurs manteaux jouaient au ballon.

« Nate venait ici. Il était en première année de maternelle.

— Je sais », dit Glick. Il posa une main dans le bas de son dos et la guida à travers l'église. Il n'y avait aucune image de Jésus, seulement une croix dorée de mauvais goût au-dessus de la chaire où frère Powell prononçait ses sermons. Par certains aspects, l'édifice ressemblait davantage à un gymnase de lycée qu'à une église. Ils se dirigèrent vers le fond, où une succession de portes s'ouvraient sur un long couloir.

« Je devrais recommencer à aller à la messe », dit Cindy. C'était ce qu'elle disait chaque fois qu'elle pénétrait dans une église. Une fois sortie, elle oubliait immédiatement son intention.

Ils parcoururent le couloir et Cindy murmura : « Je voudrais cet aveugle. Je crois qu'il s'appelle frère Johns. Le vieux. »

Glick hocha la tête. « Nous devrions peut-être nous rendre au bureau de l'état civil. »

Au moment où elle s'apprêtait à abonder dans son sens, frère Powell apparut. Il prit la main de Cindy et la dévisagea longuement. Elle se sentit mal à l'aise. Elle vit tout ce qu'il y avait de faux dans son geste, dans son regard. Lorsqu'il fit mine d'avoir les larmes aux yeux, elle eut envie de le gifler en pleine figure. Elle était devenue grossière et vindicative. La mort de Nate avait fait d'elle un monstre.

« Ce n'est pas ce que vous ressentez en ce moment, c'est sûr, mais le Seigneur marche à vos côtés », dit-il.

Qu'il aille se faire foutre avec son Seigneur ! pensa-t-elle. *Je n'ai pas besoin que le Seigneur marche à côté de moi. Je veux qu'on me rende mon fils.* Mais elle inclina la tête, ignorant pourquoi elle se montrait si obséquieuse devant ce pasteur, tellement plein de son Seigneur que sa tête risquait d'éclater. Elle se demanda si frère Powell pouvait sentir l'alcool dans son haleine. Il lui paraissait si sournois. Elle le trouvait tapi quelque part chaque fois qu'elle amenait Nate à l'école. Elle l'évitait. Un jour, il lui avait dit que Dieu n'aimait pas les pécheurs. Sur l'instant, elle l'avait cru capable de sonder son âme et de la trouver pleine de péchés.

« Nous voudrions parler au frère Johns, dit Glick.

— Je suis certain de pouvoir vous apporter l'aide

que vous recherchez », dit frère Powell. Sa voix était mielleuse, trop affable ; pourtant Cindy y perçut aussi une pointe d'irritation. Elle comprit qu'il connaissait la raison de leur présence et l'objet de leur visite. Elle était convaincue qu'il ferait tout ce qui était en son pouvoir pour se mettre en travers de leurs souhaits, qu'il voulait être chargé de la cérémonie. Il y avait une certaine notoriété, même indécente, à tirer de la mort de son fils. Il en voulait sa part.

« Non, dit Glick. Nous voulons parler à frère Johns.

— Il est absent en ce moment », dit frère Powell, dissimulant mal son irritation. Puis sa voix changea, il prit un ton doucereux, convaincant. « Je vous en prie, accompagnez-moi dans mon bureau. Je désire vous aider. »

Cindy s'apprêtait à le suivre mais Glick s'obstina : « Non merci. Nous voulons parler à frère Johns. »

Il saisit Cindy par le bras, la fit pivoter sur ses talons et l'entraîna hors du bureau. Ils franchirent toute la longueur de l'église, qui ressemblait à un gymnase de lycée malgré sa croix dorée tape-à-l'œil, et, quand ils débouchèrent à l'extérieur, Cindy eut l'impression qu'elle avait longtemps retenu son souffle sous l'eau et qu'elle pouvait enfin respirer. Elle était contente de ne plus avoir à se montrer aimable envers frère Powell. Sans Nate au jardin d'enfants, elle n'aurait plus à jouer les lèche-cul avec lui, ni à traverser la rue à sa vue.

« Viens », dit Glick.

Il la fit monter dans son pick-up, retourna au village et s'arrêta devant le bureau de l'état civil ; Cindy le suivit à l'intérieur. L'atmosphère était suffocante, et elle défit la fermeture de sa veste pendant que Glick se dirigeait vers la pièce où étaient exposées les photos des premiers habitants du village. Sur l'un des bancs était assis le vieux pasteur aveugle. Il était appuyé sur sa canne, comme s'il écoutait quelque chose. Il avait une expression de ravissement sur le visage. Cindy se demanda s'il entendait des anges chanter.

« Frère... », dit Glick. Il s'éclaircit la voix. Comme lui, Cindy éprouva de la vénération en présence de cet homme. Elle aurait volontiers bu un verre. Chaque fois qu'elle pensait un peu trop à Dieu, elle avait envie d'un verre. Avec le recul, elle regrettait amèrement l'existence qu'elle avait eue avant, car c'était une vie bien meilleure qu'elle ne le croyait alors.

« Frère Johns ? répéta Glick.

— Oui », dit le vieil homme. Il se tourna dans la direction de Glick. « Qui est là ?

— C'est Glick. Et la maman de Nate. Cindy. »

Le frère prêcheur hocha la tête. Il ne prononça aucune banalité, n'offrit aucune condoléance.

« Que puis-je faire pour vous ?

— Frère Johns, dit Cindy, nous nous demandions si vous pourriez dire quelques mots lors de la cérémonie à la mémoire de Nate demain. Elle aura lieu dans la forêt. Là où on l'a trouvé. C'est une longue marche. »

Frère Johns resta sans rien dire pendant un moment. Il semblait contempler les photos sur le mur. Pourtant il était visible qu'il était aveugle, ses pupilles étaient vitreuses et opaques. Légèrement bleutées. Cindy regarda les photos, les gens dans leurs habits du XIXe siècle, les amoncellements de neige. Elle vit la photo des enfants qui avaient survécu à la tempête de 1889, et celle, prise des années plus tard, où ils apparaissaient adultes. Elle vit celles en noir et blanc d'Angels Crest. Elle refoula un sanglot.

« Vous y croyez, vous, à l'histoire de ces anges qui ont sauvé ces gosses ? » La question lui avait échappé.

Le vieil homme sourit. « Il me plaît d'y croire. Elle m'aide à rester serein, à penser qu'il existe des anges qui nous protègent. »

Cindy s'assit sur le banc à côté de lui, et sentit le monde se refermer sur elle et s'assombrir. Pourquoi les anges n'avaient-ils pas sauvé son fils ? Comme s'il devinait ses pensées, frère Johns chercha sa main. La sienne était chaude et son contact la réconforta.

« Je pourrai assister à la cérémonie si vous le désirez. Mais je ne suis pas du genre éloquent, si c'est ce que vous recherchez, dit-il. Et je suis un vieil homme. J'aurai besoin que vous m'aidiez à arriver jusque-là.

— Bien sûr, le rassura Glick. Je m'en chargerai. »

On eût dit que le saint homme guettait quelque chose. Ou qu'il écoutait quelque chose que ni Cindy ni Glick ne pouvaient entendre.

« J'ignore pourquoi Dieu agit comme Il le fait, dit-il. C'est le mystère de ma foi. Aimer Dieu malgré les souffrances terrestres.

— J'ai du mal à croire qu'il y a des anges en train de voler un peu partout dans le ciel, remarqua Cindy.

— Je comprends, dit le pasteur. Ne vous laissez atteindre ni par le chagrin ni par la crainte.

— J'ai tellement peur », dit Cindy. Les mots lui avaient échappé, coupants, douloureux au moment où elle les prononçait.

« Tout change, seul Dieu est immuable.

— J'aimerais avoir la foi. »

Il hocha la tête. Il lui tenait toujours la main. Elle était sèche et chaude. Elle aurait aimé rester avec lui à contempler les photos. Ne rien dire pendant le restant de ses jours. Vivre simplement dans une pièce remplie de l'histoire d'autres gens.

« Merci, dit Glick. Il faut que nous partions maintenant. »

Cindy se leva. Le monde se resserrait, s'éloignait de plus en plus. Elle leva la tête vers Glick, se redressa et tourna le dos au pasteur. Il y avait trop de choses tues. Trop de choses qu'elle ne pouvait pas comprendre.

« Dépose-moi au bar, dit-elle à Glick quand ils sortirent du bureau de l'état civil. Et dis à Ethan que j'ai fait ce qu'il voulait que je fasse. »

Juge Jack Rosenthal

IL SE RÉVEILLA, SURPRIS D'AVOIR FAIT UN SOMME. Il faisait noir. Il regarda la pendule : 18 h 30. Il s'assit et contempla les formes des objets autour de lui – le canapé sur lequel il avait dormi ; les rideaux, tirés pour protéger la pièce de la nuit glaciale ; la table de salle à manger un peu plus loin, avec ses deux bougeoirs au centre. Comme le froid le gagnait, il tendit le bras et prit la couverture pliée au bout du canapé. Il s'en enveloppa, puis resta tranquillement allongé, à écouter le tic-tac de la pendule et rien d'autre.

Il se figura son propre corps comme s'il se regardait d'en haut. Il voyait combien il avait maigri, les endroits où sa peau était devenue flasque. Il se souvenait d'une époque où il était robuste, où ses articulations ne le faisaient pas souffrir. Ses os lui paraissaient si fragiles aujourd'hui. Il pensa que s'il faisait une chute violente il se casserait en deux.

Au bout d'un moment, il se leva et alla à la cuisine pour se préparer quelque chose à manger. Il s'étonnait d'avoir cédé à la lassitude et à l'indifférence. Il n'ignorait pas que c'était signe de dépression.

Il sortit du placard une boîte de soupe, l'ouvrit, versa le contenu dans une casserole et y ajouta un peu d'eau. Il alluma un brûleur au minimum, trouva un reste de pain dans le buffet, le fit griller, le mangea machinalement pendant que la soupe chauffait. Lorsqu'elle fut prête, il la versa dans un bol et la dégusta lentement dans la cuisine sombre.

Il regarda à l'extérieur et ne vit rien que l'obscurité du début de l'hiver. Tout paraissait si vide, si nu. Il se rappela qu'il voulait partir s'installer dans le désert et se demanda si la chaleur du soleil le rendrait plus heureux. Il se souvint d'avoir vu le désert en fleurs. Il avait été déçu au début, car il s'attendait à plus. Mais la beauté du désert, avait-il appris, résidait dans ses menus détails. Un jour, après une longue marche à Joshua Tree, il avait trouvé un minuscule coquillage sur le sol. Il l'avait ramassé et fourré dans sa poche.

Il se leva et alla dans sa chambre. À côté de son lit se trouvait un bocal rempli de boutons, de pièces de monnaie et de bouts de papier – maximes dissimulées dans des biscuits, numéros de téléphone de gens dont il avait perdu la trace. Plaquée contre la paroi de verre, tournée vers l'extérieur, il y avait une petite photo de Marty prise à la sortie du lycée, avant que la drogue ne s'empare de lui.

Jack ouvrit le bocal, et fouilla à l'intérieur jusqu'à ce que ses doigts tombent sur le coquillage du désert. Il se souvenait qu'il l'avait parfois cherché au fil des années et que, chaque fois qu'il le retrouvait, c'était avec un plaisir intense, une sensation de bonheur. Il n'en avait jamais compris la raison, mais tenir dans sa main ce fossile, qui avait traversé des millions d'années depuis l'époque où les déserts étaient recouverts d'eau, l'emplissait de sérénité. Il y voyait la permanence de la vie, l'indulgence d'un Dieu qui permettait à l'existence de se perpétuer, même après notre mort et notre disparition.

Il tenait le coquillage dans le creux de sa main et pensait à ses fils. Il les voyait non tels qu'ils étaient aujourd'hui, mais comme quand ils étaient petits. Il se souvint qu'avant leur naissance il avait désiré de toutes ses forces avoir des enfants, parce qu'il imaginait qu'ils chasseraient sa peur de la mort. Il croyait qu'à partir du moment où ils continueraient à vivre après sa mort celle-ci lui semblerait moins effrayante.

Cependant, après leur naissance, ses terreurs avaient au contraire redoublé. Et s'il disparaissait et les laissait orphelins de père ? Pire, si l'un d'eux mourait ? Il était saisi de crainte et il priait avec ferveur : *Je vous en supplie, faites que nous ne mourrions pas*. Après la naissance de son aîné, il avait pensé que le métier de parent était le plus difficile du monde, non pas parce qu'il était physiquement épuisant, mais parce qu'il soulignait votre vulnérabilité.

Il pensa à Ethan Denton caché quelque part à Angels Crest, cherchant à comprendre comment tout ça était arrivé, à comprendre que son fils était mort. Son arrestation était imminente. Il se prit la tête dans les mains et songea à son propre fils. Au moins Marty n'était-il pas mort. Et pourtant, il ne trouvait pas de place en lui pour lui pardonner.

La condition d'un être humain était de marcher sur une passerelle étroite ; un esprit mûr, croyait-il, pouvait y parvenir sans peur. Mais le monde était en vérité une longue suite de malheurs. Comment réconcilier la souffrance avec un Dieu juste ? Cela lui sembla soudain insurmontable. Un précipice s'ouvrait devant lui, qui s'élargissait de plus en plus dans l'obscurité.

Glick

CE MATIN-LÀ, AVANT LA CÉRÉMONIE FUNÈBRE, Glick se réveilla et trouva Rosie debout à côté de lui en train de l'observer avec attention.

« Mamie, dit-elle sans le quitter du regard. Pourquoi il est dans le lit avec toi ? »

Angie se redressa brusquement, tirant les draps sur son corps nu.

« Merde ! dit-elle.

— Tu as dit un gros mot, dit Rosie.

— Ma chérie, va dans la cuisine et attends-moi.

— Est-ce qu'il s'est perdu, lui aussi ? »

Muet, Glick gardait les yeux fixés sur Rosie. Il jeta un coup d'œil à Angie, la vit se débattre pour enfiler sa chemise de nuit qui était tombée sur le sol. Elle semblait nerveuse, contrariée. Il aurait voulu disparaître sous terre. *Ce doit être vraiment difficile d'être un enfant,* pensa-t-il. *D'être cette enfant-là.*

« Non, mon cœur, dit Angie. Il n'est pas perdu. » Elle avait manifestement deviné que Rosie n'irait pas dans la cuisine. Glick dans le lit de grand-mère, c'était beaucoup trop intéressant pour qu'on l'y abandonne. Angie tenta donc une autre ruse. Elle tendit les bras et appela sa petite-fille. « Viens ici », dit-elle. Sa voix avait retrouvé son calme et son visage s'était adouci.

Glick était stupéfait. Quelle formidable capacité de patience et d'adaptation ! Elle le subjuguait. Mais il se souvint alors qu'il était nu sous les draps. Qu'aurait pensé Rosie si elle l'avait vu ainsi ?

Rosie se dirigea vers le côté du lit qu'occupait Angie. Sa grand-mère lui repoussa les cheveux en arrière et lui murmura quelque chose à l'oreille. La fillette prit soudain un air très sérieux, comme si sa grand-mère venait de lui confier une tâche d'une extrême importance. Elle opina et sortit de la chambre, droite, traînant derrière elle son pingouin en peluche.

« Nom de Dieu, fit Glick.

— Ne t'inquiète pas.

— Ça la fiche mal. »

Angie hocha la tête. « Il fallait bien qu'elle le découvre.

— C'est trop tôt. »

Angie resta silencieuse, les yeux baissés.

« Je ne veux pas dire que j'ai des doutes sur toi et moi. Je veux dire que c'est trop tôt pour elle, dit Glick. Et je suis nu sous ces couvertures. »

Angie sourit, visiblement soulagée. « Écoute, dit-elle, je n'ai pas pour habitude de me voiler la face juste parce que j'ai mauvaise conscience.

— Alors, qu'est-ce que tu vas lui dire ? »

Angie sortit du lit et enfila sa robe de chambre. « Je n'en sais rien. Il faut d'abord que je lui annonce que nous allons à un enterrement aujourd'hui. Je ne sais pas ce qui va être le plus dur, lui parler de ça ou de nous.

— Peut-être vaudrait-il mieux que je parte ? dit Glick.

— Peut-être, dit-elle en le regardant sévèrement, mais peut-être devrais-tu rester et prendre une tasse de café. Les gens qui partent en douce, elle connaît. Sa mère n'a jamais rien fait d'autre. »

Glick hocha la tête. C'était la première fois depuis

qu'il connaissait Angie qu'elle faisait allusion à sa fille. Il n'avait plus qu'à lui obéir.

« Angie », fit-il.

Elle leva la tête vers lui, et il vit dans ses yeux toute la tendresse qu'il pouvait désirer. La compassion qui s'y lisait était une promesse de liberté, leur calme porteur de délivrance. Toute son anxiété se dissipa.

« Il faut que je te dise... »

Elle l'embrassa sur la bouche. « Garde ça pour plus tard, murmura-t-elle. Garde-le pour ce soir.

— Dans ce cas, je pars tout de suite », dit-il.

Il s'attarda un peu dans le lit. Il redoutait le moment de se retrouver face à cette fillette. Il pensa à Nate, courant dans la forêt si vite qu'il avait usé jusqu'à la trame les chaussons de son pyjama. Il se rappela soudain le fusil avec lequel il tuait des daims tous les ans. Il pensa aux chats, juchés sur la commode, surveillant les gestes solitaires de ses dix dernières années. Il vit le réseau compliqué de sa vie. Comment expliquer qu'on pouvait aimer un chien et tuer un daim ? Chercher désespérément l'amour et le repousser à chaque occasion ? Céder et résister ? Comment un homme pouvait-il vivre dans une telle contradiction et ne pas devenir fou ? Comment avait-il fait pendant tant d'années ? Comment, se demanda-t-il enfin, comment fait-on pour commencer une nouvelle vie, une vie à la fois droite et flexible comme un roseau ?

Il se leva et alla à la fenêtre. La chaleur de la pièce avait déposé de la buée aux angles des carreaux. Dehors, l'aube se levait. Il vit dans l'orientation du soleil, dans la direction du vent, dans les nuages blancs en altitude qu'il allait neiger. Le monde était tranquille et replié sur lui-même. Sa gorge se serra d'émotion. Il comprit qu'il s'était posé trop de questions pendant trop longtemps.

Dans la cuisine, Rosie et Angie parlaient calmement, serrées l'une contre l'autre, une petite équipe de femelles. Elles levèrent toutes deux la tête en l'apercevant. Rosie avait un air grave et impitoyable mais Angie souriait.

« Rosie dit qu'elle ne t'aime pas », annonça Angie.

Rosie croisa les bras avec un air de défi.

« Tant pis, fit Glick. Peut-être aimera-t-elle le chien. »

Rosie jeta à Angie un regard soupçonneux, comme si sa grand-mère lui avait caché certaines choses et était en réalité un membre de la tribu ennemie. Mais Angie avait oublié le chien, qui devait attendre avec patience, comme un vieux bouddha, près de la porte du fond.

« Il est dans la galerie », dit-elle.

Rosie regarda Glick. « Vas-y toi, dit Glick. Il ne te mordra pas. »

Rosie se leva lentement et, traînant son pingouin en remorque, se dirigea vers l'arrière de la maison. Elle se retourna en chemin pour bien leur montrer qu'il n'était pas question de la mener en bateau. Angie rit silencieusement.

« Est-ce qu'elle a vraiment dit qu'elle ne m'aimait pas ? »

Angie hocha la tête.

« Mince. Comment faut-il faire pour qu'un gosse vous aime ?

— Il faut s'occuper d'eux, dit-elle d'une voix douce. Vingt-quatre heures sur vingt-quatre, sept jours sur sept, même quand tu as envie de traîner au lit, la tête sous les draps. »

Glick comprit la leçon. Il vit le regard clair, aigu que lui adressait Angie, et sut que si elle y était forcée elle ferait un choix et que la fillette l'emporterait. Il comprit qu'on lui demandait de faire un choix lui aussi. Ils entendirent Rosie pousser des petits cris de plaisir.

« Le chien m'a léché la figure, dit-elle d'un air ravi.

— Bon Dieu, dit Angie. J'espère qu'au moins il ne perd pas ses poils.

— Absolument pas, dit Glick. Mais je sais me servir d'un aspirateur. »

Lorsqu'ils prirent leur petit déjeuner un peu plus tard, le chien fut autorisé à s'asseoir aux pieds de Glick. Rosie voulut lui donner un morceau de toast, mais Glick lui expliqua qu'un chien pouvait prendre l'habitude d'être trop gâté et qu'il valait mieux le laisser un peu sur sa faim. Elle hocha la tête d'un air grave et, quand vint l'heure de partir, Angie boutonna le col du manteau de Glick en disant : « Elle aime qu'on lui parle comme à une adulte.

— Elle ne l'est pas ?

— On le dirait parfois, n'est-ce pas ? »

Ils s'attardèrent un instant avant qu'Angie n'ouvre la porte. Le soleil éclairait crûment l'entrée, l'emplissant d'une lumière jaune hivernale.

« Ouah ! dit Angie. Quelle journée superbe !

— Il va neiger, dit Glick.

— Ça m'étonnerait. »

Il sourit. Il savait qu'il avait raison. Il avait toujours raison, s'agissant du temps. Il ne se souciait plus de le prouver à qui que ce soit. « Veux-tu que je vienne te chercher pour la cérémonie ? demanda-t-il.

— Tout le monde sera alors au courant.

— Il faudra bien qu'ils le sachent un jour.

— Mais c'est de Nate qu'il s'agit.

— D'accord. Attendons pour l'instant.

— Et puis, dit Angie, j'ai des choses à préparer pour le dîner. Je te retrouverai sur place. »

Glick l'embrassa. Il ne serait jamais rassasié d'elle. Comme le chien, il resterait toujours un peu sur sa faim. Et c'était mieux ainsi.

Il monta dans son pick-up et prit la direction de Cage Road. Les routes étaient presque désertes mais il reconnaissait maintenant les voitures des journalistes. Elles étaient plus récentes que celles des habitants du village. De gros 4 × 4 étincelants, qui coûtaient davantage que le salaire annuel de la plupart des gens.

En chemin, il passa devant Chez Angie. Les box et les tables vides avaient un aspect mélancolique. Il se demanda si Angie avait jamais été en retard auparavant. Puis il réfléchit qu'elle n'ouvrirait probablement pas aujourd'hui, par respect pour ceux qui avaient pris le deuil. Il aperçut le shérif se diriger vers le restaurant et essayer d'ouvrir la porte. Dans son rétroviseur, il le vit jeter un coup d'œil à l'intérieur.

Quand Glick arriva chez lui, Ethan était étendu sur le canapé et on eût dit qu'il n'en avait jamais bougé. Il semblait volumineux, massif dans la pièce, comme si le chagrin l'avait étoffé et le faisait paraître plus grand qu'il n'était en réalité. En même temps, il donnait l'impression d'être diminué, vidé par une souffrance de chaque seconde.

« Tu as dormi ? » demanda Glick.

Ethan secoua la tête. « Chez qui tu es allé crécher ?

— Chez Angie. »

Ethan haussa les sourcils sans rien dire. Après un long silence, il déclara : « J'ai entendu à la radio qu'ils ont l'intention de m'arrêter aujourd'hui. »

Ce fut au tour de Glick de rester silencieux. Il alla dans la cuisine. Les chats accoururent et se frottèrent contre ses jambes, ronronnant et miaulant.

« Tu as nourri les chats ?

— Non. »

Glick leur donna à manger, puis alla dans la salle de bains prendre une douche et se raser. Il enfila un jean propre et une chemise repassée. Les nuages arrivaient en rangs serrés dans le ciel. C'était le jour de l'ouverture de la chasse au daim. Il se souvint de son pressentiment, qu'il ne chasserait peut-être plus jamais le daim. Il se demanda si Ethan savait quel jour on était. Comme s'il lisait dans ses pensées, Ethan dit : « Tu sais, à cette même époque, on aurait été là-haut depuis des heures, peut-être même qu'on aurait tué un daim chacun.

— Ça paraît loin, dit Glick.

— Ouais. »

Sa voix était nostalgique. Elle s'étrangla dans sa gorge. Glick s'assit à côté de lui sur le canapé. Il regarda par la fenêtre le chien qui creusait dans la neige. Il savait qu'il existait plusieurs réponses à une question donnée. Que la vie n'offrait jamais de réponse unique.

« Je suis désolé pour tout ça. Je sais que c'est probablement la dernière chose que tu as en tête en ce moment, mais je regrette ce que j'ai fait avec Cindy », dit Glick.

Ethan lui jeta d'abord un regard vide, un peu brouillé. Puis il hocha la tête.

« C'est du passé, dit-il. Cindy buvait trop. Elle levait trop souvent la main sur l'enfant. Il fallait que ça cesse. Je pense que c'était une façon pas plus mauvaise qu'une autre.

— Je suis désolé quand même. D'une certaine manière, j'ai toujours cru que je n'avais de comptes à rendre à personne après avoir été fichu en taule pour un truc que je n'avais pas commis.

— Je comprends.

— Je sais que c'est rien, comparé à ce qui arrive maintenant. Mais je voulais que tu le saches. »

Ethan posa la main sur l'épaule de Glick. « T'en fais pas, mon vieux. »

Glick se leva. Il se sentait mal à son aise. Tout lui paraissait faux, soudain. Il ne désirait pas de paroles de consolation, pourtant Ethan semblait penser que c'était ce qu'il recherchait. Il aurait aimé lui dire qu'il n'avait pas besoin de pardon. Il avait simplement voulu remettre les choses à leur place. Pourquoi la vie était-elle si difficile ?

« Tu devrais prendre une douche, Ethan. Il faut que

nous partions tôt. Je dois aller chercher le vieux pasteur aveugle.

— Pourquoi tient-elle tant à avoir ce type ?

— Je n'en sais rien. Mais comparé à l'autre...

— ... c'est un moindre mal.

— Il a quelque chose...

— Je ne crois pas à toutes ces foutaises. C'est surtout pour elle. Et pour le gosse. Tu comprends ? »

Glick fit un signe d'assentiment. « Je vais te chercher une serviette propre. »

Il était content d'avoir quelque chose à faire. Il savait qu'Ethan détestait tout ce qui avait un lien quelconque avec l'Église, avec Dieu. Avec Jésus en particulier. Il en ignorait la vraie raison sauf qu'Ethan avait toujours été opposé aux organisations, aux croyances, aux doctrines. C'était un homme de la forêt, où les règles sont tacites mais claires. Il était d'autant plus incroyable qu'il ait laissé son fils seul dans le pick-up. Il aurait dû savoir.

Pendant qu'Ethan prenait sa douche, Glick sortit et se dirigea vers la prairie derrière la maison. Le matin était immobile, et il sut que la tempête s'annonçait. Les pins blancs et les sapins de Douglas qui bordaient son terrain étaient couronnés de neige, les plus hautes branches ployaient sous son poids.

Au cours de ses randonnées dans les montagnes, Glick avait vu des pins blancs de plus de quinze mètres de haut. Il se souvenait d'un printemps où il était parti seul, sac au dos, en suivant le cours d'un ruisseau si clair qu'il avait bu son eau sans la filtrer ou la faire bouillir. Un après-midi, alors qu'il marchait le long d'un torrent impétueux, il s'était trouvé nez à nez avec un ours noir. Ils n'étaient qu'à trois mètres de distance. L'ours s'était dressé sur ses pattes arrière, tellement surpris qu'il avait paru incapable de réagir, de fixer son attention sur lui. Puis, tout d'un coup, il avait tourné les talons et disparu dans la forêt. Un émoi étrange s'était emparé de Glick, un mélange de peur et d'exaltation, et il n'avait pu continuer son chemin. La gorge serrée, les larmes aux yeux, il était resté figé, se sentant stupide devant la violence de cette émotion.

Aujourd'hui, il mesurait le poids du chagrin d'Ethan et l'impact de la mort de Nate, non seulement sur lui, mais sur le village tout entier. Il comprit combien sa vie avait été solitaire, fermée au monde, aux gens qu'il côtoyait au quotidien. Il se souvint de l'ours et de l'agitation qui l'avait gagné. L'explication lui apparaissait soudain, bien qu'il ne l'ait pas saisie sur le moment : en découvrant cette affinité avec l'ours, il avait ressenti pour la première fois qu'il appartenait à quelque chose de plus vaste que la prison de sa solitude et de son amertume.

Tandis qu'il contemplait le terrain qui l'entourait, le chien sortit de la forêt et ralentit l'allure en s'approchant de son maître, agitant la queue, la langue pendante. La joie brillait dans ses yeux. Tout était nouveau et différent. Non l'allégresse du chien – ça, il l'avait remarqué dès le jour où il avait recueilli le petit bâtard. Ce qui était nouveau pour Glick, c'était de reconnaître qu'il était resté longtemps incapable de rechercher le même sentiment chez un être humain.

Lorsque Ethan sortit de la douche, Glick lui conseilla de s'habiller chaudement et de mettre une bonne paire de chaussures. « Tu as toujours cru être le seul parmi nous à pouvoir prédire le temps, hein ? » fit Ethan.

Glick sourit. « Tu te gourais toujours, si mes souvenirs sont exacts. »

Ethan mit son manteau, son chapeau et ses gants. Glick le regarda ramasser ses cigarettes et son briquet, et les glisser dans sa poche. Il sortit quelques quarters qu'il contempla avant de les rempocher. Arrivé devant le pick-up, il dit au revoir au chien avec un sérieux teinté de tristesse avant de grimper à l'intérieur.

« Ils vont venir m'arrêter pendant la cérémonie.

— Ils ne viendront pas t'arrêter du tout, Ethan. Tu n'as pas violé la loi. Tu as été imprudent.

— Je l'ai entendu à la radio. Le district attorney de la ville va m'inculper. "Négligence criminelle". Jamais entendu parler de ça.

— Attendons de voir ce qui va se passer.

— Je le mérite, tu sais. On ne part pas en laissant son gosse dans un foutu pick-up par un matin glacé. C'est de la folie. À quoi est-ce que je pensais ? »

Glick ne trouva rien à lui répondre, car tout ce qui lui venait à l'esprit n'aurait fait qu'envenimer la blessure. Ethan était jeune et avait eu trop de soucis. La quincaillerie, son divorce, la bataille pour la garde, un petit enfant. Il se dit que son ami oubliait parfois qu'il était un père, malgré tout son amour pour son enfant. Et il se dit aussi qu'il était innocent. Ethan ne méritait pas d'autre châtiment que celui qui le torturait, avoir à vivre avec lui-même le restant de sa vie.

Les deux hommes traversèrent le village et le ciel s'obscurcit. Les routes étaient encombrées à présent, les gens se rendaient à leurs occupations. Glick prit le chemin de Calvary Church et vit le pasteur aveugle qui les attendait sur le trottoir, vêtu d'un costume sombre de cérémonie et ganté de cuir. Il était coiffé d'un chapeau garni de fourrure, et portait un col d'ecclésiastique et un pantalon strict, mais Glick nota avec soulagement qu'il avait de bonnes chaussures.

« Regarde-moi ça, dit Ethan.

— Il va se geler, là-haut.

— Je t'assure que rien que sa vue me noue les boyaux. »

Glick comprit ce qu'il voulait dire. Ce qu'Ethan ressentait, c'était la bonté de l'homme derrière son aspect cérémonieux. Sa sérénité, son attitude empreinte de tristesse. La manière dont il semblait prendre les choses à cœur, comme s'il sondait la profondeur de la douleur d'Ethan.

« Ça va me tuer, Glick. Je te jure. » Il se mit à

pleurer, et Glick ralentit pour lui laisser le temps de se reprendre. « Merde ! s'exclama Ethan. C'est pas réel ! Je ne peux pas croire que ça arrive.

— Allez, tout ira bien. » Glick avait un ton emprunté. Il se sentait si gauche, si ridicule dans sa façon maladroite de vouloir bien faire, de se montrer réconfortant ! Un idiot empoté et stupide, voilà ce qu'il était. Il ralentit et se gara, puis descendit et s'approcha du pasteur.

« Bonjour, dit le vieillard.

— Bonjour », dit Glick. Il le prit par le coude et le guida jusqu'au pick-up. Il l'aida à monter, étonné de le trouver si maigre et frêle, si près de la fin de sa vie.

Ethan

IL PLEURA PAR ACCÈS DURANT TOUT LE TRAJET. Le pasteur lui tapotait doucement le genou d'un geste paternel, comme son propre père ne l'avait jamais fait. En s'approchant de la clairière où tout avait commencé, le jour de l'ouverture de la chasse, Ethan ferma les yeux et vit sa vie se dérouler devant lui, la paisible innocence de son enfance, la mort de sa mère, l'immense douleur de son père, sa rencontre avec Cindy, leur amour tumultueux, la naissance de son fils. L'instant le plus miraculeux de sa vie.

Il pensa à Nate et à son désir de lui apprendre à chasser. Il pensa à son amour de la forêt, à la combinaison parfaite à ses yeux que formaient la chasse et les bois. Il pensa aux aventures dont il avait rêvé pour son petit garçon, des aventures qui ne verraient jamais le jour. Anéanties par la mort de Nate.

Ce matin, alors qu'allaient se dérouler les funérailles de son fils, il savait qu'il ne chasserait plus jamais, qu'il ne trouverait plus jamais la moindre consolation dans la forêt. La perte de son fils était aussi la perte de tout ce qu'il avait aimé. Les bois n'auraient plus pour lui ce caractère sacré. Désormais, il ne pourrait contempler leur solitude sans songer à la mort de son enfant.

Glick se gara dans la clairière. L'endroit était encore désert et personne n'arriverait avant un moment. Et pendant un instant, Ethan crut revivre ce premier jour après la disparition de Nate, quand il avait exploré seul la forêt à sa recherche et que soudain il avait vu la foule grouiller autour de lui.

Le ciel s'était peu à peu rempli de gros nuages menaçants. Glick ne s'était pas trompé, il neigerait bientôt. Ethan s'inquiéta pour tous les gens qui viendraient assister à la cérémonie, ils auraient du mal à se rendre à pied jusqu'à l'endroit où il avait planté une croix dans le sol.

« Tu as toujours raison, Glick, dit-il. Il va neiger. »

Glick sourit. Ethan se tourna vers le pasteur. « Vous vous sentez bien ? Vous croyez que vous pourrez faire le trajet à pied ? Il y en a pour une bonne heure et autant pour revenir.

— Est-ce que ça monte dès le début ? » demanda le pasteur.

Ethan hocha la tête. « C'est l'ancien sentier de l'Angels Crest. Il fallait alors une bonne journée de marche pour atteindre le sommet, à condition de ne rien porter.

— Hum, fit le pasteur. Il fut un temps où je connaissais ces bois comme ma poche.

— On a tracé une nouvelle piste. À trois cents mètres d'ici. Ils ont construit une chaussée plus large. Par une belle journée, il suffit de quelques heures pour arriver là-haut. N'est-ce pas ? » Ethan se tourna vers Glick, qui approuva.

Ethan se sentit réconforté en voyant qu'aucun d'eux ne faisait mine de quitter le pick-up. Que leur délicatesse les retenait d'accomplir ce pour quoi ils étaient là. Glick dit : « Elle n'est pas aussi jolie. Et elle est trop encombrée en été.

— Hum, fit le pasteur. Bien sûr, je ne suis pas monté ici depuis des années.

— Vous avez grandi dans ce village ? » demanda Ethan.

Le vieil homme se tourna vers lui et Ethan remarqua l'étrange transparence bleutée de ses yeux, s'étonna de la beauté de ce regard voilé et vide. « Oui. Naturellement. J'ai toujours vécu ici, dit-il. Je suis né ici.

— Ah ? Et où ? demanda Glick.

— Dans la vieille maison au bout de Cage Road. Au milieu de la prairie.

— Dans Cage Road ?

— Oui, monsieur, dit le vieil homme.

— C'est là où j'habite, dit Glick.

— Ça alors ! » dit le pasteur. Puis il hocha la tête à plusieurs reprises. Il tapota le genou d'Ethan. « Mon arrière-arrière-grand-père est né lors de ce terrible hiver de 1889 où sont morts la plupart des habitants du village. La route ne s'appelait pas Cage Road à l'époque. Elle n'avait pas de nom. Et la maison d'origine a brûlé en 1925.

— Votre arrière-arrière-grand-père était-il... », commença Ethan. Mais il ne put continuer. Il ne voulait pas savoir. Il se souvenait de la légende, des anges qui avaient sauvé les enfants. Curieusement, il y avait toujours cru. Elle faisait partie du village, autant que le restaurant d'Angie et le bureau de l'état civil. Autant que les montagnes elles-mêmes. Mais il ne voulait plus y penser. S'il y avait des anges là-haut, pourquoi n'avaient-ils pas sauvé son petit garçon ?

« C'était un des cinq enfants qui survécurent cette année-là, dit le vieil homme, répondant à la question muette d'Ethan. Si je me rends parfois au bureau de l'état civil, c'est parce que je me souviens d'un temps où je pouvais voir la photo accrochée en haut, sur le mur. Avant de devenir aveugle. »

Glick et Ethan échangèrent un regard. Ethan se demanda si Glick voyait à quel point il souffrait.

Glick dit : « Je n'arrive pas à croire que vous soyez né dans ma maison. »

Le pasteur demeura songeur. « C'était un endroit isolé et j'ai toujours souffert de cette solitude, dit-il enfin. J'étais impatient de m'en aller. Lorsque je me suis installé au village, je me suis enfin senti libre. »

Ethan fut le dernier à descendre du pick-up. La neige fraîche avait changé le paysage autour d'eux, effacé les empreintes laissées par les recherches. Tout était vierge à nouveau, pur, d'une beauté supéfiante, et il se retrouva plongé dans son passé. Il revit tout ce que son existence avait eu de merveilleux, tout ce qui en avait fait la beauté, les épreuves surmontées, et même sa simplicité, alors qu'elle lui avait paru si compliquée et difficile parfois. L'harmonie de l'univers lui donna, brièvement, l'illusion d'être délivré de ce qui l'avait blessé ou meurtri. Enfoui sous la neige et l'hiver, le paysage s'étendait devant ses yeux, miraculeux, inégalé dans son ampleur et sa magnificence. Il s'imagina en train de planer dans les airs, son fils serré dans ses bras, s'élevant de plus en plus haut, tandis qu'en bas le monde enneigé disparaissait de sa vue.

Rocksan

ELLE FUT RÉVEILLÉE PAR L'ÉCLAT DU SOLEIL d'hiver qui s'infiltrait dans la pièce par la fente des rideaux. Un long rai de lumière se posa en travers du lit, en travers de leurs corps. Jane était déjà réveillée à son côté, et elle passa un bras autour d'elle en la sentant bouger. Jane pesait à peine plus de quarante-cinq kilos, mais ses émotions lui donnaient un poids redoutable.

« La cérémonie a lieu aujourd'hui », dit-elle d'une voix encore engourdie par le sommeil.

Rocksan acquiesça. Elle avait su par ouï-dire, comme toujours dans les petits villages, qu'elle se déroulerait dans la matinée. Étaient les bienvenus ceux qui désiraient s'associer au deuil et faire à pied dans la forêt le trajet jusqu'à l'endroit où Nate était mort. Pour Rocksan, seuls les habitants d'un village comme Angels Crest pouvaient trouver normale, sinon usuelle, une cérémonie au milieu des bois sous la neige.

Elle pensa aux enfants – pas vraiment des enfants – qui dormaient dans la chambre d'amis au bout du couloir. Elle revit Melody et son ventre énorme. Elle revit le fils de Jane. Songea à son amertume, à sa colère, mais aussi à ce triste besoin de se diminuer. C'était une chose qu'elle comprenait. Elle aurait voulu lui dire que ça ne valait pas le coup de continuer. Mais elle-même ne s'était pas débarrassée de son agressivité, alors à quoi bon ? Elle ne savait comment s'en libérer. Elle n'était pas le genre à suivre une analyse. Ou à faire du yoga. Ou à devenir zen. Elle ne s'imaginait pas assise en tailleur en train de psalmodier pour trouver la sérénité.

« Je pense que les enfants resteront ici pendant que nous serons là-haut, dit Jane.

— Espérons que Melody ne va pas éclater. Ils n'ont aucun moyen d'aller à l'hôpital. »

Jane parut soucieuse. « C'est un problème. Nous devrions établir une sorte de plan. »

Rocksan imagina un bébé hurlant dans la chambre d'amis. Elle avait quitté San Francisco pour ne plus connaître les angoisses, les complications, les besoins des autres. Toute cette histoire venait contrarier ses projets soigneusement établis. Une retraite tranquille. La forêt. L'air pur. Un trait tiré sur les conneries du passé. Bon Dieu, pourquoi ne pouvait-elle pas tout envoyer au diable ? Elle s'était réfugiée dans ce bled de péquenauds au bout de nulle part, et voilà, la vie avait réussi à la rattraper.

« Et où crois-tu qu'ils iront après la naissance du bébé ? » demanda-t-elle. Le seul fait de poser la question accéléra les battements de son cœur. Elle perdait son aplomb en vieillissant. Elle devenait une vieille bonne femme.

Jane sortit rapidement du lit et se dirigea vers la salle de bains. D'un air détaché, trop détaché, elle répondit : « J'ai pensé qu'ils pourraient rester ici. »

Puis elle entra dans la salle de bains et ferma la porte.

Rocksan bondit hors du lit. Jane se tenait debout devant le lavabo, les mains agrippées au rebord. Rocksan sentit la fureur l'envahir tout entière. Son sang bouillir. C'était une sensation trop familière. Elle la haïssait. Elle était lasse d'être constamment furieuse. Elle pensa à sa sœur, qui semblait tirer sa force du plus profond d'elle-même, une énergie mystérieuse qui l'empêchait de céder à la colère, l'empêchait de haïr le monde. Elle regarda son reflet dans le miroir, et le visage de son père lui apparut, avec son courroux, son arrogance. À cet instant, elle se reconnut en lui. Comme si elle avait absorbé le caractère du mort et se l'était approprié.

« Il vaudrait sans doute mieux que tu me mentes quand je te poserai la question suivante », dit-elle à Jane, d'une voix si mesurée qu'elle s'en effraya.

Jane hocha la tête. Elle avait blêmi.

« Leur as-tu déjà proposé de rester sans m'en parler avant ? »

Jane contempla ses mains, cramponnées au lavabo ; ses phalanges étaient blanches, avec le bout des doigts écarlate. Elle ne leva pas les yeux. Rokcksan tourna les talons et alla jusqu'à la porte de la chambre. Elle se rappela son père qui était parti sans donner d'explications. Elle avait envie de faire la même chose. Elle aurait voulu rompre toutes les entraves qui la retenaient à la Terre, à son existence avec cette folle de Jane et son emmerdeur de fils et sa petite amie enceinte jusqu'aux dents. Mais elle haïssait tellement son père qu'elle ne voulait pas donner à ce foutu macchabée la satisfaction d'avoir gagné, d'avoir totalement ordonné sa vie. Elle se retourna et dit : « Ils peuvent rester un mois. Pas plus. »

Elles se retrouvèrent à la cuisine un peu plus tard. Alors qu'elles buvaient leur café, Jane leva la tête, l'air effrayé, et ouvrit la bouche, comme si elle s'apprêtait à parler. Mais elle revint à son café, sans rien dire. Rocksan termina le sien, et s'apprêtait à quitter la table quand Jane fit remarquer : « La nuit dernière, George et Melody étaient sur le canapé dans le noir. J'ai entendu Melody dire : "Il faut vivre comme si on allait mourir demain."

— De sa voix chuchotante ? »

Jane hocha la tête.

« Est-ce que tu as peur d'elle ? »

Jane sourit. « Je ne crois pas.

— On dirait un papillon ou je ne sais quoi, dit Rocksan. Quelque chose de léger et de translucide qui flotte dans l'air.

— Des ailes », dit Jane doucement.

Elles virent alors George débouler dans l'escalier. *Il ressemble à un chiot,* pensa Rocksan. Il avait cette sorte d'énergie sauvage, indomptée et téméraire.

« Melody dit qu'elle se sent trop fatiguée pour bouger, annonça George. Je pense que le moment approche. Je n'aurais jamais cru qu'on puisse devenir aussi énorme. Elle est maigre comme un clou quand elle n'est pas enceinte.

— Souffre-t-elle de crampes, de douleurs de ce genre ? » demanda Jane.

George secoua la tête. « Non. Elle est juste vannée. Elle dit qu'elle a l'impression d'être échouée, comme une baleine.

— Qu'il faille que la grossesse soit une telle torture dépasse mon entendement, dit Rocksan. Et pourtant, les femmes n'arrêtent pas d'être enceintes. C'est un mystère pour moi. »

George se versa du café et s'assit. Il n'était pas coiffé et ses cheveux lui tombaient dans la figure. Rocksan n'avait jamais aimé les hommes qui portaient les cheveux longs. Mais c'était un genre qui convenait à George. Original et démodé. Il pensait peut-être que ça lui donnait l'air audacieux. Il passait son temps à les tripoter. Il les tira en arrière, prit un élastique enroulé autour de son poignet et les torsada en queue-de-cheval.

« Melody a l'impression d'être habitée par un extraterrestre. Elle le sent profiter de tout, de ce qu'elle mange, de son sommeil pendant qu'elle dort. C'est comme s'il la siphonnait. » Il semblait à la fois satisfait et inquiet. Visiblement, le mystère de la conception et de la grossesse l'enchantait autant qu'il le déconcertait. Comme tous les hommes et certaines lesbiennes, conclut Rocksan.

Elle se leva. Elle ne s'était pas calmée depuis le matin, elle était encore furieuse que Jane ait négligé de la mettre au courant d'une décision qui avait une incidence majeure sur sa vie. Elle aurait voulu ne pas avoir constamment le mot non à la bouche. Elle aurait voulu ressembler davantage à sa sœur, qui se laissait porter par le courant.

« Je vais voir les ruches », déclara-t-elle.

Jane acquiesça. George lissa sa queue-de-cheval. Il semblait troublé par Rocksan. Elle supposa qu'il n'avait jamais vu de près une gouine du genre malabar comme elle.

Elle alla dans la pièce qui servait de vestiaire, mit sa veste, ses gants et son chapeau. Dehors, l'air avait un éclat presque solide, comme si le froid s'était matérialisé et tendait un voile sur la terre. Les arbres étaient immobiles, les ramures des pins ployaient sous le poids de la neige. L'écorce rouge des manzanitas brillait au soleil.

Rocksan se dirigea vers les ruches, les mains enfoncées dans les poches. Quand elle expirait, la buée s'échappait de sa bouche par grosses bouffées. Le monde était silencieux et paraissait attendre, se retenir, se préparer à affronter l'hiver.

Elle avait du mal à croire qu'elle était venue à bout des tâches quotidiennes, que les ruches étaient enfin fermées. Elle songea aux longs mois à venir, quand rien ne se passait, que tout était endormi et qu'elle avait hâte de voir revenir le printemps, afin de pouvoir à nouveau s'occuper des ruches, rapprocher les colonies affaiblies, chercher la reine et dégager les rayons. Elle aimait en particulier le mois de mai, où les abeilles retrouvaient leur rythme et reprenaient le travail auquel elles étaient destinées.

Accroupie devant les ruches, munie de son chapeau

et de ses gants, elle pensa à l'austérité de l'hiver. Elle aimait le calme qui régnait sur la nature, la lente respiration de la terre semblable au souffle d'un ours réfugié dans sa tanière.

Elle entendit un bruit et se retourna pour voir arriver Melody, se dandinant dans la longue doudoune de Jane trop étroite pour son gros ventre. Rocksan éprouva une pointe de soulagement. Cette fille lui plaisait, sans qu'elle sache vraiment pourquoi.

« Bonjour », lança-t-elle d'un ton énergique qu'elle regretta aussitôt car il pouvait paraître excessif, voire un peu trop chaleureux. Elle aurait dû se montrer simplement aimable, sans se forcer.

« Salut, dit Melody. Qu'est-ce qu'il fait froid !

— George dit que vous ne vous sentez pas bien. Pourquoi vous êtes-vous levée ?

— Bof ! » fit Melody. Rocksan rit. Qui disait « Bof » de nos jours ?

« Il dit que vous êtes fatiguée.

— Primo, il devrait essayer de se trimballer avec vingt kilos en plus. Deuxio, George s'obstine à croire qu'être enceinte signifie être malade. Je me sens beaucoup plus vivante qu'il ne l'imagine.

— Bon. Je crois que tout a été dit sur l'incompétence masculine. »

Melody ne sourit pas. Elle se contenta de regarder les ruches. « Voilà donc les fameuses abeilles ?

— Oui », dit Rocksan. Un orgueil secret vibra dans sa voix. Elle nota de se surveiller la fois suivante. Mais il y avait si peu de gens qui la questionnaient sur les abeilles. La plupart la prenaient pour une cinglée, avec ses ruches. Elle revit soudain l'époque où elle avait collé la frousse à ces malheureux lycéens en leur racontant le rituel nuptial des insectes.

« Franchement, je n'y connais rien, dit Melody. Elles m'ont piquée bien trop souvent. J'ignore pourquoi. Je les ai toujours attirées. Ma mère disait que j'étais trop sucrée.

— Elle sait où vous vous trouvez, en ce moment ? »

Melody hocha la tête. « Hmm, elle le sait.

— Est-elle… ?

— Ma mère a fait le choix d'une vie alternative.

— Oh ? s'étonna Rocksan. Elle est lesbienne ? » Les mots avaient jailli spontanément de sa bouche. Melody eut un sourire amusé.

« Non. Je ne dirais pas ça. Elle aime les hommes. Elle n'en a jamais assez. Elle a à peine fini avec l'un qu'elle en a un autre qui attend en coulisse. Elle vous dira qu'elle est une monogame en série. Une amoureuse folle des hommes.

— Elle vit dans l'Ohio ?

— Oh ! là, là ! non. Elle vit en Californie. En ce moment elle habite un dôme géodésique à Julian avec un cultivateur de pommes.

— Ils cultivent des pommes ?

— Oui. Hugh - c'est son nom - et elle ont gagné un peu d'argent à la loterie et acheté un verger.

— On se croirait dans une émission de télé. »

Melody s'esclaffa. « Ma mère est une accro des feuilletons, c'est vrai. Elle veut voir le bébé dès qu'il sera né. Mais elle se contente d'en parler. Elle ne viendra jamais. Dans le langage de mes ex-frères chrétiens, c'est une pute. »

Melody prononça le mot en détachant les deux syllabes. « Je ne lui en veux pas. Elle ne sait pas se comporter autrement. Et c'est pas pa'ce que c'est vot' famille qu' vous d'vez les aimer. »

Elle imitait l'accent plouc à la perfection. Sa sortie réjouit Rocksan.

Melody se tourna vers les ruches.

« Il paraît que la fumée les rend dingo. »

Rocksan s'étonna de voir quelqu'un engager une conversation sur les abeilles. La tête lui tourna pendant un court instant. C'était un sujet que personne n'abordait, à part Jane.

« En réalité, dit-elle en s'efforçant d'avoir l'air détaché, la fumée est un excellent régulateur. »

Melody rit. « Ouais, George et moi on est au courant. »

Rocksan lui lança un regard interrogateur. Parlait-elle d'herbe ? Cela paraissait peu probable. Mais pourquoi pas ? Melody et George étaient aussi déconcertants l'un que l'autre. Difficile de leur coller une étiquette.

« Est-ce que vous pouvez ouvrir une des ruches ? » demanda Melody. Puis elle fit une grimace et se tint le ventre. Rocksan se demanda ce qui se déchaînait dans le mystérieux univers de l'utérus.

« Non. Ce serait une mauvaise idée, répondit-elle. Les abeilles sont particulièrement nerveuses quand on ouvre les ruches par temps froid. Elles pourraient charger et sortir tout ce qu'elles ont dans le dard.

— Ah. Bon, je suppose qu'il vaut mieux s'abstenir. »

— Au cas où ça se produirait, le mieux serait de faire brûler quelque chose – un morceau de bois couvert de mousse, par exemple. D'habitude, la fumée les calme, elle les pousse à se réfugier dans la ruche. »

Melody eut soudain l'air songeur. Elle leva les yeux vers le ciel ; des nuages d'orage se formaient en altitude.

« Il y a sur la table basse de votre salle de séjour un bouquin que j'ai commencé à lire. Vous autres en Californie vous êtes vraiment bizarres, c'est incroyable les trucs que vous pouvez lire.

— De quoi parle-t-il ? Ce livre ?

— *Le Zen et les Quatre Éléments.*

— Il est à Jane, dit Rocksan. Je ne suis pas du genre zen.

— Je ne savais même pas qu'il existait quatre éléments. On pourrait croire qu'il en existe des centaines. Mais d'après le bouquin en question, le feu est l'un des quatre éléments. Aussi je me suis dit :

Puisque le feu est connu depuis l'homme des cavernes, il doit évoquer quelque chose de très ancien pour les abeilles. Un truc qui les effraye, peut-être. » Puis, comme saisie d'une arrière-pensée, elle ajouta : « Mais il se peut aussi qu'elles réagissent à autre chose. Quelque chose que nous ne découvrirons jamais. Qui s'est éteint il y a des millions d'années. Une sorte d'appel ancien. »

Rocksan s'immobilisa, écoutant avec attention. Elle était stupéfaite d'entendre Melody parler ainsi, surprise qu'elle voie dans les abeilles davantage que des insectes munis d'un dard. Elle aussi s'était demandé pourquoi la fumée avait un tel effet apaisant sur elles. Dès qu'il s'agissait d'abeilles, tout prenait une signification plus profonde. Et voilà cette fille, enceinte, à des centaines de miles de chez elle, manifestement convaincue qu'il fallait vivre sa vie comme si on allait bientôt mourir, et qui avait les mêmes réactions, tenait les mêmes propos qu'elle sur les abeilles. Comment deux personnes de caractère aussi opposé pouvaient-elles partager des pensées tellement similaires ? Rocksan aimait cette étrangeté dans le monde, les similitudes et les divergences, les merveilleuses surprises des affinités.

« Nous avons perdu le contact avec les forces de la nature, dit-elle presque timidement. Mais j'espère que les abeilles l'ont conservé. »

Melody sourit. Elle tressaillit et poussa un petit grognement. « Je pense que le bébé va bientôt naître.

— Vous vous sentez bien ? Je n'y connais pas grand-chose en matière de bébés. »

Melody agita sa main en l'air. « Lorsque je suis tombée enceinte, je me suis rendu compte que chacun d'entre nous a une mère. Je n'y avais jamais pensé auparavant, pas de cette manière. Nous avons tous été des fœtus, portés par nos mères. »

Rocksan pensa à la sienne, dure à la tâche, stoïque. Sa mère qui ne souriait jamais, ne s'était jamais remariée, avait supporté le départ de son mari avec une indifférence terrifiante.

« Autant dire que la mienne est morte à mes yeux, dit Melody. Je ne sais rien de ce qu'il y a entre vous et Jane. Le fait d'être lesbiennes. Ça ne me dérange pas. Chacun ses affaires. J'ai voulu venir ici parce que je voulais être près de la mère de quelqu'un. C'est dur d'être enceinte, de se débrouiller toute seule. »

Rocksan fut touchée par ces paroles. Elle n'aurait su expliquer pourquoi. Melody était quelqu'un d'étrange. Or il arrive que vous rencontriez des gens que vous aimez sur-le-champ. Comme ça, sans raison. Vous êtes prêt à tout leur pardonner parce qu'ils ont en eux quelque chose de vivant, de présent, qui vous rappelle ce que vous avez perdu.

« Je ne suis pas du genre maternel, vous savez. Mais croyez-moi, Jane l'est tout à fait.

— J'ai dit à George qu'il devait lui pardonner, que sinon il deviendrait un vieux crétin ridé à la bouche en cul-de-poule. »

Rocksan approuva en silence. Melody tressaillit à nouveau en se tenant le ventre.

« Ce maudit bébé descend tous les jours un peu plus. Je parie que sa tête va bientôt sortir.

— Oh, mon Dieu ! s'écria Rocksan, c'est épouvantable. »

Melody éclata de rire. « C'est sûr que vous n'êtes pas du genre maternel. »

Jane resta silencieuse tout le long du trajet. Comme si on lui avait ôté un poids énorme des épaules. Ou qu'on en avait rajouté un supplémentaire. C'était difficile à dire. Rocksan n'avait pas tous les éléments.

« Tu as envie de parler ? demanda-t-elle.

— Il me hait, tu sais. Je crois que le fait que je sois lesbienne le dégoûte.

— On s'habitue à tout avec le temps, Jane.

— Peut-être. Mais il me hait aussi parce que je l'ai abandonné. »

Rocksan posa une main sur son genou. « C'est vingt ans de conneries, Jane. Tu ne peux pas t'attendre à ce que ça s'arrange du jour au lendemain. »

Jane soupira. Elle avait l'air malheureux. Les nuages s'amoncelaient. Elle pensa au déroulement de la cérémonie, à l'épreuve de la marche à travers la forêt, aux heures sombres qui les attendaient. Les gens de la ville ne se déplaceraient jamais pour des funérailles où il fallait à la fois manifester son chagrin et faire usage de ses muscles.

« Je regrette ce qui s'est passé tout à l'heure, dit-elle.

— Ne te tracasse pas, dit Rocksan. Je le ferai payer à George. Il y a un tas de choses dans la maison qu'il peut faire.

— Tu es une vraie garce, Rocksan.

— Merci. Pas plus tard que ce matin, je me disais que j'étais une vraie couille molle.

— Dans la tombe, tu continueras à t'en prendre à quelqu'un. Au croque-mort. Tu donneras des ordres. »

Rocksan sourit. L'image lui plaisait plutôt. Elle continua à conduire sans rien dire. À l'intérieur de la voiture régnait un silence agréable en dépit de la raison qui les amenait là. Elle pensa à Melody qui parlait des abeilles avec intérêt, comme si elle comprenait la passion qu'elles suscitaient chez Rocksan. Elle imagina Melody en train d'accoucher, imagina les cris d'un bébé. Elle n'avait jamais trouvé les bébés mignons. Pour elle, ils ressemblaient tous à une vieille pomme ridée. Pourtant, une image étrange lui traversa l'esprit. Elle se tenait près des ruches, elle parlait au bébé, lui décrivait la beauté des abeilles. Elle se vit avec l'enfant en train de nettoyer les nourrisseurs, de prendre une autre reine, s'attristant devant le massacre des faux bourdons.

Elle dit : « Melody aura besoin d'un peu de repos après la naissance. » Elle fixait la route devant elle.

Elle vit Jane tourner la tête dans sa direction. Elle ne chercha pas à croiser son regard.

« Tu veux dire qu'ils peuvent rester plus longtemps ?

— Je ne dis rien du tout, Jane, sauf que chacun de nous a eu une mère. »

Rocksan regarda Jane. Elle semblait déconcertée. « Ah ?

— C'est quelque chose qui m'est venu à l'esprit », dit Rocksan.

Un moment passa. Puis Rocksan dit, aussi doucement qu'elle le put : « La prochaine fois, il faudra que tu en discutes avec moi avant. On ne peut plus continuer comme ça. Nous devons apprendre à nous parler. »

Jane acquiesça.

« Parle-moi. Je tâcherai d'être comme Gandhi ou quelqu'un de ce genre et de ne pas t'étrangler avant que les mots ne sortent de ta bouche. »

Jane semblait devenue muette. Rocksan ne s'était pas montrée d'humeur aussi conciliante depuis très longtemps. Elles se prirent maladroitement la main. Il y avait une sorte de ferveur dans leur geste. Quelque chose de timide et de nouveau. Rocksan fut envahie d'un mélange de satisfaction et de tristesse.

Elles parcoururent la fin du trajet en silence et atteignirent la clairière. Il y avait des voitures stationnées ici et là, et des gens dispersés alentour. Au début de la piste, Rocksan reconnut le vieux pasteur aveugle qui s'entretenait avec Cindy et Ethan. Elle vit Glick un peu à l'écart comme s'il attendait, et sans raison elle pensa à sa sœur. Elle sortit de la voiture et s'agenouilla pour lacer ses chaussures plus serré. La marche allait être longue.

Jane

APRÈS QUE ROCKSAN FUT PARTIE s'occuper de ses abeilles, Jane se retrouva seule avec George. Elle était nerveuse. Elle se rappela la quantité d'alcool qu'elle avait dû ingurgiter vingt ans auparavant pour arriver à abandonner son fils et se dit qu'elle boirait volontiers un verre bien tassé aujourd'hui. Puis elle l'observa et crut voir son propre visage, avec les mêmes traits, les mêmes yeux marron, la même souffrance au fond du regard.

« Qu'est-ce qu'il y a entre elle et ces abeilles ? Encore un truc de gay ?

— George, tu n'es pas sérieux !

— Non. Je suis un con.

— C'est ridicule.

— Je suis le fils de mon père, déclara George.

— On se croirait dans un mauvais feuilleton.

— Peut-être. Mais c'est la vérité. C'est ce que je suis.

— Alors, tu crois que les gens sont comme ils sont ? Qu'ils ne peuvent pas changer ? »

George haussa les épaules. Ils se turent. Il était tendu, hésitant. À un moment, il sembla sur le point de dire quelque chose, puis changea d'avis. Il finit par rompre le silence.

« Quand Melody aura ses douleurs, toutes les deux

vous saurez quoi faire, hein ? Par exemple, où il faudra l'emmener ? Est-ce qu'il ne vaudrait pas mieux aller dans cette ville où il y a un hôpital et prendre des dispositions à l'avance ?

— Peut-être, dit Jane. Parlons-en d'abord à Melody. »

Un silence embarrassé s'installa entre eux. Fluide, mouvant. Une pensée qui passe comme un éclair, puis plus rien. Elle s'efforçait en vain de retrouver un souvenir, un épisode sombre et douloureux. Des visages dans une pièce. De la neige. Un soudain éclat de lumière. Elle songea à Nate, l'imagina en train de mourir dans la forêt. Elle pensa à son fils, bien en vie, assis en face d'elle. La vie était tellement imprévue. Mystérieuse.

« George, dit-elle. Nous avons besoin de régler certains points...

— Je sais, fit-il, comme si quelque chose de presque physique s'était passé entre eux. Je voudrais te pardonner, sincèrement. Mais tu sais bien que ça ne mènera à rien. Qu'est-ce qui restera à la fin ? Je n'ai jamais éprouvé que de la haine envers toi. »

Jane baissa la tête. Elle réfléchit à ce que Rocksan lui avait dit un peu plus tôt. Que l'on s'habituait à tout. Elle savait qu'elle n'était pas patiente. Elle oubliait toujours que rien n'était immuable. Elle essaya de s'en persuader. De se dire qu'avec le temps cette situation se résoudrait d'une manière ou d'une autre, et que ce sentiment terrible serait un jour remplacé par un autre.

« Tu dois essayer, George.

— Ça paraît tellement désespéré, si peu naturel.

— Mais tout ce qui est nouveau donne toujours cette impression. »

Il haussa les épaules. Il avait rougi. Elle aussi. Ils avaient ce trait en commun. Et la même couleur d'yeux, la même architecture de visage, la même texture de cheveux. Ils rougissaient pour un rien, avaient la larme facile.

« J'ai toujours eu peur de devenir homo, comme si je pouvais le tenir de toi.

— Parce que tu crois que c'est héréditaire ? »

Il répliqua avec véhémence : « Tu sais bien qui m'a mis ça dans le crâne. »

Elle baissa la tête. « Ce n'est pas pour ça que je suis un monstre, dit-elle.

— C'est toi qui le dis.

— Ne sois pas cruel, George. »

Il se pencha en avant, tendit la main. Puis la retira. Elle vit le regret s'inscrire sur son visage. C'était son fils. *Son fils.*

« Pardonne-moi, dit-il d'un ton malheureux. Je ne voulais pas te faire de peine. Je regrette.

— Je comprends.

— C'est vrai ? »

Une ombre traversa la pièce. Jane regarda au-dehors. Les nuages s'amassaient. Tout était si difficile. Si douloureux. Elle voulait seulement qu'il lui pardonne. Pourquoi le lui refusait-il ?

« La cérémonie a lieu dans deux heures, dit-elle. Je dois me préparer. »

George regarda dehors à son tour. « Je suis sincèrement désolé pour le père. Mais c'est sa faute. Faut être débile, bon sang ! Les gens n'arrêtent pas de prendre des décisions à la con. »

Jane se leva. Elle savait qu'il parlait d'elle. Elle le regarda, il était courbé en avant sur la table, comme si la respiration lui manquait. Elle s'aperçut qu'il pleurait en silence et dut se retenir pour ne pas l'entourer de ses bras. Elle comprit alors, tandis que la pièce s'assombrissait, quelques heures à peine avant le service funèbre à la mémoire de Nate, que la clef de sa délivrance n'avait jamais été d'obtenir son pardon.

« Grâce à toi, j'ai envie de devenir meilleure », dit-elle.

Il hocha la tête. Succombant à l'émotion, il se cacha le visage, se couvrit les yeux, et Jane ne put s'empêcher d'admirer ses mains fortes et belles, qui ressemblaient aux siennes.

En arrivant avec Rocksan dans la clairière, elle aperçut toutes les voitures, et fut submergée par une immense tristesse et par la certitude que sa vie était ici, avec tous ces gens qui s'apprêtaient, malgré le mauvais temps, à rendre un dernier hommage à l'un de leurs enfants.

Elle pensa à son fils – *son fils* – resté à la maison avec Melody, en train de faire des projets, de commencer une nouvelle vie. Pour elle aussi c'était un commencement, et ce n'était pas le moment de se tromper. Elle vit le tableau de son existence se dérouler devant elle, tout en dents de scie. Elle ne pouvait pas gâcher la chance qui s'offrait à elle. Comment reste-t-on sur le bon chemin ? Quelle force vous permet de faire les bons choix, d'agir justement ?

Après que Rocksan se fut garée arrivèrent quatre rangers, chacun dans un pick-up. Ils s'arrêtèrent à la lisière de la clairière mais laissèrent leurs moteurs tourner au ralenti. L'un d'eux descendit de son véhicule et s'approcha des autres, leur parla brièvement, accompagnant ses indications de force gestes des mains, puis regagna sa place. Tous les quatre alignèrent alors leurs pick-up, formant une sorte de barrière autour de la clairière. Puis, dans un ensemble parfait, les quatre hommes mirent pied à terre et restèrent plantés là, comme des sentinelles, appuyés au capot de leurs voitures, coiffés du chapeau des rangers du parc national, emmitouflés dans leurs chaudes parkas d'uniforme. La scène avait un aspect cérémonieux, solennel. Jane comprit à quel point la chance était volage.

Angie

LES ENFANTS PEUVENT PARAÎTRE MALLÉABLES. Prêts à s'adapter. Et pourtant Angie savait qu'il n'en était rien. À un moment donné, ils donnent l'impression de comprendre la situation, de s'y conformer, de l'accepter. Puis, trois semaines plus tard, ils vous lancent des horreurs à la figure, démontrant clairement par leur comportement que vous les avez trahis.

Angie en avait fait l'expérience avec sa fille. Lorsqu'elle avait ramené son chauffeur de poids lourds à la maison pour ensuite l'épouser, Rachel avait suivi le schéma classique. Mais une fois qu'elle avait compris que cet homme – alcoolique, gros, brutal – ne partirait pas, elle s'était repliée sur elle-même. Elle n'avait plus jamais été comme avant, même après qu'Angie eut fichu son mari dehors. Rachel en avait eu assez qu'on la trompe. Elle s'était renfermée dans sa coquille.

Aujourd'hui, après avoir embrassé et vu s'éloigner Glick, Angie alla rejoindre Rosie. Elle commençait à s'inquiéter, bien que l'enfant n'ait montré aucun signe de trouble. Elle avait joué avec le chien, s'était conformée aux discrètes recommandations de Glick quand elle l'avait nourri à table. Elle avait même réussi à rire. Mais Angie n'était pas dupe. Elle savait que la tempête pouvait se lever à la moindre provocation.

Elle contempla sa petite-fille qui jouait par terre, s'approcha d'elle. « Tu sais, je ne t'abandonnerai jamais, Rosie. »

Rosie hocha la tête.

« Tu comprends ce que je dis ? »

Rosie leva les yeux vers Angie et hocha la tête à nouveau. Elle avait un air grave, un peu apeuré. Angie prit une profonde inspiration. Elle pensa à Ethan, à son fils qu'il avait laissé dans le pick-up. En d'autres circonstances, elle avait agi de la même façon avec sa fille. Sa fille n'était pas morte. Mais elle était à jamais perdue pour Angie.

Rosie saisit une mèche des cheveux d'Angie et l'enroula autour de son doigt. Puis elle demanda : « Pourquoi ma maman n'est pas ici ? Ou mon papa ? Est-ce qu'ils vont revenir ? »

Angie s'assit par terre. « Je ne crois pas, mon bébé. » Parfois, pensa Angie, il fallait dire la vérité sans tergiverser, comme on arrache un pansement sur une peau fragile. La douleur est toujours cuisante, aiguë, mais brève.

« Pourquoi ?

— Même si ta maman t'aimait très fort... » Angie s'interrompit. Elle songea que, même avant la naissance de Rosie, ce moment était inscrit dans son avenir, et qu'elle avait contribué à le créer.

« Même si elle t'aimait très fort, elle n'a pas pu s'occuper de toi.

— Est-ce qu'elle est morte, comme Nate ?

— Non. Elle n'a simplement pas eu...

— Elle ne m'aime pas ?

— Si. Elle t'aime. C'est pour cette raison que tu es ici avec moi, aussi curieux que cela puisse paraître. Si elle t'avait gardée avec elle, chérie, elle n'aurait pas pu s'occuper de toi comme je le fais. »

Rosie resta songeuse. Elle avait l'air de comprendre.

Mais Angie savait qu'elle ne devait pas se faire d'illusions. Croire que Rosie avait une idée claire de ce qu'elle venait d'entendre serait sa perte. Elle le savait par expérience. Elle devait rester vigilante, ferme. Ne jamais oublier que Rosie ne comprenait pas, aussi adulte qu'elle puisse paraître. C'était une ruse qu'apprenaient les enfants. Ils apprenaient à feindre, à faire croire aux adultes qu'ils savaient comment marchait le monde. Et les adultes, Angie l'avait appris voilà longtemps, étaient si désireux de trouver une porte de sortie qu'ils se laissaient tromper par le subtil stratagème des enfants.

« Où est mon papa ? Nate a un papa.

— Ton papa et ta maman ont divorcé, chérie. Ils ne vivent plus ensemble. J'ignore où est ton papa. J'ignore où est ta maman. Je voudrais bien le savoir. Je voudrais pouvoir les ramener à la maison pour toi. »

Rosie baissa la tête. Angie la vit refouler ses larmes. Ses lèvres tremblaient, son menton se plissait.

« Rosie, dit Angie. Tu es ce qui compte le plus dans ma vie. Personne ne te remplacera jamais. »

Rosie leva les yeux vers elle. Elle pleurait. « Je ne sais pas à quoi ressemble ma maman, dit-elle. Pourquoi il n'y a aucune photo de ma maman ? ni de mon papa ? »

Angie se leva. Elle tendit la main à Rosie qui la prit et se leva avec elle. Ensemble, elles allèrent dans la chambre d'Angie. Du tiroir du bas de la commode, elle sortit un album de photos qu'elle y avait glissé après le départ de Rachel. Elle se rendait compte maintenant qu'elle avait eu tort de l'y garder caché. Elle l'ouvrit et le montra à Rosie.

« Écoute, je n'ai pas de photos de ton papa. Il s'appelait Robert Preston. Mais en voilà une de ta maman. Elle avait treize ans. Regarde, vous avez les mêmes yeux. »

Rosie contempla la photo avec une sorte d'émerveillement et d'incrédulité.

« Et celle-là est la dernière que j'ai prise d'elle. Elle venait d'avoir dix-neuf ans. »

C'était un cliché de Rachel debout devant la maison, une cigarette à la main, posant avec un air fanfaron. Elle souriait. Elle avait les pommettes tellement saillantes que son sourire – à demi moqueur – semblait vulnérable. Mais c'était peut-être autre chose, non pas son sourire, qui lui donnait cet air si fragile. On lisait dans son regard de la colère et de la souffrance. Une expression de défi.

« Est-ce que ma maman fumait ?

— Oui. »

Rosie regarda Angie d'un air atterré. « Ça peut vous tuer », dit-elle.

Angie l'entoura de ses bras. Rosie tenait toujours l'album dans sa main serrée. « Je t'aime, mon bouton de rose. »

Rosie faisait mine de ne pas s'intéresser à ce que disait Angie. Elle cherchait surtout à regarder l'album. Mais Angie n'était pas naïve. Elle savait que la fillette l'écoutait, s'accrochait à ses mots comme si sa vie en dépendait. Rosie feignait l'indifférence pour montrer qu'elle n'ignorait rien du comportement stupide des adultes.

« Tu peux garder ces photos, dit Angie. Si ça te fait plaisir, on pourra en accrocher quelques-unes au mur, dans ta chambre. »

Rosie accepta d'un air grave. Elle s'empara de l'album, le serra contre elle.

Plus tard, Angie habilla chaudement Rosie et l'emmena au restaurant. Hilda attendait dehors dans le froid.

« Qu'est-ce que tu fiches ? ronchonna-t-elle.

— Excuse-moi d'être en retard.

— Tu me traites comme un chien.

— Désolée.

— Je ne peux pas aller à pied dans ces bois. C'est une chance pour toi, comme ça, je peux rester ici pour tout préparer. Mais merde, tu m'as laissée poireauter dans le froid pendant... » Elle regarda sa montre. « ... un quart d'heure.

— Tu as dit un gros mot, fit remarquer Rosie.

— Je t'en foutrais, des gros mots », dit la serveuse.

Rosie écarquilla les yeux.

« Elle est de mauvaise humeur, chérie. Ne fais pas attention, dit Angie.

— Et la gosse ? Tu ne vas quand même pas lui faire faire cette marche dans la forêt ? »

Rosie se tenait près d'Angie, cramponnée à l'album de photos et à son pingouin.

« Bien sûr que non. J'espérais que tu pourrais la garder », suggéra Angie d'une voix hésitante. Elle se sentait mal à son aise. Mais que faire d'autre ?

« Non, mamie. »

Hilda se pencha. Elle regarda Rosie, qui avait toujours été un peu intimidée par sa corpulence et par sa voix tonitruante. « Tu veux m'aider ? » lui demanda-t-elle.

Rosie secoua la tête. « Non, tu me fais peur. »

Angie et Hilda se regardèrent. La serveuse haussa les sourcils. « Cette gosse est trop gâtée. Elle est maussade, juste comme toi.

— Je suis maussade ? » dit Angie.

Hilda hocha la tête pendant qu'Angie ouvrait la porte. « C'est un des traits cachés de ton caractère. Tu ne le montres qu'au personnel. »

Angie sourit malgré elle. Hilda était si bizarre.

Elles entrèrent et Angie passa une heure à préparer la salle. Elle disposa les assiettes et les couverts sur le comptoir, remplit les cafetières et recommanda à Hilda de ne pas les brancher avant l'arrivée des premières personnes. Elle sortit les sachets de thé, les tasses et les verres, mit les serviettes dans un panier, commença à préparer les sandwichs. Quelques personnes se présentèrent, essayèrent d'ouvrir la porte et, la trouvant fermée, repartirent, ou frappèrent aux carreaux pour qu'on leur ouvre. Chaque fois Hilda leur cria : « On est fermés. Vous ne savez pas lire la pancarte ? » Ajoutant à l'adresse d'Angie et de Rosie : « Sont donc infoutus de montrer du respect ! »

Angie quitta Rosie et Hilda, monta en voiture et prit la direction de la montagne. Elle vit plusieurs des journalistes en faire autant et s'en inquiéta. Elle avait espéré qu'ils seraient trop amollis par leur existence citadine et incapables d'entreprendre cette marche dans la forêt. Elle eût aimé trouver un moyen de leur interdire d'assister à la cérémonie. Le fait que le vieux pasteur aveugle officierait était un autre sujet d'inquiétude. Parviendrait-il jusque-là ? Et que dirait-il ? Il était toujours dans les parages, toujours présent, mais personne ne savait rien de lui. Elle se demanda s'il n'était pas trop original pour prononcer les mots qui convenaient. Mais elle savait qu'aucun mot ne conviendrait. Les circonstances étaient trop abominables.

Derrière et devant elle, les voitures gravissaient en file la route sinueuse. Elle n'en reconnut qu'une ou deux, et fut soulagée à l'arrivée de constater que le shérif et les rangers avaient dressé une barrière. Ils arrêtaient les voitures et ne laissaient pénétrer dans la clairière que les gens du village. Elle vit la frustration peinte sur le visage des journalistes. « Cet endroit appartient au domaine public. Nous avons le droit de l'utiliser. »

En se garant, elle aperçut d'abord Glick. Il lui fit un signe de la main et se dirigea vers elle. Elle vit ensuite le vieux pasteur qui s'entretenait avec Ethan et Cindy. Puis sa sœur et Jane. Rocksan s'était agenouillée pour rattacher les lacets de ses chaussures. Angie sortit lentement de sa voiture.

« Te voilà enfin, dit Glick.

— Oui. » Elle était au bord des larmes. Elle se sentait anéantie, accablée par le poids de la mort de Nate. Elle pensa brièvement à sa fille, mais plus encore à son absence. Elle pensa à Rosie, la revit serrant contre elle l'album de photos. Le souffle lui manqua et soudain Glick fut à son côté, la soutenant.

« Doucement, dit-il.

— Je ne sais pas ce qui m'arrive.

— Tout va bien.

— Je me sens tout étourdie.

— Ils vont arrêter Ethan après la cérémonie.

— Pour quelle raison, bon Dieu ?

— Le shérif lui a dit qu'il était inculpé de "négligence criminelle".

— Qu'est-ce que ça veut dire ? »

Glick haussa les épaules. Il tenait Angie par le coude. Peu semblait leur importer que les gens puissent deviner leur intimité. Angie avait pensé que leur liaison pourrait se fondre dans la vie du village, que personne n'en ferait grand cas. Plus maintenant. Pas en face d'un événement aussi grave. Elle s'étonna soudain que l'on pût mener sa petite existence sans se soucier qu'elle soit intense ou banale jusqu'au jour où se produisait un pareil malheur.

« Nous sommes sur le point de démarrer. Frère Johns dit qu'il est prêt, l'avertit Glick.

— J'ai peur.

— Il se peut que tu ne sois pas la seule. »

Angie s'avança à côté de Glick et tout lui parut se dérouler au ralenti. Elle avait brusquement conscience de sa condition mortelle, de la triste fin de l'existence, si petite, si insignifiante dans l'immense schéma de l'univers. Elle n'était pas un individu isolé, mais une infime partie d'un vaste et mystérieux océan de créatures vivantes. Elle se représenta un banc de poissons, puis un vol d'oiseaux, constamment en mouvement, changeant de trajectoire, piquant tout droit, virant sur le côté, repartant en arrière. Vous ne pouviez avancer sans tenir la main du reste de l'humanité. Elle s'empara de celle de Glick. Des larmes roulaient sur ses joues. Glick se pencha vers elle. « Je t'aime. »

Elle pleura de plus belle.

Elle regarda les habitants de son village, vit les journalistes retenus à l'extérieur de la clairière. Elle aperçut Rocksan et Jane qui parlaient à voix basse. Rocksan tenait fermement la main de son amie. Elle vit Cindy, Ethan et Trevor, pressés les uns contre les autres au point de ne faire qu'une seule et même personne. Elle vit le pasteur, à l'écart, appuyé sur sa canne comme s'il écoutait quelque chose. Elle se représenta Nate couché dans les bois en train de mourir. Ultime consolation, elle imagina l'âme de l'enfant, tel un bout de papier de soie, qui s'envolait, s'élevait de son corps, emporté doucement par la brise, disparaissant au loin, jusqu'à n'être plus qu'une image dans sa mémoire.

Cindy

ELLE VOYAGEAIT SUR LA BANQUETTE ARRIÈRE d'un break à la peinture dorée. Son père conduisait. Sa mère était assise sur le siège du passager et lui caressait la nuque. Elle voyait l'éclat du vernis à ongles argenté, les longs doigts, les articulations arrondies. Sa mère se retournait vers elle et souriait. Dans un ralenti, elle disait : « Je t'aime. »

Cindy ouvrit les yeux et, dans l'hébétude de son rêve, se souvint que la cérémonie pour Nate avait lieu ce jour-là. Trevor dormait près d'elle d'un sommeil lourd. Il était couché sur le ventre et Cindy voyait sur son dos le tatouage d'une femme nue, résultat d'un week-end trop arrosé en ville avec ses potes de lycée. Elle faillit le réveiller, puis changea d'avis, se leva sans faire de bruit et s'habilla.

Dans le séjour, elle trouva une bouteille de whisky presque pleine et en avala une gorgée. Elle prit ses clefs puis son sac, où elle fourra la bouteille. Elle écrivit un billet à l'intention de Trevor, pour le prévenir qu'elle le verrait plus tard à la cérémonie. Elle décrocha sa grosse parka du portemanteau près de la porte, enfonça un chapeau sur sa tête et enfila des gants. Elle ouvrit la porte, s'armant pour affronter le froid. Dehors, il y avait le même couple de journalistes dans sa voiture arrêtée de l'autre côté de la rue, comme en planque. Le moteur tournait et un panache de fumée sortait de l'échappement. Enhardie par le whisky, Cindy alla frapper au carreau. L'homme baissa la vitre. Il la regarda d'un air interrogatif.

« Si je vous vois à l'enterrement de mon fils, je vous tue », lui dit-elle.

L'homme sourit. Une espèce de petite frappe. Un petit malin. Il ne parut absolument pas impressionné par sa menace. Elle regretta de ne pas avoir une arme pour lui montrer qu'elle ne plaisantait pas. Elle aurait aimé sortir un pistolet de son sac et lui appliquer le canon sur la tempe. Elle en aurait été capable. La mort de son fils avait fait d'elle une autre femme. Plus rien ne pouvait l'arrêter. Alors que perçait le jour et que le whisky lui réchauffait la gorge, elle éprouvait soudain un sentiment féroce. Et le froid accentuait son envie de vengeance.

« Vous ne tuerez personne, madame Denton, dit l'homme.

— Vous voulez voir ? » répliqua-t-elle.

Elle s'éloigna et monta dans sa voiture, se demandant s'il s'était rendu compte que son haleine puait l'alcool. Elle sortit du parking. Le couple dans la voiture la suivit. Elle traversa lentement le village. En passant devant le restaurant d'Angie, elle la vit discuter avec Hilda devant la porte. Sa petite-fille tenait à la main un album et un animal en peluche. Au moment où Cindy passait devant elles, elles disparurent à l'intérieur.

Cindy poursuivit sa route. Elle avait eu l'intention de faire un détour par la maison de Glick afin de vérifier si Ethan et lui étaient déjà partis, mais elle fut assez lucide pour ne pas conduire les charognards qui la suivaient directement à leur proie. Elle alluma la radio et, comme prévu, les nouvelles concernaient essentiellement la mort de Nate. C'est ainsi qu'elle apprit que son mari – son ex-mari – allait être arrêté le matin même. Elle sortit aussitôt la bouteille de son sac et l'alcool l'apaisa, mit un frein à ses pensées. Nate disparu, elle avait l'impression que plus rien ne la retenait sur cette terre. Elle eut envie d'être avec Ethan, de le réconforter, comme il le lui avait demandé. C'était la chose la plus naturelle du monde, aussi simple que de respirer. Elle le réconforterait non par amour ou par désir, mais pour leur fils. Malgré son ivresse, en dépit de la confusion qui régnait dans sa tête, elle s'imaginait que Nate aurait voulu qu'il en soit ainsi, qu'il la guidait. C'était peut-être les vapeurs de l'alcool qui inspiraient ces pensées. Non, elle n'en croyait rien.

Elle gravit lentement le flanc de la montagne. Elle était presque seule sur la route, à part la voiture des journalistes qui la suivait. Peut-être n'y aurait-il pas grand monde là-haut. Le trajet était long et pénible dans la neige jusqu'à l'endroit où Nate était mort. Elle craignit qu'il n'y ait personne.

La voiture derrière elle prenait de plus en plus de retard. Ces routes que Cindy connaissait par cœur étaient sinueuses et verglacées. Un étranger pouvait hésiter à les emprunter. Elle accéléra et, arrivée à la clairière, alla se garer à côté du pick-up de Glick. Ethan vint à sa rencontre quand elle descendit de voiture et la prit dans ses bras. La chaleur familière de son étreinte, son odeur la ramenèrent en arrière. La tête lui tourna. Elle craignit un instant de s'évanouir. Les journalistes prirent une photo. La lumière brève du flash illumina le sous-bois, comme une tache dans l'air.

« Cindy, murmura Ethan tout contre elle. Mon Dieu, Cindy, je...

— Ne dis rien. » Elle revoyait sa vie avec lui, les moments de joie et de fureur, qu'elle ne pouvait rayer d'un trait. Elle songea qu'elle ne reverrait plus jamais son petit garçon et qu'Ethan était son dernier lien avec lui. Elle était anéantie, désertée. Quand ils se séparèrent, il dit : « Tu as quelque chose pour tenir le coup ? »

Elle sortit de son sac la bouteille et la lui tendit. Elle le regarda boire d'un coup. Il revissa le bouchon, s'essuya la bouche du dos de la main, et lui rendit la bouteille au moment où le pasteur s'approchait d'eux.

« Vous devez vous abandonner à Dieu, leur dit-il. Vous devez Lui confesser vos fautes. »

Cindy se tenait immobile à côté d'Ethan, indifférente et lointaine, à des lieues de Dieu. Coupée du monde, de ces gens qui venaient l'entourer et pleurer avec elle. L'éthylisme – car c'était bien d'éthylisme qu'elle souffrait – et la marque laissée sur elle par la mort de son fils la séparaient de tout le monde sur Terre à l'exception d'Ethan.

« Je n'ai pas la foi », dit-elle au pasteur.

Il prit sa main dans la sienne et la garda, et elle perçut l'odeur de son grand âge, même à travers son manteau.

« Vous devez croire. Seul Dieu pourra vous apporter le réconfort.

— Je vous en prie, dit-elle. Ne me parlez pas de ça maintenant. »

Les mots avaient jailli de sa bouche dans un murmure rauque. Ethan n'avait pas lâché son autre main. Il se pencha et dit : « Reste près de moi. »

Puis les journalistes cherchèrent à s'approcher d'eux au moment où arrivait le shérif suivi des rangers, déclenchant la confusion générale. L'avidité de ces gens était effarante. Comment pouvaient-ils afficher une telle voracité alors que Cindy, hébétée, n'avait plus aucun désir ? Elle vit le shérif les faire sortir du périmètre qu'il avait délimité avec sa voiture et les véhicules des rangers. Ensuite il s'avança vers eux et, les yeux baissés, dit à Ethan : « Mon vieux, je dois t'annoncer une mauvaise nouvelle. »

Cindy observa l'expression d'Ethan. Elle ne changea pas. Il semblait s'attendre à ce qui allait suivre. Elle se félicita d'avoir entendu à la radio qu'Ethan allait être arrêté ; sinon, elle aurait risqué de se donner en spectacle. Elle aurait eu une crise d'hystérie.

« Je sais, shérif. C'est normal.

— On va faire les choses en douceur, d'accord ? Pas de menottes. Pas de grand numéro.

— Quel est l'acte d'accusation ?

— C'est considéré comme un délit. "Négligence criminelle". »

Ethan hocha la tête. Cindy n'avait jamais entendu parler de « négligence criminelle ». Elle se tourna vers le shérif et dit : « Mais il n'y a pas d'homicide. C'était une imprudence, c'est tout. »

Le shérif semblait incapable de croiser son regard. « L'acte d'accusation a été déposé par le procureur de la vallée. Je n'ai pas accès à ces gens-là. Il y a un avocat prêt à assurer ta défense. Un avocat commis d'office. »

En entendant les mots « commis d'office », Cindy pensa à son chèque de la sécurité sociale qui l'attendait sur le comptoir. Elle se sentit méprisable et criminelle, même si ce n'était pas elle qui avait laissé Nate seul dans le pick-up. On les traitait de ploucs, d'ivrognes, de cul-terreux aux informations. Et elle se sentait exactement comme ça.

Le shérif parlait. Ethan continuait à hocher la tête, et Cindy pensait qu'elle était une plouc, une ivrogne, une cul-terreux. Ethan, lui, ne s'effondrait pas. Il restait stoïque et silencieux. Comme il l'avait toujours été. Elle pensa à ce qu'avait été leur couple. Pourquoi avait-elle choisi un homme incapable de lui donner ce qu'elle désirait le plus ? Ce dont elle avait le plus besoin ?

« Ethan, dit-elle. Ethan, allons dans la forêt et finissons-en avec tout ça. »

Les jours sans fin qui l'attendaient se déroulèrent devant elle. Elle désirait mourir. Mais elle se savait incapable de mettre un terme à sa vie avec une arme à feu ou un couteau. Un jour, peut-être, au volant de sa voiture, elle franchirait le bord de la route et flotterait dans l'air avant d'aller s'écraser. Elle ne saurait même pas ce qu'elle aurait heurté. Un coup de chance. Et personne, alors, ne saurait qui elle était. Personne ne s'en soucierait. Ce serait le meilleur moyen de partir – que personne ne se soucie de qui vous étiez. Un lent suicide.

Ethan se tourna vers elle. « C'est l'heure. Allons-y. »

Juge Jack Rosenthal

IL N'AVAIT RACONTÉ À PERSONNE qu'il avait pris part aux recherches. Ni qu'il s'était rendu à la morgue et avait traîné dans les alentours, se cachant au moment où passait la voiture du père, insistant pour qu'on le laisse entrer. Lui-même ne comprenait pas ce qui l'avait poussé à agir ainsi, et maintenant il se trouvait chargé de l'affaire, comme s'il l'avait prévu.

Assis à son cabinet, il prit connaissance du dossier, constatant que Tom Kraft, le procureur, voulait qu'Ethan paye le prix fort. Jack relut attentivement. Ce matin-là, en voiture, il avait entendu Kraft à la radio. Qu'il veuille mettre l'affaire entre les mains des médias le préoccupait. Il n'avait pas eu l'intention d'écouter son interview au début, mais un intérêt malsain l'avait emporté. Il était clair, avait dit Kraft aux journalistes, qu'Ethan Denton avait commis un crime atroce et devait être puni en conséquence.

Jack connaissait bien Kraft. Un jeune homme aux grandes ambitions. Nerveux, emporté, l'esprit vif. C'était son intelligence qui vous frappait en premier lieu, puis son esprit irascible, que trahissaient ses vêtements étriqués, impeccables, son côté pointilleux. C'était un homme toujours tendu et dont la perspicacité semblait aller de pair avec un caractère angoissé. Quelqu'un qui pensait trop. En même temps, ses aspirations politiques manifestes l'empêchaient de se consacrer à des occupations purement intellectuelles. Kraft devait jouer un rôle devant le public, séduire ses électeurs conservateurs. Personne n'ignorait qu'il avait l'intention de se présenter aux élections du Congrès de l'État. Dans un certain milieu, il était extrêmement populaire. Ailleurs, il était détesté. Jack s'efforçait en vain de rester impartial. Quand il prit connaissance de la plainte, rédigée avec une précision presque admirable, dont les mots retentissaient comme l'écho de la voix posée de Kraft, ses cheveux se dressèrent sur sa tête.

Il voyait souvent Kraft accomplir son jogging dans le parc quand Adele et lui faisaient une promenade le soir. Kraft leur adressait un sourire guindé, un signe de tête, et disait : « Bonsoir, monsieur le juge. » Sa déférence délibérée avait toujours eu le don d'irriter Jack. Il y voyait une forme subtile d'antisémitisme. Il ne pouvait rien exprimer à voix haute parce que l'homme ne se découvrait jamais de façon explicite. Mais Jack le voyait à son regard. Le regard sur l'« assassin de Jésus ». Kraft ne semblait jamais guidé par un motif personnel. Vous saviez pourtant qu'il n'en était rien.

Jack avait entendu dire que Kraft comptait utiliser les dossiers de l'assistance sociale concernant Ethan et sa femme dans son argumentation devant la cour. Il allait en extirper les plus petits détails, et les présenter de manière à prouver qu'Ethan avait toujours eu un comportement impulsif. Il avait déclaré à la radio qu'il était déterminé à prouver qu'Ethan avait eu une conduite irréfléchie dans le passé, et que sa dernière imprudence avait été fatale à son fils. Il employait sans cesse le mot « criminel », et chaque fois Jack sentait quelque chose d'infiniment triste le remuer jusqu'au fond de l'âme.

Pour lui, l'affaire se présentait autrement. Il y voyait

l'incarnation du péché et du repentir. *Teshuvah.* Le retour à la vraie nature, le retour à Dieu. C'était le péché, la révolte contre Dieu et la dégradation consécutive du véritable moi d'Ethan qui intéressaient tout particulièrement Jack. Il ne croyait pas que cette affaire nécessitait la charge émotionnelle d'une bataille légale, les effets de manche et les appels à la vengeance auxquels il s'attendait toujours s'agissant de crimes commis contre des enfants. Il voyait dans l'histoire d'Ethan l'occasion d'une rédemption. L'occasion pour cet homme de réparer ses torts devant Dieu et ceux qui l'aimaient. *Sinon,* pensait-il, *Ethan ne pourrait pas recommencer à vivre normalement.*

Mais à voir la tournure que prenaient les événements, l'affaire allait être portée devant l'opinion publique. Le climat moral de l'époque terrifiait Jack. Et bien qu'il eût du mal à l'admettre, Kraft le terrifiait tout autant. Il voyait dans sa volonté de traîner Ethan et sa famille dans la boue une expression corrompue et pourtant réelle de son pouvoir. Que Kraft puisse gagner impunément était pour lui le signe de la malhonnêteté générale et de la dégradation de la morale publique.

Jack savait que Kraft et les hommes de son espère se laissaient emporter par la rhétorique des valeurs familiales. Il n'était pas naïf. Il avait écouté la radio. Il avait entendu la clameur du public. Le tonnerre. Pour chaque parent qui s'identifiait à Ethan et éprouvait de la compassion à son égard, il y en avait cinq qui réclamaient à grands cris sa condamnation. L'affaire se présentait mal. Jack espérait seulement qu'Ethan plaiderait coupable afin d'éviter un procès. Mais dans ce cas, la sentence ne dépendrait que de lui. Et il savait qu'il n'existait pas de décision juste. Que toute décision de sa part serait trop personnelle, trop douloureuse.

Sur le mur, près de la fenêtre, étaient affichés ses diplômes et les nombreuses distinctions qu'il avait accumulées au fil des ans. Il y avait aussi des photos, de sa famille et de lui, des diverses personnalités qu'il avait côtoyées, de ses vacances dans des pays lointains et exotiques. L'une d'elles datait d'une trentaine d'années. Il la décrocha du mur et contempla les visages de ses fils et de sa femme. Il observa le sien avec attention, étonné de se voir aussi jeune, robuste, débordant de santé. L'âge avait sapé sa vitalité. Si lentement, en réalité, qu'il ne s'en était pas rendu compte avant que tous ne l'aient quitté.

Il pensa à Marty. C'était un tort d'avoir un préféré, mais il n'avait jamais pu s'en empêcher. Ses pensées se tournèrent vers la Torah, et il se rappela l'histoire d'Abraham et d'Isaac. Dieu lui-même avait reconnu qu'Isaac était le fils favori d'Abraham. Il avait ordonné à Abraham de sacrifier Isaac. Jack avait toujours été frappé par le fait qu'au bout du compte Abraham n'avait pas tué son fils. Il lui semblait qu'Abraham n'avait pas cessé de bluffer, qu'il n'avait jamais eu l'intention de livrer son fils à Dieu. Mais Dieu en avait-il été conscient ? Dieu n'était-il pas omniscient ?

Pourtant, Jack avait lu et relu cette histoire, et il croyait au plus profond de lui-même que non seulement Abraham ne s'était jamais engagé à tuer son fils, mais que Dieu ne lui aurait pas forcé la main. C'était Dieu qui bluffait, car qui pourrait aimer un Dieu à ce point cruel, un Dieu capable de pousser un homme à tuer son fils préféré ?

Jack se leva et alla dans la salle de bains. Il ouvrit le robinet d'eau chaude et s'en aspergea le visage. Il pensa à Ethan, à cette fraction de seconde où il avait décidé de poursuivre le daim et de laisser son fils endormi dans la voiture. Il pensa à son propre fils, perdu quelque part dans les rues d'Hollywood. Il se souvint de s'être assis à la table de la cuisine et de s'être demandé comment un homme avait pu agir de la sorte avec son propre enfant. À présent, il n'était plus certain de ses sentiments, il savait seulement qu'Ethan, au niveau le plus fondamental, n'avait pas à être puni pour un acte d'imprudence. Il n'avait pas à faire de la prison. La société n'était pas mise en danger par un homme tel qu'Ethan Denton. Cependant, Jack était aussi convaincu qu'il devait y avoir une certaine forme de réparation. Car c'était dans le repentir qu'Ethan pourrait se sauver lui-même de la destruction.

Jack se leva et se regarda dans la glace. Il fut choqué par le vieillard qu'il vit s'y refléter. Il se souvint de Marty sur le palier de l'étage avec les objets dérobés, de son incapacité à prononcer une parole, de ce moment où lui-même avait failli s'avancer, prêt à pardonner et à oublier.

La pensée lui vint qu'il avait péché. En aimant Marty plus que les autres, il lui avait voué une adoration vaine et désespérée, le privant d'une véritable affection paternelle. Tous ses choix, il le reconnaissait aujourd'hui, avaient été dictés par cet amour éperdu et la peur qui l'inspirait.

Il observa attentivement son image, se demanda ce que Marty y avait vu, ce que Dieu pouvait y voir. Comment pouvait-il accepter la responsabilité de juger un autre homme, s'il ne prenait pas d'abord soin de mettre en ordre sa propre maison ?

Glick

LE CORTÈGE S'ENFONÇA LENTEMENT dans les bois. Glick précédait Angie, et pendant toute la durée de la marche il eut conscience de sa présence derrière lui, du poids de son chagrin. Il aurait voulu lui tenir la main. Il ne cessait de revoir le moment où il avait découvert Nate dans la forêt. Le pasteur s'appuyait lourdement à son bras d'un côté tandis que de l'autre Ethan le soutenait. À leur suite, Cindy s'avançait seule, la tête baissée, les mains jointes comme si elle priait.

Alentour la terre n'était qu'un vaste panorama silencieux de neige, de bois et d'oiseaux. Les jeunes arbres de l'année perçaient les talus neigeux. Le vent qui s'était calmé avec l'arrivée en masse des nuages bruissait doucement dans la cime des pins. Le pas assourdi de la procession derrière lui inspira à Glick un sentiment presque religieux et il éprouva, même au sein d'une si vive douleur, la force de son lien avec le monde, avec ces gens auprès desquels il avait vécu durant ces dix dernières années. Il gardait les yeux rivés devant lui, l'esprit concentré, entièrement occupé à supporter le poids du pasteur. De son côté, Ethan s'efforçait de soutenir le pas tremblant du vieil homme, trébuchant lui-même de temps à autre sous son fardeau.

Comme ils s'approchaient de l'endroit où il avait découvert Nate, Glick revit le moment où lui-même s'était perdu, coincé dans un ravin, seul avec son chien et son désespoir. Il se remémora sa peur de mourir, son attente angoissée de la première lueur du jour. N'était-il pas étrange qu'une fois le soleil levé il ait su exactement où il se trouvait ? Il ne s'était pas perdu en réalité, et néanmoins *il s'était perdu*. Il chercha en vain quelles explications en tirer.

Il se souvint d'avoir soulevé Nate, de l'avoir pris dans ses bras, et il sut – alors qu'il ne l'avait pas compris sur l'instant – que sa vie avait changé dès le moment où il avait retrouvé l'enfant. Il revit les larmes gelées sur ses joues, les chaussons usés du pyjama, la façon si désespérée dont il s'était recroquevillé pour mourir.

Glick sentit le chagrin monter dans sa gorge, et il faillit trébucher tandis qu'un sanglot involontaire lui échappait. Ethan tourna la tête dans sa direction, et Glick vit qu'il pleurait. Entre eux deux, le vieux pasteur continuait à marcher obstinément, avec une sorte de dévouement inébranlable pour la sombre procession, les yeux fixés devant lui, sans rien voir.

Ethan

PENDANT TOUTE LA DURÉE DE LA PROCESSION, Ethan se souvint de Nate quand il était en vie. Il le revoyait entrer dans sa chambre au petit matin et dormir jusqu'au lever du soleil sur la paillasse posée à même le plancher. Il se souvenait de l'odeur de pain frais qui émanait de lui dans son sommeil ; de la façon dont il courait dans les bois, riait avec ravissement, curieux de tout ; de la douceur du regard qu'il posait sur les merveilles du monde autour de lui. Nate avait comblé le cœur d'Ethan. C'était ce qui lui donnait la force de continuer tandis qu'il soutenait le pasteur d'un bras et s'enfonçait dans la forêt de plus en plus obscure.

Mais alors qu'une tempête de neige menaçait et que les bois s'emplissaient d'ombre, Ethan ne parvint plus à voir son fils en vie. L'image de ses dernières heures, de son dernier souffle, de l'instant où sa vie s'était éteinte, cette image-là le pétrifiait. Il avait tant de mal à avancer ! Songeant à Nate, couché sur le côté, son pouce enfoncé dans sa bouche, pleurant et l'appelant – car il l'entendait pleurer, crier son nom –, il souhaita voir la terre s'ouvrir et l'engloutir. Quand ils furent en vue de la dernière demeure de son enfant, Ethan se tourna vers Glick et vit qu'il pleurait. Des larmes jaillirent alors de ses yeux. Il sentit le pasteur lui serrer plus fort le bras et, pour la millième fois, regretta que le Dieu cruel qui avait décidé de prendre son fils ne l'ait pas choisi, lui, à sa place.

Quand ils franchirent la dernière courbe du sentier et débouchèrent à l'endroit où Nate était mort, la longue file de gens venus se recueillir à ses côtés découvrit la croix grossière qu'il avait enfoncée dans le sol. Elle était recouverte d'une fine couche de neige fraîche. Ethan sentit ses genoux fléchir et, malgré ses efforts pour s'en empêcher, s'affaissa lentement sur le sol. L'ironie voulut que ce soit le vieux pasteur qui tentât de le retenir.

Soudain, Glick fut à son côté et, aidé du prêtre et de Cindy, remit Ethan sur ses deux pieds. Il retrouva la force de ses jambes et jura de ne plus jamais s'abandonner à ses pensées. Et il commencerait dès à présent ; à partir de cette seconde il les bâillonnerait, les réduirait au silence. Bientôt il ne vit plus que la terre ouatée de neige, paisible autour de lui, la croix blanchie et le ciel qui s'assombrissait au-dessus de sa tête, tandis qu'une averse de flocons délicats s'abattait sur le sol.

Rocksan

AU MOMENT OÙ ETHAN S'AFFAISSA, Rocksan – pour une raison obscure – revit l'image de son père quelques semaines avant qu'il ne les quitte. Il était en train de réparer une gouttière sur le toit. Elle se souvint que l'échelle avait cédé sous lui et qu'il était tombé à terre, battant l'air des bras et des jambes. Elle se souvint de sa terreur en le voyant perdre l'équilibre et s'écraser sur le sol. Jusqu'alors, elle avait toujours pensé qu'il était invincible. Aujourd'hui, dans cette forêt enfouie sous son manteau blanc, voyant Ethan s'effondrer, elle comprit que l'abandon de son père, le fait qu'il les ait abandonnées, sa mère, elle et sa sœur, était inextricablement lié à la façon dont il était tombé impuissant de l'échelle.

Tandis que les premiers tourbillons emplissaient le ciel, elle regarda Glick, le vieux pasteur et Cindy s'efforcer de remettre Ethan debout. Plus tard, pensa-t-elle, lorsque les années auraient passées, elle se souviendrait de cet instant comme du plus triste de la journée. Elle comprit alors qu'Ethan était perdu, que, comme son père, il ne serait plus d'aucun secours à ceux qui l'aimaient. Elle imagina la longue étendue de sa vie, le chagrin qui l'accompagnerait partout où il irait, aussi longtemps qu'il vivrait.

Subitement, elle sentit les larmes trembler dans ses yeux, et s'aperçut qu'elle pleurait pour la première fois depuis des années. Elle se tourna vers Jane, l'attira contre elle et sanglota, la tête enfouie dans son manteau. Abasourdie, Jane resta figée un moment puis Rocksan la sentit qui ouvrait les bras ; elle sentit ces bras minces et délicats qu'elle avait tenus, aimés, dont elle n'ignorait rien depuis vingt ans, l'envelopper étroitement. La voix étouffée par les pleurs, elle fut incapable de prononcer un mot. Son chagrin débordait, se répandait dans l'air calme, parmi les arbres qui s'en emparaient, l'emportaient, et plus elle sanglotait, plus s'épanchait sa douleur, jusqu'au moment où Jane lui murmura à l'oreille : « Je t'aime, calme-toi. Tout ira bien… »

Elle inclina la tête et pria pour la première fois depuis le départ de son père. Elle murmura en silence, s'adressant aux arbres : *Je vous prie, je vous en supplie, prenez soin de lui*, sans savoir quel était l'objet de sa prière – son père mort, Nate, Ethan, ou toutes les âmes perdues frappées par la fantasque cruauté du monde, étonnées de découvrir qu'elles avaient jadis tenu le bonheur dans la paume de leurs mains sans le savoir.

Jane

ELLE MARCHAIT À CÔTÉ DE ROCKSAN, au milieu de la procession. Ces gens autour d'elle la réconfortaient par leur présence, comme des bateaux qui tanguent doucement au port. Elle s'étonna qu'ils fussent venus si nombreux assister à la cérémonie, et se réjouit de voir les médias tenus à l'écart afin de permettre aux habitants d'Angels Crest de se recueillir en paix. Elle sentait battre autour d'elle la puissance de leurs forces réunies, le rayonnement de leur douleur collective.

Son chagrin ranima le souvenir des premiers mois qui avaient suivi l'abandon de son fils. La souffrance qu'elle avait éprouvée alors lui revint brutalement, avec une force viscérale, si précise qu'au lieu de pleurer la mort de Nate elle se retrouva soudain en train de s'apitoyer sur sa vie passée, sur la perte de son fils. Elle comprit qu'ayant abandonné son fils elle n'avait jamais célébré le début de sa nouvelle existence. Elle n'avait jamais pu.

Ensuite, quand Ethan trébucha, elle ressentit pour lui une immense sympathie, une immense tristesse. Elle eut peur de le voir perdre pied, sans pouvoir regagner la rive, à jamais coupé du monde. Il resterait seul toute sa vie, aussi entouré fût-il. C'est alors, au moment où elle se faisait cette réflexion, que Rocksan, subitement, éclata en sanglots.

Jane n'avait jamais vu Rocksan pleurer. Elle ne l'avait jamais vue verser une seule larme en vingt ans, et il lui sembla que c'était la chose la plus effrayante qu'elle eût jamais connue de toute son existence. Son angoisse dura peu, car elle fut vite remplacée par un sentiment de soulagement. Elle vit dans les larmes de Rocksan une inexplicable justification de la permanence de leur amour.

Elle l'entoura de ses bras et l'attira contre elle, ralentissant le cortège. Elle fut reconnaissante aux autres d'attendre que le chagrin de Rocksan fût calmé pour reprendre la marche. Quand elles se remirent en route d'un pas chancelant, Jane comprit qu'elle venait de vivre l'un des moments les plus importants de son existence depuis la naissance de son fils, et qu'elle ne l'oublierait pas.

Lorsqu'ils parvinrent à l'endroit où Nate était mort, où une croix grossière était fichée dans le sol, la neige se remit à tomber, et Jane s'émerveilla de la communion de sentiments, de la solidarité que la mort de Nate avait fait naître parmi les âmes d'Angels Crest.

Le pasteur prit la parole, d'une voix à peine audible parmi le chant mélancolique de la forêt. « Dieu de miséricorde, sois aujourd'hui pour nous la tour qui nous protège... » Jane regarda ses voisins et amis. Tenant dans la sienne la main de la femme qu'elle aimait, elle remercia le ciel d'avoir permis que lui revienne son fils. Elle ferma les yeux et inclina la tête, le cœur débordant de gratitude malgré son chagrin. « Que vienne le vent divin, continuait le pasteur, qu'il nous courbe, nous brise, jusqu'à ce que nous confessions humblement notre détresse ; puis, dans sa grande miséricorde, qu'il nous fasse renaître... »

Angie

QUAND ILS FURENT TOUS RASSEMBLÉS à l'endroit où Nate était mort, Angie se souvint d'un jour où elle était partie pique-niquer en forêt avec sa fille alors âgée de deux ou trois ans. C'était une matinée de printemps claire et fraîche, sans nuages. Une journée radieuse chargée de promesses. Le mari d'Angie était encore en vie. Il faisait bon vivre.

Elles s'étaient enfoncées dans les bois (tout près de là où ils se trouvaient en ce moment même, en réalité) quand un orage venu du nord avait éclaté. En une seconde, Angie et Rachel s'étaient retrouvées gelées, trempées, et l'obscurité avait décuplé la frayeur d'Angie. Elle s'était interdit de montrer à sa fille qu'elle avait peur, elle avait seulement pensé qu'elle devait la sortir coûte que coûte de là et la réchauffer ; qu'elle devait se montrer courageuse parce que la vie était précieuse et pouvait vous être ôtée d'un coup. Elle avait agrippé la main de sa fille, abandonnant le panier du pique-nique, couru dans la forêt jusqu'à la clairière et à la voiture, et s'était réfugiée à l'intérieur, le cœur battant.

À présent, tandis que tombaient les premiers flocons et que le pasteur entamait les prières de deuil, Angie prit conscience, comme Ethan, qu'elle payait ses erreurs au prix fort. La mort de Nate était pour elle un avertissement, une exhortation à vivre sa vie comme si celle-ci risquait de s'interrompre d'un instant à l'autre. Elle vit Glick debout à la droite d'Ethan, sa silhouette puissante et robuste, et Cindy, telle une fleur fanée, à sa gauche. Elle regarda le pasteur avec une sorte de respect admiratif, car elle ne lui avait jamais accordé d'attention particulière, sauf quand elle lui servait son repas quotidien au restaurant ou l'apercevait, assis tout seul au bureau de l'état civil.

Elle entendait sa voix, son ton hésitant, déférent. Elle écoutait ses paroles, l'écho mélodieux de ses prières. « Entends la plainte de nos cœurs et apaise-nous ; absous nos péchés, guéris nos blessures. Aide-nous à nous relever ; à nous endurcir contre nous-mêmes, nous qui ne cherchons que le confort, le repos et la paix, afin que nous surmontions cette épreuve. »

Elle percevait dans les mots qu'il prononçait non seulement de la compassion envers Ethan et la perte de son enfant, mais une consolation pour elle-même et les difficultés de sa vie. Cette vie qu'elle voyait aujourd'hui telle qu'elle était, un cadeau et un fardeau. Elle aurait voulu qu'Ethan, elle, toute l'assistance aient pu apprendre cette leçon sans être plongés dans une telle angoisse.

Elle ferma les yeux et tenta de chasser de son esprit la vision de la terreur qui s'était emparée de Nate, la pensée de sa propre fille et des jours précieux de son enfance. Elle comprit qu'être parent exigeait de la force et du sang-froid, mais, plus encore, la capacité de s'absoudre de ses propres torts. Ayant échoué en tant que mère, elle avait passé sa vie à fuir les ténèbres. Aujourd'hui seulement elle comprenait que la souffrance avait un sens, même s'il pouvait rester longtemps caché. Elle savait que la vie de chacun était pleine de bouleversements et de malheurs ; que souffrait en vain celui qui ne voyait pas que la rédemption n'existait que dans la communion avec autrui.

Elle garda les yeux fermés et chassa momentanément son chagrin pour remercier le ciel d'avoir Rosie, dont elle savait maintenant qu'elle lui avait été envoyée afin qu'elle découvre la bonté qui était en elle, qu'elle puisse se regarder en face et s'estimer pardonnée.

Cindy

ELLE S'ÉTONNA D'AVOIR L'ESPRIT SI LUCIDE, comme si elle n'avait pas bu. Comme si la mort de Nate était enfin devenue une réalité, qu'elle avait trouvé sa place en elle. Elle la ressentait dans chaque fibre de son être, chaque souffle, chaque geste. Elle la ressentait, sans cesse, partout, si bien que même l'alcool était désormais sans effet.

Elle marchait derrière Ethan, déconcertée par tous les sentiments qu'elle éprouvait pour lui : amour, colère, pitié, haine. Elle se demandait comment continuer à avancer désormais, comment affronter le reste de la journée, le reste de sa vie. Elle savait que Trevor suivait le cortège à l'arrière, et c'était une chose qui l'attristait aussi, qu'elle soit incapable de trouver en lui la consolation qu'il était prêt à lui offrir, incapable de lui confier ce qu'il lui demandait : sa peine, sa détresse, son besoin d'être secourue.

Comme ils s'approchaient du lieu de la cérémonie, Cindy vit Ethan trébucher et tomber, et tout en elle s'effondra avec lui. Elle eut l'impression que c'était elle qui s'écroulait sur le sol. Quand elle se pencha pour l'aider à se relever, leurs regards se croisèrent et elle lut dans ses yeux son immense désir d'être pardonné, d'être aimé. Elle crut voir sa propre image. Et l'impression fut si forte qu'elle se figura enlacée à lui dans la neige, ne formant qu'une seule personne, attendant que la mort vienne les prendre.

Quand ils furent tous rassemblés autour de la croix – qui donc l'avait placée là et quand ? –, elle se tourna vers le frêle pasteur et fut frappée par la force qui émanait de lui, comme si c'était sa foi et non ses os qui le maintenait debout. Il lui sembla que la lumière jaillissait de lui.

Elle n'avait jamais vu une foi pareille chez quelqu'un, et elle regretta de ne pas avoir cherché plus instamment à trouver Dieu, la religion, ou autre chose. Il était sans doute trop tard pour se réfugier auprès du Seigneur. Elle ne savait même pas par où commencer, elle n'avait pas confiance. Elle n'avait rien à quoi se raccrocher en attendant que Dieu, ainsi qu'on l'en disait coutumier, vienne la sauver.

Le pasteur commença à parler. Sa voix avait un léger tremblement, mais elle portait en elle une fermeté et une énergie singulières. Elle remarqua le raffinement et le soin avec lesquels il était vêtu, pensa qu'il devait avoir froid. Sa détermination et sa tranquille sollicitude lui firent honte. Elle savait qu'elle ne lui ressemblerait jamais, que c'était au-delà de ses forces, que sa vie serait toujours dominée par la peur.

Il paraissait prier à voix haute, prononçait des paroles qui n'avaient de rapport ni avec la mort de son fils ni avec la douleur qui était en elle, et cette inhabituelle clarté d'esprit redoublait la force de son chagrin. Elle observa les autres assistants autour d'elle ; ils pleuraient sans retenue ou regardaient farouchement devant eux, l'air résolu mais le cœur compatissant et douloureux.

Et soudain, devinant où se trouvait Cindy, le pasteur se tourna vers elle et dit : « Je ne peux expliquer pourquoi certains êtres meurent et d'autres non, pourquoi la mort doit être cruelle, pourquoi Dieu n'épargne pas cette cruauté à un enfant. Bien que pasteur, je n'ai pas de réponse à vous donner. Je le regrette.

« Je peux seulement dire que ma croyance en Dieu doit s'étendre à tout Son univers, qu'il me faut accepter dons et souffrance avec la même foi, ou mourir. Je sens votre souffrance. Je voudrais vous en soulager, mais je n'en ai pas le pouvoir. Je ne peux que vous dire que si vous ouvrez votre cœur vous trouverez la consolation ; si vous vous abandonnez, vous trouverez comment pardonner et être pardonnée. Ne maudissez pas Dieu. Ne maudissez pas Ethan. Ne vous maudissez pas vous-même. Vous devez trouver votre chemin sur cette voie, mais sachez que vous n'êtes pas seule, car à l'heure la plus sombre Dieu ira à votre rencontre, et si vous allez à Lui vous trouverez le salut. »

Cindy ferma les yeux et imagina son fils en train de courir dans l'herbe ; elle voyait la lumière jouer dans ses cheveux, entendait son rire joyeux. Il se précipitait dans ses bras, et elle le soulevait, le faisait sauter en l'air. Elle voyait son visage rieur, radieux. Puis elle le regardait repartir en courant, s'éloigner de plus en plus ; elle voyait la prairie qui s'étendait devant lui à l'infini, sa silhouette qui devenait de plus en plus petite avant de disparaître sous l'azur éclatant du ciel.

Juge Jack Rosenthal

LE JUGE SORTIT DE SON CABINET en quête d'un café. Sa secrétaire proposa de lui en apporter un.

« Non merci, June, dit-il. Faites une pause, si vous le désirez. »

Il alla au distributeur de boissons, et fit la queue derrière plusieurs hommes et femmes vêtus de sombre. L'air était vif et mordant. Il serra étroitement son manteau autour de lui, et vit un vol d'étourneaux descendre en piqué comme un unique oiseau tombant du ciel. La délicatesse et la grâce de leurs mouvements émurent Jack. Il les regarda se poser sur un fil télégraphique et s'immobiliser.

Il savait qu'Ethan Denton viendrait cet après-midi-là entendre la lecture de l'acte d'accusation. Jack avait vu son nom sur le registre et il connaissait l'avocate chargée de sa défense, une jeune femme brillante arrivée de San Francisco l'année précédente. On disait que Celina Cervantes s'était installée ici parce que son mari avait trouvé un poste de pédiatre en ville. Les salles d'audience étaient peuplées de futures vedettes du barreau de son genre, dont les vies étaient pleines d'espoirs et de promesses. Ils étaient jeunes et beaux, avaient réussi, possédaient de grandes maisons dans le nouveau lotissement près du terrain de golf.

Ils avaient des voitures luxueuses, de beaux enfants, de l'argent pour les envoyer à l'école privée et prendre des vacances sous les tropiques.

Il craignait que Celina Cervantes ne soit un peu trop arrangeante, qu'elle ne se batte pas assez dur pour ses clients. Mais c'était une intuition à laquelle il ne pouvait se fier totalement, faute d'exemple concret. Quelque chose qui perçait sous les apparences. Le privilège d'un certain groupe auquel tout revenait de droit, des jeunes gens qui manquaient peut-être de dynamisme, de persévérance et de rigueur. Pour lesquels les enjeux étaient moins élevés qu'ils ne l'avaient été pour lui à ses débuts.

Le niveau, pensait Jack, baissait non seulement dans les professions juridiques mais dans le monde dans son ensemble. Le comportement humain se dégradait insensiblement. Jack s'obligea à penser à la bonté de certains individus. Il savait combien il était dangereux de généraliser. Assis sur un banc dans le froid, il but son café, et chassa ses idées noires dont il savait qu'elles étaient dues en partie à la jalousie et à la peur. Il se sentait soudain vieux et inutile. Comment changer sa vie quand elle approche de la fin ?

Après avoir terminé son café, il regagna le tribunal. Il devait siéger un quart d'heure plus tard. Il se fraya rapidement un passage à travers la foule et pénétra dans le bâtiment surchauffé.

Son cabinet était au premier étage. En arrivant dans la cage d'escalier, il entendit une porte s'ouvrir derrière lui et aperçut Tom Kraft, toujours tiré à quatre épingles, parfaitement coiffé, le visage rougi par le froid.

« Bonjour, monsieur le juge, dit Kraft.

— Bonjour, Tom.

— Il fait bigrement froid dehors.

— En effet. »

Ils montèrent ensemble l'escalier. Kraft débordait d'énergie. Elle semblait crépiter autour de lui. Il était crispé mais n'en gardait pas moins le sourire. Il y avait chez lui une amabilité exagérée, légèrement frénétique, qui mettait une barrière entre son interlocuteur et lui. Il fallait sans doute faire beaucoup d'efforts pour être Tom Kraft, pour être aussi nerveux tout en gardant une apparence aussi plaisante, songea Jack.

« Je pense que nous nous reverrons tout à l'heure au tribunal », dit-il.

Le procureur eut l'air choqué. Il n'était pas de bon ton de faire allusion à la lecture d'un acte d'accusation. Mais quelque chose chez lui incitait Jack à outrepasser les règles. Il y était poussé, encouragé par son aversion pour le personnage. Il n'y pouvait rien. Et en outre, c'était ignoble d'agir ainsi, d'arrêter Ethan le jour de l'enterrement de son enfant. Il méprisait Kraft de s'abaisser à ce genre de manœuvre.

« Certainement, monsieur », répondit Kraft poliment. Mais on le devinait agacé malgré les apparences.

« Tâchons de ne pas en faire tout un cirque. Vous êtes d'accord, Tom ? »

Celui-ci sourit et son visage parut se disloquer, se craqueler en minuscules fragments. « Ah, monsieur le juge ! Vous savez combien j'aime tenir le devant de la scène. Allons, ne nous gâchez pas le plaisir. »

Jack lui rendit son sourire. Il lui tint la porte ouverte. « Après vous, monsieur le juge », dit Tom.

Jack était confus de se sentir aussi essoufflé. Le trouble causé par sa rencontre avec Tom dans la cage d'escalier étroite et surchauffée avait accéléré les battements de son cœur. Quand ils se séparèrent à la porte du cabinet de Jack, Tom dit : « À tout à l'heure au tribunal. »

Jack pénétra dans son bureau et baissa le chauffage. Il transpirait. Il ouvrit l'armoire, alluma le poste de télévision installé à l'intérieur et déjà réglé sur la station locale.

Une journaliste – cette même femme en gants de

cuir et chapeau de fourrure qu'il avait vue à plusieurs reprises – parlait à l'antenne. Il neigeait à gros flocons. Au moment où Jack réglait le volume pour entendre ce que disait la commentatrice, le cameraman zooma sur le shérif qui quittait les lieux où Jack avait participé aux recherches. Avant de suivre sa voiture, l'objectif de la caméra s'arrêta un bref instant sur la foule massée dans la clairière, et Jack reconnut Jane, la femme avec laquelle il avait marché dans la forêt, qui montait en voiture en compagnie d'une grande femme à l'aspect masculin.

La journaliste disait : « Comme vous pouvez le constater, le shérif de ce village de montagne emmène Ethan Denton avec lui. Denton a été arrêté alors qu'il sortait de la forêt avec le pasteur du village et d'autres habitants venus assister aux funérailles de son fils âgé de trois ans. L'acte d'accusation lui sera signifié dès cet après-midi. »

Au moment où la caméra revenait sur la journaliste, un homme grand et plutôt beau gosse apparut dans le champ de l'appareil, accompagné de la patronne du restaurant. La journaliste se tourna vers lui. « Excusez-moi, monsieur, j'aimerais vous poser quelques questions. »

L'homme fit face à l'objectif. « Je n'ai rien à dire, fit-il sèchement.

— Êtes-vous un ami d'Ethan ? »

L'homme regarda la journaliste. « Ma p'tite dame, dit-il, je vous conseille d'ôter votre foutue caméra de mon visage. »

Il entendit la femme – elle s'appelait Angie – à côté de lui dire : « Glick, allons-nous-en. »

La journaliste fit face à l'écran. « Vous avez sans doute compris. Nous sommes ici en présence d'une communauté extrêmement protectrice envers les siens. Ils sont très peu à vouloir parler de ce terrible... »

Jack éteignit le téléviseur. Il songea à Tom Kraft, revit son sourire féroce. Puis il fixa le mur en face de lui et regarda la photo de sa famille. Il se concentra sur Marty, se demanda à quel point lui-même était différent, fondamentalement, d'un homme comme Ethan Denton.

Glick

LE RETOUR JUSQU'AU DÉPART DU SENTIER où stationnaient les voitures parut beaucoup plus rapide que la marche qui les avait conduits au cœur de la forêt. Ils étaient tous frigorifiés, trempés par la neige, et soulagés que l'épreuve soit terminée. C'était visible à la manière dont ils montaient précipitamment dans leurs voitures et démarraient sans prononcer un mot, l'air déterminé. La perspective d'un café brûlant et d'un plat chaud réconforta Glick, détournant ses pensées de cet endroit lugubre, de cette forêt enneigée.

S'il n'y avait eu Angie, il aurait volontiers tabassé les journalistes qui se ruaient sur eux comme une nuée de moucherons. Mais il entendit sa voix proche qui le calmait, le pressait d'avancer. Lorsqu'il atteignit son pick-up, elle lui dit : « Monte avec moi, Glick. Nous reviendrons chercher ta voiture plus tard.

— Mais le pasteur…

— Oh, c'est vrai ! Tu dois le raccompagner. »

Glick hocha la tête. Il aurait préféré retourner au village avec Angie. Il avait envie d'être près d'elle, de respirer son odeur, de sentir l'apaisement que lui apportaient son calme et sa sérénité. Il avait envie de lui tenir la main, d'être uni à quelqu'un qui était l'image de la vie, du bonheur et du salut.

Il regarda sa voiture s'éloigner tandis qu'il aidait le pasteur à monter dans le pick-up. Le vieil homme eut un peu de mal à s'installer dans son siège, et Glick s'assura que son pardessus était bien ramassé autour de lui avant de refermer la portière. Il aurait tout donné pour une gorgée de whisky, un alcool ou autre chose susceptible de faire fondre la glace dans ses veines. Il savait que seuls les bras d'Angie le réchaufferaient.

Mais une fois sorti de la clairière et arrivé sur la route principale, il eut soudain conscience de respirer à nouveau normalement, comme si un énorme poids avait été ôté de ses épaules.

« J'ai l'impression d'avoir retenu ma respiration depuis le début, dit-il.

— Je comprends, répondit le pasteur. Moi-même je ne suis pas habitué à parler devant une tombe. C'est pourquoi j'ai été content quand frère Powell a été nommé à la tête de la paroisse. »

Glick regarda par la vitre. Les arbres défilaient dans un tourbillon, une mer verte éclairée par la neige d'un blanc lumineux qui tombait sans bruit.

« Vous vous en êtes bien tiré », dit Glick. Il décréta que ce vieux bonhomme lui plaisait.

« Je mentirais si je disais que je me sens à l'aise dans le rôle de consolateur, dit le pasteur. Frère Powell a un vrai talent pour cela. »

Glick poussa un gros soupir et son passager se tourna vers lui. Glick plongea ses yeux dans les siens. Ils étaient humides et opaques, ne révélaient rien. Que ressentait-on quand on était aveugle ? Que voyait-on quand on ne voyait pas ?

« Quand avez-vous perdu la vue, mon père ? »

Le vieux pasteur secoua la tête. « Je l'ai perdue lorsque j'étais enfant et que je vivais là-bas, dans la maison de Cage Road. On dit que je me suis fait griffer par un chat. Je n'en sais rien. Certains racontent que ma mère avait la syphilis et que ma cécité est venue de là.

— Quel âge aviez-vous ?

— Oh, à peu près cinq ou six ans.

— Est-ce que vous vous en souvenez ? demanda Glick. Vous rappelez-vous quel effet cela vous faisait d'y voir ? »

Le vieil homme secoua la tête. Il sortit ses mains de son manteau et les posa sur ses genoux, dans une sorte de prière silencieuse. Il paraissait plongé dans un rêve. Son visage était détendu et calme, ses yeux grands ouverts. Il était tellement immobile que Glick crut qu'il s'était endormi. Il se souvint de lui dans le bureau de l'état civil, assis sans bouger, donnant l'impression qu'il voyait vraiment les photos accrochées au mur. Il se remémora ce que le pasteur lui avait dit, qu'il était l'arrière-arrière-petit-fils de l'un des premiers enfants du village. Il se demanda ce que signifiait pour le saint homme d'avoir son destin aussi distinctement tracé.

Comme s'il avait lu dans ses pensées, le pasteur dit doucement : « J'ai le sentiment d'avoir été marqué, que Dieu a imposé Sa marque sur mon esprit. Je ne suis ici que parce qu'Il l'a voulu. Vous comprenez ? »

Glick ne répondit pas. Le pasteur sembla alors sortir brusquement de son étrange rêverie. Il se tourna vers lui. « Vous habitez Cage Road. C'est un lieu prédestiné, mon ami. Sacré dans son isolement et sa désolation. Vous feriez mieux d'aller habiter ailleurs.

— Que voulez-vous dire ?

— C'est un endroit tellement désert ! Lorsque j'étais petit, il me semblait vivre à la frontière du monde. Mon arrière-arrière-grand-père, un de ces bébés qui ont survécu au premier hiver, avait construit la maison de ses mains. Elle a brûlé et lui-même a péri dans l'incendie. Son fils en a bâti une autre, celle où vous vivez aujourd'hui, et il est mort lui aussi dans la forêt. Il semble qu'à partir de ce moment-là, à chaque génération, il s'est passé quelque chose de tragique. Ma mère y est morte également, après être devenue folle et aveugle. Vous le voyez, c'est un lieu marqué par le malheur. »

Glick songea à sa maison, au silence des bois qui l'entouraient. Il y avait vécu pendant dix longues années, passant la plupart de ses jours et de ses nuits dans une solitude presque totale, restant parfois des semaines entières sans adresser la parole à âme qui vive, à l'exception des animaux – son chien et ses deux chats. Il songea à sa chambre baignée par la lune par temps clair, à la fureur qu'il avait contenue entre ces quatre murs, à la pensée qui lui était venue après avoir découvert Nate dans les bois. Qu'il finirait par y mourir seul s'il ne prenait pas son destin en main.

« Elle est habitée par la désolation, dit Glick. Vous savez, il m'arrive de me sentir à jamais lié à toute cette tristesse.

— Vous feriez mieux de la quitter, croyez-moi. Laissez la forêt l'engloutir. »

En arrivant Chez Angie, Glick gara le pick-up et aida le pasteur à en descendre. « Vous mangerez bien un morceau, n'est-ce pas ? »

Mais le vieil homme secoua la tête. Il remercia Glick et se dirigea vers le bureau de l'état civil. Glick le regarda disparaître à l'intérieur.

Sa première pensée en ouvrant la porte du restaurant fut qu'il rentrait chez lui. Il eut l'impression que la forte odeur du pain, du bacon et du café s'infiltrait dans ses vêtements, l'imprégnait tout entier. Il n'avait qu'une envie : s'asseoir à sa place préférée et commander une assiette d'œufs, de pommes sautées et de bacon.

Angie s'approcha de lui.

« Viens, dit-elle, ils sont en train de se soûler pour de bon.

— C'est sans doute ce qu'ils ont de mieux à faire. »

Angie hocha la tête. « Ça t'intéressera peut-être de

savoir que je n'ai jamais pris une seule cuite de ma vie.

— Pas étonnant.

— Et je n'ai pas l'intention de m'y mettre aujourd'hui.

— Ça me va très bien.

— Et puisque je joue cartes sur table, apprends que je sais tout en ce qui vous concerne, toi et Cindy ; même ce qui s'est passé l'autre nuit, parce que je l'ai vue te suivre, mais tu ne me dois aucune explication, et c'est tout ce que j'ai à dire à ce sujet. »

Glick piqua un fard. Surpris, il regarda Angie qui avait rougi, elle aussi. Il baissa la tête, honteux, et ils se dirigèrent vers une table où Jane et Rocksan étaient assises en compagnie du fils de Jane et de son amie enceinte. Les gens arrivaient peu à peu, impatients de boire et de se nourrir. On percevait dans l'atmosphère le soulagement et la tristesse.

« Je vais te chercher quelque chose à manger », dit Angie.

Glick lui prit la main. « Assieds-toi, je ferai le service. »

Angie sourit. « Tu sais depuis combien de temps c'est moi qui le fais ? »

Glick se pencha et lui murmura à l'oreille : « À partir de maintenant, les choses vont changer. »

Il l'embrassa doucement et alla lui remplir son assiette.

Plus tard, à la nuit tombante, Glick rentra chez lui, nourrit les chats et appela le chien. Puis il prit la voiture et alla chez Angie, en mettant le chien dans la galerie. Angie prépara un rapide dîner, de la soupe et une purée de pommes de terre, plus un reste de jambon apporté du restaurant ; ensuite, elle alla coucher Rosie malgré ses protestations. Dans le couloir, Glick entendit Rosie demander d'un ton accusateur : « Il dort encore ici ? » Il n'entendit pas la réponse d'Angie, simplement le chaud murmure de sa voix.

Il se leva et mit les assiettes dans l'évier. Il les rinça avant de les placer dans le lave-vaisselle. Il y avait une petite photo au-dessus de l'évier. Elle représentait Rosie et Angie posant devant une sorte de manège dans un parc d'attractions. Elles arboraient un sourire un peu guindé, mais il y avait quelque chose de délicieux à les voir là toutes les deux, côte à côte.

Quand Angie revint dans la pièce, Glick aperçut son reflet dans la fenêtre au-dessus de l'évier. Elle marchait lentement, avec une expression tendue et fermée jusqu'à ce qu'elle s'aperçoive qu'il la regardait ; il la vit alors sourire, s'approcher et lui entourer la taille de ses bras. Elle appuya sa tête contre son dos. La nuit était tombée. Glick arrêta l'eau et ils restèrent longtemps ainsi enlacés, puis Angie s'écarta et s'assit sur l'une des chaises.

« Pendant toute la journée, je n'ai cessé de penser à Nate perdu dans la forêt, cherchant désespérément son père. »

Glick s'assit à côté d'elle mais resta silencieux.

« Lorsque ma fille était petite, dit-elle, avant la mort de mon premier mari, elle était toujours accrochée à mes jupes. Elle ne s'éloignait jamais, où que nous allions son père et moi. Dès qu'elle nous perdait de vue, elle était prise de panique. Mais plus tard, lorsque je me suis remariée, elle a passé son temps à vouloir m'échapper. Je perdais sa trace et la voyais soudain réapparaître. Brusquement, sortant de nulle part, comme si elle avait besoin de compenser cette peur enfantine de me quitter. » Angie regardait dans le vague. « Je pense à elle tous les jours. Je prie pour qu'elle revienne à la maison. Qu'elle réapparaisse encore une fois, à l'improviste. »

Glick contemplait ses mains, ses grosses mains maladroites, posées sur ses genoux.

« J'ai attendu longtemps avant de pouvoir parler d'elle, dit Angie. J'espère que tu ne m'en veux pas. »

Glick secoua la tête. « Je ne t'en veux pas. »

Elle se leva, laissant entendre à Glick qu'il était temps d'éteindre la lumière et d'aller se coucher. Il la suivit dans la chambre, et s'assit timidement au bord du lit pendant qu'elle allait dans la salle de bains. Il ne savait pas très bien quoi faire. Devait-il se déshabiller et se glisser dans les draps ? Tout lui semblait soudain si compliqué, si difficile ! Il s'efforça de retrouver son calme en imaginant qu'un jour, peut-être, se mettre au lit avec Angie lui serait aussi naturel et facile que de s'assoupir sous la chaleur du soleil.

Angie sortit de la salle de bains en robe de chambre. En dessous, elle portait une chemise de nuit en coton blanc imprimée de minuscules fleurs roses. Il fut à nouveau ébloui par son éclat, la beauté sereine de son visage, ses cheveux qui retombaient sur ses épaules, la délicieuse modestie de sa chemise. Elle semblait s'être métamorphosée en quelques minutes. Presque joyeuse, elle se tourna vers lui avec un sourire qu'il lui rendit maladroitement.

« Mon pauvre, dit-elle en se couchant. Ne t'en fais pas. Bientôt, ce ne sera plus aussi difficile. »

Il rit. « J'ai l'impression d'avoir quinze ans.

— Moi aussi.

— Je crois que je vais prendre une douche. »

Il alla à son tour dans la salle de bains, satisfait de se consacrer à la simple tâche de se laver. Tout en se brossant les dents, il réfléchit que depuis l'époque de son arrestation il avait souhaité mener une vie ordinaire en compagnie d'une femme. Or il n'avait rien connu de tel jusqu'à ce jour et la maison de Cage Road avait été une sorte de prison. Il se souvint de ce que le pasteur lui avait dit pendant leur long retour au village, que cette maison était un « lieu prédestiné ». Il ignorait son passé, ne s'était jamais soucié de le connaître. À présent, il lui semblait que le pasteur avait raison, qu'il devait la quitter le plus vite possible.

Quand il revint dans la chambre, Angie était toujours sous les draps, les yeux clos. Elle avait éteint la lumière du plafonnier, et le faible halo jaune de la lampe de chevet l'éclairait de telle façon que son visage lui parut complètement doré. Il cligna des yeux mais l'image persista, et cette couleur d'or bruni devint réalité, comme la lampe, ou le lit sur lequel Angie reposait. Il commença à se déshabiller. Elle ouvrit les yeux et se redressa légèrement pour lui ouvrir les draps. Lorsque Glick s'y glissa, il resta pendant un long moment à contempler le plafond. Puis il se tourna vers elle et dit : « Je crois qu'il est temps de vendre la maison de Cage Road. »

Elle se retourna, posa ses mains sur lui et ils firent l'amour doucement, silencieusement, jusque tard dans la nuit.

Ethan

IL S'ATTENDAIT À ÊTRE ARRÊTÉ. D'une certaine façon, il était presque soulagé. Le shérif ne prit pas la peine de lui passer les menottes. Tout se déroula sans heurt. Il traita Ethan avec respect, lui dit gentiment qu'ils devaient prendre le chemin de la ville.

Cindy proposa de les suivre afin de le raccompagner au village lorsque tout serait fini. Elle dit qu'elle n'avait rien d'autre à faire. Ethan ne voulait pas lui avouer que sinon il ne serait peut-être pas rentré chez lui. Il lui fut reconnaissant de son offre. Il redoutait de se retrouver seul. Elle lui passa la flasque de whisky avant qu'il ne monte à l'arrière de la voiture du shérif, il en but une gorgée et la lui rendit.

Au moment où ils sortaient de la forêt et s'engageaient sur la route qui menait à la ville, Ethan poussa un soupir de soulagement à la pensée de ne plus revoir ces bois enneigés. Plus jamais il n'aimerait cette région perdue, et cette pensée l'emplit, aussi, d'un sentiment de deuil.

« Shérif, dit-il, savez-vous ce que signifie l'expression "négligence criminelle" ?

— Non. C'est du jargon juridique. Un truc inventé par un homme de loi quand rien d'autre ne convenait.

— Merci d'avoir retenu les journalistes », dit Ethan.

Le shérif le regarda dans le rétroviseur et hocha la tête. Ethan vit le cure-dents coincé au coin de la bouche du shérif. Il lut la pitié dans son regard. Il ne voulait pas qu'on lui manifeste de la sympathie. Il baissa les yeux et contempla ses mains, les tournant et les retournant. Son corps semblait si fragile, si vulnérable.

À l'approche de la ville, la neige s'était transformée en pluie, puis l'averse s'était arrêtée. Le ciel était chargé de nuages lourds. Ils arrivèrent à proximité de la prison et du tribunal, un sombre complexe de bâtiments modernes, et Ethan vit la foule des journalistes massés tout autour. Des gens brandissaient des pancartes demandant l'application de la peine de mort, portant des citations de l'Apocalypse, ou au contraire déclarant leur soutien à Ethan.

« Seigneur ! fit le shérif.

— Putain, dit Ethan. Ils vont me massacrer. »

Il se retourna, mais Cindy ne les suivait plus depuis longtemps, ils avaient perdu sa trace avant même d'avoir quitté le comté. Ethan eut peur.

« Bon, dit le shérif. Il va falloir que nous allions ensemble à pied jusqu'à la prison. Ne tente rien de stupide, d'accord ? Garde tes poings dans tes poches et ferme-la.

— Nom de Dieu ! dit Ethan. Quand est-ce que je vais me réveiller de ce cauchemar ? »

Ethan fut placé en état d'arrestation à la prison du comté. On prit sa photo, ses empreintes digitales, et on le mit dans une cellule avec deux autres prisonniers – un homme ivre mort, recroquevillé sur le sol, et un jeune type avec un œil au beurre noir et le mot NAZI tatoué sur la main – une lettre sur le dessus de chaque phalange.

Ethan regarda le nazi et s'assit sur le banc fixé au

mur. Les parois étaient grossièrement crépies. Il n'y avait pas de fenêtre, et un relent d'urine et de sueur flottait dans l'air. Le nazi lui jeta un regard noir et Ethan se fit tout petit. Il se dit que ce type allait le tabasser. Mais cette pensée ne l'effraya pas.

On le prévint qu'un avocat commis d'office serait là d'un moment à l'autre, et qu'ensuite aurait lieu la notification de l'acte d'accusation. Il ne savait pas en quoi consistait précisément une notification. Il se représentait une vaste salle d'audience où siégeaient solennellement des hommes de loi aux costumes impeccables. Une image tirée des films qu'il avait vus à la télévision ou des quelques romans policiers qu'il avait lus. La réalité était tout autre. Plus misérable.

« C'est toi le mec qui a tué son fils ? » demanda le nazi.

Ethan le regarda sans répondre. Une bouffée de haine monta en lui, et il ne sut comment réagir, comment prononcer un seul mot sans la faire éclater. Pourquoi éprouvait-il le besoin d'être poli avec cette petite frappe ?

« On était prévenus de ton arrivée », dit le garçon. Sa physionomie suait une véritable répulsion à l'égard d'Ethan, à qui n'échappa pas l'absurdité de la situation. Il avait à l'esprit l'image de son fils courant à travers les bois, s'enfonçant dans la forêt. Il entendait son rire joyeux parmi les arbres.

« Y a des gens qui pensent qu'on devrait te faire frire pour ça. Mais moi, je suis d'un autre avis. »

Ethan regardait fixement le sol. Contre le mur, l'ivrogne grogna, puis retomba dans le silence.

« C'est sûr, continua le garçon, que tout le monde sait, même les plus cons, qu'on doit jamais quitter un môme des yeux. »

À ces mots, Ethan se leva, le saisit au collet et le colla contre le mur. L'autre eut l'air stupéfait, puis effrayé. Ethan sentit sa rage bouillonner. Il cracha ses mots.

« Tu fermes ta putain de gueule ou je te tue ! »

Il tenait son adversaire plaqué contre le mur et ils restèrent un moment soudés l'un à l'autre, le jeune homme sidéré par la brutalité et la soudaineté de sa réaction. Puis Ethan se rendit compte qu'il avait un comportement de criminel. *Vous mettez un homme en cage*, pensa-t-il, *et voilà ce qu'il devient.*

À cet instant, il entendit des gens approcher, leurs voix résonner dans le couloir. Il relâcha le gamin.

« Tu la boucles, siffla-t-il, ou je te zigouille. »

Le jeune nazi semblait frappé d'effroi. Il tenta de retrouver sa dignité, cracha par terre et se détourna.

Un policier et une jeune femme apparurent à la porte de la cellule. Le flic entreprit d'ouvrir la serrure. Il dit à Ethan : « Je te présente Celina Cervantes. C'est ton avocate.

— Bonjour, monsieur Denton », dit la jeune femme. Elle était d'une étonnante beauté avec ses longs cheveux noirs et sa peau mate. Elle portait un tailleur élégant et coûteux, dont la jupe lui arrivait aux genoux, nota Ethan. Ses escarpins étaient impeccables. Tout en elle rayonnait et inspirait confiance. Elle était à la fois sensuelle et maternelle, un mélange qui éveilla en Ethan un ensemble de sentiments complexes. Il s'imagina posant sa tête sur ses genoux et pleurant à chaudes larmes pendant qu'elle lui caressait les cheveux et murmurait des paroles de réconfort. Il aurait voulu sortir de cette cellule, de ce mauvais pas, se retrouver dans les bras d'une femme aussi forte, belle et maternelle qu'elle, d'une femme qui lui apporterait la paix sans rien demander en retour.

« Ça va ? Vous tenez le coup ? » demanda l'avocate.

Le policier fit mine de passer les menottes à Ethan, mais elle lui lança un regard courroucé.

« Ce ne sera pas nécessaire, dit-elle. Vraiment. Ce n'est pas un criminel endurci. »

Le flic parut soudain troublé par la présence de l'avocate. Il reposa les menottes et dévisagea Ethan.

« Oublie pas que c'est moi qui décide, mon vieux. Tiens-toi à carreau. »

Ethan hocha la tête. Il avait conscience d'être entré dans un monde où il n'avait aucun droit et où le premier venu pouvait le traiter comme bon lui semblait. Il songea à Glick, qui avait passé tant d'années en prison pour un crime qu'il n'avait pas commis. Il éprouva un respect nouveau envers lui, un sentiment d'affinité. Il fallait si peu de temps pour perdre tout courage, se retrouver privé de dignité. Pour la première fois, il pensa qu'il allait probablement faire de la prison. Il ne croyait pas avoir les ressources nécessaires pour rester un homme dans un lieu où les règles ordinaires n'avaient plus cours.

Il se souvint d'un jour, avant que Glick ne couche avec sa femme, où ils avaient tous les deux terminé une belle journée de chasse en éclusant une bouteille de whisky. Ils étaient allés chez Glick et s'étaient doucement soûlés près de la remise à bois. Glick lui avait raconté ce qui lui était arrivé en prison, qu'il avait été violé et laissé pour mort. Il lui avait dit que c'était la première fois qu'il l'avouait à quelqu'un. Il se souvenait d'avoir vu Glick quelques jours plus tard, de leur gêne mutuelle. Glick n'en avait jamais plus reparlé, et Ethan était resté à se demander comment un homme pouvait survivre à un truc pareil.

En parcourant le couloir en compagnie de son avocate, Ethan se dit que tout ça ne servait qu'à une chose en réalité : détourner ses pensées de Nate. Au lieu de garder constamment en lui l'image de son fils en train de courir dans la forêt à sa recherche, il était obligé de répartir sa douleur entre l'évocation des dernières heures de Nate et son propre sort. Et c'était ce point particulier qui le préoccupait le plus. Il avait fini par s'habituer à l'étrange confort que lui procurait son chagrin, et se laisser entièrement absorber par lui, car c'était à ses yeux l'unique service qu'il pouvait rendre à son fils mort. Cette situation nouvelle, qui l'obligeait à se préoccuper de lui, était l'humiliation suprême. En quoi devrait-il compter ?

Ils s'assirent tous les deux, lui et son avocate – Dieu qu'elle était belle ! – dans la petite salle d'interrogatoire. Celina Cervantes lui adressa un sourire dans lequel il perçut un mélange de pitié et d'aimable sollicitude. Il lisait dans ses yeux, comme dans ceux d'autrui en général, qu'elle était soulagée que la tragédie d'Ethan ne soit pas la sienne. Quel bonheur ce devait être, à la fin de la journée, de pouvoir se détacher du drame qui le frappait, du chaos de sa vie !

« Bon, voilà où on en est », dit-elle. Ethan nota qu'elle faisait un effort pour prendre un accent populaire. Il savait qu'aucune vedette du barreau ne tournerait une phrase de cette façon. Il avait lu suffisamment de livres et vu assez de téléfilms pour savoir que les gens instruits ne parlaient pas comme un homme de sa condition. « Vous êtes poursuivi pour "négligence criminelle".

— Excusez-moi, dit Ethan, mais ça veut dire quoi exactement ? Je n'ai jamais entendu cette expression. »

Elle sourit patiemment. Elle était toute patience et compréhension, ce qui commençait à agacer Ethan. Il aurait voulu lui dire de cesser ses efforts pour le réconforter, d'employer au contraire ses grands mots d'avocat, de le traiter comme s'il était intelligent et s'y connaissait un peu.

« La "simple négligence" est l'incapacité de quelqu'un à agir de manière raisonnable, comme le feraient la plupart des gens dans une situation similaire. Quand on parle de "négligence criminelle", cela implique que s'y ajoute un certain degré d'imprudence.

— Mais je n'ai pas réfléchi. C'était un accident.

— La question n'est pas là, Ethan, on ne vous accuse pas de meurtre. Il n'y a pas de discussion sur le fait que vous ayez agi intentionnellement ou non.

— Mais alors, que veulent-ils ? Qu'est-ce qu'ils essayent de faire ?

— Bon. Les choses se présentent ainsi. Écoutez bien. Il faut que vous compreniez que le procureur - il s'appelle Tom Kraft - pense à sa carrière avant tout. C'est la meilleure affaire qui se soit présentée à lui depuis longtemps. Vous avez vu l'attitude des médias. Ce qui est arrivé à votre fils (Ethan la vit pencher un peu la tête et joindre délicatement ses mains comme pour prier) a touché un point sensible chez beaucoup de gens. Vous comprenez, c'est une affaire en or pour Kraft. Il veut en tirer le maximum. Donc, si vous plaidez coupable, vous évitez le procès. Si vous plaidez non coupable, il y aura procès. Il faut savoir que si vous allez au procès Kraft vous traînera dans la boue, vous et votre ex-femme, et les détails de votre divorce et la bataille pour la garde de l'enfant seront mis sur le tapis. Il n'aura qu'un seul but : démontrer que votre comportement a toujours été irréfléchi. Il cherchera à tout prix à avoir votre peau.

— C'était un *putain d'accident !* » dit Ethan. Ses tempes battaient. Il songea à Cindy, quelque part avec son whisky.

Celina Cervantes hocha la tête. Elle s'humecta les lèvres et poursuivit. « Ceci étant dit, je pense qu'un jury peut vous être favorable, que nous pourrons minimiser les dégâts causés par Kraft en faisant appel aux sentiments... d'empathie des jurés. Tous les parents savent que vous endurez aujourd'hui le pire des châtiments. Ils savent qu'ils auraient pu se trouver dans la même situation. Vous pouvez vous en tirer avec un verdict de non-culpabilité. Mais je vous avertis, ce sera pénible. Ça durera longtemps. Et le public semble pour l'instant partagé. Ne vous faites pas d'illusions, c'est dans les médias que l'affaire sera jugée. »

Ethan regarda son avocate. Quelle était son existence ? Sans doute celle de quelqu'un qui ne risquait pas de se trouver pris dans pareille situation. Elle paraissait tout avoir : la beauté, l'intelligence et l'argent. Il fut empli d'admiration et d'amertume à son égard.

« Que feriez-vous à ma place ? demanda-t-il.

— J'affronterais le procès. Le juge Rosenthal est un homme équitable. Je suis une bonne avocate. Nous pouvons battre Kraft. »

Quelque chose dans ces dernières paroles retint son attention. Il eut soudain l'impression qu'il était un pion dans un jeu beaucoup plus vaste qu'il ne pouvait l'imaginer ou le comprendre. Celina Cervantes parlait avec franchise. Elle semblait honnête. Mais de quoi s'agissait-il vraiment ? Avait-elle de l'antipathie pour Kraft ? Était-elle ambitieuse, elle aussi ?

« Est-ce que ma femme... mon ex-femme... est encore là, dehors ? Est-ce que je pourrais lui parler une minute ? En privé ? »

L'avocate pinça les lèvres. Elle appuya ses deux mains sur la table et se leva. « Bien sûr », dit-elle. Son ton parut sec à Ethan. « Je vais la chercher. »

Ethan resta seul dans la pièce. Elle n'avait pas de fenêtre. Elle était peinte d'un vert administratif, un vert purée de pois. Il revit son fils, qui s'était couché pour mourir, suçant son pouce, des larmes plein les yeux. Il se cramponna à son chagrin, à la brûlure de la douleur.

Cindy entra et s'assit. Elle regarda Ethan. Elle avait les yeux gonflés, presque fermés, les joues boursouflées et rouges. Elle était agitée d'un léger tremblement.

« Mon Dieu ! dit-elle. Qu'est-ce que nous avons fait ? »

Ethan hocha la tête. « C'est moi qui l'ai fait.

— Mais si je n'avais pas...

— C'est moi seul. C'est ma faute. Tu n'as rien à te reprocher, tu comprends ? »

Elle secoua la tête. Ethan la vit se mordre les lèvres,

retenir ses larmes. Pour la première fois, elle lui parut courageuse. Meilleure qu'il ne l'avait jugée.

« L'avocate dit que je devrais accepter le procès. Elle dit qu'elle peut battre le procureur. Qu'il est possible de gagner la sympathie du jury.

— Et toi, qu'est-ce que tu penses ?

— Je ne suis pas un criminel. J'ai été imprudent. Je ne sais pas. » Il était affolé. Son cœur battait. Tout arrivait si vite ! Comment pouvait-on attendre de quelqu'un qu'il prenne une décision, n'importe quelle décision, alors que son fils venait de mourir ?

« Dans ce cas, peut-être que tu devrais accepter.

— Le seul problème, dit Ethan, c'est qu'ils vont nous traîner dans la boue, Cin. Le procès fera la une de tous les médias. Ce sera une grosse affaire. Tous les jours, on devra traverser la foule des journalistes. Ils vont passer notre existence au peigne fin. La boisson, nos batailles pour la garde. »

Cindy acquiesça. Elle avait l'air sombre et effrayé. Ethan eut l'impression de la voir rapetisser sous ses yeux. Il vit à quel point il avait ruiné sa vie.

« Ce que tu dois faire, Ethan, il faut le faire. C'est dur pour moi d'être ici en ce moment. Mais c'était notre fils. »

Plus il la regardait, plus elle lui semblait s'amenuiser. Il vit à quel point sa propre arrogance, son égoïsme avaient détruit son mariage et causé la mort de son fils. Il lui restait peut-être une chose à faire. Il tendit la main en travers de la table.

« Écoute, murmura-t-il. Je crois avoir causé assez de dégâts comme ça. J'ai tout détruit. Alors aujourd'hui, en réfléchissant à tout ça, je sais qu'il y a une chose que je ne peux pas faire : je ne peux pas t'entraîner là-dedans. Je vais plaider coupable, mon petit. D'accord, je vais plaider coupable. »

Cindy hocha la tête avec vigueur. Et pendant tout ce temps il la voyait s'éloigner, devenir de plus en plus petite sous ses yeux.

Ethan dut attendre dans la cellule pendant deux autres heures. Le nazi avait disparu. Ainsi que l'ivrogne. Un gardien vint enfin le chercher. Son avocate et Cindy l'attendaient dans le couloir.

« Prêt ? » demanda Celina Cervantes.

Ethan fit signe que oui. Ils sortirent ensemble de la prison, et se frayèrent un passage parmi les journalistes et les badauds pour atteindre le tribunal. À l'intérieur, ils trouvèrent d'autres reporters, des photographes. L'avocate répétait : « Pas de déclaration. » Ethan et Cindy se tenaient par la main. Le cœur d'Ethan battait à tout rompre. Il cherchait sans y parvenir à évoquer le souvenir de Nate. Il craignait que ce tohu-bohu ne l'éloigne de son chagrin. Il voulait ressentir cette brûlure, cette douleur. Il ne lui restait qu'elle.

Lorsqu'ils entrèrent dans la salle d'audience, tout devint subitement calme. Il faisait chaud, lourd et humide. L'odeur de la salle lui rappela celle de l'école jadis quand il pleuvait. S'y ajoutait un relent de paperasserie, de peinture et de ciment. Le juge siégeait. Plusieurs personnages vêtus de sombre discutaient au fond de la salle.

Cindy s'assit. La partie réservée au public était vide. Ethan demanda : « Il n'y a personne d'autre ?

— Le juge a ordonné le huis-clos », murmura Celina Cervantes. Elle l'entraîna par le coude jusqu'à une table, sur la droite. Ethan avait trop peur pour regarder le procureur. Il y avait trois hommes debout. Il n'aurait su dire lequel était Tom Kraft.

À partir de là, tout alla si vite qu'à la fin, à peine quelques minutes plus tard, Ethan eut l'impression d'avoir manqué l'essentiel. Le juge leva à peine les yeux. Il avait quelque chose de familier qui frappa Ethan. Il lui semblait avoir déjà vu cet homme. Le juge demanda : « Que plaidez-vous ? »

Me Cervantes lui dit de se lever. Elle lui souffla ce qu'il devait dire.

« Coupable, votre Honneur. »

Le visage du juge resta impassible. Il tourna les yeux vers le procureur. Ethan suivit son regard. Il vit l'homme dont il présuma qu'il était Tom Kraft se lever lentement de son banc. Il vit ses lèvres pincées autour d'une bouche fermée et crispée.

« Nous demandons une caution de un million de dollars, votre Honneur.

— C'est grotesque, dit Me Cervantes. Mon client n'a pas de casier. Il ne présente aucun danger pour la société. Et il ne risque pas de prendre la fuite, votre Honneur. »

Le juge n'avait toujours pas regardé Ethan.

« La demande n'est pas retenue, maître Kraft. M. Denton est libéré sous caution sur engagement. Je rendrai mon jugement dans une semaine. »

Le juge frappa un coup de marteau. Ethan crut entendre Cindy pleurer doucement derrière lui. Il s'apprêta à partir. Le juge l'appela.

« Monsieur Denton. »

Leurs regards se croisèrent pour la première fois, et à cet instant Ethan se souvint de l'endroit où il avait vu le juge auparavant. Il reconnut l'inconnu qui avait arrêté sa Mercedes sur les lieux des recherches, le même homme, il s'en rendait compte maintenant, qui avait voulu passer inaperçu quand ils s'étaient rencontrés à la morgue. Il frissonna, soudain effrayé. Il ignorait les habitudes des juges et des avocats. Il ne savait pas ce que poursuivaient ces gens dans ce lieu inhabituel, quel était le poids de la corruption et de la fraude dans les tribunaux d'Amérique, ce qui était sincère et réel dans les marques de bienveillance et de compréhension. Mais son instinct lui dictait de ne rien manifester. De rester muet et silencieux, confiant en apparence.

« Oui ? » dit Ethan. Il entendit la note d'hésitation, de crainte dans sa voix.

« Je suis désolé du malheur qui vous frappe », dit le juge.

Ils restèrent à se dévisager quelques secondes de plus, et pendant ce bref laps de temps Ethan comprit qu'il devait suivre son instinct, lui faire confiance comme un animal. Il murmura un « merci » et tourna les talons. Il n'était pas tout à fait sûr d'être libre de partir, bien que ce fût le cas. Il vit Tom Kraft faire une grimace à l'autre bout de la salle d'audience. Il comprit que pour le procureur, au moins, la partie était terminée.

« Vous êtes libre de partir », dit Me Cervantes. Elle lui souriait avec gentillesse et sincérité. « Présentez-vous à nouveau la semaine prochaine. Appelez-moi pour vérifier l'heure. Et il faudra que nous passions en revue certains détails concernant l'audience. Il faudra que vous prépariez une sorte de déclaration. »

Elle tendit sa carte à Ethan. Il avait peine à croire que c'était fini.

Rocksan

AVANT QUE LA CÉRÉMONIE NE S'ACHÈVE, avant même que le prêtre n'ait abordé la conclusion de son sermon, Rocksan s'était promis de se soûler copieusement. Elle prit aussi une autre décision. Moins clairement définie que la première, moins simple. Mais elle avait vu dans cette cérémonie funèbre et dans l'étrange tour qu'avait pris sa propre vie la démonstration qu'il n'y avait qu'une façon de donner du sens à son bref passage sur Terre. *Demain tu peux être morte,* se souvenait-elle d'avoir pensé au moment où Jane et elle sortaient de la forêt. Elle voulait célébrer son bonheur, l'existence et ses bienfaits. La mort de Nate, bien qu'immensément triste, lui avait fait prendre conscience de sa chance.

En allant au restaurant, elles s'arrêtèrent pour prendre des nouvelles de George et de Melody, qui demandèrent à les accompagner. Bien que ne connaissant ni Ethan ni Nate, ils souhaitaient faire acte de présence.

Dès qu'ils pénétrèrent dans la salle, Rocksan constata que l'assistance s'était consolée collectivement dans la boisson. Elle en fit autant, jusqu'à ce que Jane insiste pour rentrer à la maison. Elle craignait que Melody n'accouche là, sur le plancher, au beau milieu du repas de funérailles.

Ils restèrent silencieux pendant une grande partie du trajet. Jusqu'à ce que Melody déclare : « Si c'est une fille, je crois que nous devrions l'appeler Jane. »

Jane éclata de rire. « Oh, non ! Vous ne parlez pas sérieusement ?

— Est-ce que tu parles sérieusement ? demanda George.

— Je trouve que c'est un si joli nom.

— Pas question, dit George. Ne le prends pas mal, Jane. Mais...

— Je ne le prends pas mal. Franchement, Melody, c'est très gentil, mais je serais horrifiée... »

Rocksan vit Melody hausser les épaules sur la banquette arrière et regarder par la fenêtre. Rien ne semblait jamais la démonter. Rocksan n'avait jamais rencontré personne d'un caractère aussi égal, d'une humeur aussi constante.

La soirée était avancée quand ils rentrèrent et ils étaient tous épuisés. Après avoir bavardé tranquillement avec George et Melody dans la salle de séjour, Jane monta s'allonger. Les enfants restèrent sur le canapé, où ils finirent par s'endormir, George assis, Melody étendue, les pieds en travers de ses genoux.

Rocksan était trop hébétée et imbibée de whisky pour se détendre véritablement. Elle était aussi très lasse et, somme toute, infiniment triste. La mort de Nate, bien qu'elle ait à peine connu le petit garçon, avait pénétré les tréfonds de son être.

Elle sortit inspecter les ruches qui se dressaient, silencieuses dans le calme morose, comme de minuscules maisons d'une ville désertée. Rocksan pensa à Angels Crest et se souvint de son arrivée au village, de la première fois où elle avait entendu le récit de ces colons qui avaient succombé durant le terrible hiver, une histoire qui lui avait paru bizarre. Elle se rappela son arrogance, avec ses airs d'affranchie de

San Francisco et sa sulfureuse réputation de lesbienne. Tout à Angels Crest lui avait paru si pittoresque, un peu en dessous de ses standards. Aujourd'hui, elle avait presque oublié la femme qu'elle était alors. Elle se rendait compte que cet univers était par bien des points beaucoup moins provincial que San Francisco.

Pour la première fois, elle réfléchit vraiment à la légende mythique d'Angels Crest. La mort de tous ces gens avait dû être terrible. Comment imaginer que ces petits enfants aient réussi à survivre ? Quel caprice, quelle providence, leur avait réservé un destin aussi surprenant, marqué par une telle grâce ? Elle comprenait que certains aient cru en l'intervention des anges. Elle savait aussi pourquoi elle-même en était incapable. Il est difficile de s'allier au parti des anges quand vous avez été rejetée et ridiculisée par le reste du monde.

Elle tourna son attention vers les ruches. Elles avaient l'air sévère, hermétiquement closes pour l'hiver. Bien qu'elle ait remplacé les reines tardivement, Rocksan espérait que les abeilles survivraient à l'hiver. Mais elle avait déjà vu une ruche détruite par les rigueurs du froid. C'était seulement quelques années auparavant, quand la température avait brutalement chuté et que les abeilles étaient peu à peu mortes de faim parce qu'elles avaient refusé de briser la grappe qu'elles avaient formée autour de la reine pour la garder au chaud. La reine avait fini par mourir, elle aussi. C'était inévitable, s'était dit Rocksan pour se consoler – elles ne pouvaient que geler ou mourir de faim.

Mais quand elle avait trouvé les abeilles mortes avec leurs têtes plantées dans les alvéoles vides des rayons, comme si elles cherchaient une dernière goutte de miel avant de mourir, elle avait eu le cœur brisé. Des centaines d'abeilles gisaient sur le plateau, et les rares encore vivantes étaient comme folles, désorientées, serrées les unes contre les autres pour conserver la chaleur. Mais elles avaient fini par mourir également et, sans reine, la ruche était condamnée. Il n'y avait aucun espoir de la faire revivre.

Rocksan se souvenait de cet hiver et du chagrin qui l'avait ravagée à la vue de la ruche détruite. C'était une image qu'elle comparait au premier hiver d'Angels Crest, quand tous les colons, hormis une poignée, étaient décédés. Elle se demanda à nouveau quel destin était intervenu pour épargner les enfants. Elle voyait le vaste domaine de la vie humaine se dérouler à travers les âges, ceux qui mouraient jeunes et ceux qui vivaient longtemps. À présent, elle considérait sa vie comme un cadeau – il était étrange que cette pensée ne l'ait jamais effleurée auparavant. Les larmes se mirent à couler à nouveau sur ses joues, à son grand étonnement.

Elle ne parvenait pas à s'expliquer cette sentimentalité soudaine. Pourquoi avait-elle la larme aussi facile ? À cause de la mort de cet enfant ? De l'arrivée de Melody et de George, de la perspective d'une nouvelle vie s'apprêtant à entrer dans la leur ? Qu'est-ce qui s'était délié, dénoué en elle ? Rocksan laissa son regard errer, se perdre vers les montagnes vêtues de neige dans l'aube grise. Lui vint alors une claire vision du flux et du reflux de la vie, la conviction, peut-être pour la première fois, d'appartenir d'une façon ou d'une autre au réseau de l'humanité. Quelque chose – un flot de bonté – se libéra en elle, et le monde qui l'entourait rayonna d'une énergie bourdonnante.

Jane

APRÈS LES FUNÉRAILLES, Jane se sentit complètement vannée. Se tenant par la main, l'air sombre, Rocksan et elle regagnèrent leur voiture. Elle se rendit compte que c'était l'une des rares fois où elles avaient manifesté leur attachement en public, et personne n'avait paru s'en soucier. Comme si après la mort de Nate, l'arrestation de son père et le dégoût unanime pour les médias, elles étaient devenues pareilles aux autres.

Elles s'étaient arrêtées à la maison pour prendre George et Melody, et, lorsqu'elles avaient rejoint au restaurant les autres participants à la cérémonie funèbre, Jane avait craint de voir Rocksan se soûler et la mettre dans l'embarras. Elle s'inquiétait toujours quand son amie buvait trop, car elle devenait agressive, méchante. Au temps où elles vivaient à San Francisco, Rocksan tenait sa cour et réservait ses diatribes d'ivrogne à la bonne société. Une attitude adaptée à une ville où l'excès vous apportait le prestige. Ici, dans ce village qui les avait accueillies, en ce jour le plus triste qu'aucun d'entre eux ait connu, l'excès ne pouvait qu'apporter la désapprobation.

Mais les effets de l'ivresse de Rocksan ne dépassèrent pas les limites de leur table. Melody semblait préoccupée par sa grossesse, et George regarda avec des yeux ronds Rocksan renverser son verre pour la seconde fois. Pourtant, il n'y eut pas de scène. Au fond, Rocksan avait peut-être fini par se laisser apprivoiser. Jane fut néanmoins soulagée quand ils partirent. Elle comprenait mal le chahut grandissant, les éclats de rire parmi ceux qui un peu plus tôt se recueillaient dans la forêt et qui maintenant buvaient quantité de whisky et de bière. Une douleur l'habitait que seule pourrait apaiser une bonne nuit de sommeil. Elle était obsédée par la vision de Nate courant désespérément dans la forêt à la recherche de son père. Les enfants savent peu de choses, mais ils ont une certitude, c'est que leurs parents seront toujours là pour leur porter secours. Elle espérait qu'en se couchant pour mourir Nate croyait encore que son papa allait venir bientôt.

Elles trouvèrent la maison glacée. Jane monta la température du chauffage, et Melody et George prirent une couverture et allèrent s'étendre sur le canapé.

« Je n'ai pas envie de grimper cet escalier, dit Melody. Je voudrais que le bébé descende une fois pour toutes. Il descend, puis j'ai l'impression qu'il remonte dans ma gorge. »

George regarda Melody avec inquiétude. « Il reste encore deux semaines avant la date prévue.

— Oublie la date prévue. Ce bébé ne va pas rester dans mon ventre deux semaines de plus, tu peux en être sûr. À partir de maintenant, je vais tout faire pour qu'il sorte de là. Je ne supporte pas d'attendre une seconde de plus dans cet état. »

Jane se souvint de l'époque où elle était enceinte de George. Des dernières semaines. Elle avait cru à ces mensonges selon lesquels la grossesse est belle, paisible, miraculeuse. Personne ne lui avait parlé d'hémorroïdes, de vomissements, de la fuite incontrôlée de tous les fluides que Dieu a créés. Elle qui avait espéré être heureuse durant sa grossesse avait enflé comme une baleine, allant jusqu'à perdre le sens de l'équilibre. Le dernier mois, elle passait son temps à tomber.

« Oh ! Melody, dit-elle. Je me souviens de tout ça. »

George lui jeta un regard étonné et Jane eut envie de tout lui raconter. Le moment de sa naissance. Comme il lui avait paru beau, bien qu'il soit venu au monde avec la diarrhée.

« Toi, George, tu étais un bébé magnifique. J'ai eu droit à une césarienne parce que tu ne te décidais pas à sortir…

— Oh, je vous en prie, ne me dites pas ça ! s'écria Melody.

— Résultat, tu étais parfait à la naissance, tu n'avais pas une de ces têtes en poire, continua Jane. On m'a permis de te tenir contre moi un moment avant de t'emporter, et je me souviens d'avoir pensé que ça en valait la peine. »

George eut un petit sourire. « Papa ne m'a jamais rien raconté. Tu sais, il avait engagé cette femme, Mme Mullick, qui venait tous les jours s'occuper de moi. Elle est restée presque dix ans. »

Jane contempla le sol à ses pieds. « Je regrette tellement…

— Je ne vois pas comment nous allons pouvoir oublier cette histoire si tu passes ton temps à t'excuser, dit George d'un air las.

— Sois gentil, dit Melody.

— Bon sang, je n'ai pas envie d'être gentil ! »

Melody sourit à Jane. « Il croit que c'est lui qui attend un bébé. » Elle se tourna vers George. « Je suis la seule ici à avoir le droit d'être une peste.

— Pardon, dit George. Mais avec cet enfant mort, et tous ces regrets… Je voudrais que ce soit plus facile. Que notre enfant à nous naisse dans le calme. »

Jane le regarda. « George, la vie est si dure. Je ne veux pas commencer à jouer les mères et à te donner des conseils. Mais je dois quand même dire que rien n'est jamais facile, que vous êtes jeunes et que le bébé va naître dans un endroit où il sera bien. Melody et toi serez de merveilleux parents. »

George hocha la tête. « Je pense seulement que la mort de ce petit garçon est un mauvais présage.

— C'est toi qui le dis. » Jane se rendit compte qu'elle parlait comme Melody.

« Il broie du noir, parfois, dit la jeune fille. Moi, jamais. C'est pourquoi nous nous entendons si bien. »

George s'enfonça dans le canapé et Melody posa les pieds sur ses genoux. Jane la recouvrit d'une couverture. Son gros ventre ballonnait au-dessus de son corps menu.

« Je suis crevé », dit George.

Melody leva les yeux au ciel. « C'est moi qui suis enceinte, George, dit-elle. Tu l'oublies toujours. »

Jane regarda son fils. Ses yeux étaient fermés. Son visage avait une beauté adulte avec ses traits fins et précis, comme sculptés dans la pierre. Un sentiment de fierté l'envahit.

« George. » Il ouvrit un œil, puis l'autre. « Tu étais un si beau bébé », dit-elle.

Jane monta se coucher. Une forte migraine la guettait. Elle était d'humeur morose, malheureuse, en proie à un noir chagrin. Elle aurait tout donné pour qu'on retrouve Nate en vie ; elle se laissa porter par l'illusion pendant un instant, imagina la joie sur le visage d'Ethan. Son soulagement. Puis une vague de colère monta en elle. Pourquoi un petit enfant devait-il mourir ? C'était tellement injuste. Tellement injuste !

Elle alla à la fenêtre et regarda Rocksan se diriger vers les ruches, les inspecter l'une après l'autre. Tout en elle paraissait étrangement respectueux, paisible. Jane ne l'avait jamais vue si calme. Puis, à sa grande surprise, elle s'aperçut que Rocksan pleurait. Jane se souvint de ses sanglots dans la forêt pendant la cérémonie funèbre, et se dit qu'un miracle s'était produit. En vingt ans de vie commune, elle n'avait jamais assisté à pareil débordement d'émotion de la part de son amie, et la voilà qui pleurait à deux reprises dans un même jour.

Jane observa Rocksan. Pendant toutes ces années, elle n'était arrivée qu'à lui extraire d'infimes détails concernant son père. La pensée lui vint qu'elle ne pleurait peut-être pas sur Nate, au fond, mais sur elle-même et ses malheurs.

Elle s'éloigna de la fenêtre et gagna son lit, s'allongea, ferma les yeux. Rocksan, se dit-elle, l'avait probablement sauvée d'elle-même. Elle songea à son fils en bas, à l'enfant qui allait naître. Elle s'imagina que de nombreuses années avaient passé, que tout était pardonné et que leurs blessures étaient à jamais cicatrisées.

Angie

CETTE NUIT-LÀ, LONGTEMPS APRÈS QUE GLICK se fut endormi, Angie resta éveillée, l'esprit occupé par sa fille. Elle s'était longtemps interdit de penser à Rachel, craignant de raviver trop de douleur. Sa part de culpabilité dans le départ de sa fille n'avait jamais cessé de la hanter.

Aujourd'hui, elle se rappelait l'époque où Rachel était jeune et joyeuse, se remémorait son propre mariage avec le camionneur, l'attitude de Rachel qui était devenue lointaine, s'était mise à fumer et à boire. Angie se rendait compte à présent, trop tard bien sûr, qu'elles auraient été heureuses sans lui. Pourquoi avait-elle éprouvé le besoin de gâcher leur vie avec ce mariage idiot ?

Glick grogna doucement et se retourna dans son sommeil. Elle devinait les formes de son corps dans le noir, sous les couvertures. Un élan de tendresse la porta vers lui. Les années l'avait marquée, certes, mais les manques, les désirs – sexuels et émotionnels – étaient restés enfouis dans les tréfonds de son être. Et aujourd'hui, chaque fois qu'elle regardait Glick, plus rien ne les retenait. Elle aurait tant aimé que Rachel revienne, que le cercle se referme sur lui-même !

Elle savait bien sûr que la mort de Nate et cette

cérémonie des funérailles avaient exacerbé son propre sentiment de perte. Elle savait aussi que le temps guérissait tout, que le chagrin n'était jamais aussi violent qu'on ne le croyait au début. Elle possédait un don particulier pour supporter le fardeau de ses peines, et cette blessure, rouverte simultanément par la mort de Nate et son amour pour Glick, se refermerait et ne laisserait de trace que dans les recoins les plus obscurs de son cœur.

Elle sentit le sommeil la gagner et s'y abandonna, allongée près de Glick, respirant son odeur, rassurée par sa présence. *On ne peut s'accrocher à ce que l'on n'a pas*, se dit-elle, et le sommeil l'emporta.

Le lendemain matin, Angie se réveilla dans un lit vide. L'inquiétude l'envahit pendant un court instant, puis des voix se firent entendre au-dehors. Elle regarda le réveil et s'aperçut avec consternation qu'il était huit heures. Bien qu'ayant décidé de fermer le restaurant pour la journée, elle se sentit confusément coupable, se leva avec raideur et alla à la fenêtre.

Un pâle soleil éclairait la terre mouillée. Glick et Rosie étaient dans le jardin, chaudement vêtus. De la buée s'échappait de leurs bouches tandis qu'ils criaient et jouaient avec le chien, qui semblait fou de joie d'être l'objet d'une telle attention. Rosie lui lançait la balle, et il ne semblait guère se soucier qu'elle aille très loin ou dans la bonne direction. Glick dit quelque chose à Rosie, et Rosie lui répondit. Il rit, se pencha, et ramassa la balle avant de la jeter au chien. Rosie poussa un cri de ravissement en voyant l'animal attraper la balle au bond.

Angie retourna se coucher et demeura dans la chambre silencieuse, à écouter le son étouffé des voix au-dehors et le tic-tac de la pendule dans le couloir. Elle vit se dessiner devant elle l'étrange atlas de sa vie, les routes reliées aux destinations, sans aucun itinéraire fixe, sans aucune voie barrée. Il lui semblait que son existence se déroulait exactement comme elle le devait, que rien, absolument rien ne se produisait jamais sans raison. Il lui avait fallu endurer des pertes cruelles avant de pouvoir être là, en ce moment précis, avant d'être une femme différente, une femme heureuse, qui entendait le rire de ceux qu'elle aimait le plus au monde monter doucement dans l'air froid de l'hiver.

Quand elle revint à la réalité, elle s'habilla et alla dans la cuisine prendre son petit déjeuner. Elle se prépara des œufs et des pommes de terre sautées. Elle coupa une banane en rondelles, la mit dans le mixer avec un yaourt et du jus d'orange, sortit du congélateur quelques tranches de bacon, les fit frire, et enfin, quand tout fut cuit à point, Glick et Rosie rentrèrent. Elle entendit Rosie claquer la porte et aller en courant vers sa chambre tandis que Glick se dirigeait vers la cuisine.

Il se pencha et l'embrassa doucement, maladroitement, sur la joue. Ses lèvres étaient froides. Il se comportait comme si elle était une personne rare, précieuse. Le respect qu'il lui montrait, ses mains timides mais étonnamment sûres quand il la tenait, ses regards, tout lui donnait la sensation d'être belle, aussi inestimable que le passé, aussi importante que l'avenir.

« Tu vas bien ? » demanda-t-il.

Elle hocha la tête. « Et toi ?

— Merveilleusement bien. »

Il avait le nez qui coulait, le visage rougi par le froid. Il se frotta les mains et souffla dessus.

« Qu'est-ce qu'il fait froid !

— C'est toujours comme ça une fois passée la tempête.

— On dirait que le monde va se briser en mille morceaux, tellement l'air est glacial. »

Elle lui versa une tasse de café avant de se remettre à sa cuisine. Rosie entra dans la pièce avec l'album de photos et s'assit à côté de Glick. Elle se mit à tourner les pages en fredonnant. Il était visible qu'elle avait envie que Glick lui pose des questions. Comme il n'en faisait rien, elle ne résista pas plus longtemps et dit : « Regarde, c'est ma maman. »

Elle tourna l'album vers Glick, qui contempla attentivement les photos.

« Elle est jolie », fit-il, et Angie lui fut reconnaissante de paraître sincère.

Rosie tourna la page. « C'est encore elle. Et là aussi. Et celle-là, c'est mamie. »

Rosie lui désignait du doigt chacune des photos. Elle tournait les pages à son intention. Sans rien dire, Glick examinait les photos non comme un adulte qui veut faire plaisir à un enfant, mais avec un véritable intérêt. Angie comprit qu'il cherchait à combler les vides laissés par l'absence de sa fille, et elle ressentit ce pincement au cœur familier au souvenir de Rachel, qui de tant de façons avait marqué sa vie. Rosie tourna la dernière page ; puis elle referma l'album, se laissa glisser au bas de sa chaise et quitta la pièce.

« Ta fille est jolie, dit Glick. Aussi belle que sa mère. »

Angie sourit. « Elle est réellement très jolie. Elle a pris ce qu'il y avait de mieux chez moi et chez son père. C'est étonnant de voir qu'elle n'a privilégié aucun de nous deux, qu'elle nous ressemble à tous les deux.

— À quoi ressemblait ton mari ?

— Tu veux dire son père ? »

Glick hocha la tête.

« C'était un gentil garçon. Banal par bien des côtés. Pas compliqué. Très doux, et, c'est vrai, un peu ennuyeux. Mais il me plaisait tel qu'il était ; j'aime les choses un peu ennuyeuses. »

Glick sourit et but une gorgée de café. Angie admira sa beauté, ses yeux – d'un bleu si intense – enfoncés dans leurs orbites, le modelé anguleux de son visage. Le désir l'envahit soudain, et elle retourna le bacon, beurra un toast, fit sauter les pommes de terre dans la poêle, consciente des étranges pensées érotiques qui lui venaient à l'esprit. Les effluves de la cuisine, le crépitement de la graisse, la couleur blême du soleil, l'odeur imperceptible de Glick qui s'attardait sur sa peau – tout s'embrouillait, l'ensorcelait. Elle s'empourpra, se tourna vers Glick, et lut dans ses yeux un désir identique au sien. Leurs regards se croisèrent et ils se sourirent, une sorte d'aveu discret, une façon de déclarer : J'ai envie de toi.

« Je peux à peine te regarder, dit-il.

— Franchement, Glick. Je me sens ridicule. »

Ils éclatèrent de rire. Quand Rosie arriva en courant dans la pièce, elle s'immobilisa une seconde, comme frappée par ce qui se passait entre Glick et Angie. Puis elle s'assit avec son album de photos et dit : « Est-ce qu'on peut faire une promenade en raquettes aujourd'hui ? »

Angie consulta Glick du regard. Il hocha la tête. Elle dit : « Bien sûr. »

Rosie se tourna alors vers Glick. « J'aimerais beaucoup que tu amènes ton chien », dit-elle, avec une coquetterie de femme adulte.

Cindy

À LA FIN, QUAND LE JUGE DONNA À ETHAN l'autorisation de s'en aller, Cindy se sentit vidée comme elle ne l'avait jamais été de sa vie. Tandis qu'ils rentraient à Angels Crest tard dans la nuit, elle considéra l'énormité des événements de ces derniers jours. Tout lui paraissait loin, très loin d'elle. Elle se tourna vers Ethan. « J'ai l'impression d'être ailleurs, de regarder ma vie comme si je n'en faisais plus partie. »

Ethan ne répondit pas, mais elle ne sentit aucune hostilité dans son silence, qu'elle avait appris à apprécier lorsqu'ils étaient mariés, tant la fatiguait l'incessant brouhaha qui lui emplissait la tête. Elle pensa à ces moments douloureux à la prison, quand Ethan avait pris la décision d'éviter le procès. Un jour, lorsque les années auraient passé, que la rancœur serait moins féroce, elle savait qu'elle pourrait lui pardonner.

Elle avait le sentiment confus que le temps était venu de changer d'existence. Ce que cela signifiait véritablement, elle n'en savait rien sinon que quelque chose de différent devait nécessairement arriver, que si elle ne faisait rien elle ne pourrait jamais surmonter la mort de son fils, le saccage de sa vie.

Quand ils arrivèrent au village, tout semblait désert.

Le restaurant d'Angie était fermé, une vague lumière brillait tristement au fond de la salle. Le bar en revanche était ouvert et Cindy aperçut dehors, en train de fumer, quelques clients avec lesquels elle avait l'habitude de boire. Lorsqu'ils passèrent devant la quincaillerie, Cindy vit Ethan baisser les yeux.

Il n'y avait plus une voiture dans la clairière où tout le monde s'était rassemblé ce matin-là avant la marche dans la forêt. Seul s'y trouvait le pick-up d'Ethan. Dans le clair de lune, c'était la chose la plus solitaire qu'ait jamais vue Cindy. Elle se tourna vers Ethan, et ils se regardèrent longuement. Elle lut alors dans ses yeux ce qu'ils avaient été jadis l'un pour l'autre et ce qu'ils étaient devenus.

« Cindy, murmura-t-il.

— Va dormir un peu, Ethan. »

Puis elle se retrouva seule, au volant de sa voiture dans les bois, ses phares perçant l'obscurité, éclairant la voûte des arbres, les talus enneigés, les virages serrés de la route. La douleur qui l'habitait accentuait chaque détail, soulignait les contours comme s'ils étaient dessinés à la plume. Il lui semblait voir chaque aiguille de pin, chaque rugosité dans l'écorce des arbres, les limites d'une congère, l'endroit précis où commençait l'atmosphère.

Étrangement, elle n'était pas ivre, en dépit des gorgées de whisky qu'elle avait bues à la bouteille de temps en temps. En fait, elle était restée sobre pendant la plus grande partie de la journée. Elle s'étonna de n'avoir pas souffert du manque d'alcool, de n'avoir pas éprouvé ce désir irrésistible, ce besoin mortel de s'enivrer. Pour la première fois, l'immensité de sa peine avait pris le dessus sur l'envie de boire.

Elle conduisait lentement, tenant son chagrin en lisière, s'empêchant de penser à son fils ou à Ethan, de contempler le cours tragique de leurs vies, concentrée sur la netteté des bois autour d'elle, sur le paysage qui se détachait distinctement dans la nuit étoilée.

Elle se représentait la vie de la forêt, les animaux endormis, les ours aménageant leurs tanières pour l'hiver, les rongeurs qui se gavaient en vue des futurs mois rigoureux, les hiboux avec leurs yeux ronds et impassibles en quête de leurs proies. Elle ne pensa à rien d'autre jusqu'à ce qu'elle eût quitté la forêt de conifères. À l'approche du village, elle vit d'abord la maison de Jane et Rocksan, puis s'engagea dans la rue principale, passa devant la banque, la bibliothèque, le bureau de l'état civil, la quincaillerie et le restaurant d'Angie, et atteignit enfin le bar de Trevor devant lequel elle arrêta sa voiture.

Elle descendit. La nuit était glaciale et, quand elle inspira, le froid emplit ses poumons, lui rappelant qu'elle n'avait pas fumé depuis des heures. Elle fouilla dans son sac à la recherche de ses cigarettes et s'attarda dehors, le regard levé vers les étoiles. Un souvenir lui revint. Elle était petite et voyageait à l'arrière du break de ses parents. Sa mère avait raconté qu'une fois mort on se transformait en étoile. Elle leva les yeux, choisit une étoile, et décida que c'était Nate. Elle s'adressa à elle : « Ta maman t'aime, Nate. Ne l'oublie jamais. »

Elle fut tentée de tourner les talons, prête à renoncer à la tentation d'entrer prendre un verre, à remonter dans sa voiture. Mais il ne suffisait pas de ne pas boire. C'était une résolution qu'elle n'avait pas prise depuis… depuis combien de temps, combien d'années ? Elle décida donc d'entrer, et deux idées lui vinrent simultanément à l'esprit. Premièrement, que boire lui ferait du bien et, deuxièmement, que ce n'était pas sa mère – c'était impossible, elle aurait été trop jeune pour s'en souvenir – qui lui avait parlé des étoiles. C'était sa grand-mère alcoolique qui s'était dressée dans son lit, un soir, et avait lancé cette phrase juste avant de mourir. La seule chose de bien dans la mort, avait-elle dit, c'était qu'on devenait une étoile qui brillerait à jamais dans le ciel.

À l'intérieur, le bar était enfumé et peu éclairé. Rassemblé autour de la cible du jeu de fléchettes, un petit groupe s'esclaffait. Cindy s'étonna que l'on puisse rire ce jour-là. Que quelque chose puisse susciter la moindre hilarité. N'auraient-ils pas dû être affligés, au contraire ? Mais ils n'avaient aucune raison de l'être, se raisonna-t-elle. C'était elle que le deuil avait frappée.

Quelques clients étaient assis au bar. En l'apercevant, Trevor fit le tour du comptoir et vint vers elle. Il la débarrassa de son manteau. « Tu vas bien ? Qu'est-il arrivé ? Est-ce qu'Ethan est revenu ? Ou est-ce qu'ils l'ont mis en prison ?

— Trevor », l'interrompit-elle. Elle parlait à voix basse, comme si cela pouvait faire taire le bruit autour d'eux. « Laisse-moi respirer une seconde, tu veux bien ?

— Désolé », fit-il. Il l'aida à s'asseoir, puis retourna derrière le bar et lui versa un whisky. « J'étais tellement inquiet, tu sais. J'ai pas cessé de penser à toi. »

Les autres la saluèrent. June Moon, la vieille hippie du village, sourit. « Salut, ma p'tite.

— Ethan a plaidé coupable, dit Cindy.

— Qu'est-ce que c'est que cette connerie ? dit Trevor.

— Il voulait en finir rapidement.

— Ils l'ont fichu en taule ?

— Les choses ne se passent pas comme ça, Trevor. Bon Dieu ! Est-ce que tu peux me laisser boire mon verre ? J'ai passé toute cette foutue journée en bas dans la vallée. J'ai soif, je suis crevée et je me sens... » Elle ne termina pas la phrase.

« Désolé, dit-il. Je voulais juste... »

Elle but son verre d'un trait. « Il faut qu'il y retourne dans une semaine et le juge rendra sa sentence. C'est tout ce que je sais, Trevor. Vraiment. C'est tout. »

Trevor resta songeur. Il était visible qu'il faisait un

effort pour rester silencieux. Elle sentit son cœur battre régulièrement, avec force, sans faiblir. Elle pensa à son fils qui s'était couché pour mourir dans la forêt. Son fils transformé en étoile.

« Je dois rentrer, Trevor. Il faut que j'y aille. Est-ce que je peux emporter un peu de whisky ? Il n'y a rien à la maison. Et je n'ai pas mangé de la journée. Est-ce que je peux avoir un sandwich ou quelque chose à me mettre sous la dent ? »

Elle savait que la cuisine derrière le bar – ou ce qui en tenait lieu – était fermée.

« Je peux le préparer moi-même, ajouta-t-elle.

— Non, non. Je vais le faire. Jambon ? Avec du fromage ? »

Elle fit signe que oui. Trevor dit aux clients du bar : « Je reviens tout de suite. »

Personne ne protesta. Personne n'était pressé. June Moon s'approcha de Cindy en trottinant. Elle s'assit sur le tabouret à côté. « Chérie, je suis tellement triste », dit-elle.

Cindy hocha la tête. Elle n'avait aucun ami ici et ne l'ignorait pas. Ce n'était qu'une bande d'ivrognes. Trop minés par l'alcool pour éprouver la moindre amitié. Elle le savait parce qu'elle était exactement comme eux. Tout lui apparaissait clairement. Elle avait passé son existence dans ce bar avec des gens qu'elle avait pris pour des amis, mais qui n'étaient venus ni aux funérailles de son fils ni lui offrir leurs condoléances. Jane, la lesbienne, lui avait apporté non pas un plat de sa préparation, mais deux. Elle se rappela qu'ils attendaient dans le réfrigérateur. Elle avait oublié qu'il y avait de quoi manger, dans cet appartement de merde où elle habitait. Tout ce dont elle avait envie c'était d'avaler un whisky, de manger un morceau et de se coucher.

Elle se leva, passa derrière le bar et se versa un second verre. Ce n'était pas extraordinaire en soi, pourtant ils la regardèrent tous avec envie depuis leurs tabourets. Une pensée mauvaise lui vint. Peut-être souhaitaient-ils qu'un malheur leur arrive pour bénéficier du même traitement. Allons, elle devait quitter les lieux au plus vite.

« Trev, cria-t-elle en direction de la cuisine, il faut que je parte. »

Elle s'empara d'une bouteille sur le rayon et sortit du bar. Dehors, le froid la cingla comme une gifle. Trevor la suivit, un sandwich à la main. Préparé à la va-vite et mal enveloppé. Cindy remarqua que le jambon dépassait sur les côtés. Il en avait été ainsi depuis le début de la soirée. Tout lui avait paru clair et net. Tout ce qui entrait dans son champ de vision était plus grand, plus brillant, distinct dans les moindres détails.

« Qu'est-ce que... » De la buée s'échappait de la bouche de Trevor, et Cindy discerna une frustration rageuse dans ses yeux.

« Il faut que je m'en aille.

— Tu ne peux pas partir comme ça avec la bouteille. Je veux dire, tu peux l'emporter, mais...

— Excuse-moi », dit-elle. Elle se mit à pleurer. Elle voulait juste s'asseoir dans son appartement couleur de merde et se soûler lentement, à mort. Tout d'un coup, il lui semblait que c'était la seule chose qu'elle était capable de faire. À regret, elle lui tendit la bouteille.

« Non, ça va. Tu peux la garder, dit-il. Je vais fermer tôt. Je passerai te voir. »

Elle secoua la tête. « Ce n'est pas la peine, Trev. »

Il lui ouvrit la portière de sa voiture. Il dit : « À tout à l'heure. » Il avait oublié de lui donner le sandwich.

L'appartement était surchauffé. Elle n'avait pas baissé le thermostat avant de partir ce matin. Elle craignit vaguement, comme tous les mois, de ne pas parvenir à payer la facture de chauffage. Se laissant tomber sur le canapé, elle but directement à la bouteille, puis se leva, alla dans la cuisine, et planta une fourchette dans l'un des plats de viande cuisinés par Jane, goûta une ou deux bouchées, en versa un peu dans un bol qu'elle mit à réchauffer dans le four à micro-ondes. Elle l'emporta ensuite dans le salon, ramassant au passage l'assiette en carton que Nate avait décorée à son intention, et s'installa dans le canapé. Passant machinalement ses doigts sur les macaronis de l'assiette, elle savoura le contenu de son bol, chaud et délicieux comme un plat familial préparé avec amour. Elle but jusqu'à ce que l'ivresse la gagne, le bien-être annihilant de l'alcool, sans cesser de caresser le rebord de l'assiette en carton. Elle espérait sans y croire que Trevor ne viendrait pas. Elle savait que si elle ne quittait pas Angels Crest Trevor continuerait à venir. Il serait toujours là. Ce n'était pas une si mauvaise chose en soi, pensa-t-elle dans le brouillard de l'ivresse, et pourtant cette pensée la terrifiait.

Elle se leva, pensa à son fils, son petit garçon dont elle avait caressé mais aussi frappé le visage, un visage qu'elle chérissait, son petit garçon qui avait dormi sur elle la première nuit à l'hôpital, son petit corps fripé couché en travers de sa poitrine, son enfant devenu une étoile. Elle sortit, s'appuya à la balustrade qui longeait son appartement et tourna les yeux vers le ciel. Les lumières du lotissement étaient trop vives pour permettre de voir les étoiles, aussi prit-elle son manteau, sa bouteille et ses cigarettes et alla-t-elle sur le parking, s'éloignant le plus possible de la lumière.

Son haleine répandait de la buée dans l'air froid. La nuit était noire et figée. Elle but, fuma et contempla les étoiles. Elle en choisit une à nouveau, et se mit à parler à Nate comme s'il était toujours vivant. Elle lui dit qu'elle l'aimait, qu'elle était triste, qu'elle l'aimerait toujours quoi qu'il arrive. Elle lui dit qu'elle aurait voulu qu'il ne soit pas mort, pas mort de cette façon-là. Elle lui dit qu'elle espérait qu'il n'avait pas souffert. Elle avait l'impression que Nate se tenait tout près d'elle. Elle ne le voyait plus en train de courir affolé dans la forêt. Elle le voyait désormais sous la forme d'une étoile, une étoile qui scintillait dans le ciel, y brillerait à jamais.

Juge Jack Rosenthal

S'IL Y AVAIT UNE CHOSE dont Jack s'était toujours enorgueilli, c'était de sa capacité à connaître et à comprendre ses émotions. Le langage de ses joies et de ses emportements. Il attribuait cette connaissance aux enseignements de la Torah, à ses efforts pour suivre les règles de la foi. À tout moment, il était capable d'affronter une contrariété grâce à sa recette personnelle – la prière et la solitude. Une recette qui lui avait toujours permis de découvrir l'origine de sa frustration.

Mais en voyant Ethan Denton se présenter à l'audience, Jack éprouva un étrange vertige, la sensation que le monde se décomposait, et qu'il n'y avait rien, pas même Dieu, à qui se raccrocher. Il n'avait pas le souvenir d'avoir jamais éprouvé pareil sentiment d'impuissance, d'effondrement, d'échec. Il était magistrat, père de famille, quelqu'un d'instruit, un homme de Dieu. Il était respecté, il inspirait confiance, on venait le consulter. Depuis quelques années, des jeunes gens s'étaient même tournés vers lui, cherchant à remplacer leur père absent ou mort. Son désarroi à la vue d'Ethan pénétrant d'un pas lourd dans la salle était effrayant. Et en même temps, il ne savait comment expliquer la peur qui l'avait saisi.

Ethan, c'était visible, était un homme brisé. Anéanti par la douleur. Jack pensa à Job, mais il devina qu'Ethan n'avait pas la foi nécessaire pour le soutenir dans les vicissitudes de la vie. C'était un homme qui ne savait où aller, n'avait aucun endroit où trouver le réconfort. Jack remarqua l'ex-femme d'Ethan, avec sa mèche de cheveux teints en rose sur le côté. Que ressentait-elle, se demanda-t-il, assise derrière le père de son enfant mort, de l'homme qui était responsable de sa perte ?

Il fut soulagé mais pas surpris en entendant Ethan plaider coupable. Un homme brisé à ce point n'avait, en réalité, rien à craindre. Il écouta calmement sa déposition, vit la douleur inscrite sur son visage. Il se mit à sa place et pensa à son fils Marty. Qu'aurait-il fait si Marty s'était perdu et était mort dans la forêt ? Si Marty n'avait pas vécu assez longtemps pour voler les bijoux de sa mère et l'offenser, lui son père ? Le chagrin qu'il ressentait en songeant à Marty se serait-il atténué avec le temps ? Il eut honte de ses pensées, d'en être venu à souhaiter que son fils soit mort jeune et innocent, qu'il n'ait pas vécu assez longtemps pour l'humilier.

Tandis qu'Ethan se tenait devant lui, presque noble dans sa détresse, Jack vit l'individu pathétique, pitoyable que lui-même était devenu. Pour la première fois, il se demanda si le fait d'avoir confié à Dieu la responsabilité de son fils n'avait pas été le début de son aveuglement et de son impuissance actuelle.

À la fin de la séance, Jack croisa les yeux d'Ethan, et il comprit que celui-ci l'avait reconnu. Sa propre folie lui apparut. Juger cette affaire après avoir participé aux recherches de l'enfant, après s'être présenté incognito à la morgue, constituait un conflit d'intérêt tellement patent, tellement grave que si quelqu'un venait à le découvrir sa longue carrière hautement appréciée s'achèverait dans la honte. Il se demanda si Ethan allait dire quelque chose, mais le regard qu'ils échangèrent lui suffit pour savoir qu'il garderait cet épisode pour lui. Ethan était un homme stoïque. Et certainement peu bavard. Un homme auquel les mots manquaient la plupart du temps.

L'audience terminée, Jack rentra chez lui et se servit un scotch. Le froid et la négligence avaient tué les herbes aromatiques plantées par sa femme. Il ôta les pots du rebord de la fenêtre et les emporta dans le jardin, où il les abandonna, incapable de se résoudre à les jeter. Il nourrissait le vague espoir que ces herbes hivernaient, comme les animaux, et qu'elles reprendraient vie au printemps. Il ne connaissait rien aux plantes, au jardinage, à ces choses pour lesquelles sa femme avait eu une véritable passion. Son absence lui parut d'autant plus cruelle.

Il s'installa sur le canapé, dénoua sa cravate, but son scotch à petites gorgées. Dieu sait qu'il détestait les cravates, avec leurs motifs conventionnels et leur façon de s'enrouler autour de votre cou comme une corde de pendu. Qui pouvait avoir inventé cet ornement masculin, avec son masochisme symbolique ? Cette habitude tacite, cliniquement démente, qu'avaient les hommes de se balader du matin au soir avec un cordon décoratif autour du cou lui sembla soudain saugrenue.

Il se sentait seul et amer. Il se servit un autre verre et alla dans sa chambre, celle qu'il avait autrefois partagée avec Adele. Il s'étendit sur le lit et contempla le plafond. Il ne pouvait s'empêcher d'imaginer l'enfant courant dans les bois. Lui revenaient à l'esprit des souvenirs de Marty petit, jouant sous un arbre, riant. Puis il se représenta Marty adulte, drogué, rôdant autour de la maison, volant pour satisfaire sa toxicomanie. Et il se revit errant à son tour dans la forêt à la recherche du fils d'un autre, alors qu'en réalité c'était son propre fils qu'il aurait dû tenter de sauver.

Quand le téléphone sonna, Jack sursauta, renversa une partie de son verre sur sa chemise et sa cravate. Il ôta sa cravate et la lança d'un geste dégoûté en travers de la pièce, continua à boire. Il ne voulait parler à personne. Il était amer, en colère, il savait qu'il allait devoir prononcer une sentence contre un homme qui, d'après tout ce qui avait été porté à sa connaissance, avait commis une imprudence. Une *imprudence*. Avait-il le droit de forcer un homme à expier le seul crime qu'il ait commis, celui d'avoir fait preuve d'égoïsme et d'irréflexion ? Et pour Ethan, qui se regarderait chaque matin dans un miroir pendant le restant de son existence, le seul fait de revivre son malheur jour après jour n'était-il pas un châtiment suffisant ?

La sonnerie du téléphone se tut et le répondeur se déclencha, mais seul le silence se fit entendre, un bruit de respiration, suivi d'un déclic. Jack pensa immédiatement à Marty. Ethan devait comparaître une semaine plus tard. Comment condamner un homme qui s'était certainement déjà voué lui-même à une vie de remords et de chagrin ?

Ethan

PENDANT LA SEMAINE QUI PRÉCÉDA sa comparution, Ethan ne cessa de se dire que, dans l'avenir, il repenserait à tous ces jours et ne se souviendrait de rien. Il avait trouvé un moyen d'interrompre le cours de son existence, de la maintenir en équilibre, sans trop d'effort. Il n'entrait pas dans les détails de son chagrin. Sa souffrance demeurait en suspens au-dessus de lui comme un fin brouillard.

Il n'ouvrait pas la porte quand quelqu'un venait le voir. Il ne décrochait pas le téléphone. Une fois, il aperçut Cindy au bout de son terrain, l'air pensif et malheureux, mais il ne sortit pas pour lui parler.

Mais chaque jour, durant cette semaine qui précéda le jugement, il se rendit sur le lieu qui était devenu la dernière demeure de son fils. Il y apporta des jouets, des fleurs, des photos, accumula tout ce qu'il pouvait trouver. Par une nuit claire et froide, il se réveilla et constata que le thermomètre était descendu en dessous de moins dix degrés. Il partit dans la montagne avec l'une des vestes de Nate, la déposa à l'endroit où son fils était mort. Il avait l'impression de perdre lentement l'esprit.

Les journalistes étaient devenus rares. Maintenant que l'enfant était décédé, que l'enterrement faisait partie du passé, ils attendaient la sentence. Le village était rassemblé autour d'Ethan ; ses habitants avaient édifié une forteresse de solidarité et de silence. Personne ne parlait plus aux journalises, pas même les ivrognes. Mais Ethan savait qu'ils l'attendaient en ville. Il savait qu'ils seraient là comme des vautours, le poursuivant, le harcelant de leurs questions insatiables, de leur curiosité avide.

Le matin du jugement se leva vif et clair. Le soleil brillait, lumineux et doré, et on ne pouvait regarder la neige sans lunettes noires. Incapable de saisir la splendeur et l'action bénéfique du soleil, Ethan eut l'impression de se trouver dans une chambre de torture aveuglante de lumière et de beauté.

Cindy accepta de l'accompagner au cas où il devrait rester. Il avait besoin qu'on le conduise et elle accepta de lui servir de chauffeur, ce qui ne le surprit pas tellement. Elle sentait l'alcool et le parfum. Il remarqua qu'elle portait une jupe, des chaussures noires confortables et des collants. Il ne l'avait jamais vue vêtue ainsi. Il eut de la peine en voyant que ses chaussures étaient en plastique et sa jupe bon marché. Lui-même portait une cravate qu'il avait empruntée à Glick. Elle était démodée, large, et sentait la naphtaline. Ils avaient l'air de ce qu'ils étaient, et il en eut honte. Il se tourna vers Cindy et lui prit la main. Il lui paraissait stupéfiant qu'en dépit de tout ce qu'ils avaient traversé Cindy soit la seule personne qu'il puisse supporter.

En route, elle sortit sa flasque de whisky et la lui tendit. Il but une gorgée.

« Il fait froid dehors », dit-il. Le temps. Quelle stupidité. Quelle banalité. Son chagrin l'empêchait de dire autre chose que des banalités.

« C'est toujours mieux quand il neige, dit-elle.

— C'est étrange, il n'a neigé que deux jours, celui où Nate s'est perdu et celui de la cérémonie. Et depuis, il n'est pas tombé un seul flocon. »

Cindy hocha la tête. « C'est comme si tout ce qu'il y a de pire arrivait en même temps.

— C'est ce que je n'ai pas cessé de penser pendant cette semaine. Que s'il n'avait pas neigé…

— On ne peut pas se lancer dans ce genre de truc, Ethan. »

Il entendit ce qu'elle ne disait pas. La vraie question, l'accusation concrète, était : S'il n'avait pas laissé son fils dans la voiture…

« Je te jure, Cindy, je ne sais pas pourquoi j'ai fait ça. »

Elle but une autre gorgée. « C'est passé maintenant, Ethan. Tu ne peux pas continuer à te crucifier. C'est fait. »

Il tendit la main, et elle lui donna le whisky. Il but à son tour longuement, apprécia la brûlure de l'alcool dans sa gorge. Il se demanda s'il allait passer la nuit en prison. Est-ce qu'on l'emprisonnerait dans le pénitencier fédéral ? Combien de temps resterait-il détenu ? Cette pensée ne l'effrayait pas. Il avait une dette, non envers le monde, mais envers son fils. Ce qui le préoccupait le plus, c'était que la société se soit approprié son histoire. Il aurait souhaité, et ce n'était pas la première fois, qu'il n'y ait pas de lois, pas d'individus pour lui imposer leurs idées de rédemption et de réparation. Sa souffrance était infinie. Aucun séjour en prison n'y changerait rien. Il ne se sentait redevable de rien à la société. Il désirait simplement trouver un moyen de se pardonner à lui-même, de montrer à Nate, où qu'il soit, combien il regrettait.

Comme ils approchaient du tribunal, les battements de son cœur s'accélérèrent. Il avait peur. Peur des journalistes et de la rigidité solennelle des institutions qui rendaient la justice. Peur pour Cindy. Elle avait tellement maigri. Elle paraissait si fragile, brisée.

« Nous y sommes », dit-il. Il regarda Cindy, et ils prirent tous les deux une profonde inspiration et descendirent de la voiture. Comme ils gravissaient les marches du tribunal, les journalistes s'élancèrent vers eux. Les flashes émirent un éclat bref. Les reporters les bombardèrent de questions. Ethan regretta que le shérif ne les ait pas accompagnés. Puis Celina Cervantes apparut en haut des marches et se précipita à leur rencontre.

« Pourquoi ne m'avez-vous pas rappelée ? » lui dit-elle. Elle semblait contrariée. « Je vous ai téléphoné plusieurs fois pendant la semaine. Où étiez-vous passé ? » Elle se tourna vers les journalistes et leur cria : « Pas de commentaires », tout en poussant Ethan et Cindy à l'intérieur du bâtiment.

« Avez-vous préparé une déclaration ? Si vous m'aviez téléphoné, Ethan, nous aurions pu considérer ensemble la procédure à suivre. » Ethan ne comprenait pas pourquoi elle était si bouleversée. Ce n'était pas elle qui était concernée. Rien ne lui semblait avoir le moindre sens maintenant qu'il était là. Il avait l'impression d'avoir définitivement perdu la raison, tout lui paraissait risible et surréaliste. Peut-être s'agissait-il d'un rêve ? Allait-il se réveiller ? Sauter de son lit et trouver Nate sur le matelas posé à même le plancher, où il aimait dormir, bien au chaud dans le sac de couchage ?

Ils franchirent au pas de course le hall d'entrée. L'endroit était désert. Ethan eut l'impression qu'ils étaient les derniers habitants de la Terre. Ils tournèrent dans le couloir et montèrent l'escalier. Me Cervantes les grimpait deux à deux dans ses coûteux escarpins noirs. Ethan releva qu'elle avait des jambes minces et musclées, une silhouette superbe. Il l'imagina au gymnase, parcourant des miles sur le tapis roulant. Il imagina des hommes en train de la reluquer.

Lorsqu'ils atteignirent enfin la salle d'audience du juge Rosenthal, elle grouillait de monde. Les journalistes s'étaient massés à l'extérieur des portes, en embuscade, guettant leur arrivée. Les questions fusèrent, les flashes les mitraillèrent. Cindy serra la main d'Ethan et se mit à pleurer.

Ils parvinrent à pénétrer à l'intérieur et Cindy se laissa tomber sur une chaise. Ethan et Me Cervantes s'assirent à côté d'elle. Le juge était déjà là. Il procédait à une audition. Plusieurs avocats discutaient. L'un d'eux disait : « Votre Honneur, elle assistait à l'enterrement de sa mère hors de la ville. Elle ne s'est pas dérobée à la justice. Elle assistait à l'enterrement de sa mère ! »

Celina Cervantes se tourna vers Ethan. Elle se pencha et arrangea sa cravate. Il fut surpris, mais une étrange passivité s'était emparée de lui et il ne protesta pas. Il l'imagina accomplissant le même geste avec son mari, distraitement, par habitude plus que par amour.

« Le juge Rosenthal est un homme juste et bon, dit-elle. Je sais de source sûre que vous serez condamné à la peine minimale. Détendez-vous. Nous allons prendre les choses comme elles viennent. »

Elle jeta un rapide coup d'œil à Cindy. Elle lui adressa un signe, et Cindy se redressa sur sa chaise et s'essuya les yeux. Ethan la vit serrer son pauvre sac dans une main, un Kleenex froissé dans l'autre. Il tendit le bras et lui saisit la main, l'obligeant à lâcher le sac, qui resta sur ses genoux, négligé et piteux. Elle continua à pleurer doucement, sans faire de bruit. Il crut voir les cinq dernières années de sa vie s'écouler de ses yeux. Il se pencha et dit : « Ne t'inquiète pas, ne t'inquiète pas. » Le répéta sans doute dix fois. Elle se contentait de hocher la tête en pleurant.

« Êtes-vous prêt à parler ? s'inquiéta Me Cervantes. Ethan ? Vous êtes-vous préparé à parler au juge avant la sentence ?

— J'ai oublié... » Il n'avait pas oublié. Non, ce n'était pas ça. C'était juste qu'il s'en fichait. Plus rien n'avait d'importance désormais.

Soudain, ils se trouvèrent devant le juge. Ethan se demanda ce qu'il allait dire. Il se retourna vers Cindy. Elle pleurait toujours. Il leva les yeux vers le juge. Il avait une mine épouvantable, comme s'il n'avait pas dormi de la nuit. Il semblait éreinté. Son expression était sinistre.

« Bonjour », dit-il.

Me Cervantes lui adressa un mince sourire. À l'autre table, à leur gauche, se tenait le procureur, mains jointes derrière le dos, droit comme un « I », le visage impénétrable. Ethan s'attendait à éprouver un sentiment quelconque à son égard, une sorte de haine, mais en regardant cet homme, il ne ressentit rien. Son cœur battait très fort dans sa poitrine. Me Cervantes et le procureur s'assirent. Ethan en fit autant. Un moment passa. Le juge consulta un dossier. Ethan vit que ses mains tremblaient fortement.

« Très bien, fit le juge. Maître Kraft. »

Le procureur se leva. « Merci, votre Honneur. » Il commença à parler, mais Ethan n'entendit rien de ce qu'il disait. Tout ça ne signifiait rien pour lui. La voix du procureur était un ronronnement monotone. Il racontait que ce procès avait été terrible pour lui, qu'il en avait ressenti une angoisse personnelle. Ethan avait peine à le croire. Qui étaient ces gens ? Comment avaient-ils débarqué dans sa vie ? Il eut une pensée pour Glick, qui avait passé tant d'années en prison pour un crime qu'il n'avait pas commis. Il mesura l'immense pouvoir de la justice, semblable à un train fou que rien ne pouvait arrêter, une machine à laquelle il était impossible d'échapper.

Maintenant, c'était Me Cervantes qui parlait. Elle disait au juge de se montrer indulgent, qu'aucune condamnation ne vaudrait le châtiment que subissait Ethan aujourd'hui. Puis elle se pencha et murmura à Ethan : « À vous. » Ethan la regarda, interloqué. Elle murmura : « Levez-vous. Vous n'avez donc pas préparé de déclaration ? »

Ethan lui obéit. Il avait l'impression de se trouver dans une eau trouble où tout se passait au ralenti. Ou d'être plongé dans un rêve. Dans un de ces rêves où il essayait d'échapper à quelque chose, mais sans pouvoir remuer ni bras ni jambes. Il s'éclaircit la voix. Le juge le regardait, comme s'il attendait des réponses de sa part, comme si Ethan détenait les secrets de l'univers et n'était pas en réalité jugé pour la mort de son fils. Assis au bord de son siège, il semblait retenir son souffle.

Les yeux baissés, Ethan parla. « Vous n'imaginez pas ma détresse. Vous ne pouvez pas comprendre ma souffrance. Il n'y a aucune peine que vous ou ce tribunal puissiez m'infliger qui me punira davantage que celle que j'endure déjà. Rien n'a plus d'importance pour moi. Échanger ma place avec mon fils serait mon seul souhait. »

Ethan sentit les larmes lui monter aux yeux. La pensée que la vie ne lui réservait plus rien lui traversa l'esprit.

« Je ferai le temps de prison auquel vous me condamnerez, monsieur le juge. Mais il faut que vous sachiez... que rien ne me rendra mon fils. Rien. Il n'y aura aucune délivrance. C'est trop tard. »

Il se rassit. Il ne savait pas exactement ce qu'il venait de dire. Il ne savait pas ce qu'il entendait par « délivrance ». Il ne comprenait rien à ce qui se passait ici, si loin de l'endroit où Nate s'était à jamais perdu. La mort de son fils se dressait devant lui dans un contraste saisissant avec ces procédures étranges, cette solennité incongrue.

Finalement, le juge prit la parole. Mais une fois encore, Ethan n'entendit pas ses paroles. Il remarqua seulement qu'il avait l'air malheureux, inquiet, effrayé, comme si quelque chose de beaucoup, beaucoup plus important était en jeu. Comme si sa vie tout entière dépendait de cet instant, de ces lieux, de ces gens.

À la fin, leurs yeux se rencontrèrent pendant un

long moment et le juge, qui parut en proie à un malaise soudain, se détourna avant de prononcer sa sentence, condamnant Ethan à une aide psychologique, une période de service civique et une peine minimale de prison – trente jours. Il demanda à Ethan à partir de quand il désirait la purger. Ethan consulta Celina Cervantes du regard. Elle haussa les sourcils, et il lui murmura à l'oreille : « Demain. »

Et la séance prit fin. Ethan dut remplir des formulaires et fixer l'heure de son arrivée avec le directeur de la prison. Quand il sortit du tribunal avec Cindy, les journalistes l'attendaient, fiévreux, prêts à toutes les bassesses. Deux policiers locaux tentèrent de le protéger, mais peu lui importait maintenant, car rien ne pourrait jamais plus ni l'atteindre ou le perturber. Il passerait le reste de ses jours avec Nate. Seulement avec Nate.

Ils montèrent dans la voiture de Cindy, sortirent du parking et prirent le chemin du retour. Cindy conduisit longtemps sans qu'ils disent un mot. Puis ils laissèrent la ville derrière eux et se trouvèrent enfin sur des routes de campagne, au milieu des vergers d'orangers et d'avocatiers, parmi les noyers dont le feuillage argenté miroitait dans le vent et la lumière du soleil.

Cindy arrêta la voiture sous un panneau routier qui indiquait la direction d'Angels Crest, 354 habitants, et de Los Angeles, à presque quatre cents miles dans la direction opposée. Et Ethan se souvint du jour où ils étaient revenus de l'hôpital avec leur petit nouveau-né et où il avait voulu s'arrêter à cet endroit précis. Cindy s'était fâchée parce qu'elle avait mal et voulait rentrer, mais il avait pris un morceau de papier dans la boîte à gants et y avait inscrit le chiffre 5. Puis il avait trouvé du ruban adhésif, était sorti de la voiture et avait collé le papier par-dessus le chiffre 4 sur le panneau, où l'on lisait à présent : ANGELS CREST, 355 HABITANTS.

Il se tourna vers Cindy et vit qu'elle avait la même pensée, se souvenant du même moment. Ensemble, ils se mirent à sangloter, s'embrassèrent, en pleurs. Ethan ne retint pas ses larmes, ne refoula pas son chagrin, qui s'écoula comme un torrent au printemps, pur, blanc et clair. Ils s'étreignirent pendant longtemps. Et pour Ethan tout ne fut plus que souvenirs, des images qui passaient devant lui tels des voiles chatoyants, désespérément hors de sa portée.

Ce fut Cindy qui rompit le silence. « Me voilà à ce croisement, dit-elle, et je voudrais tellement partir dans l'autre direction. »

La nuit tomba et un froid rude s'abattit sur le village comme un animal engourdi. Il n'y avait personne en vue. Le restaurant était désert. Les journalistes avaient levé le camp et étaient partis. L'obscurité régnait. Un brillant manteau d'étoiles. Ethan et Cindy s'arrêtèrent à la boutique de spiritueux, et Ethan resta assis dans la voiture, se dissimulant du mieux qu'il pouvait, pendant que Cindy achetait de l'alcool et un peu de nourriture. Ils avaient décidé qu'elle dirait à Walter, le propriétaire, ce qui était arrivé. C'était le plus grand bavard du village, et de cette façon tout le monde serait au courant.

Arrivé chez lui, Ethan vida ses poches, y compris les trois pièces de vingt-cinq cents qu'il avait trouvées dans le pick-up de Glick le premier jour des recherches. Puis il rejoignit Cindy sur le canapé du salon, dans cette maison qu'ils avaient jadis partagée. Ils burent jusqu'à ne plus rien sentir hormis la douleur sourde de leur chagrin. Certains des jouets de Nate étaient éparpillés çà et là, et Cindy prit un sac-poubelle et les y jeta. Elle fit le tour de toutes les pièces, pendant qu'Ethan restait assis, la regardant aller et venir, ramasser tout ce qu'elle trouvait, les jouets, les vêtements épars, et les fourrer dans le sac. Quand elle eut terminé, elle revint s'asseoir.

« Je t'aiderai à faire le reste, promit-elle. Un autre jour.

— Tu es plus forte que je ne l'aurais cru, s'étonna Ethan.

— C'est drôle qu'il faille traverser le pire pour découvrir ce qu'il y a de meilleur chez les gens. »

Ethan s'enfonça dans le canapé. « Allons dormir », dit-il.

Ils se levèrent et allèrent dans la chambre. Ethan n'alluma pas la lumière. Ils s'allongèrent tout habillés sur le lit - Cindy dans sa jupe bon marché, Ethan avec sa cravate d'emprunt - et s'étreignirent. Au bout d'un moment, Ethan prit la couverture pliée au pied du lit et la tira sur eux.

« Nous nous en sortirons, dit-il.

— Bien sûr. »

Quelques instants plus tard, sentant le poids familier de Cindy contre lui, Ethan sombra dans un paysage sans rêves, immobile sous le linceul du chagrin.

Glick

GLICK AVAIT REGRETTÉ que la seule cravate qu'il ait pu prêter à Ethan soit démodée. Les couleurs étaient criardes et de mauvais goût – un bleu avec des reflets orange qui lui donnaient la nausée – et elle était trop large à la base. C'était la cravate qu'il portait quand il avait eu affaire à la justice, à une époque où ces couleurs étaient à la pointe du chic, où il était jeune et assez innocent pour croire que l'erreur judiciaire dont il était victime serait vite réparée, et que son cauchemar prendrait fin.

La justice, pensait-il alors, était équitable. On ne punissait pas un innocent, car la loi ne tolérait pas l'injustice. Aujourd'hui, ses idées sur le bien et le juste étaient différentes. Et la cravate, bien qu'il l'ait conservée, était reléguée au fond de sa penderie, rappel de ces jours où tout semblait perdu.

Il avait suggéré à Ethan d'aller en ville en acheter une neuve, mais Ethan prétexta ne pas avoir le temps. Quand Glick lui proposa de l'accompagner pour le soutenir, Ethan secoua la tête avec vigueur.

« Non, mon vieux, Cindy a dit qu'elle me conduirait. »

Glick le comprenait. Il n'était pas surprenant qu'ils aient décidé d'affronter cette épreuve ensemble. Il se souvint de l'époque où ils s'aimaient avec une passion si entière, si résolue. Il se rappela aussi comment ils avaient fini par se détester. L'ardeur qui les possédait – amour ou haine – serait toujours présente. Glick comprit qu'un lien les rattachait à la seule chose qu'ils pouvaient aimer tous les deux : leur fils.

Il souhaita bonne chance à Ethan et lui demanda de l'appeler quand tout serait terminé. Ce soir-là, Angie et lui étaient en train de dîner quand ils apprirent qu'Ethan avait été condamné à une peine légère de trente jours de prison. Ils s'en réjouirent, et Angie proposa d'aller chez lui le lendemain pour lui apporter de quoi manger. Peut-être serait-il heureux d'avoir de la compagnie, maintenant ?

Le lendemain matin, pendant qu'Angie travaillait au restaurant, Glick nettoya le jardin et fit diverses réparations – la porte moustiquaire avait besoin d'une nouvelle charnière, les tiroirs de la cuisine sortaient de leurs glissières et un rayonnage était tombé dans la chambre d'enfant. Il déjeuna au restaurant, et Angie et lui s'embrassèrent dans le passage derrière la cuisine pendant que Rosie dormait dans son lit à barreaux, l'album de photos ouvert sur le sol à côté d'elle, comme si elle l'avait laissé tomber dans son sommeil.

Dans l'après-midi, Glick emmena le chien dans la forêt et ils marchèrent pendant plusieurs miles dans le jour finissant. C'était une belle journée froide, enveloppée du silence qui précède le plus profond de l'hiver, attendant la tranquille solitude qui s'étend sur la terre, attendant que la pause prenne fin, que le printemps revienne.

En marchant, Glick réalisa qu'il n'éprouvait plus ce sentiment d'impatience. Il voyait l'hiver tel qu'il était, ne cherchait pas à se projeter plus loin. Il n'espérait pas mieux, il n'espérait pas voir la fin ou le début de quelque chose. Il lui avait fallu des années, mais pour la première fois il se sentait fermement ancré dans l'instant présent.

Il se dirigea vers la piste qui montait à Angels Crest. Il revit le moment où il avait découvert le corps de Nate et s'approcha de l'endroit où avait eu lieu la cérémonie funèbre. Près de la croix étaient entassés des jouets et des vêtements, et Glick sentit sa gorge se nouer en pensant à Ethan. Il y avait dans la neige des empreintes fraîches, qui se dirigeaient vers le sommet. Il les suivit pendant un moment, pratiquement certain qu'il s'agissait de celles d'Ethan. Il hésita. Devait-il suivre son vieil ami à la trace, s'assurer qu'il allait bien ? Mais il savait que sa vie entière serait désormais noyée dans le chagrin et qu'il avait probablement besoin de la consolation de la forêt, du silence des bois. Puis il réfléchit qu'Ethan était probablement déjà en prison, purgeant le premier jour de sa peine. Une pointe de remords le saisit à la pensée que lui-même avait sans doute retrouvé son équilibre. Du jour au lendemain. Il avait du mal à croire que désormais il pourrait être heureux.

Il interrompit sa marche et contempla le sommet d'Angels Crest qui se dressait dans l'azur froid du ciel. Il écouta le vent qui soufflait dans les hauts pins. Un geai cria, puis se tut. Le chien s'arrêta, lui aussi, et écouta. La neige étincelait autour d'eux dans la lumière du jour tombant. L'odeur des bois l'apaisa. Glick regarda derrière lui, et vit à travers les arbres les jouets accumulés près du lieu où il avait trouvé le corps du fils d'Ethan. Il contempla à nouveau la cime magnifique de la montagne et vit, comme si elle se dessinait dans le lointain, la vaste étendue de son existence, le chemin sinueux qui l'avait conduit ici, à cet endroit, à cet instant précis. Il pensa à tout ce qu'il avait souffert, à tout ce qui viendrait encore. Il s'agenouilla, caressa le chien et dit : « Viens, mon chien, rentrons à la maison. »

Rocksan

LE LENDEMAIN DE L'ANNONCE de la condamnation d'Ethan, Rocksan se réveilla en entendant Melody et George parler. George disait : « Tu es sûre ? Tu es sûre ? » et Melody criait : « Oh, mon Dieu, ça fait sacrément mal ! »

Rocksan se tourna vers Jane couchée à côté d'elle. Jane ouvrit les yeux, et elles bondirent ensemble hors du lit. Comme un couple de vieilles idiotes, elles enfilèrent en vitesse leurs robes de chambre et se précipitèrent dans le couloir jusqu'à la chambre d'amis.

« Les enfants, appela Jane, ça va ? »

Melody ouvrit la porte. « Je crois que c'est le moment », dit-elle. À première vue, elle paraissait très calme. Calme comme un jour d'été. Chaud et tranquille. Puis Rocksan remarqua qu'elle transpirait, que ses mains tremblaient, tandis qu'elle se tenait le ventre. « Ça fait mal, Jane, dit-elle. Pourquoi ne m'avez-vous pas dit que ça faisait aussi mal ? »

George entassait des vêtements dans une valise. Il était vêtu de son seul pantalon de pyjama.

« Où se trouve ce putain d'hôpital ? Est-ce qu'on va arriver à temps ?

— Arrête de jurer, George. Tu vas accélérer les contractions, dit Melody.

— Je vais chercher la voiture », dit Rocksan. Puis elle se tourna vers Melody. « Vous êtes en avance.

— Je n'ai jamais eu la notion du temps », dit Melody. Puis elle fit une grimace, se saisit le ventre et hurla : « Je crois que je vais rester ici et accoucher par terre.

— Pas question », dit George.

Rocksan tourna la tête vers Jane qui lui rendit son regard, et elles tombèrent dans les bras l'une de l'autre. Ce fut la plus courte étreinte dont Jane se soit jamais souvenue, mais il lui sembla que quelque chose venait d'être réparé, une déchirure, un accroc qui n'avait jamais été recousu, mais qui disparaissait avec des petites reprises ici et là.

« Je t'aime, ma grande perche, murmura Rocksan, émue parce qu'un enfant allait naître et à cause d'autre chose également, qu'elle n'aurait su exprimer.

— Moi aussi, dit Jane.

— Va chercher cette putain de bagnole ! » cria George.

Melody regarda Jane d'un air confus. « Je vous assure que je ne l'ai jamais entendu jurer comme ça. »

Jane et Rocksan mirent rapidement quelques effets dans la valise en prévision du séjour à l'hôpital, qui se situait à vingt miles de là. Elles avaient tout calculé. Elles avaient même parlé à une infirmière sur place, l'avaient prévenue qu'elles viendraient visiter l'établissement, s'informer avant l'arrivée du bébé.

Melody réussit à descendre au rez-de-chaussée, mais n'alla pas plus loin que le canapé où elle s'écroula, manifestement en proie à une douleur atroce. Il était visible que les contractions devenaient plus fréquentes et plus fortes. Melody poussa un hurlement.

« Oh, non ! s'exclama George, qu'est-ce qu'on va faire ?

— Du calme », dit Jane. Puis, avec autorité, elle ordonna : « Melody, couchez-vous par terre et relevez votre chemise de nuit »

Melody s'étendit avec une grimace et laissa échapper un cri strident auquel George fit écho. Elle continua à beugler, se plaignant de souffrir comme une damnée. George s'affolait. *C'est bien une réaction d'homme,* pensa Rocksan. *Et de certaines lesbiennes.*

« Pour l'amour du ciel, George, tais-toi », dit Jane.

Rocksan était stupéfaite. Elle n'avait jamais vu Jane montrer autant d'autorité, car il ne faisait aucun doute que Melody allait avoir son enfant à la maison, ici même, sur le plancher du séjour. Rocksan la regarda écarter les jambes de Melody et examiner ses parties génitales. Puis elle se tourna vers Rocksan et dit : « La tête du bébé est en train de sortir. Appelle l'hôpital et demande-leur ce que je suis censée faire. »

Rocksan décrocha le téléphone d'un geste vif. George s'était tu, plein d'une crainte admirative devant ce miracle. Ou complètement terrorisé au contraire, et incapable de prononcer un mot. Rocksan lui ordonna d'aller chercher des serviettes dans le placard de l'entrée et de faire bouillir de l'eau.

Elle composa le 911 et fut mise en communication avec l'hôpital, où une infirmière lui donna des instructions, qu'à son tour elle transmit à Jane. Durant tout ce temps, Jane était restée calme et maîtresse d'elle-même. Elle ressemblait à une de ces guerrières d'antan.

« Tu me fais penser à ces fabuleuses amazones, lui dit Rocksan. Une amazone lesbienne. »

Jane rit, puis redevint sérieuse et déclara : « Le bébé arrive. »

Melody n'avait cessé de crier et de geindre. « Oh ! mon Dieu, disait-elle, oh ! mon Dieu…

— Poussez, disait Jane. Poussez. Plus fort. Plus fort.

— Oh ! mon Dieu », répéta Melody. Son visage était cramoisi. Les veines saillaient sur son front et son cou. George avait apporté les serviettes. Rocksan vit dans un éclair le sang et tout ce qu'il leur faudrait nettoyer une fois que ce serait fini. Elle pensa à cette maison, ce lieu prétendument hanté, sale et en ruine qu'elles avaient acheté, et à tout l'amour et à la patience que Jane et elle avaient dispensés pour lui redonner forme. Elle pensa à ses abeilles, silencieuses dans le froid en attendant la fin de l'hiver, à tout l'espoir qu'elles apportaient au printemps quand elles s'élançaient hors des ruches et donnaient une vie nouvelle aux fleurs. Elle pensa à son père, qui l'avait abandonnée quand elle était si jeune, et souhaita qu'il ne soit pas mort, afin de pouvoir lui pardonner, comme George avait la chance de le faire avec Jane aujourd'hui.

Puis tout à coup, comme le soupir qui précède une tempête de neige, quand tout devient d'un calme profond, lumineux, le crâne du bébé jaillit. Melody se mit à pleurer, et le nouveau-né se retrouva dans les bras de Jane, de Jane l'amazone. Une petite fille.

« Nom de Dieu ! s'exclama Rocksan, regardez-moi ça ! »

Jane

ELLE PRIT LE BÉBÉ DANS SES BRAS, il vomit et se mit à pleurer. Rocksan, qui était au téléphone avec l'infirmière, expliqua à Jane comment couper le cordon ombilical, ce qui était assez facile, et Jane regarda son fils, sans parvenir à le voir vraiment, car tout était soudain devenu flou et blanc, et elle eut peur de tomber dans les pommes. Mais elle ne s'évanouit pas. Elle regarda sa petite-fille, et aucun mot n'aurait pu traduire ce qu'elle ressentait.

George s'était calmé. Assis près de Melody, il lui parlait à l'oreille, ce qui semblait avoir un effet apaisant sur elle. Un sentiment de fierté envahit Jane en le voyant capable de faire face à la situation, respectueux, empressé ; elle se sentit fière de sa jeunesse, de son nouvel enfant, de la vie qui l'attendait en tant que père.

Elle prit une des serviettes qu'il avait apportées et essuya le bébé. Il était couvert d'une substance blanchâtre, hurlait à fendre l'âme. Jane l'enveloppa chaudement, lui couvrit la tête et le donna à Melody et à George. Melody l'approcha de son sein et l'enfant se mit à têter.

Lorsqu'elle leur eut remis le bébé, Jane se sentit bouleversée au plus profond d'elle-même. Elle savait qu'elle venait en même temps de donner et de recevoir un cadeau. Tout se confondait, se bousculait – donner et recevoir, aimer et désirer, vouloir, avoir, donner encore. Ses faiblesses, son manque de courage, tout ce qu'elle méprisait le plus chez elle, tout s'était volatilisé dès l'instant où elle avait pris le bébé dans ses bras. Peut-être ne souffrirait-elle plus jamais, pensa-t-elle, plus comme elle avait souffert depuis vingt ans.

Elle se leva, les larmes ruisselaient le long de ses joues. Elle regarda Rocksan et rit. « C'est toujours moi qui pleure. »

Rocksan rit à son tour, et Jane dit qu'elle revenait tout de suite. Elle sortit par la porte de derrière, et contempla la nature autour d'elle et le ciel. Au fond du jardin, les ruches se dressaient, immobiles, silencieuses, presque abandonnées. Bientôt arriverait l'ambulance pour emmener le bébé, Melody et George à l'hôpital. Ses pensées la portèrent vers Nate et Ethan, mais ne s'attardèrent pas. Elle contempla les ruches ; elle savait que les abeilles bourdonnaient à l'intérieur, vivantes, et que le printemps les verrait sortir, follement industrieuses, avides de faire l'amour aux fleurs sauvages qui se pressaient dans les champs. Elle leva la tête vers la fenêtre, vit Rocksan au téléphone, annonçant probablement déjà la nouvelle de la naissance du bébé à sa sœur, et elle pensa à son fils, à tout le chemin qui leur restait à parcourir tous les deux. Plus tard, elle irait cuisiner un bon plat et acheter une bouteille de vin.

Angie

LE LENDEMAIN DE SA CONDAMNATION, Ethan arriva tôt au restaurant. Il annonça qu'il allait se rendre au tribunal ou à la prison, il ne savait pas exactement où. Il ne savait pas ce qu'il devait faire ensuite, ni où il était supposé aller, mais il partait pour la ville afin d'en finir au plus vite. Il tournait constamment les yeux vers son pick-up garé dans la rue. Angie le regarda à son tour, vit le vieux fusil d'Ethan appuyé contre la vitre arrière, sa grosse parka d'hiver accrochée au canon.

« Trente jours seulement », murmura-t-il. Il demanda un gobelet de café à emporter, fit un signe à Angie et lui dit au revoir. Elle remarqua qu'il portait ses grosses chaussures de marche, et que des gants dépassaient de sa poche.

Glick arriva quelques instants après. Ils se pelotèrent comme des gamins dans le couloir. Angie piqua un fard, elle avait les joues brûlantes. Tandis qu'elle retournait à son travail, Glick la prévint qu'il emmenait le chien se balader mais qu'il reviendrait avant la tombée de la nuit.

Après son départ, Angie s'approcha du petit lit où dormait Rosie et vit l'album de photos qui avait remplacé son pingouin. Il était tombé par terre, ouvert, et il y avait une photo de sa fille qui lui souriait. Angie ramassa l'album et examina le cliché, comme si elle voulait fixer dans sa mémoire tous les détails du visage de Rachel. Elle contempla l'enfant endormie près d'elle, et remarqua pour la première fois la ressemblance qui existait entre Rosie et Rachel Surtout dans les yeux et la bouche. Elle vit la petite main de Rosie se crisper dans son sommeil, s'ouvrir et se fermer. Ses paupières palpitèrent. Angie espéra que sa petite-fille faisait de jolis rêves, doux et calmes, remplis d'images enfantines bleues et blanches.

À cet instant, la porte du restaurant s'ouvrit et le vieux pasteur aveugle entra. C'était l'heure de son déjeuner. Angie jeta un dernier regard à la photo de Rachel et referma l'album avant de commander l'habituel sandwich grillé au fromage accompagné d'une salade de chou blanc.

Cindy

QUAND ELLE OUVRIT L'ŒIL, Ethan dormait encore à côté d'elle et les premières lueurs du jour n'étaient pas encore apparues dans le ciel matinal. Le réveil indiquait cinq heures. Cindy ressentit les effets de sa gueule de bois, le poids de son chagrin, de l'immense souffrance de sa vie. Elle s'efforça de se persuader que dans un an, voire deux, tout s'atténuerait. Que même si elle devait ne jamais disparaître, la douleur s'étiolerait comme un vieux chardon dans la montagne et perdrait ses épines.

Elle se leva sans faire de bruit pour ne pas réveiller Ethan et alla sur la pointe des pieds dans le séjour. Le sac qui contenait les jouets de Nate était appuyé contre le canapé. Il y avait deux billets de vingt dollars et quelques petites coupures, plus trois pièces de vingt-cinq cents, sur le comptoir de la cuisine. Ethan n'aurait pas besoin de cet argent tout de suite, puisqu'il aurait le gîte et le couvert pendant trente jours. Cindy s'en empara donc, les empocha. Comme ça. Elle ne prit pas la peine d'enfiler ses chaussures. Elles étaient moches et de mauvaise qualité. Elle les jeta dans la poubelle avant de prendre ses clefs, ce qui restait de whisky, et de se glisser dehors dans le matin glacé.

Elle roula dans la ville silencieuse vers son appartement couleur de merde de Skyview Manors, gara sa voiture, qui n'avait plus beaucoup d'essence, et monta pieds nus les marches froides qui menaient chez elle.

Il faisait trop chaud. Une fois de plus, elle avait oublié de fermer le chauffage. C'était sans importance désormais. Elle prit ses sous-vêtements dans le tiroir du haut de la commode, se dirigea vers la penderie, décrocha ses vêtements, ramassa les jeans et pulls éparpillés sur le plancher de sa chambre, et emporta le tout dans la cuisine.

Dans la salle de bains, elle rassembla ses affaires de toilette et les fourra dans sa trousse rangée sous le lavabo. Puis elle traversa la chambre pour retourner dans la cuisine. L'assiette de Nate avec les macaronis était sur le comptoir. Angie la regarda longuement avant de la reposer à sa place. Elle tassa ses vêtements dans un sac-poubelle, ramassa ses clefs, le chèque de l'aide sociale qui était arrivé quelques jours plus tôt, et se dirigea sans bruit vers la porte, son gros manteau d'hiver sur le bras. Elle portait sa vilaine jupe bon marché, mais n'avait pas eu le courage de se changer. Elle prit une paire de chaussures et ses gros souliers de marche posés près du portemanteau et sortit, refermant doucement la porte derrière elle.

Elle enfila rapidement ses chaussures, se dirigea vers sa voiture, jeta ses vêtements et ses affaires de toilette dans le coffre, et vérifia que le whisky était bien dans son sac. Elle en avala une longue gorgée, et ses nerfs se calmèrent aussitôt. Elle retrouva cette lucidité et cette détermination que seul l'alcool lui apportait à présent.

Elle passa en marche arrière et sortit du parking, puis traversa la ville, passant devant Chez Angie, la quincaillerie, le bureau de l'état civil, devant Cage Road, devant la bibliothèque et Calvary Church, où son fils avait été à l'école, où il avait commencé sa vie.

Elle s'arrêta pour prendre dix dollars d'essence et

utilisa la monnaie d'Ethan pour acheter du chewing-gum. S'engagea sur la grand-route, alla jusqu'au croisement, où une ambulance la dépassa, et prit la direction de la ville. Au croisement, elle s'arrêta à nouveau à la hauteur du panneau où Ethan et elle avaient pleuré. On y lisait : ANGELS CREST, 354 HABITANTS. Elle se souvint de Jane et de Rocksan, du fils de Jane et de sa petite amie enceinte, et se demanda si, après la naissance du bébé, quelqu'un penserait à corriger le panneau comme elle et Ethan l'avaient fait jadis, en revenant de l'hôpital. On y lirait à nouveau : 355 HABITANTS.

Mais cela n'avait plus d'importance de toute façon. Nate était mort, la naissance de l'enfant rétablirait le compte et rien ne changerait jamais à Angels Crest. Certains mourraient jeunes, comme son fils ; d'autres vivraient très longtemps, comme le vieux pasteur aveugle ; et ils continueraient à aller prendre leur café chez Angie, à acheter des vis et des boulons à la quincaillerie, et à prendre un verre au bar pour oublier leurs soucis.

Elle but une autre gorgée à la bouteille et repartit tandis que le crépuscule du matin faisait place aux premières lueurs de l'aube.

Juge Jack Rosenthal

IL ÉTAIT À BOUT DE FORCES lorsqu'il quitta le tribunal. La journée avait horriblement mal commencé, sous un ciel lourd de nuages mais sans pluie. L'air, l'herbe, les rues étaient imprégnés d'humidité. Il avait dû faire face aux médias, à l'inanité des journalistes. Il détestait leurs questions, leur façon de vous mitrailler. Au moment où il avait prononcé son jugement, il s'était senti brûlant de fièvre. Il avait l'estomac barbouillé. Il n'avait même pas eu le temps de réfléchir après avoir prononcé la sentence d'Ethan, pris dans le flot ininterrompu de camés et de petits voleurs qui avaient défilé devant lui. À la fin, fébrile, le cœur au bord des lèvres, il s'était changé dans son bureau, avait remis ses vêtements de ville.

En rentrant chez lui, dans un brouillard nauséeux, il avait repensé au jugement qu'il venait de rendre, à la façon dont il était parvenu à sa conclusion. Pendant les jours qui avaient suivi l'inculpation, il avait pesé le pour et le contre, sachant qu'il lui faudrait prendre une décision. Tout en mesurant la profondeur des remords d'Ethan, il s'était néanmoins convaincu qu'il pouvait arriver à une condamnation raisonnable qui tienne compte des exigences de la loi. Mais au bout du compte, il lui fallait reconnaître qu'il n'était qu'un esclave de la loi, qu'elle l'avait terrorisé pendant la moité de sa vie. *Un homme vraiment moral,* se dit-il, *eût acquitté Ethan.* Au lieu de cela, il l'avait lâchement condamné à trente jours en prison. Un geste de conciliation, il ne l'ignorait pas, envers la société et sa vieille conviction qu'il existait des règles et qu'il fallait en tirer les conséquences.

Il engagea la voiture dans son allée et parcourut péniblement les quelques mètres qui menaient au perron. Une fois à l'intérieur, il alla d'abord dans la cuisine et se versa un verre d'eau. Il avait la gorge sèche et porta sa main, fiévreuse et gonflée, à son front brûlant. Transpirant à grosses gouttes, il prit une serviette et chancela, se retint au comptoir avant de s'essuyer.

L'expression du visage d'Ethan revenait hanter son esprit. Ses yeux baissés pendant qu'il parlait, son absence de réaction quand avait été prononcée la sentence. C'était un homme si poli, parfaitement stoïque. Jack se souvint de s'être laissé aller à le maudire lorsqu'il avait participé aux recherches, de l'avoir invectivé en son for intérieur.

À présent, il lui paraissait clair, évident, que c'était lui-même et sa stupide arrogance qu'il méprisait. Il se sentait minable, misérable. Son corps luttait contre un vague virus et son âme ne trouvait plus aucun réconfort en personne, ni même en Dieu. Il s'assit et ferma les yeux, se souvenant du claquement de langue moqueur de ses enfants quand il se donnait de l'importance en invoquant Dieu. Il voyait bien aujourd'hui que les fondements de sa foi ne reposaient que sur le faible support de son ego. Même si ses enfants n'avaient pu le traduire par des mots, ils l'avaient compris. Ils avaient été plus perspicaces que lui.

Il eut un haut-le-cœur et dut se précipiter aux toilettes pour vomir. Son estomac se tordait. Sa gorge le brûlait. La tête posée sur la porcelaine froide, il vomit à nouveau, se tenant le ventre à deux mains pour contenir les crampes qui le pliaient en deux.

Quand les nausées s'estompèrent, il sortit d'un pas chancelant des toilettes et monta s'allonger dans sa chambre. Et une fois encore ses pensées se portèrent vers Ethan, debout devant lui. Chacune des paroles qu'il avait prononcées lui revint en mémoire, chaque moment de sa déclaration. *Il n'y aura aucune délivrance. C'est trop tard.*

Il se redressa et, comme dans un rêve, tendit la main vers le bocal qui contenait le coquillage fossilisé, les boutons et les maximes trouvées dans des biscuits. Il y avait aussi la photo de son fils, et c'était ce qu'il cherchait. Il la regarda à travers la paroi transparente, pressa le bocal contre son front, et sentit le contact apaisant du verre froid sur sa peau brûlante. Plongeant à l'intérieur la main – sa main vieillie, noueuse, aux doigts épais et desséchés –, il en sortit la photo, la tint contre sa poitrine, comme si elle pouvait calmer les battements de son cœur. Allons, que croyait-il ? C'était son fils. Une simple photo. Il lui fallut une minute pour ajuster sa vision, avant de voir avec netteté le visage de Marty, son sourire, la tranquillité de sa jeunesse.

Lui revint alors la pensée de ce petit garçon, Nate, perdu dans les bois. Mort dans la montagne, sans personne pour venir à son secours. Jack se redressa, effrayé. À quoi avait servi la mort de Nate ? Comment un Dieu juste pouvait-il se montrer aussi cruel ? Il se souvint des heures et des heures passées à implorer le Seigneur, de la banalité des prières qu'il adressait à Dieu, davantage poussé par le désir et l'avidité que par l'amour et la bonté.

C'est alors que Jack comprit ce qu'il avait toujours refusé d'admettre. Que sa foi était ténue, artificielle, qu'il se servait de Dieu pour justifier la barrière qu'il avait édifiée entre lui et son fils égaré, l'amour de sa vie.

Cramponné à la photo de son fils, en larmes, il parvint malgré tout à se lever et voulut se diriger vers la salle de bains, espérant qu'il irait mieux s'il s'appliquait un linge humide sur le front. Mais il n'alla pas plus loin que le pied du lit, où il s'effondra, serrant toujours dans sa main la photo de Marty. Il ferma les yeux et crut voir Nate à nouveau. Mais l'image disparut ; c'était Marty qu'il voyait en réalité, errant dans les rues de Hollywood, en quête de came. Les paroles d'Ethan résonnèrent encore une fois à ses oreilles. *Il n'y aura aucune délivrance. C'est trop tard.*

Jack ouvrit les yeux et vit Ethan debout devant lui. « Ethan ? » dit-il. Il tendit la main, dans l'espoir qu'il l'aiderait à se relever. Mais Ethan resta sans bouger, respectueux, stoïque, muet.

« Je vous en prie, dit Jack. Que pouvais-je faire d'autre ? »

Ethan gardait le silence. Jack se remit à pleurer. Ethan ne pouvait que mépriser ses larmes. « Que vouliez-vous que je fasse ? » insista-t-il.

Tout à coup, Ethan lui tendit la main. Au moment où leurs doigts se touchèrent, Jack sentit quelque chose changer en lui. Quelque chose qui n'avait rien à voir ni avec Dieu ni avec la loi, plus indescriptible que la compréhension qu'il en avait. Un roulement régulier de tambour, un mélange de désir, de volonté, de grâce. S'y mêlait aussi un sentiment de perte et de désespoir. Le mariage de l'espérance et de l'impossible. Il en éprouva une impression étrange de joie et de liberté. C'était le mot qui lui venait à l'esprit : *liberté*. Il se souvint de ce qu'il avait dit à ses fils à propos de la Torah : « Ne fais pas aux autres ce que tu ne voudrais pas que l'on te fasse à toi-même. »

Cela paraissait si simple. Le juge regarda Ethan. Puis ses yeux revinrent vers la photo de Marty et il pensa : *C'est lorsque vous avez cessé de respirer qu'il est trop tard.*

Ethan

ETHAN SE RÉVEILLA EN SURSAUT. Sa première pensée fut pour Nate. Nate qui avait disparu sans laisser de traces dans la forêt. Volatilisé. Et maintenant mort. Il contempla ses mains dans la lumière du matin, ses bras, s'étonnant de son apparence physique. De ce tout incroyable qu'était son corps. *Moi*, pensa-t-il.

C'est avec soulagement qu'il s'aperçut que Cindy était partie pendant son sommeil. Il voulait se rendre seul à la prison, affronter dès à présent les trente journées qui l'attendaient. Mais y aller seul signifiait qu'il lui faudrait trouver un moyen de faire ramener son pick-up. Ou lui trouver une sorte de garage. Ou le prêter à quelqu'un. En fait, il ne se souciait guère de ce que le véhicule deviendrait.

Il sortit péniblement du lit et prit sa douche. Il alla à la cuisine, la bouche empâtée, incapable d'avaler un café, et remarqua que son argent avait disparu, y compris les pièces de monnaie qu'il avait ramassées dans le pick-up de Glick le jour des recherches. Il se réjouit qu'elles ne soient plus là, que Cindy les ait prises. Il n'était pas sûr de leur signification, si ce n'est qu'elles avaient porté le poids de cette journée et qu'il n'aurait pu ni les utiliser ni les conserver.

Il décida d'aller jusqu'au restaurant. Sa gueule de

bois se dissipant, peut-être pourrait-il boire un café. Il devait se présenter au tribunal à dix heures du matin et il n'était que six heures et demie. Il avait le temps. Le temps, peut-être, de faire un tour en forêt. De se pencher sur la tombe une dernière fois avant d'aller purger ses trente jours, car l'hiver serait installé lorsqu'il sortirait, la neige aurait enfoui la croix qu'il avait fichée dans le sol.

Il roula dans les rues silencieuses. Alors qu'il passait devant sa quincaillerie, un poids lui tomba sur les épaules. Il se rappela qu'il n'avait pas pris de dispositions pour payer la mensualité de l'emprunt, ni pour que quelqu'un s'occupe du magasin en son absence. Tout lui parut affreusement compliqué soudain. Tout était arrivé si vite. Il y avait trop de détails à régler, trop de problèmes. Son fils était mort. Il se fichait du magasin, de l'emprunt. Plus rien ne comptait. Il n'avait plus rien qui vaille la peine de vivre.

Il s'arrêta chez Angie, commanda un café, et dit à Angie qu'il partait pour la ville. Mais en réalité, il emprunta la route sinueuse où quelque temps auparavant le shérif, les rangers et les habitants du village s'étaient rassemblés pour l'aider à retrouver son fils. En arrivant au départ du chemin, il revit toute l'activité qui s'était déployée ce jour-là. Comme une machine animée de sa propre source d'énergie, prenant de l'élan et de la vitesse au fur et à mesure que le temps s'écoulait. Aujourd'hui l'endroit était désert. Quelques détritus et une casquette de base-ball, voilà tout ce qu'il restait.

Ethan enfila sa parka, prit son vieux Savage 30-30 à double mire et une boîte de cartouches. Il s'enfonça dans les bois et décida de marcher jusqu'au sommet d'Angels Crest. La journée était radieuse. Le sentier serait sans doute couvert de neige, mais il était capable de le suivre les yeux fermés. Il se sentait fort et sûr de lui. Pour la première fois depuis la mort de son fils, il avait l'impression d'être ferme sur ses jambes.

Le soleil brillait, l'air était froid et pur, les cristaux de glace scintillaient, vivants. Il s'arrêta une première fois à l'endroit où Nate avait été retrouvé et où ils s'étaient tous réunis pour les funérailles. Il s'agenouilla dans la neige, joignit les mains et parla à voix basse à son fils. Il lui dit combien il était triste, combien il l'aimait, et qu'il le rejoindrait bientôt.

Puis il se mit en route. Il ne pensait à rien de particulier. Il voyait Nate qui jouait dans le jardin, coloriait ses albums, courait dans les bois. Il le voyait qui lui souriait, l'appelait. Il ne pensa pas aux dernières heures de Nate, aux souffrances qu'il avait endurées. Si ses pensées allaient dans cette direction, il les repoussait et évoquait à nouveau Nate jouant dans le jardin, coloriant ses albums, courant dans la forêt.

Ethan marcha pendant des heures. Il ne sentait ni la faim ni la fatigue. À un moment, il se pencha, ramassa une poignée de neige dans sa main gantée et la mangea très lentement, en savourant le goût. Quand il s'aperçut qu'il était plus de quatre heures de l'après-midi, il fut surpris. Il avait l'impression d'être parti depuis à peine une heure. Mais il était là, avec six heures de retard pour son rendez-vous à la prison. Il savait qu'ils s'étaient probablement mis à sa recherche. Il savait aussi, à voir l'aspect de la montagne, les reflets de la lumière, qu'il approchait du sommet de la crête.

Jusqu'à ce jour, il avait à peine remarqué l'effet du soleil couchant sur l'apparence des bois. Il s'était toujours flatté de sa connaissance de la forêt, d'en percevoir les nuances, les odeurs différentes suivant l'altitude. Il savait que les arbres paraissaient plus petits, moins menaçants au déclin du jour, que sa respiration changeait, devenait plus laborieuse, plus courte à mesure qu'il grimpait. Mais il n'était pas conscient de son propre corps, et à peine attentif à ce qui l'entourait, qu'il percevait comme il l'avait toujours fait, comme faisant partie de lui-même.

Quand il atteignit le sommet, il regarda en bas dans la vallée. On voyait à des miles de distance. L'air était clair et le ciel si bleu qu'Ethan sentit une joie immense l'envahir. Il n'avait jamais rien vu d'aussi beau. Il s'assit par terre et installa son fusil de manière à pouvoir actionner la détente facilement. Il s'assura qu'il soit calé par un rocher qui absorberait le recul, afin de ne pas rater son coup.

Il pensa aux anges qui, jadis, avaient sauvé ces petits enfants, mais n'avaient pas sauvé son fils. Il contempla la forêt en dessous de lui, sa beauté flamboyante, sa générosité, se souvint qu'elle l'avait longtemps entouré et protégé. Il ferma les yeux, imagina Nate courant à travers les bois, courant avec des taches de lumière qui jouaient dans ses cheveux, il entendit son rire que lui renvoyaient les rochers, la musique de sa voix qui dansait parmi des arbres. Nate courant de plus en plus vite, agitant la main, s'éloignant, très loin, foulant l'herbe de la prairie qui s'étendait devant lui, sans fin ; il entendait son rire s'estomper, voyait sa silhouette diminuer, devenir de plus en plus petite avant qu'il ne disparaisse sous l'azur étincelant.

Remerciements

Que soient remerciés Henry Dunow et Deb Futter pour l'aide et la confiance qu'ils m'ont accordées. Rolph Blythe et Anne Merrow pour leur gentillesse et leur professionnalisme. Les Grrrs, Krista Eulberg, Amy Scripps et Georgene Smith qui ont lu et relu le roman sous ses formes diverses ; ainsi que Kayla Allen, Diane Arieff, Judith Dancoff, Hope Edelman, Denise Hamilton, Kerry Madden-Lundsford et Diana Wagman. Merci encore à Kisha Xiomara Palmer, toujours prête à me faire rire. Sans oublier ceux qui comptent le plus au monde pour moi, Greg, Shashi et Ezra. Et enfin, ma Muse, merci pour Ta grâce infinie.

À la mémoire de

Harvey Schwartz
Robert W. Littlewood

Collection « Littérature étrangère »

AGUÉEV M.
Roman avec cocaïne

ALI Monica
Sept mers et treize rivières

ALLISON Dorothy
Retour à Cayro

ANDERSON Scott
Triage

ANDRÍC Ivo
Titanic et autres contes juifs de Bosnie
Le Pont sur la Drina
La Chronique de Travnik
Mara la courtisane

BANKS Iain
Le Business

BAXTER Charles
Festin d'amour

BENEDETTI Mario
La Trêve

BERENDT John
Minuit dans le jardin du bien et du mal

BROOKNER Anita
Hôtel du Lac
La Vie, quelque part
Providence
Mésalliance
Dolly
États seconds
Une chute très lente
Une trop longue attente
Fêlures
Le Dernier Voyage

CONROY Pat
Le Prince des marées

COURTENAY Bryce
La Puissance de l'Ange

CUNNINGHAM Michael
La Maison du bout du monde
Les Heures
De chair et de sang

DORRESTEIN Renate
Vices cachés
Un cœur de pierre
Sans merci

EDELMAN Gwen
Dernier refuge avant la nuit

FEUCHTWANGER Lion
Le Diable en France
Le Juif Süss

FITZGERALD Francis Scott
Entre trois et quatre
Fleurs interdites
Fragments du paradis
Tendre est la nuit

FREY James
Mille morceaux

FRY Stephen
Mensonges, mensonges
L'Hippopotame
L'Île du Dr Mallo

GALE Patrick
Chronique d'un été

GEMMELL Nikki
Les Noces sauvages
Love Song

GLENDINNING Victoria
Le Don de Charlotte

HARIG Ludwig
Malheur à qui danse hors de la ronde
Les Hortensias de Mme von Roselius

HOLLERAN Andrew
Le Danseur de Manhattan

JAMES Henry
La Muse tragique

JERSILD P. C.
Un amour d'autrefois

JOHNSTON Jennifer
Ceci n'est pas un roman

JULAVITS Heidi
Des anges et des chiens

KAMINER Wladimir
Musique militaire

KANON Joseph
L'Ami allemand

KASHUA Sayed
Les Arabes dansent aussi

KENNEDY William
L'Herbe de fer
Jack « Legs » Diamond
Billy Phelan
Le Livre de Quinn

KNEALE Matthew
Les Passagers anglais
Douce Tamise
Cauchemar nippon

KRAUSSER Helmut
Nouvelle de la douleur

LAMB Wally
La Puissance des vaincus

LAMPO Hubert
Retour en Atlantide

LAWSON Mary
Le Choix des Morrison

LOTT Tim
Lames de fond

MADDEN Deirdre
Rien n'est noir
Irlande, nuit froide
Authenticité

MASTRETTA Ángeles
Mal d'amour

McCANN Colum
Les Saisons de la nuit
La Rivière de l'exil
Ailleurs, en ce pays
Danseur

McCOURT Frank
Les Cendres d'Angela
C'est comment l'Amérique ?

McFARLAND Dennis
L'École des aveugles

McGAHERN John
Journée d'adieu
La Caserne

McGARRY MORRIS Mary
Mélodie du temps ordinaire
Fiona Range

MILLER Henry
Moloch

MILLER Sue
Une invitée très respectable

MORGAN Rupert
Poulet farci
Une étrange solitude

MURAKAMI Haruki
Au sud de la frontière, à l'ouest du soleil
Les Amants du Spoutnik

O'CASEY Sean
Une enfance irlandaise
Les Tambours de Dublin
Douce Irlande, adieu
Rose et Couronne
Coucher de soleil et étoile du soir

O'DELL Tawni
Le Temps de la colère
Retour à Coal Run

O'FARRELL Maggie
Quand tu es parti
La Maîtresse de mon amant

PAVIĆ Milorad
Paysage peint avec du thé
L'Envers du vent. Le roman de Héro et Léandre
Le Rideau de fer
Les Chevaux de Saint-Marc

PAYNE David
Le Dragon et le Tigre : confessions d'un taoïste à Wall Street
Le Monde perdu de Joey Madden
Le Phare d'un monde flottant

PEARS Iain
Le Cercle de la Croix
Le Songe de Scipion

RAYMO Chet
Dans les serres du faucon
Chattanooga
Le Nain astronome

ROSEN Jonathan
La Pomme d'Ève

SALZMAN Mark
Le Verdict du soliste

SANSON C. J.
Dissolution

SAVAGE Thomas
Le Pouvoir du chien
La Reine de l'Idaho

SHARPE Tom
Fumiers et Cie
Panique à Porterhouse

SIMPSON Thomas William
Pleine lune sur l'Amérique

SOYINKA Wole
Isara

STEVANOVIĆ Vidosav
La Neige et les Chiens
Christos et les Chiens

'T HART Maarten
La Colère du monde entier
Le Retardataire

TOBIN Betsy
Dora

TRAPIDO Barbara
L'Épreuve du soliste

TSUJI Hitonari
En attendant le soleil

UNSWORTH Barry
Le Nègre du paradis
La Folie Nelson

USTINOV Peter
Le Désinformateur
Le Vieil Homme et M. Smith
Dieu et les Chemins de fer d'État
La Mauvaise Carte

VALLEJO Fernando
La Vierge des tueurs
Le Feu secret
La Rambla paralela

VREELAND Susan
Jeune fille en bleu jacinthe

WATSON Larry
Sonja à la fenêtre

WEST Dorothy
Le Mariage

WIJKMARK Carl-Henning
Da capo

ZANIEWSKI Andrzej
Mémoires d'un rat

ZEH Juli
L'Aigle et l'Ange

ZHANG Xianliang
La mort est une habitude
La moitié de l'homme, c'est la femme

ZWEIG Stefan
La Guérison par l'esprit
Trois poètes de leur vie
Le Combat avec le démon
Ivresse de la métamorphose
Émile Verhaeren
Journaux 1912-1940
Destruction d'un cœur
Trois maîtres
Les Très Riches Heures de l'humanité
L'Amour d'Erika Ewald
Amerigo, récit d'une erreur historique
Clarissa
Un mariage à Lyon
Le Monde d'hier. Souvenirs d'un Européen
Wondrak
Pays, villes, paysages. Écrits de voyages
Hommes et destins
Voyages
Romain Rolland

Achevé d'imprimer sur les presses de

BUSSIÈRE
GROUPE CPI

à Saint-Amand-Montrond (Cher)
en décembre 2004
pour les Éditions Belfond
12, avenue d'Italie
75013 Paris

Composition : Facompo, Lisieux

N° d'édition : 4069. — N° d'impression : 045059/1.
Dépôt légal : décembre 2004.

Imprimé en France